首都师范大学秋韵文库

秋韵文库

SHOUDU SHIFAN DAXUE QIUYUN WENKU

文艺心理论丛

WENYI XINLI LUNCONG

吕俊华◎著

首都师范大学出版社
CAPITAL NORMAL UNIVERSITY PRESS

图书在版编目（CIP）数据

文艺心理论丛/吕俊华著. —北京：首都师范大学出版社，2017.4
ISBN 978-7-5656-3464-2

Ⅰ.①文…　Ⅱ.①吕…　Ⅲ.①文艺心理学—文集　Ⅳ.①I0—05

中国版本图书馆 CIP 数据核字（2017）第 078274 号

WENYI XINLI LUNCONG
文艺心理论丛
吕俊华　著

责任编辑　佟　旭
首都师范大学出版社出版发行
地　址　北京西三环北路 105 号
邮　编　100048
电　话　68418523（总编室）　68982468（发行部）
网　址　www.cnupn.com.cn
印　刷　北京九州迅驰传媒文化有限公司
经　销　全国新华书店
版　次　2017 年 4 月第 1 版
印　次　2017 年 4 月第 1 次印刷
开　本　710mm×1000mm　1/16
印　张　15.75
字　数　274 千
定　价　32.50 元

目　　录

论阿Q精神胜利法的哲理和心理内涵

阿Q的精神胜利法有丰富的社会历史内涵和哲理、心理内涵。关于社会历史内涵，人们已经说得很多了。本文拟从哲学和心理学的角度，对阿Q精神胜利法的内涵做一些探索，并由此论及鲁迅的思想，以就正于海内外学者。

一、阿Q的精神胜利是对自尊的维护

阿Q为什么需要精神胜利？他的精神胜利法的出发点是什么？我认为是自尊。就是说，他的精神胜利首先是从他的自尊心生发出来的，是出于维护、保护自己的尊严的需要。

自尊之心，人皆有之；人无自尊，就不成其为人。人是自我意识的实体。人类有了自我意识就有了自尊。自尊心与自我意识同样古老。它们是在长期的社会共同劳动中形成和发展起来的。通过劳动，人类认识到人与自然的区别；又由于在劳动中互相依赖，人不但认识到人与物的区别，也认识到人与自己的区别。于是就产生了自我意识和自尊心，即在对方的意识里意识到自己，好像自己生活于另一个人身上的那种意识。远在野蛮时期，人类便有了自尊心。到了阶级社会，剥削阶级把劳动者置于被侮辱被损害的地位，残酷地剥削和压迫他们。压迫就意味着不把人当作人；不把人当作人就是伤害、摧残人的自尊，而这是不能忍受的。因此，对于劳动者来说，反抗剥削阶级的压迫和剥削，维护自己做人的尊严，是一个带有根本重要性的、生死攸关的问题。

阿Q的自尊心很强，甚至达到了自负自傲的程度。他丝毫也不能忍受别人的侮辱和伤害。他的精神胜利法就是他维护和保护个人自尊的一种特殊方法，一种反常的努力。阿Q善于劳动，割麦、舂米、撑船，样样都行。作为一个能干的劳动者，阿Q完全有理由保有自尊，也完全应该得到他人的首肯和尊重。但阿Q的自尊和要求别人尊重的依据并不全在这种实际的“成就”上，而多半是在自以为“见识高”、“先前阔”、“和赵太爷是本家”、将来“我的儿子会阔得多”等荒诞的信念上。这表明，阿Q的自尊有点超出常态，有点违背情理之常了。

如上所述，人的自尊是社会性的，总要涉及人我两方。马克思写道："人首先是把自己反映在别一个人身上。一个名叫彼得的人所以会把自己当作一个人来看，只是因为他把那一个名叫保罗的人看作自己的同种。"①可见自尊有两方面的含义：自我在他人心目中的印象，即他人对自我的评价；他人在自我心目中的印象，即自我对他人的评价。阿Q那超出常态、违情悖理的自尊，也可以从这两方面加以考察。

自我在他人心目中的印象，詹姆士称之为"社群的自我"。他说："一个人的社群的自我就是他由他的同伴得到的注意。""一个人的社群自我的数目，同注意他而在心上有个他的影像的人的数目一样多。"②阿Q的这种"社群自我"感尤其强烈而热切。他不能忍受自己在他人看来是微不足道的，力图引起他人的重视与注意。他因戏弄小尼姑而得到众人的赏识；他向未庄人讲述城里"小乌龟子"叉"麻酱"，讲"杀革命党"，使听的人"赧然"、"凛然"……这都大大提高了他"在未庄人眼睛里的地位"，都是他为改善自己"社群自我"的"影像"所做的努力。另一方面，他也为那些有损"社群自我"的"影像"的事而苦恼。如被王胡打败，使他感到是"生平第一件的屈辱"；假洋鬼子不准他革命，还给了他一顿"哭丧棒"，他也深恐此事"传扬开去，给小D王胡等辈笑话"。不过这只是一时的苦恼。最恼人的是他头皮上的"癞疮疤"。这个生理缺陷不是一时能够消失或遮掩得住的，所以成了他的"心腹之患"，弄得他疑神疑鬼，时刻都感觉别人在嘲笑他。他不但讳言"癞"以及一切近于"赖"的音，还殃及"池鱼"，株连"光"、"亮"、"灯"、"烛"……这种近乎变态的神经过敏，正是一切自尊心强而又自觉有缺陷的人所常有的心理状态。明朝的开国皇帝朱元璋就有这样的心理状态。他"从小穷苦，当过和尚，和尚的特征是光头，……因之不但'光'、'秃'这一类字犯忌讳，就连'僧'这个字也被讨厌，推而广之，连和'僧'字同音的'生'字也不喜欢。又如他早年是红军的小兵，红军在元朝政府和地主官僚士大夫的口头上、文字上，是被叫作红贼红寇的。作过贼的人最恨人提起贼字，不管说的是谁，总以为骂的是他，推而广之，连和'贼'字形相象的'则'字也看着心虚了。这一类低能的护短的禁忌心理，在平常人，最多是骂一场，打一架，可是皇帝就不同了，……一张嘴，一个条子，就是砍头、抄家、灭族"。朱元璋正是"凭着有百万大军的威风，滥用权力，就随

① [德]马克思：《资本论》第一卷，人民出版社，1963年版，第25页。

② [美]詹姆士著，唐钺译：《心理学原理》，商务印书馆，1963年版，第144—145页。

随便便胡里胡涂杀了无数文人，造成明初的文字狱”①。由此不难看出，自尊心强而又心虚护短的人一旦和权力相结合，能够造成什么样的实际后果。

为了维持自己表面的自尊而心虚护短，这不是真正的自尊而是十足的虚荣。什么是真正的自尊？韩愈说：“足乎己无待于外之谓德。”(《原道》)所谓“足乎己无待于外”，就是有坚定明确的内心信念。有了这种信念就可以不为世俗所左右，不唯他人之马首是瞻。有虚荣心的人不是将自己的自尊建立在自己的实在成就上，而是建立在他人的意见上。他们往往“完全按照人们的意见生活，追求人们通常所追求的东西，规避人们通常所规避的东西”②。这种追求和规避达不到目的，必然引起自卑。而自卑又反过来促使他们去追求原来的那种自尊。这样，由自尊到自卑，由自卑再到自尊，往复循环，互相转化，永远不得解脱。阿Q和朱元璋都陷入了这种不可解脱的循环之中。所不同的是，朱元璋是身居高位的强者，阿Q是被侮辱被损害的弱者。阿Q的身世际遇，决定了他不可能有“唯我独尊”的实际地位；他心虚护短的行动也不可能像朱元璋那样给他人和社会造成严重的损害。相反，他追求变态的自尊(即实际的虚荣)所招来的不过是他人更加轻蔑的讪笑与嘲弄。这不能不说是他的精神胜利法的悲剧。

阿Q的自尊心在对待他人方面又是如何表现的呢？可以肯定，他对未庄各色人物的态度是不一样的。

先说他对赵太爷、赵秀才、假洋鬼子、地保……这一伙人的态度。这伙人是未庄的权势派，他们对阿Q进行压迫、剥削、敲诈、侮辱、打骂，但阿Q对他们却是“打不还手，骂不还口”，只能以精神胜利法对付之。这不仅因为力量对比悬殊，阿Q不敢怒、不敢言，而且也因为阿Q觉得自己无理，不该怒、不该言，所谓“非公正不发愤”(《史记·伯夷列传》)。比如，他挨了赵太爷的打，在他看来，错的显然是他自己，不错怎么会挨打呢？正如阿Q被“枪毙”，“在未庄是无异议，自然都说阿Q坏，被枪毙便是他的坏的证据；不坏又何至于被枪毙呢”？这是未庄人和阿Q的方法论。此外，打人的“赵太爷”也是不会错的。因为赵太爷有钱有势，有钱有势就意味着有理。这是未庄人和阿Q的价值观。鲁迅说：“我们的乡下评定是非，常是这样：‘赵太爷说对的，还会错吗？他田地就有二百亩了。’”③司马迁在《史记·货殖列传》里说：

① 吴晗：《朱元璋传》，新中国书局，1949年版，第211页。

② [荷]斯宾诺莎：《知性改进论》，商务印书馆，1960年版，第19页。

③ 鲁迅：《鲁迅全集》第七卷，人民文学出版社，1981年版，第98页。

“凡编户之民，富相什则卑下之，伯则畏惮之，千则役，万则仆，物之理也。”可见这种现象，由来已久，自古而然。

阿Q不仅会觉得挨打应该，甚至还会觉得挨了赵太爷这样有“身份”人的打是颇值得自傲的事。这是从他的价值观里必然引申出来的结论，而事实上也是如此。因为阿Q自从挨了赵太爷打之后“大家仿佛格外尊敬他”了。“未庄通例，倘如阿七打阿八，或者李四打张三，向来本不算一件事，必须与一位名人如赵太爷者相关，这才载上他们的口碑。一上口碑，则打的既有名，被打的也就托庇有了名。”这样，阿Q挨了打不但不懊丧，反而“此后倒得意了许多年”。

鲁迅感叹过“世上实有被打嘴巴而反高兴的人”。为什么被打反而高兴呢？鲁迅解释说：“不是有一个笑话么？一个绅士有钱有势，我假定他叫四大人罢，人们都以能够和他攀谈为荣。有一个专爱夸耀的小瘪三，一天高兴地告诉别人道：‘四大人和我讲过话了！’人问他‘说什么呢?’答道：‘我站在他门口，四大人出来了，对我说：滚开去！’当然，这是笑话，是形容这人的‘不要脸’，但在他本人，是以为‘有面子’的，……别的许多人，不是四大人连‘滚开去’也不对他说么?”①鲁迅后来称这种表现为“事大”思想，他说：“‘事大’是历史上有的，‘自大’事实上也常有的；‘事大’和‘自大’，虽然不相容，但因‘事大’而‘自大’，却又为实际上所常见——他足以傲视一切连‘事大’也不配的人们。”②阿Q对权势派的代表人物赵太爷的态度就是“事大”的态度。

但阿Q对于和自己同等地位的人却是另一种态度。只要他感觉受到了对方的侮辱和伤害，“不问有心与无心”，阿Q都不能忍受和原谅，而是“全疤通红的发起怒来，估量了对手，口讷的他便骂，气力小的他便打”，反映强烈、反击有力，他再也不用精神胜利法来对付，而是用实际手段来报复。特别值得提出的是，他对王胡和小D的嫉妒。嫉妒是自我与他人比较时发现自己不如他人所产生的一种特殊心理状态，有嫉妒心的人总是不允许对方高于自己，总愿意自己是第一、是唯一。他人的不幸令他快慰，他人的幸福令他恼怒。如果他自己遭到不幸，他也希望别人和他一样。“正如偷汉的女人的丈夫，总愿意说世人全是忘八，和他相同，他心里才觉舒畅。”③阿Q正是这样对待王胡和小D的。在阿Q看来，一旦他俩高过自己，就伤了自己的体面和尊严，

① 鲁迅：《鲁迅全集》第六卷，人民文学出版社，1981年版，第100页。
② 鲁迅：《鲁迅全集》第六卷，人民文学出版社，1981年版，第282页。
③ 鲁迅：《鲁迅全集》第三卷，人民文学出版社，1981年版，第59页。

就是自己的耻辱，那是决计不能忍受的；只有他们愈不如自己才愈显出自己的光荣尊贵。试看阿Q与王胡比赛捉虱那一场：他见王胡的虱子比他的多而且大，顿时妒火中烧，破口大骂，直至老拳相向。当然，失败的是阿Q。阿Q对于“位置是在王胡之下”的小D，更是鄙夷和嫉恨。这突出表现在他不准小D革命这件事上，一如假洋鬼子不准他革命一样。当他看见“小D也将辫子盘在头顶上”，“而且他居然用一支竹筷”时，他恨不得“揪住他，拗断他的竹筷，放下他的辫子，并且批他几个嘴巴，聊且惩罚他忘了生辰八字，也敢来做革命党的罪”。

在这之前，他和小D还有过一场实力较量，那是当他知道小D“谋了他的饭碗”，早已怀恨在心，忽然狭路相逢的时候。阿Q“怒目而视”地骂小D为“畜生”。在阿Q的盛怒之下，小D胆怯地承认自己是“虫豸”，不料“这谦逊反使阿Q更加愤怒起来”，终于和小D进行了一场不分胜负的“龙虎斗”。他挨了假洋鬼子和赵秀才的“哭丧棒”、“大竹杠”，觉得罪有应得；而小D对他的胆怯退让，反倒使他愈加愤怒。他的欺软怕硬，于此可见。

阿Q对实力和他不相上下的王胡、小D尚且如此，对于毫无实力的老尼姑和小尼姑则已不只是鄙夷和藐视，也根本谈不上嫉妒，而是赤裸裸的欺凌、侮辱以开心取乐。他把这作为自己受别人侮辱的补偿品，完全是一派市井无赖的霸道作风。

阿Q对未庄各色人物的不同态度，都导源于他的自尊：对权势者和实力派，他用精神胜利法来维护和保护自己的自尊；对同等地位者，他用“实力政策”来维护和保护自己的自尊；对毫无自卫和报复能力的弱者，则奉行“霸权主义”来伤害他人的自尊以满足自己的自尊。可见，畏强者未有不欺弱者的。对强者讲精神胜利、表示卑怯，对弱者必然讲实力、逞霸道；而对弱者讲实力、逞霸道，对强者也必然卑怯。所以阿Q的精神胜利、实力政策和霸道作风是三位一体或一体三用的，是一种本体的三种表现。这本体即他的阿Q式的自尊。很明显，这种自尊是封建等级性的自尊，是奴性的自尊，在一定的意义上说就是奴性，或者说是奴性的曲折反映。

这种奴性，阿Q身上有，未庄的各色人物身上也都有。阿Q的奴性表现在他对未庄人的不同态度上，而未庄人的奴性也表现在他们对阿Q的不同态度上。这不同的态度又集中表现在阿Q的“中兴”和“革命”这两件事情上。

阿Q从城里回来，有了钱，众人就对他刮目相看，于是他“得了新敬畏”。众人对阿Q敬畏的非止一端：当众人听阿Q讲述他在举人老爷家里帮过忙时，“听的人都肃然了”；当众人听阿Q讲述城里连“小乌龟子”都能精熟地叉

“麻酱”时，“听的人都赧然了”；当众人听阿Q讲述“杀革命党”的“壮观”时，“听的人都凛然了”；当阿Q在兴高采烈、眉飞色舞之际，“忽然扬起右手，照着伸长脖子听得出神的王胡的后项窝上直劈下去”时，“听的人又都悚然而欣然了”。未庄人对阿Q“肃然”、“赧然”、“凛然”、“悚然”的敬畏逐步升级的过程，也就是他们的奴性和愚昧一步步表露的过程。

在“中兴”中如此，在“革命”中则更是如此。在“中兴”中，阿Q与赵太爷的地位已经不相上下；到了“革命”时期，他就超过赵太爷，并曾一度与赵太爷发生了互易其位的变化。他一宣布“造反”，就立刻神气起来，走路也“昂了头”，而且“很容易闹脾气了”。赵白眼“惴惴地”跟他拉关系，向他“探口风”。管祠的老头子也“意外的和气，请他喝茶”。变化最大的是赵太爷。他这时改称阿Q为老Q，而且是“怯怯地迎着低声的叫”，几乎是诚惶诚恐，巴结奉承犹恐不及，而阿Q对他却是不屑一理的神气。这时的赵太爷，宛然是过去的阿Q；而这时的阿Q却俨然是过去的赵太爷了。

如果说阿Q身上有奴性，那么未庄人和赵太爷身上也同样有奴性；阿Q是阿Q，未庄人和赵太爷也同样是阿Q。阿Q与他们互相反映，对立统一，彼此彼此。

对于奴性，鲁迅恨得最切，揭得最深。他在许多杂文中，深入剖析了人类精神的这种可耻弱点。他认为，弱者有奴性，强者也有奴性。对于弱者的奴性，他说：“假使是怯弱的人民，则即使如何鼓舞，也不会有面临强敌的决心；然而引起的愤火却在，仍不能不寻一个发泄的地方，这地方，就是眼见得比他们更弱的人民。”①为什么强者也有奴性？鲁迅说：“凡是人主，也容易变成奴隶，因为他一面既承认可做主人，一面就当然承认可做奴隶，所以威力一坠，就死心踏地，俯首帖耳于新主人之前了。”②

必须指出，阿Q诚然有奴性，但他是奴隶而绝不是奴才。因为奴隶是反抗奴隶生活的，而奴才却赞美奴隶的生活。鲁迅说：“自己明知道是奴隶……一面‘意图’挣脱以至实行挣脱的，即使暂时失败，……他却不过是单单的奴隶。如果从奴隶生活中寻出‘美’来，赞叹，抚摩，陶醉，那可简直是万劫不复的奴才了。”③这里指出了奴隶与奴才的区别。但最典型的还是下面这种奴才：“如果有谁看过非洲的黑奴工头，傲然地拿鞭子乱抽着做苦工的黑奴的电

① 鲁迅：《鲁迅全集》第一卷，人民文学出版社，1981年版，第322页。
② 鲁迅：《鲁迅全集》第一卷，人民文学出版社，1981年版，第291页。
③ 鲁迅：《鲁迅全集》第四卷，人民文学出版社，1981年版，第453页。

影的，……便会禁不住会心之笑。那一个和一群，有这么相近，却又这么不同，这一张纸真隔得利害：分清了奴隶和奴才。”①鲁迅一语道破了奴才的本质：他们专门替主子压迫虐待奴隶，是主子的爪牙和帮凶。没有人比鲁迅对这种走狗式的人物看得更透，恨得更深，战斗得更英勇更坚决的了。

奴性是封建等级社会的产物。因为性格不是什么别的东西，只不过是由地位所体现出来的社会关系的反映而已。马克思说得好，“无论个人主观地说可以怎样超出这各种关系，社会地说，他总归是这各种关系的产物”②。《共产党宣言》指出：“在过去的各个历史时代，我们几乎到处都可以看到社会完全划分为各个不同的等级，看到由各种社会地位构成的多级的阶梯。……而且几乎在每一个阶级内部又有各种独特的等第。”③在我国，封建专制制度经历了漫长的历史时期。在这种制度下，人的尊卑、贵贱以及特权的多少是自上而下递减、自下而上递增的。并且，等级的界限森严，不可逾越。鲁迅谈到过，满清治下，有些人不明此理，以致忠而获咎。他说：“满洲人自己，就严分着主奴，大臣奏事，必称‘奴才’，而汉人却称‘臣’就好。这并非因为是‘炎黄之胄’，特地优待，锡以嘉名的，其实是所以别于满人的‘奴才’，其地位还下于‘奴才’数等。奴隶只能奉行，不许言议；评论固然不可，妄自颂扬也不可，这就是‘思不出其位’。譬如说：主子，您这袍角有些儿破了，拖下去怕更要破烂，还是补一补好。进言者方自以为在尽忠，而其实却犯了罪，因为另有准其讲这样的话的人在，不是谁都可说的。一乱说，便是‘越俎代谋’，当然‘罪有应得’。倘自以为是‘忠而获咎’那不过是自己的胡涂。”④这就是说，做奴才也得够“等级”，认一个不够“等级”的人做奴才，等于降低了自己的身份，损害了自己的尊严，那是万万不行的。

在这种制度下，除了专制帝王是绝对的主子，最底层的老百姓是绝对的奴隶以外，其余的臣民都有两种身份、“两重人格”。即对上是奴才，对下是主子。学会了当奴才也就学会了当主子。本来，任何事物都是“较高的要以较低的为前提，较低的并不以较高的为前提，理由很简单，因为它必须要有件东西在它底下，才能站得更高。……正因为如此，最高的东西并不是最初的东西，而是最晚、最后、依赖性最大、需要最多、最复杂的东西。”⑤但在封建

① 鲁迅：《鲁迅全集》第六卷，人民文学出版社，1981年版，第311页。

② [德]马克思：《资本论》第一卷，人民出版社，1963年版。

③ [德]马克思、恩格斯：《马克思恩格斯选集》第一卷，人民出版社，1995年版，第251页。

④ 鲁迅：《鲁迅全集》第六卷，人民文学出版社，1981年版，第36页。

⑤ [德]费尔巴哈：《费尔巴哈哲学著作选集》下卷，商务印书馆，1984年版，第447—448页。

等级社会里，历史是头朝下的，是非轻重、前因后果完全被颠倒了。较下的要以较上的为前提，要被较上的所决定，要因较上的才获得存在的意义。阿Q和未庄人身上的奴性，就是这种颠倒的社会关系的反映。

历史事实证明，专制出奴才。有压迫就有反抗，这是应该重视的主要方面；有压迫就有奴性和奴才，这也是不可忽视的另一方面。鲁迅在《阿Q正传》和大量杂文中对奴性和奴才的揭露和鞭挞，是他反帝反封建、争取中国人民做人的地位和权利的斗争的最重大和最重要的内容。他把凝聚在阿Q身上的、体现了奴性的精神胜利法作为一种哲学抽象物艺术地展现出来，对人民起了振聋发聩的作用，是他对反帝反封建革命事业的重大贡献。

二、阿Q的精神胜利是自卑的补偿

阿Q的自尊心很强，而他这种强烈的自尊正是强烈的自卑的反动和反应。“许多患心理病的人在过想象生活时发生一种自己觉得伟大的迷妄症，这就叫做补偿作用。追溯起来是有一种自卑的情结”。[①] 阿Q苦于自己社会地位的低微，就在想象中，在精神世界求得补偿，这便是他的精神胜利。对于想象和现实的这种关系，杜威说得很具体：“生活平静而安逸，则想象迂缓而笨钝。生活不安而烦扰，则想象为其所激，而致描出与实际相反的种种事物的形态。从一个人所构空中楼阁的特征可以推知他心中未遂的期愿。现实生活中的困难和失望在幻想里可以变作显著的功业和得意的凯旋，事实上是消极性的，在幻想所构成的意象中将是积极的；行动中的困顿在理想化的想象里可以得到巨大的补偿。”[②]孙本文的《社会心理学》说：“一个有缺陷的人，常幻想他如何能弥补他的缺陷。无子女的夫妇，常幻想他们有了子女以后的愉快；……多病之人，常幻想身体健康时种种活动的兴趣等。”[③]这些事实足以说明，想象的补偿乃是人所常有的心理。所以阿Q用精神胜利来补偿他实际的失败和自卑也就不足为奇了。所不同的是，在常人，这种精神胜利不过是偶一为之，在阿Q却是习与性成。他常用的方法，不外以下几种。

自认门第高、辈分大

在阿Q那个时代，受尊敬主要靠门第高、辈分大。阿Q自认这两条他兼而有之，是他自尊自负的主要依据，也是他精神胜利的重要法门。这在小说

① ［美］康克林著，吴绍熙、徐儒译：《变态心理学原理》，商务印书馆，1936年版，第185页。

② ［美］杜威：《哲学的改造》，陕西人民出版社，2006年版，第56页。

③ 孙本文：《社会心理学》，商务印书馆，1946年版，第515页。

中有不少描写。

他自认“和赵太爷原来是本家，细细的推起来他还比秀才长三辈”。他被谁打了，谁就成了他儿子。他被赵太爷打了，不敢还手，于是赵太爷便成了他儿子：“现在的世界太不成话，儿子打老子”，但“忽然想到赵太爷的威风，而现在是他儿子了，便自己也渐渐的得意起来”。被一般闲汉打了，他无力还手，于是闲汉也成了他儿子：“我总算被儿子打了，现在的世界真不像样，……于是他心满意足得胜的走了。”

阿Q还瞧不起赵太爷、钱太爷，因为他自己认为自己将来的门第要比他们高：“我的儿子会阔得多。”

在监牢中，因圆圈画得不圆而羞愧苦恼之际，他幻想只有“孙子才画得很圆的圆圈呢”。像他这样辈分大的爷爷当然画不圆，于是他“释然了”。

阿Q和人口角时也靠此法取胜：“我们先前——比你阔多啦！你算什么东西!”

贝因说：“要减少失望或被轻蔑的打击之通常方法在于：假如可能，低估加这些于我们的人的身份；这是我们对于……不公平的斥责之补救。”①阿Q不正是这样做的吗？

以门第高、辈分大取胜，乃是一种破落户思想。清人郑板桥有言：“失路名家，落魄贵胄，借祖宗以欺人，述先代而自大。辄曰：彼何人也，反在霄汉；我何人也，反在泥涂。”②鲁迅在《摩罗诗力说》中也说：“中落之胄，故家荒矣，则喋喋语人，谓厥祖在时，其为智慧武怒者何似，尝有闳宇崇楼，珠玉犬马，尊显胜于凡人。有闻其言，孰不腾笑？”“借祖宗以欺人，述先代而自大”的确是非常可笑的。但阿Q并非门第高、辈分大，也并非破落户，只是他认定自己是这样。这就有点异乎寻常而不能不认为是一种自卑的变态心理的反映了。

比丑

阿Q的想望完美，想望成为被尊敬的对象，但自己头上的“癞疮疤”却给他招来嘲笑和鄙夷，使他感到深深的自卑。他痛恨使他看见自己缺陷的真实，他非得消灭它不可。但又没有法子消灭这真实本身，他就竭尽所能地在自己的意识中和他人意识中消灭它，就是说，尽其全力向别人也向自己掩盖自己的缺陷。他既不能容忍自己知道也不能容忍别人看见这种缺陷。他的“癞疮

① [美]詹姆士著，唐钺译：《心理学原理》，商务印书馆，1963年版，第164页。

② (清)郑板桥：《郑板桥集·家书》，广陵书社，2011年版，第4页。

疤”成为最敏感的“禁区”，他用忌讳法加以“封锁”，但这种忌讳法招来的却是更大嘲笑，在万般无奈之际，阿Q索性拿出比丑法来对付。美他们不过，就同他们比丑：“你还不配……”，“这时候，又仿佛在他头上是一种高尚的光荣的癞头疮，并非平常的癞头疮了”。于是，阿Q强烈的自卑一变而为高度的自尊。但这种自尊多少有点变态，因为一个常态的人，谁会真的把癞头疮看成光荣呢？这时的阿Q实际上不过是“登了不识羞的顶颠傲视着一切”①罢了。

这种精神胜利法乃是一种不辨是非、美丑、善恶的无赖精神。这种不辨，并不是真的出于无知，只是厚着脸皮硬不承认而已。所以这种无赖精神含有自欺成分。

自贱第一

阿Q的“儿子打老子”的精神胜利法被众人识破以后，每逢人们“揪住他黄辫子的时候”，就强迫他承认自己是畜生，于是阿Q只好承认自己是“虫豸”。“但虽然是虫豸，闲人也并不放”，仍旧“给他碰了五六个响头，这才心满意足的得胜的走了，他以为阿Q这回可遭了瘟。然而不到十秒钟，阿Q也心满意足的得胜的走了，他觉得他是第一个能够自轻自贱的人，除了‘自轻自贱不算外，余下的就是‘第一个’。状元不也是‘第一个’么？‘你算是什么东西’呢？”

这就是阿Q舍弃“自贱”，单取“第一”，以求得精神胜利的方法。

一个倒在地下的人是不会被打倒的，倒是站着的人随时有被打倒的可能，所以他可以傲视站着的人。难怪费尔巴哈说“谦卑是一种颠倒过来的傲慢”。对阿Q的自贱也可以这么看。

阿Q自贱第一是经过了一个异中求同的推理过程的。他首先肯定自己是“第一个能自轻自贱的人”，接着他就推想：“除了自轻自贱不算外，余下的就是第一，状元不也是第一么？你算什么东西呢？”他舍弃了自贱第一与状元第一这两者的“异”，便得到了两者间的“同”。这样，他便把自己提升到同状元相等的地位。这是他精神胜利法的大发扬。

阿Q这种异中求同的精神胜利法，从一方面看是有所失，失掉了事物的具体差别；从另一方面看却有所得，得到的是抽象的同一。布拉德雷在分析符号的意义时说：“一个事实成了符号之后，……它的具体个性即消逝于它的普遍意义之中。”“可是，从另一方面来看，这个变化也不能完全算为损失。正因为它本来的性质消融在更广大的意义里，所以它才能超越其自身，……从

① 鲁迅：《鲁迅全集》第六卷，人民文学出版社，1981年版，第265页。

而开辟一个新的天地，获得前所未有的功能”。[①] 阿Q的异中求同法也有这种功能。他借助此法脱离了具体事物的束缚，飞升到一个更广阔的空间。这个空间颇有点像冯友兰先生在《新原人》中提出的“经虚涉旷”、“不著形相”的天地境界。

《新原人》说：“在天地境界中底人”“虽亦对于社会上底贵贱，有清楚底觉解”，但“从大全的观点看，社会上底贵贱本来是不足介意底”。[②] 贵贱不足介意，那么顺逆呢？“照在天地境界中底人的看法，所谓顺境逆境者，都是人从人的观点所作底区别。人各从自己底观点，以说其处境是顺或是逆。同一境可以对此人为顺，对彼人为逆。”“从天的观点看，境无所谓顺逆。”[③]依《新原人》的理论，人有了这种观点，就可以安于现状，忘却现实的苦难，做到“素富贵行乎富贵，素贫贱行乎贫贱，素夷狄行乎夷狄，素患难行乎患难”[④]，实现精神的大解放。《新原人》的这套理论，并不是什么“新见”，两千多年前的庄子早就讲过了。《庄子》说：“以道观之，物无贵贱，以物观之，自贵而相贱；以俗观之，贵贱不在己。以差观之，因其所大而大之，则万物莫不大；因其所小而小之，则万物莫不小。”(《秋水》)照庄子的意思，事物之间是否真有差别是无法判断的。事物本身本没有什么客观差别，决定事物性质的是人的主观。事物的差别不在事物本身而在认识者的态度和看法。《新原人》的观点与庄子的观点完全一致。

《新原人》的方法、庄子的方法，即阿Q的异中求同法，也就是从个别中求一般的方法。从个别到一般是人类认识的一大飞跃，意义重大，但他们却使一般脱离个别而独立。事实上一般是不能脱离个别的，共相即在殊相之中。阿Q所追求的第一却正是脱离了特殊的第一。这样的第一完全抹杀了事物的本质差别。阿Q不懂得状元第一与自贱第一是两种性质截然不同的第一，根本不能相提并论。事实上，任何一个心理正常的人都不可能真的相信这两种第一能够画等号。

自打嘴巴

有一回，阿Q在赌摊上押牌宝，赢了成叠的大洋，却被赌客在“混乱”中席卷而去，还挨了“几拳几脚”。“很白很亮的一堆洋钱！而且是他的——现在

① [英]布拉德雷著，庆泽彭译：《逻辑原理》上册，商务印书馆，1959年版，第4页。

② 冯友兰：《新原人》，商务印书馆，1946年版，第129页。

③ 冯友兰：《新原人》，商务印书馆，1946年版，第131页。

④ 冯友兰：《新原人》，商务印书馆，1946年版，第130页。

不见了！说是算被儿子拿去了罢，总还是忽忽不乐；说自己是虫豸罢，也还是忽忽不乐：他这回才有些感到失败的苦痛了。”

他这次受的是实实在在的物质损失而不是精神上的伤害，不免有切肤之痛，无怪乎他要耿耿于怀，久久不能平静了。

但他灵机一动，“擎起右手，用力的在自己脸上连打了两个嘴巴”，“打完之后，便心平气和起来，似乎打的是自己，被打的是别一个自己，不久也就仿佛是自己打了别个一般”，于是他就“心满意足的得胜”了。

有的心理学家说，“孩子们暴怒时就打自己、咬自己，因为他们不可能冒犯成人或(其他)孩子来泄怒”。[①] 在这一刹那间，好像阿Q又回到了儿童时代。这意味着阿Q不但不能忍受自己在他人心目中是微不足道的，并且也不能忍受自己在自己眼中不配生活下去。所以他不惜把自己“一分为二”，以一个有力的自我狠狠地惩罚那个“窝囊废”，那个不是自我的“自我”，从而保住自己的价值和尊严。

这种非常态的手段显然是来自非常态的目的，即来自变态的自尊心或过度的自卑感。

无独有偶的是，冯友兰先生在1940年写的《新世训·调情理》一章中，劝人不要因受辱而发怒，就颇有点阿Q的这种精神胜利法的气味。其言有曰：“如有人打我一个嘴巴，而我的心境，亦能如看此人打别人时所有底心境，则当时虽有怒”，却可以“不为怒所累”，从而达到“未怒之前，鉴空衡平。既怒之后，冰消雾释”的境界。《新世训》提出的这种方法是把被打之“我”，幻化为一个被打之“他”，和一个看人被打之“我”。阿Q的方法，则是把自己打自己之“我”，幻化为一个被打之“他”，和一个打人之“我”。两种“分身法”，真有异曲同工之妙。

委之于命

人常常是在倒霉或无路可走时才信命。程颐说：“君子当困穷之时，既尽其防虑之道而不得免，则命也。”[②]《新原人》解释说，人对于所谓逆境并不是不用力以图改变之，“但如已尽力而仍不能改变之，则其有此等所谓逆境，即是由于他的命。”[③]这是教人自认倒霉，逆来顺受的“理论”。这套命定论在阿Q身上也得到了反映。阿Q被抓进监狱以后，其他几种精神胜利法都失灵了，

① [美]武尔夫：《手势心理学》，英文版，第43页。

② (宋)朱熹，吕祖谦编：《近思录》卷七，中州古籍出版社，2008年版。

③ 冯友兰：《新原人》，商务印书馆，1947年版，第132页。

就成了命定论者。

他先是以为“人生天地之间，大约本来有时要抓进抓出，有时要在纸上画圆圈的”，继而在他“被抬上”刑车去法场杀头时，他却吓得发昏了，但转念一想：“人生天地间，大约本来有时也未免要杀头的。”

去法场前，他不知道还要游街示众，“即使知道也一样，他不过以为人生天地间，大约本来有时也未免要游街示众罢了”。

在他真的“省悟”到，“这一定是‘嚓’的去杀头”之际，“过了二十年又是一个……”——这坚定的宿命信念，使他战胜了对死亡的恐惧，也使他充满了胜利的希望。应该说，他还是精神胜利了。

可见信命有自欺和自慰的作用，是智力穷尽之时，事后假设(即自欺)以自慰之道。鲁迅曾指出：“运命并不是中国人的事前的指导，乃是事后的一种不费心思的解释。”[①]这种“马后炮”式的“事后解释”的确存在，信命即这种自欺自慰的形式之一。

健忘

阿Q对屈辱很健忘。在其他几种精神胜利法都使不上的场合，他的健忘就发挥作用了。比如，阿Q挨假洋鬼子打这件事，“在阿Q的记忆上……是生平第二件的屈辱。幸而拍拍的响了之后，于他倒似乎完结了一件事，反而觉得轻松些，而且‘忘却’这一件祖传的宝贝也发生了效力，他慢慢的走，将到酒店门口，早已有些高兴了”，没有“忘却”之助，他不可能很快就从屈辱中解脱出来。可见健忘有一种自我保护的作用。鲁迅说：“我们都不大有记性。这也无怪，人生苦痛的事太多了，尤其是在中国。记性好的，大概都被厚重的苦痛压死了；只有记性坏的，适者生存，还能欣然活着。”[②]阿Q的健忘也是这样，虽不能扩大自我、提高自尊，但至少能起一种恢复和保护自尊的作用，所以仍不失为阿Q的一种精神胜利法或精神胜利法的不可或缺的补充。

精神胜利法并非阿Q所独有，任何人都难保他不使用精神胜利法。列宁说：“在俄国生活中曾有过这样的典型，这就是奥勃洛摩夫。他老是躺在床上，制定计划。从那时起，已经过去很长一段时间了。俄国经历了三次革命，但仍然存在着许多奥勃洛摩夫，因为奥勃洛摩夫不仅是地主，而且是农民，不仅是农民，而且是知识分子，不仅是知识分子，而且是工人和共产党员。”[③]

① 鲁迅：《鲁迅全集》第六卷，人民文学出版社，1981年版，第102页。

② 鲁迅：《鲁迅全集》第三卷，人民文学出版社，1981年版，第44页。

③ [苏联]列宁：《列宁全集》第三十三卷，人民出版社，1984年版，第194页。

同列宁所说人们有时会做奥勃洛摩夫一样，人们偶尔也会做阿 Q，也会使用精神胜利法，但这并不构成他的行为方式，并不表现他行为的本质属性。而阿 Q 却不然，精神胜利法在他身上自成深闭固拒之系统，是他对现实的态度的体系和表现方式，是他对现实的一贯的和习惯的反应。精神胜利法在他的经验中已经成为牢固的、稳固的条件反射，成为“动力定型”或固定模式。依变态心理学观点，他这种深闭固拒之系统实为一种“情结”(complex)，一种自卑的情结(inferiority complexes)。

自卑感导源于个人主义思想，是私有者的心理反映。真正为大众服务的人，是不会有自卑感的。“自卑感是由竞争的、孤立的、追求名利的个人主义所产生的意识反映的一种形式。真正配合在集体里的人(他作为一个人类来活动，而不是作为一个孤立的人来活动)，并没有一个自卑感。自卑感是一种孤立的和为自私自利斗争的一种反映。如果一个人的目的是谋求对一个集体、一个阶级或甚至于一个国家的福利做出一项真正的贡献，自卑感就不会发生，因为这样，如果别人能做出一个更大的贡献来，就没有太大的关系，要紧的事是尽你的能力去做，而不是去做‘那个最好的’。”①

对阿 Q 的自卑的思想基础，也必须这样看。

三、阿 Q 的精神胜利是自卫的反应

鲁迅创作《阿 Q 正传》的目的是很明确的，那就是“要画出这样沉默的国民的灵魂来”。所谓“沉默的国民的灵魂”，就是精神的愚昧麻木；而阿 Q 的精神胜利就正是这种愚昧麻木最集中最充分的表现。事实上，阿 Q 的精神胜利是与他的愚昧成比例的。他的精神胜利渗透着、概括着他的自尊、自卑、虚荣、嫉妒、奴性……他的喜怒哀乐，总之，他全部的思想感情和性格。而所有这一切又无不与他的愚昧无知相表里，或竟以他的愚昧无知为前提。鲁迅写阿 Q 的精神胜利正所以写他的愚昧。

阿 Q 的愚昧是异乎寻常、令人难以置信的，也就是说愚得有点变态。试想，一个正常的人，谁会和人比赛捉虱子并以虱子的多少为荣辱的分野呢？谁会以圈画得不圆为“行状”上的污点呢？他的至愚使他躲过了死之将至的痛苦，却给他带来了圈而不圆的痛苦；可他的精神胜利法又使他为画得不圆而释然、而庆幸。因为他真诚地相信着他在幻想世界自造的三段论：只有孙子

① J.B弗尔斯特著，徐飞锡译：《神经症患者：他的内外世界》，科学出版社，1959 年版，第 154 页。

才画得很圆的圆圈——我阿 Q 画得不圆——所以我不是孙子或者竟是爷爷。这真是愚得变态了。一个正常的人，哪怕再愚，也不可能相信这样的三段论！

封建等级制本身就是制造愚民的。异乎寻常的愚昧是异乎寻常的愚民政策的结果。鲁迅曾深有感触地说："别人我不得而知，在我自己，总仿佛觉得我们人人之间各有一道高墙，将各个分离，使大家的心无从相印。这就是我们古代的聪明人，即所谓圣贤，将人们分为十等，说是高下各不相同。其名目现在虽然不用了，但那鬼魂却依然存在，并且，变本加厉；……造化生人，已经非常巧妙，使一个人不会感到别人的肉体上的痛苦了，我们的圣人和圣人之徒却又补了造化之缺，并且使人们不再会感到别人的精神上的痛苦。"①愚民不感到自己的痛苦，也不感到别人的痛苦，这种麻木不仁，就是等级制的治绩。

作为愚昧麻木之表现的阿 Q 的精神胜利是这样的社会现实长期作用的结果。但从阿 Q 本身来说，则是他对那个社会现实主动适应的一种反映。高级神经活动的规律表明，人的大脑皮层有一种抑制性的功能。精神上的愚昧，应该说也是一种保护性抑制。清人郑板桥的"难得糊涂"四字正道出了这种抑制性的妙用。基督教的教义宣扬谁的知识增长，谁的苦恼就愈增加，这明确告诉人们愈无知愈幸福。无知使人陷入麻木状态，这正是一种自我保护、自我防卫的作用。

阿 Q 的愚昧麻木固然有自我保护、自我防卫的作用，但他毕竟还不是木头人。他的受辱和失败后的恼怒，并不都是可以冰消雾释，立刻化为乌有的。一位心理治疗家说："自尊心受辱……是很大的精神创伤。带有自己无能感的……一种体验，使得他只好采用一些在幻想中发展起来的自卫措施。"②以理化情法就是在幻想里发展起来的用以平复精神创伤的自卫措施。什么叫以理化情？现代生理学家的研究证明：人的内心痛苦和情绪骚动，会使机体发生巨大的变化，物质代谢、血液循环都会出现异常，甚至每一块肌肉都会受情绪的影响。显然，骚动的情绪得不到平息或消解，人是活不下去的。所以自卫过程实质上就是化情的过程，而化情则非理莫属，此之谓以理化情。人们常说，心安理得，实际上是理得心安。理得在前，才能心安于后。理如不得，心必不安。人们在欲望无法满足或身陷困境无力自拔而引起内心痛苦、感情激荡之际，常常要借某种理由或理论来自我说服、开脱，从而使自己恢复内

① 鲁迅：《鲁迅全集》第七卷，人民文学出版社，1981 年版，第 77 页。

② [苏联]米亚西舍夫等：《心理治疗问题》，科学出版社，1962 年版，第 78 页。

心的平衡、平静，以便照常生活下去或使自己心甘情愿地忍受苦难甚至就死。

这样的事例在历史上是很多的，在古代诗文中更是俯拾即是，并且每一个人都可以用自己切身的体验加以证明。人们所熟悉的“酸葡萄精神”—— 即“把过错完全推到对象身上，将‘我不能够’变成令人生厌的‘我不喜欢’”①的心理现象不是大量存在吗？明明是想吃葡萄，却又吃不到，就只好说葡萄是酸的来自欺自慰，以“非不能也，是不为也”来掩盖“非不为也，是不能也”，这就是以理化情。

阿 Q 的精神胜利法当然也是一种以理化情法。比如“儿子打老子”、“自轻自贱第一”、“人本来未免要坐牢的”、“过了二十年又是一个”等，就是他用以化情之理。在常人看来，这些命题不过是自欺自慰的荒唐逻辑，可在他自己，却真诚地相信这些自造的三段论式。这说明他化的是被侮辱被损害者的愤懑不平之情，信奉的却是无知无识的愚民之理。

马克思主义认为，情和理是有阶级差别的，马克思指出：“工人和资本家同样在苦恼时，工人是为他的生存而苦恼，资本家是为他的死钱财的赢利而苦恼。”②正如猫和老鼠的苦恼不同一样，猫是为吃不到老鼠而苦恼，而老鼠则因怕被猫吃而苦恼。阿 Q 处在社会最底层，他的精神胜利、他的以理化情完全是逼出来的，其中蕴含着被压迫者的无限辛酸。尽管在他的精神胜利中，在他的用以化情之理中有许多吃人者的思想，但那也不过是老鼠想做猫或想做猫的老鼠的“思想”而已。

如果有谁混淆这种界限，就可能自觉不自觉地替吃人者说话了。

冯友兰先生的《新世训》所讲的化情之理就抹杀了这种差别。

依《新世训》的观点，“真正了解物质史观或经济史观底人”必然认为“人的行为，是为他的经济底环境所决定底。一个人若是一个资本家，他为他自己的利益，必须剥削劳工。一个人若是一个工人，他为他自己的利益，必须反抗资本家。……管家底太太们在一起，都以他的老妈子不好为谈资。老妈子在一起，都以她们的太太不好为谈资。这都是因为当太太底，与当老妈子底，利益冲突的关系。……资本家与工人，太太与老妈子，都是‘易地则皆然’。明白了这个道理，则当太太底，虽仍可以监察她的老妈子，但可以不恨之。当工人底，虽仍可以反抗他们的雇主，但亦可以不恨之。”③这哪里是什么唯物

① ［德］费尔巴哈：《费尔巴哈哲学著作选集》上卷，商务印书馆，1984 年版，第 360 页。

② ［德］马克思、恩格斯：《马克思恩格斯全集》第四十二卷，人民出版社，1995 年版，第 51 页。

③ 冯友兰：《新世训》，开明书店，1941 年版，第 129—130 页。

史观，分明是庄子的“彼亦一是非，此亦一是非”的无是无非的相对主义。庄子这套相对主义之理真是不讲是非吗？鲁迅说，这两句话“记住了来作危急之际的护身符，似乎也不失为漂亮。然而这是只可暂时口说，难以永远实行的。…… 就是庄生自己，不也在《天下篇》里，历举了别人的缺失，以他的‘无是非’轻了一切‘有所是非的言行’吗？”[①]连自己都做不到，却要别人实行，适足见其虚伪。

如果说，庄子的无是非观是要化除内心的悲哀与烦躁之情，宋明理学则是要化除人们的愤怒之情。程颐说：“如舜之诛四凶，怒在四凶，舜何与焉。…… 圣人之心本无怒也，譬如明镜，好物来时便见是好，恶物来时便见是恶，镜何尝有好恶也。”[②]《新世训》进一步发挥了这个思想：“我若见一人无缘无故，打别人一个嘴巴，我心中必因此人之恃强欺人而怒。不过此怒，没有‘我’的成分在内，是没有私意底。因此我的心是廓然大公底。…… 於见此事时有怒，但此事已过，我心中即复归于平静。…… 如此则虽有情而不为情所累。”[③]也就是说虽有怒而不怒。《新世训》所讲的这套化情之理乃是叫人逆来顺受，只对剥削人、压迫人的人有利，因此是吃人之理、杀人之理。

阿Q的精神胜利虽也是一种化情法，但并无逆来顺受之意，更无“廓然大公”的影子；有的却是强烈的自我意识和随之而来的被侮辱、被伤害的恼怒，只是这种恼怒被幻想中的胜利所消释而已。

马克思主义原则与上述种种化情的假理、歪理当然是直接对立的，与阿Q精神也是格格不入的。马克思主义认为，在剥削制度存在的条件下，被压迫人民的尊严只能表现在对剥削的仇恨和对剥削者的斗争上。马克思和恩格斯认为工人阶级仇恨剥削者的感情的发展是他们保持自己人的尊严的条件。列宁也不止一次强调过这种思想。他肯定了费尔巴哈的下列论述：“安慰奴隶是有利于奴隶主的，真正同情奴隶的人，要教导他们愤恨、暴动和推翻压迫，而决不是去‘安慰’他们。”[④]这些话表明，被压迫人民只有在对压迫者的仇恨和斗争中才能表现、保持、提高自己的人的尊严，愈是进行这种斗争则愈能表现、保持和提高人的尊严；愈加使人变得高尚。谁在这个斗争之外，谁就没有意识到自己的人的尊严；谁斫丧了自己的一切反抗意志并甘心使自己充当

① 鲁迅：《鲁迅全集》第六卷，人民文学出版社，1981年版，第237页。

② （宋）朱熹，吕祖谦编：《近思录》卷五，中州古籍出版社，2008年版。

③ 冯友兰：《新世训》，开明书店，1941年版，第137页。

④ ［苏联］列宁：《列宁全集》第二十九卷，人民出版社，1984年版，第495页。

剥削阶级的驯服工具，谁就丧失了自己真正的人的尊严。高尔基写道："我们憎恨敌人的权利是得到卓越的论证和证明的。"①事实教育人们，不学会以全部身心的力量去憎恨敌人，便不能战胜敌人，便没有自己的出路。

鲁迅正是以他全部身心力量去憎恨敌人的最高典范。他从事文艺活动的目的，始终是要促使人民的觉醒，激发人民的愤怒反抗。早在1912年，他就提出"发社会之蒙复，振勇毅之精神"；在谈到翻译爱罗先珂《桃色的云》时，他明确地说："我当时的意思，不过要传播被虐待者的苦痛的呼声和激发国人对于强权者的憎恶和愤怒。"②他还从历史上看出："先前，也曾有些愿意活在现世而不得的人们，沉默过了，呻吟过了，叹息过了，哭泣过了，哀求过了，但仍然愿意活在现世而不得，因为他们忘却了愤怒。"③所以他曾大声疾呼："世上如果还有真要活下去的人们，就先该敢说，敢笑，敢哭，敢怒，敢骂，敢打，在这可诅咒的地方击退了这可诅咒的时代。"④这表明，他对人民的反抗是寄予希望的。

四、阿Q的精神胜利是变态的反抗

阿Q的精神胜利寓有反抗精神，不过其反抗是变态的、畸形的，而这种变态、畸形是逼出来的，是由恐惧造成的。而"靠恐惧来联系感情是不稳固的，一旦恐惧消失以后，……就会开始仇恨了"⑤。可以肯定，只要有可能，阿Q随时都可将精神胜利转化为实际的胜利，将变态的反抗转化为常态的反抗。

恩格斯说："这些被当作牲口看待的工人，不是真的逐渐变得像牲口一样，就是只有靠着对当权的资产阶级的烈火般的憎恨，靠着不可熄灭的内心激愤才能保持住人类应有的意识和感情，……只要他们还对统治阶级感到愤怒，他们就仍然是人；但如果他们乖乖地让人把軛轭套在脖子上，只想把軛轭下的生活弄得比较过得去一些，而不想摆脱这个軛轭，那他们就真的变成牲口了。"⑥

---

① ［苏联］巴维尔金：《宗教迷信及其危害》，生活·读书·新知三联书店，1956年版，第77页。

② 鲁迅：《鲁迅全集》第一卷，人民文学出版社，1981年版，第321页。

③ 鲁迅：《鲁迅全集》第三卷，人民文学出版社，1981年版，第38页。

④ 鲁迅：《鲁迅全集》第三卷，人民文学出版社，1981年版，第34页。

⑤ （古罗马）塔西佗：《阿古利可拉传·日尔曼尼亚志》，商务印书馆，2011年版，第34页。

⑥ ［德］马克思、恩格斯：《马克思恩格斯全集》第二卷，人民出版社，1995年版，第399—400页。

在阿Q的精神胜利中，有愤怒，有自尊；虽然也有自卑和屈服，但他不安于自卑，不甘心于屈服。“你如果压迫过一个人，那你就在这个人身上蓄积了和压抑了巨大的怨恨和报复力量。请相信，在一般情况下，他一有可能就将对你进行报复，不管你此后做了什么来争取他的同情。”①在阿Q的内心，在他的潜意识里，在他的精神胜利中，蓄积着坚韧顽强的生之愿望和生活力量，也压抑着受侮辱受损害的无量辛酸和报复力量。阿Q对侮辱和伤害他的人，虽在实际上无力反抗，但也要在幻想中胜过对方。他对压迫和侮辱他的人，特别是对赵太爷和假洋鬼子之类尤其深恶而痛绝之。他的复仇愿望在革命到来之际，表现得何等强烈和急切！甚至阿Q的封建伦理观念和虚荣心都有一定的反抗意义。譬如，阿Q认为自己和赵太爷是本家，而且比秀才长三辈，从而使自己的地位超过赵太爷；被赵太爷打了之后又把赵太爷当儿子；还有，对大受未庄居民尊敬的赵太爷、钱太爷，“阿Q独不表格外的崇奉”；对两位“要变秀才”的文童，“也有以为不值一笑的神情”，因为“他想：我的儿子会阔得多”……这都表明，阿Q有一种压倒权势者的强烈愿望。而他用以压倒对方的思想也只能是权势者对付小民和对付他的思想。即“以其人之道，还治其人之身”，这是权势者逼出来的，也是阿Q从权势者那里学来的。事实上在那种情况下，除了用权势者的思想来对付权势者以外，实在也无别的办法取胜。所以，阿Q的这些思想即使是权势者的思想，在这里也有“以毒攻毒”的战斗作用。

“下等阶级对上等阶级的反抗可以采取如下两类形态：或者设法自己爬到上等阶级的水平，占有他们的权力手段和享受手段，从而使自己同上等阶级一律平等，或者设法把上等阶级降低到自己的水平……从而使自己同上等阶级一律平等。”②阿Q对权势者的态度，阿Q的精神胜利，所起的作用不正是这样吗？尽管这种作用只是在幻想世界而不是在现实世界里存在着。

阿Q的精神胜利不仅是一种变态的反抗，而且还是一种反抗的变态。变态心理学证明：变态的人最主要的特点就是混淆幻想和现实，他们的精力都用在制造自己伟大故事的想象上。他们经常生活在幻想世界里，而这幻想，对于他们并不是错误的感觉，而是错误的信念。他们往往自信为杰出的人物，是得胜的英雄，巨万的富豪，……从事着各种英雄豪迈的事业。总之他们有一个虚妄的、幻想的自我封闭的系统。他们可以在这个系统里尽情地宣泄自

① 转引自《人道主义、人性论研究资料》第三辑，商务印书馆，1964年版，第266页。

② ［德］卡尔·考茨基：《唯物主义历史观》第六分册，上海人民出版社，1984年版，第187页。

己的欲望，获得自己想得到的一切。据心理学家哈特所著《疯狂心理》一书所载，一个疯人口称自己是英国正式的女王，正带领几万人马，合力攻打全欧民族。高觉敷在《现代心理学》中也举过一个例子：某女士“自称曹锟夫人，在名片上刻有许多不可解的官衔。有一天她因家里失窃，遂下一个手谕饬淞沪警察厅厅长为之查究”①。

这些实例已经把病态心理特征说得很清楚了。

显而易见，阿Q也有此种病态表现。他的精神胜利，在很大程度上就是夸大狂的“幻想系统”或“系统的幻想”的心理反映。他常常把幻想当现实，常常生活在自己虚构的世界中。比如他毫无根据地自称是赵太爷的本家，比秀才还长三辈；与人口角时动辄就说，“我们先前比你阔多啦”、“你算是什么东西”；他所以对赵太爷、钱太爷不表“崇奉”，就是因为他相信自己的儿子将来会阔得多；挨了赵太爷的嘴巴，赵太爷就成了他儿子，闲人打了他，闲人也成了他儿子……这都是荒唐无稽的事，然而阿Q却认真地相信着，难怪未庄居民全不放在他眼里了。

还有，和王胡的那场较量中，他吃了亏，王胡竟敢动手打了他，阿Q“很意外，难道真如市上所说，皇帝已经停了考，不要秀才和举人了，因此赵家减了威风。因此他们也便小觑了他么?”直到这时，他还没有动摇自己是赵太爷的本家的信念。更为反常的是自己打自己，认为被打的是别一个，打人的才是他自己，这根本不是正常人所能有的行为，而阿Q却当真是这么想也当真这么做了。

阿Q的变态在平时如此，在革命时期又有了新的发展：“阿Q近来用度窘，大约略略有些不平；加以午间喝了两碗空肚酒，愈加醉得快，一面想一面走，便又飘飘然起来。不知怎么一来，忽而似乎革命党便是自己，未庄人却都是他的俘虏了。”这时，阿Q又把幻想当成了现实，因此他真的得意起来，“得意之余，禁不住大声的嚷道：‘造反了！造反了！’”，“未庄人都用了惊惧的眼光对他看。这一种可怜的眼光，是阿Q从来没有见过的，一见之下，又使他舒服得如六月里喝了雪水”。这更强化了自己是革命党的信念，于是他更加高兴地走而且喊道：“好，……我要什么就是什么，我喜欢谁就是谁。……”阿Q那久已被压抑的种种欲望、愿望和复仇心，都借这变态的心态一股脑儿发泄出来了。

小说又接着描写了阿Q这时的神态。

---

① 高觉敷：《现代心理学》，商务印书馆，1935年版，第158页。

"赵府上的两位男人和两个真本家，也正站在大门口论革命，阿Q没有见，昂了头直唱过去。"(着重点是引者所加，下同)阿Q陶醉在胜利之中，周围的人全不放在眼里，也根本不屑一理。"最高的轻蔑是无言，而且连眼珠也不转过去。"[①]阿Q的神态不就是这样吗？对秀才的出于不得已而直呼其名，阿Q只"歪着头问道，'什么？'"，则是一副居高临下、鄙夷轻蔑的神态。

当赵太爷怯怯地问"老Q……""现在……发财么？"阿Q的回答是："发财？自然。要什么就是什么……"从这权威性的口吻中，可以想见他那狂妄的神气。对赵白眼探口风似的问"阿…… Q哥，像我们这样穷朋友是不要紧的……"，阿Q则驳斥道："'穷朋友？你总比我有钱。'阿Q说着自去了。"阿Q给了赵白眼当头一棒，头也不回，迈着大步，扬长而去。

总之，阿Q这时是趾高气扬，神气十足，踌躇满志，不可一世，未庄之大，唯我独尊，俨然自认为成了举足轻重、操生杀予夺之权的大人物。因为他当真以为革命党就是他，他就是革命党了。所以，阿Q此时的神态实为一种夸大狂的典型表现。请看心理学家对这种患者的神态描写："他在世人面前大步而行，自夸他底势力、金钱、美貌、家庭，而实际可无丝毫根据。"[②]"自满时，伸张筋被激，眼光增强，别有光芒，步态宽舒起伏，鼻孔嗡张，唇带特别笑意。试到疯人院里去看，总有些人简直自诩成狂。他们的空幻神气和乖谬的昂然大步，看上去好像了不得。"[③]这种患者的神态多么像阿Q，阿Q的神态多么像这种患者！

这里需要澄清一个问题，即阿Q"狂想症"的发作是不是由于喝醉酒？因为《阿Q正传》中有这样两段描写："那是赵太爷的儿子进了秀才的时候，锣声镗镗的报到村里来，阿Q正喝了两碗黄酒，便手舞足蹈的说，这于他也很光采，因为他和赵太爷原来是本家……"；"阿Q近来用度窘，大约略略有些不平；加以午间喝了两碗空肚酒，愈加醉得快，……便又飘飘然起来，……忽而似乎革命党便是自己……"。从这两段描写来看，阿Q的自大狂的发作都是在酒醉之后，似乎由于酒醉引起，这样一来，阿Q的自大狂便成了醉态而不是病态了。

但事实和学理都证明，酒醉虽可使人过度兴奋，自我控制力减弱，所谓酒后吐真言，然而绝不至于失去理智，以致泯灭了现实和幻想的界限。何况

① 鲁迅：《鲁迅全集》第六卷，人民文学出版社，1981年版，第483页。
② [美]麦独孤：《社会心理学绪论》上册，北京大学出版社，2010年版，第73页。
③ [美]詹姆士著，唐钺译：《心理学简编》第十二章，商务印书馆，1933年版，第11页。

阿Q在酒醉之后并不总是发“狂”，比如他大战王胡那一场就明明是在喝得“醉醺醺的”之后，他的神智却完全清楚，并没有发生把幻想当现实的现象。而他发“狂”的时候，也并非全因为醉酒；他认定赵太爷是他儿子，认定“我的儿子会阔得多”，认定“我们先前比你阔多啦”的时候，并没有喝酒。

所以阿Q有“病”是确定无疑的。而鲁迅自己也曾说，他的小说的“取材，多采自病态社会的不幸的人们中，意思是在揭出病苦，引起疗救的注意”。①“病态社会的不幸的人们”，必然会带有病态，也正是这带有病态的人才反映着、揭示着社会的病态。只有这样理解阿Q的形象才符合作者的本意。但一些评论家见不及此。他们往往把阿Q当“好”人来看，当常态人来看。于是以常态人之心，度病态人之腹，因而陷入一个不可解的矛盾，即阿Q是个贫苦的农民，却主要的是剥削阶级的思想性格。阿Q到底是个什么典型呢？对阿Q这个典型的阶级性怎么理解呢？一种意见认为，阿Q不是一般落后的农民，而是降落到社会底层的剥削阶级后裔。根据是赵太爷的儿子中了秀才的那天，阿Q当众宣布他姓赵，是未庄的地主赵太爷的本家。我认为，这样的分析失之于牵强。鲁迅所描绘的阿Q明明是一个妄想狂患者的形象。例如小说写他“似乎姓赵，但第二日便模糊了”，但在“赵太爷的儿子进了秀才的时候”，他又成了赵太爷的本家。忽而似乎姓赵，忽而又模糊起来，忽而又真的姓赵，迷离恍惚，真假难辨，把现实和幻想混成一片，这不正是病态心理的真实而准确的写照吗？阿Q不是赵太爷的本家，这不但可从小说的变态形象的描绘上找到根据，还可以从作者的暗示中得到确证。在阿Q高喊“造反了！造反了！”一路走一路唱的时候，小说里写道：“赵府上的两位男人和两个真本家，也正站在大门口论革命，……”这“真本家”三字何所为而发？这不显然是针对阿Q那“假本家”而言的吗？透过作者对阿Q这一形象的描绘与暗示，我们只能认为他是个具有病态心理的贫雇农，而没有理由把他看成是从剥削阶级降落下来的“剥削阶级后裔”。当然，否定阿Q是赵太爷的真本家，并不等于说阿Q就没有想成为赵太爷本家的思想和愿望。毋宁说，正因为阿Q内心有着巴不得、恨不能成为赵太爷本家以摆脱自己受侮辱的卑下地位的强烈愿望，又不能径情直遂地表现，才以变态的形式毫无隐晦地暴露和发泄出来。精神分析家认为，精神病患者的感情和内心隐密，正因为脱离现实界，才毫无限制地表现出来，告诉我们许多无法可知的事实。这是对阿Q变态心理的很好的说明。

① 鲁迅：《鲁迅全集》第四卷，人民文学出版社，1981年版，第393页。

精神病只不过是泯灭了幻想和现实的界限，并没有什么特殊的不同于常人的心理内容，它的内容在健康心理中也完全存在。常态与变态之间本没有不可逾越的鸿沟。儿童的游戏心理就很像成人的变态心理。这种心理虽随年事渐长、涉世日深而日益消逝，但用白日梦的方法来实现自己的欲望，在一定程度上贯穿人的整个一生。所以阿Q有变态心理，本不足为奇，与常人不同的只是阿Q的变态往往达到想象与现实不分的程度。但阿Q清醒的时候，处在常态的时候也不少。阿Q在什么情况下是常态，在什么情况下是变态，是有规律可寻的。

总的说来，在维护自尊心问题上，他变态；在饮食男女问题上和生死关头他清醒，又恢复常态。也可以说，在社会学范畴，他变态；在生物学范畴，他又恢复常态。常态→变态、变态→常态，两者相互转化依存，起伏消长，循环往复，就构成阿Q心理生活的整个内容。直到最后被枪毙喊"救命……"才结束这个循环而进入一个新的境界。无奈这新的境界刚一开始就结束了。

在生死攸关的一刹那，阿Q的一声交织着愤怒和恐惧的呼喊，意味着他终于从精神胜利的自我束缚中解脱出来，开始"敢于直面惨淡的人生，敢于正视淋漓的鲜血"；开始从变态的反抗转变到常态的反抗。这不能不说是根本性的转变，是质的飞跃性的突变。

阿Q这种飞跃性的突变，不是偶然发生的，是有充分量变的基础和积累的。那基础和积累就是使奴隶"想作奴隶而不得"的黑暗社会对奴隶的一步紧似一步的欺压和逼迫。善良的祥林嫂被一步步逼到绝路而怀疑灵魂的有无，从而动摇了对神权的信念，开始了理性的思考；阿Q喊"救命"，也是被逼到山穷水尽的绝处，必然产生的理性觉醒。而这理性是深深植根于他的人的本能、本性的要求和需要之中的。他要活，他要像人一样地、有尊严地活下去的顽强的欲望，是任何力量也不能消灭的。从这个意义上说，阿Q虽死犹生，是"置之死地而后生"。

阿Q这一声喊救命还告诉人们，吃人的社会必然以它自己的暴行给自己制造掘墓人，这是确定无疑的。阿Q虽然死了，但一定会有未死的阿Q觉醒起来，反抗，斗争。这一声呼喊，是作者的画龙点睛之笔，它照耀全文，力振全篇。前面的描写，都因这一声呼喊而获得新的意义，都是这一声呼喊的准备和铺垫。就是说，作者写阿Q的精神胜利正是为了写他最后的失败；写他的变态正为了写他最后的恢复常态。伟大的革命家、思想家、文学家的鲁迅，在阿Q这一声呼喊中寄寓了多么深厚的蕴蓄，多么巨大的思想力量和艺术力量！

五、阿Q精神胜利的失败

在《阿Q正传》中，鲁迅分明是从胜利和失败两方面来描写阿Q的精神胜利的。所以，阿Q的精神胜利的属性，也必须从这两方面看，才能得到完整的理解。从阿Q精神胜利法的失败中，可以看到，他的精神胜利法实际上只能在精神领域发挥作用，只解决自尊心的问题；在物质领域，在生计问题、恋爱问题上，他的精神胜利法就不中用了。因为阿Q究竟不是一个抽象的精神的自我，而是一个有血有肉的人，是一个最实在、最现实、最具体的感性存在，少不了人伦日用、饮食男女这一套。肚子饿了要吃饭，到了“而立”之年也要思春，这都不是精神胜利所能解决的问题。“食色性也”，阿Q在精神领域可以搞以理化情，在食欲和情欲问题上却未能存理灭欲，而是毫不客气地遵循唯物主义的原则办事。霍尔巴赫的话是对的：“情欲是情欲的真正平衡物”，意思是情欲只能用情欲来解决。费尔巴哈也说得明确：“如果不借助于物质的肉体的手段，意志是丝毫无所作为的。”①阿Q精神胜利的失败证明这些话完全正确。正因为精神胜利解决不了食欲和情欲问题，阿Q才终于要革命，但也终于被枪毙，连同他的精神胜利。这意味着他的精神胜利的彻底失败。

不仅如此，阿Q的精神胜利法即使在精神领域胜利地发挥“威力”和作用时，也不能离开物质，而必须以物质为基础。马克思说：“精神一开始就很倒霉，注定要受物质的纠缠。”阿Q的精神胜利也是这样。如果他的肚子不填饱，生计发生问题，他的精神胜利必将立刻化为乌有。所以肚子活动必须先于脑袋的活动，欲图高等欲望的满足必须先把低等欲望满足起来，这就是费尔巴哈说的：“心中有情，首中有思，必先腹中有物。”②

“祸兮福之所倚，福兮祸之所伏”，阿Q精神胜利的失败，是从对小尼姑的胜利开始的。

阿Q自从扭了小尼姑的面颊，取得胜利以后，他忽然觉得“自己的大拇指和第二指有点古怪：仿佛比平常滑腻些。不知道是小尼姑的脸上有一点滑腻的东西粘在他指上，还是他的指头在小尼姑脸上磨得滑腻了”。总之，阿Q从此就着了小尼姑的魔了。尽管阿Q认为女人是祸水，尽管他对“男女之大防”很严厉，尽管他满脑子圣贤之教，但“将到‘而立’之年”，还是“被小尼姑害得

① ［德］费尔巴哈：《费尔巴哈哲学选集》上卷，商务印书馆，1984年版，第467页。
② 转引自钱锺书：《管锥编》第一册，中华书局，1979年版，第240页。

飘飘然”，而“不能收其放心”了。于是他终于跪下去向吴妈求爱。最后，还是靠了秀才的一顿竹杠和一声给他印象“格外深”的喝骂，才把他那“女…… ”的想望赶跑了。

“好事不出门，恶事传千里。”阿Q向吴妈求爱的“丑闻”，很快就传遍了未庄。此后再也没人雇他干活了。于是他的生计发生了问题。肚子饿了怎么办？按精神胜利法，这正是“天将降大任于是人也”的好机会，他正好可以进行“苦其心志，劳其筋骨，饿其体肤，空乏其身”的锻炼，坚持“饿死事小，失节事大”、“君子谋道不谋食”、“忧道不忧贫”等圣教原则而坐以待毙，博个美名，做个完人，取得精神的彻底胜利。

或者按斯多葛派的宗旨，卑视和否定感性的欲望，寻求“对于人类有益，并非对于他的脏胃有益”的东西。“即使因饥饿而接近死亡”，也不要紧。只要不把饥饿当饥饿，饥饿就不存在了。这不也是一种精神胜利吗？

再不然，就按费希特的原则去生活：“他们的生命根本大半地只是心灵和精神的生活。他们……否认感性世界的功效和实在性……他敢于说：我们的国土在上天，我们在此世无常存的城邦，而我们所追寻的是未来的国土。”①这是精神胜利的极致，是费希特的理想人物的境界。

但阿Q不此之图，他既没有古圣先贤的那一套涵养，厉志克己，困知勉行；也没有斯多葛派的心灵训练，变饥饿为醉饱；更没有费希特理想人物那种超越感性世界之上的精神境界。在饥饿袭来的时候，他“永远得意”的精神胜利的心境消失了，却痛切感到“这委实是一件非常‘妈妈的’的事情”。

事实究竟是事实。人的精神不管怎样超出感性世界，也必须先填饱肚子。每个人都清楚地知道，画饼到底不能充饥，望梅究竟不能止渴，精神胜利当然也填不饱肚子。面对现实问题，阿Q开始清醒了。他懂得，现实问题，只能用现实的办法来解决。他正确分析了自己无衣无食的困境，在万般无奈之际，“他决计出门求食去了”。

他的求食之道是什么呢？偷！这是对精神胜利的根本否定。

恩格斯曾经指出：“蔑视一切社会秩序的倾向也就愈来愈增长了。……昔蒙兹指出，贫穷对精神所起的毁灭性的影响，正如酗酒之于身体一样。……穷困让工人在几条道路中进行选择：慢慢地饿死，立刻自杀，或者随便在什么地方见到他们所需要的东西，只要可能就拿走，干脆说，就是偷。如果大

① ［德］费希特著，樊星南，顾寿观译：《人的天职》，商务印书馆，1947年版，第148页。

多数的人宁愿偷东西而不愿饿死或自杀，那我们是不应该奇怪的。”[①]阿Q用“偷”的办法来解决求食问题也是不应该奇怪的。

阿Q精神胜利的失败，反映了鲁迅一个重要思想，那就是对人民的物质欲望和物质生活的重视和关切。真正同情人民的疾苦，真正热爱人民的人，不可能不对这个问题采取这种态度。鲁迅早期虽然特别强调医治国民的精神，但并不是不重视人民的物质生活。早在1919年，他就提出：“自己背着因袭的重担，肩住了黑暗的闸门，放他们到宽阔光明的地方去；此后幸福的度日，合理的做人。”[②]并认为“这是一件极伟大的要紧的事”。从根本上说，鲁迅终生为之奋斗不息的就是人民能够“幸福的度日，合理的做人”。这“幸福的度日，合理的做人”，当然包括物质生活和精神生活两方面的内容。在鲁迅看来，这是人民的根本的无可怀疑的权利和自由。这个命题虽然还不够科学，但他是针对把人不当人的封建制度和吃人的礼教而发的，具有极大的号召力和鲜明的战斗性。

鲁迅重视、关怀人民的物质生活是从反对封建制度和吃人的礼教的高度出发的，是他反封建反礼教、争取人民做人权利的重要内容。

在小说《幸福的家庭》和《伤逝》中，鲁迅已经指出，幸福、爱情，在经济问题解决以前是得不到的，得到了也会失掉。鲁迅的杂文，对这个问题论述更多。

在《娜拉走后怎样》一文中，鲁迅明确指出经济问题的重要。他看到人们的思想是受钱支配的：“我总觉得人们的议论是不但昨天和今天，即使饭前和饭后，也往往有些差别。凡承认饭需钱买，而以说钱为卑鄙者，倘能按一按他的胃，那里面怕总还有鱼肉没有消化完，须得饿他一天之后，再来听他发议论。”他还看到自由与经济基础的关系：“钱，——高雅的说罢，就是经济，是最要紧的了。自由固不是钱所能买到的，但能够为钱而卖掉。人类有一个大缺点，就是常常要饥饿。为补救这缺点起见，为准备不做傀儡起见，在目下的社会里，经济权就见得最要紧了。”[③]

为了要争得这经济权，鲁迅甚至要人们学习“天津的青皮”的“韧性”：“世间有一种无赖精神，那要义就是韧性。听说‘拳匪’乱后，天津的青皮……很

① [德]马克思、恩格斯：《马克思恩格斯全集》第二卷，人民出版社，1995年版，第400—401页。

② 鲁迅：《鲁迅全集》第一卷，人民文学出版社，1981年版，第246页。

③ 鲁迅：《鲁迅全集》第一卷，人民文学出版社，1981年版，第271页。

跛扈，譬如给人搬一件行李，他就要两元，对他说这行李小，他说要两元，对他说道路近，他说要两元，对他说不要搬了，他说也仍然要两元。青皮固然是不足为怯的，而那韧性却大可以佩服。要求经济权也一样，有人说这事情太陈腐了，就答道要经济权；说是太卑鄙了，就答道要经济权；说是经济制度就要改变了，用不着再操心，也仍然答道要经济权。”①

真正同情人民的疾苦、真正热爱人民的人也必然会注意到社会上贫富悬殊、阶级对立的现象。鲁迅很早就对这种不合理的现象进行了揭露。

他在《灯下漫笔》中说：“我们在目前，还可以亲见各式各样的筵宴，有烧烤，有翅席，有便饭，有西餐。但茅簷下也有淡饭，路旁也有残羹，野上也有饿殍；有吃烧烤的身价不资的阔人，也有饿得垂死的每斤八文的孩子。”②在《马上支日记》中说：“近年尝听到本国人和外国人颂扬中国菜，说是怎样可口，怎样卫生，世界上第一，宇宙间第 n 。但我实在不知道怎样的是中国菜。我们有几处是嚼葱蒜和杂合面饼，有几处是用醋，辣椒，腌菜下饭；还有许多人是只能舔黑盐，还有许多人是连黑盐也没得舔。中外人士以为可口，卫生，第一而第 n 的，当然不是这些；应该是阔人，上等人所吃的肴馔。”③

在《不知肉味和不知水味》中，鲁迅针对国民党政府不顾人民死活，却在那里大搞祀孔大典，大奉什么韶乐的勾当，尖锐指出：“闻韶，是一个世界，口渴，是一个世界。”在旱灾为患的地区，人们连水都喝不上，而那些阔人却闻韶而不知肉味。鲁迅愤怒地说：“我们除食肉者听了而不知肉味的‘韶乐’之外，还要不知水味者听了而不想水喝的‘韶乐’。”④

是的，那些吃人者，何尝不想发明一种“让不知水味者听了不想水喝的‘韶乐’”，来永远保持他们“闻韶而不知肉味”的天堂。因为他们懂得“人生有欲，欲而不得则不能无忿”(《史记・礼书》)，人欲之极，“犯上作乱”。他们懂得，“让群众在赤贫中活下去就意味着让愤懑心情永不消灭”⑤。为了釜底抽薪，他们便在“欲”上大作文章，给“欲”，加上种种罪名，硬说欲是万恶之府、百害之门，是祸乱的根源，是罪恶的渊薮；所以要节欲、寡欲、导欲、防欲、制欲、克欲、禁欲、窒欲、绝欲，直至灭欲、忘欲、无欲。然而，人生有欲，

① 鲁迅：《鲁迅全集》第一卷，人民文学出版社，1981年版，第272—273页。

② 鲁迅：《鲁迅全集》第一卷，人民文学出版社，1981年版，第315页。

③ 鲁迅：《鲁迅全集》第三卷，人民文学出版社，1981年版，第243页。

④ 鲁迅：《鲁迅全集》第六卷，人民文学出版社，1981年版，第87页。

⑤ [苏联]卢森贝：《政治经济学史》第三卷，生活・读书・新知三联书店，1959年版，第174页。

是谁也抹煞不了的客观实在。于是，种种化人民之情、灭人民之欲的“理论”或“学说”便应运而生。安贫乐道法便是其中之一。

一切剥削阶级都希望被剥削者安于贫穷，乐于贫穷。国民党反动派更是安贫乐道法的鼓吹者。鲁迅在《安贫乐道法》中说：“……还有一种是极其彻底的：说是大热天气，阔人还忙于应酬，汗流浃背，穷人却挟了一条破席，铺在路上，脱衣服，浴凉风，其乐无穷，这叫做‘席卷天下’。”鼓吹者们把穷人说成何等的无牵无挂，自在逍遥！但鲁迅驳斥说，富人决不会和穷人对换：“大约眼前有福，偏不去享的大愚人，世上究竟是不多的，如果精穷真是这么有趣，现在的阔人一定首先躺在马路上，而现在的穷人的席子也没有地方铺开来了。”不肯对换又故作如是说，鼓吹者自有深意。鲁迅揭露说：“安贫乐道是古今治国平天下的大经络。”①真是一语破的，道出了反动派的用心。

鲁迅认为，不论什么人，只要对人民进行禁欲式的说教，都必须坚决反对和揭露：“假如我们设立一个‘肚子饿了怎么办’的题目，拖出古人来质问罢，倘说‘肚子饿了应该争食吃’，则即使这人是秦桧，我赞成他，倘说‘应该打嘴巴’，那就是岳飞，也必须反对。如果诸葛亮出来说明，道是‘吃食不过要发生温热，现在打起嘴巴来，因为磨擦，也有温热发生，所以等于吃饭’，则我们必须撕掉他假科学的面子，先前的品行如何，是不必计算的。”②

鲁迅说得何等斩钉截铁！他把对人民生活的态度当作检验是非、善恶、真假的唯一的和最高的标准。他的憎爱又是何等鲜明！

鲁迅当然懂得，人民“幸福的度日，合理的做人”的权利，不能靠恩赐，只能靠斗争才能得来，他很早就提出：“我们目下的当务之急，是：一要生存，二要温饱，三要发展。苟有阻碍这前途者，无论是古是今，是人是鬼，是《三坟》《五典》，百宋千元，天球河图，金人玉佛，祖传丸散，秘制膏丹，全都踏倒他。”③他对青年表示：“倘若一定要问我青年应当向怎样的目标，那么，我只可以说出我为别人设计的话，就是：一要生存，二要温饱，三要发展。有敢来阻碍这三事者，无论是谁，我们都反抗他，扑灭他！”④鲁迅的这些话里，有进化论的观点，但更多的是革命的斗争精神。生存，靠斗争；发展，也要靠斗争。这是进化的公律，也是社会历史前进的辩证法。

① 鲁迅：《鲁迅全集》第五卷，人民文学出版社，1981年版，第435—436页。
② 鲁迅：《鲁迅全集》第七卷，人民文学出版社，1981年版，第639—640页。
③ 鲁迅：《鲁迅全集》第三卷，人民文学出版社，1981年版，第36页。
④ 鲁迅：《鲁迅全集》第三卷，人民文学出版社，1981年版，第40—41页。

阿 Q 的形象，寄寓了鲁迅的上述思想。阿 Q 上无片瓦，下无插针之地，只能靠做短工得到“勉强够维持灵魂不离开躯体的工资”①来讨口饭吃。但这也办不到。那个社会不允许他有衣食的保证，更不允许他恋爱和“革命”，他想做奴隶都不可得，哪里还谈得到做人的尊严？鲁迅通过阿 Q 的悲惨生活，通过他的精神胜利法，反映和揭示了中华民族、中国人民的深重灾难(包括精神上所受的摧残和毒害)，企图以此唤醒人民起来争取自己“幸福的度日，合理的做人”的权利。阿 Q 抗争过、反抗过，尽管采取的是变态的、扭曲的形式，但是失败了。这失败预示着人民终究会觉醒，终究要起来斗争。在共产党的领导下，在马克思主义真理的启迪下，人民确实觉醒了，确实进行了艰苦卓绝的长期斗争，也确实争得了“幸福的度日，合理的做人”的权利，这是可以告慰于鲁迅先生的。

① [德]马克思、恩格斯：《马克思恩格斯全集》第二卷，人民出版社，1995 年版，第 305 页。

文艺创作与变态心理

一

精神病学家证明，所谓变态心理，其最显著的特征就是混淆现实与想象或幻想的界限，失去与外界情境的真实联系而生活在想象的或幻想的世界中，如同做梦一样。其实做梦也就是一种变态心理，人们在梦境中也生活在虚幻世界中。精神病学家C. 费希尔指出："梦是正常的精神病，做梦是允许我们每个人在我们生活的每个夜晚能安静地和安全地发疯。"[①]由此可知，心理正常的人也有时发生变态。常态与变态，很难明确区分。世界上没有绝对常态的人，也没有绝对变态的人。任何常态的人都有几分变态，而任何变态的人也都有几分常态。所谓变态只不过是泯没了幻想和现实的界限，并没有什么特殊的不同于常态的心理内容。变态时的心理内容在常态的心理中也完全存在，而且，同样的心理现象，可因不同的人，不同的时间、地点，不同的社会历史环境而有不同的含义。例如，未开化的人就分不清虚幻世界与现实世界的界限。他们白天可有幻听幻象或可以和鸟兽草木进行对话，实际他们生活在幻想和迷妄的世界中，这在今天看来显然是变态表现，但在他们却是司空见惯的常态。但今之视昔，犹后之视今，今天我们认为是事实的东西，明天可能会被证明是错觉。现代科学证明：人们据以生活的许多真理，在一个新的参考系统中也许不得不承认是一种幻觉、一种变态心理的反映。可见变态与常态的区分只是相对的而不是绝对的。像原始人那样的幻听和迷妄现象在我们日常生活中也时有发生，特别是在感情激动或一往情深之际。据报载，作家杨沫爱花草，她把花草称为自己"最真挚、最接近的朋友"，她对花草的感情"如醉如痴"。每逢她看到美丽的花，她总要久久地凝视，甚至忍不住向它们低低絮语："生活——人的一生应当像这美丽的花，自己无所求，而却给人

① ［德］费希尔：《生理心理学》，科学出版社，1981年版，第372页。

间以美……”[1]以花为友、视无知为有知，不是也有点幻想和迷妄吗？但这样的变态心理，有谁未曾体验过呢？像这样的例证是随处可见的。在文艺创作中，出现心理变态更是常见现象。

现在，让我们从“对牛弹琴”说起。不消说，在日常生活中，任何心理健全的人都不会去做对牛弹琴的蠢事。但在有情要抒，除了牛以外又一时找不到抒发对象的情况下，“对牛弹琴”这种反常或变态的行动却是可能出现的。高尔基在《我的大学》里，写到他在流浪的日子里，在一家面包作坊里当伙计，得到外祖母——他的“最知心的人”、“最了解、最珍贵的人”——逝世的消息的时候，他强烈地想要对人讲述一下他的外祖母，藉以抒发他的痛苦和哀伤，但他一时找不到任何可以作抒发对象的人。

“过了许多年以后，当我读到契诃夫的关于马夫的异常真实的故事的时候，我想起了这些日子。在契诃夫的故事中，马夫对马诉说着自己儿子的死。遗憾的是，在那些辛酸的悲凉的日子里，我的周围既没有马，也没有狗，我没有想到把悲哀分一些给老鼠，在面包作坊里，老鼠是很多的，我和它们的关系也很友好。”和对牛弹琴一样，把马甚至老鼠作为知音不是同样反常或变态吗？其实，不仅牛马之类的动物可作知音，山川草木同样可以成为抒情的对象。约翰·克利斯朵夫在孤独中，曾把莱茵河作为唯一的知己，“他唯一的朋友，听到他吐露思想的知己，只有在城里穿过的那条河，就是在北方灌溉他故乡的莱茵河，在它旁边，克利斯朵夫又想起了童年的梦境”。这种心理变态现象，无论在日常生活中，还是在文艺创作中都是普遍存在的；人在悲哀、寂寞、孤独中，在人世间找不到温暖和同情之际，就必然寄情于自然，和小草对话，听天籁奏乐，“正须闭口林间坐，莫道青山不解言”(王守仁)；“乡无君子，则与云山为友；里无君子，则与松竹为友；坐无君子，则与琴酒为友”(元结)。晋王徽之把竹作为不可须臾离开的亲密伴侣，他对朋友指竹曰：“何可一日无此君邪!”尤其是在忠贞贤士、怨悱君子眼中，则美人明月、芳草珍禽，无往而不可藉之抒发我之怀抱，亦无往而不可自其窥见我之性情。应该说，这是普遍的自然的现象，它出于生理—心理的要求，符合生理心理学的规律。正如饥思食、渴思饮一样，人有情就要宣泄、抒发，否则便活不下去。而宣泄、抒发就要有点反常或变态；不反常、不变态，则无由宣泄、抒发。变态的深浅、久暂是与情感的强度成比例的。

艺术创作中的心理变态，也意味着自我意识的暂时丧失，而自我意识的

① 《杨沫爱花》，《文学报》，1953年8月26日。

暂时丧失，又意味着主客一体或人我不分、物我两忘。这很类似精神病患者的误把幻想当成现实的那种心理状态。惟一的区别就是，艺术家能够控制自己的心态，既能纵又能收，能进入变态，也能恢复常态，返回现实；而精神病患者却陷入虚幻世界而不能自拔了。英国精神病学家哈特(B. Hart)曾指出，常人虽也有变态的时候，但并未完全丧失和实在界的接触，“他的朋友看见他心不在焉的样子，沉浸在他自己的念头之中，对周围发生的事全不理会。但是如果需要，他是能够把自己拉回现实中来的，尽管这样做是很费力的，换句话说，他和日常生活已分裂到某种程度，但这种分裂是部分的，不完全的，并且是暂时的，假使再进一步发展，真地病了起来，这种分裂就厉害起来，长久起来。那病人(现在可以这样称呼他了)就完全把自己从现实世界分离出去，而把他的精神力量全部用在白日梦中去了，他永远生活在一个自造的世界里了”①。从哈特的分析中，我们不但了解到两者的相异处，而且也了解到两者的相同或相通之处了。

先说人我不分。人我不分是艺术创作中的自然的、普遍的现象。所谓人我不分即推己及人，以己之心度人之腹。鲁迅说创作就是“借别人以叙自己，或以自己推测别人的东西”。李博说：“诗人、小说家、剧作家、音乐家甚至雕刻家和画家都能感受到自己所创造的人物的情感和欲望，和所创造的人物完全融合为一，这是一个众所周知的事实，几乎也是一条规律了。”②高尔基更明确指出：“科学工作者在研究公羊的时候，没有必要把自己想象为一只公羊，但是文学家，虽然是慷慨的，却必须把自己想象成是吝啬鬼……”③蒙田说：“……我设身处地，常把别人的痛苦变为我亲身的痛苦，让旁人的情感篡夺了我本身的情感，一个咳嗽不停的人会使我觉得自己的肺和喉咙都不舒服。”④这说明，艺术家不仅在想象中，在心理上与对象合而为一，而且在生理上都引起了反应，达到“感同身受”的地步。左拉谈他这种感受能真切到“渗入他所创造的人物的生活之中”，以致觉得自己的背上“就是穿着他们褴褛的衣服”，“脚上穿着他们的破鞋子在走路”，“他们的愿望，他们的需要——一切东西都渗进我的灵魂来了，或者我的灵魂走进他们的肉体去了。这是一个醒着人的梦。”⑤泰纳说他写作时会“失掉了外界事物的概念，以至于不认识城里的

① ［英］哈特：《疯狂心理学》，亚东图书馆，1929年英文版，第147页。

② 《外国理论家作家论形象思维》，中国社会科学出版社，1979年版，第186页。

③ 《外国理论家作家论形象思维》，中国社会科学出版社，1979年版，第150页。

④ 《外国理论家作家论形象思维》，中国社会科学出版社，1979年版，第11页。

⑤ 艾芜：《艾芜全集》第十四卷，四川文艺出版社，2014年版，第77页。

街道”，他几乎把自己小说里的故事信以为真，“把自己虚构世界的消息，当作现实世界的消息告诉朋友”。[①]和精神病患者一样，他完全把想象当现实，甚至觉得想象中的真实超过了现实的真实，以至于连城里的街道都不认识了。创作中的这种心理变态的体验不胜枚举。事实证明，没有一个真正的艺术家在创作高潮中不曾进入这种境界、有过这种体验的。

艺术家虽然常与他们所创造的人物一同经历磨难的痛苦或痛苦的磨难，却获得了最大的幸福和满足。也许正因为有这种痛苦，他们才更觉得幸福。这样的幸福感本身就是有点异乎寻常，有点变态。陀思妥耶夫斯基说：“如果我过去什么时候有过幸福的话，那么，这也并不是我因为成就而陶醉的最初瞬间，而是当我还没有把我的手稿读给任何人听，拿给任何人看的时候，在那些漫漫的长夜里，我沉湎于兴奋的希望和幻想以及创作的热爱之中；我同我的想象，同我塑造的人物共同生活着，好像他们是我的亲人，是实际活着的人，我热爱他们，与他们共欢乐，共悲伤，有时甚至为我的心地单纯的主人公洒下最真诚的眼泪。”[②]请看，这种变态境界是多么令人神往啊！

艺术家在创作中，还常常把无灵魂、无生命的东西看成有灵魂、有生命的。也就是说，他不但人我不分，还常常物我不分或物我两忘，即把自己当成物，把物看成己。就像金圣叹所说“人看花，花看人，人看花，人到花里去；花看人，花到人里来”。花是人，还是人是花？是庄周梦蝴蝶，还是蝴蝶梦庄周？真是难分难解，物我莫辨了。现代派作家卡夫卡的代表作《变形记》可算是物我不分的一个突出例证。作品叙述一个推销员一觉醒来，发觉自己成了一个令人怵目惊心、毛骨悚然的大甲虫。人变甲虫，也是甲虫变成人，人与甲虫的界限泯没了。这更是一种变态心理的反映。但丁说得好，“画像者若其不能成为该物体，则不能画之”[③]，可谓一语破的。画家布拉克也说，“一个人不应该只解释事物，他必须沉湎于物体之中而将自己变成该物体”[④]。中国古代画论中讲过不少这种变态心理的体验。

南宋罗大经说：“曾云巢无疑，工画草虫，年迈愈精，余尝问其有所传乎，无疑笑曰：‘是岂有法可传哉？某自少时取草虫笼而观之，穷昼夜不厌。又恐其神之不完也，复就草地之间观之，于是始得其天，方其落笔之际，不知我之为草虫耶，草虫之为我也。此与造化，生物之机缄盖无以异，岂有可

① 《文艺理论学习参考资料》下册，春风文艺出版社，1982 年版，第 343 页。

② 《古典文艺理论译丛》十一期，知识产权出版社，2010 年版，第 111 页。

③④ 郭有、周昌忠编译：《创造心理学》，正中书局，1989 年版。

传之法哉。’”

这种物我交融的变态心理体验，朱光潜先生在《文艺心理学》中举过不少例子。这里只择其一就够了。

乔治·桑说：“我有时逃开自我，俨然变成一棵植物，我觉得自己是草，是飞鸟，是树顶，是云，是流水，是天地相接的那一条水平线。觉得自己是这种颜色或是那种形体，瞬息万变，去来无碍。我时而走，时而飞，时而潜，时而吸露。我向着太阳开花，或栖在叶背安眠。天鹨飞举时我也飞举，蜥蜴跳跃时我也跳跃，萤火和星光闪耀时我也闪耀。总而言之，我所栖息的天地仿佛全是由我自己伸张出来的。”她对这种变态心理的描写可谓细致入微，出神入化了。

保尔·塞尚用比较抽象的语言说：“我们的空气的温柔抚触着我们精神的温柔，色彩是那个场所，我们的头脑和宇宙在那里会晤。”①他所说头脑和宇宙会晤即主观和客观、心和物相融合的疆界和境界。

他们的体验告诉我们，艺术家对宇宙万汇不是用理智去宰割，而是非自觉地用感情，用变态心理去综合、把握。用哲学语言说这便是“万物有灵论”，即把万物都看成像自己一样有生命、有灵魂的实体。正如英格洛(Jean Ingelow)所表白的那样：“我有一种惯癖，就是不但把我自身所有的那一种同量的智力委于各种生物，纵是顽石与各种制造品我也都赋予它们这同量的智力。我常觉得路边的小石头若使勉强着静悄悄地卧在那里，只见周围事物的活动，不知有多少愁闷，所以要使它们得一种新鲜的境界。”②艺术家在大自然面前，同中国古代哲学家一样，也是与天地精神相往来，而不傲倪于万物。他身为万物之灵，却不以万物之灵自居，此所以为万物之灵也。泰戈尔说得好：“当我们是大为谦卑的时候，便是我们最接近于伟大的时候。”事实上，多和大自然接触，本来就能在无形中使人恬静旷达，维持精神与心理的健康。傅雷指出：“在众生万物前面不自居为‘万物之灵’，方能祛除我们的狂妄，打破纸醉金迷的俗梦，养成澹泊洒脱的胸怀，同时扩大我们的同情心。”而艺术家也只能借同情之心才能深入自然之中，与之化为一体而生活于其中——这才是所谓的形象思维或形象地把握世界的真谛。陶渊明的有名诗句“平畴交远风，良苗亦怀新”，描写的就是这种情怀和心态。艺术家以这种情怀和心态去感受世界，便觉山川草木，动植飞潜，与自己是同一血统的生物，它们同样有灵性，

---

① 宗白华：《宗白华美学译文选》，北京大学出版社，1982年版，第218页。

② 王希和编：《诗学原理》，商务印书馆，1924年版，第30页。

有生命和性格。一株树，一朵花，一棵草，都是独立的存在，都有独立的价值。泰戈尔不是有这样美好的诗句吗？“小草呀，你的脚步虽小，但你拥有你足下的土地”。在诗人眼里，小草是多么可爱，多么值得自豪，小草凭借自己的内在力量，可以从它足下的大地中汲取丰厚的营养，可以沐浴温馨的阳光，可以呼吸新鲜的空气。总之，可以同样享有生存、滋育、发展的权利和幸福。海涅且有“聪明的小草彼此讲述绿色的童话”这样赞颂小草的瑰丽的诗句。在这样的诗句中，涵含着多么丰富的美、多么深厚的爱！而且，那具有旺盛生命力的小草，不仅能承受人类的爱，有时候，在某些情况下，还会反过来给人们以力量和抚慰。诗人刘再复在他的《在失去青山绿水的地方》这首散文诗中曾这样写道：“一位年迈的朋友告诉我，他在牢里时曾苦恋过青山，苦恋过一棵小草。当他偶然从门缝里发现对面屋顶上有一棵小草时，他发狂似的兴奋过。以后他每天都悄悄地凝视着这株青青的小草，对着小草思索着人生，……那小草帮助他度过了最寂寞、最痛苦的岁月，陪伴他征服了死亡与地狱的挑战。”没有比这样的诗句更能表现小草的崇高价值和它的生命的意义的了。一棵小草对我们人类竟有这般神奇的力量，能不令人作深长之思？王守仁从主观唯心论出发，认为“人的良知就是草木瓦石的良知，若草木瓦石无人的良知，不可以为草木瓦石矣”。从某一方面说，这是有心理学意义的，他写的是变态心理。

但是，从正常理智的眼光看来，艺术家这种体验或感受方式实在是初民的或儿童的心理表现，与今人或成人相比，应该认为就是一种变态心理了。而艺术家所以是艺术家，就是他能用这种变态心理体物。笔者认为，艺术家由变态心理所体验到的物我一体的境界，很类似中国古代哲学家所说的“天人合一”、“上下与天地同流”、“浑然与万物同体”的境界，也就是“民吾同胞，物吾与也”、“亲亲而仁民，仁民而爱物”的仁者的境界。仁者不但爱人，而且爱物，不但推己及人，而且推己及物。《中庸》云：“诚者非自成己而已也，所以成物也。”这是把爱人与爱物包含在个人的人格完成之中，成己所以成物，成物才是人格的最后完成。所以说，“惟天下之至诚，为能尽其性，能尽其性，则能尽人之性，能尽人之性，则能尽物之性，能尽物之性，则可以赞天地之化育，可以赞天地之化育，则可以与天地参矣”。仁者由爱物出发就可以逐步达到“赞天地之化育”、“与天地参”的天人合一的境界。《中庸》对这种境界的描写是：“肫肫其仁(肫肫：恳诚貌——引者注，下同)，渊渊其渊(渊渊：静深貌)，浩浩其天(浩浩：广大貌)，苟不固聪明圣知达天德者，其孰能知之。”肫肫其仁便是天人、物我合一，便渊渊、浩浩其天了。“渊渊”是形容此内在境界无限深邃，“浩浩”是形容此内在世界无限高远；因为无限深邃高远，所以便能含摄天人物我，合而为一。此种合而为一，即天、人、物的内在化，同时即是小我的消失，小我的消失也就是我的彻底外化或客观化。这才是自我人格的最后完成。① 在仁者看来，人与物不是对立的而是一体的，人只有扩大自我，扩大同情心。扩大到无对，觉“万物皆备于我”，“宇宙即是吾心，吾心即是宇宙”，对宇宙起一种息息相通、痛痒相关之感，才是人的最高觉解和人的价值最完美的实现。对仁者的这种胸怀和心理状态，王守仁曾有过很好的描绘，其言曰：

“大人之能以天地万物为一体也，非意之也，其心之仁本若是，其与天地万物而为一也。岂惟大人，虽小人之心亦莫不然，彼顾自小之耳。是故见孺子之入井，而必有怵惕恻隐之心焉，是其仁之与孺子而为一体也。孺子犹同类者也，见鸟兽之哀鸣觳觫，而必有不忍之心焉，是其仁与鸟兽而为一体也……鸟兽犹有知觉者也，见草木之摧折而必有悯恤之心焉，是其仁之与草木栭 为一体也草木犹有生意者也，见瓦石之毁坏而必有顾惜之心焉，是其仁之与瓦石而为一体也”。这既是哲人的情怀，也是艺术家的心态；既是道德体验，也是审美体验；既是善的极致，也是美的高峰。

道德体验和审美体验都离不开爱。著名国画家朱屺瞻反复表白：“我作画，喜‘厚’字。觉得厚近仁，仁近生。”“‘厚’之中多含生机也。”这正是《易》中“天地之大德日生”的思想。所以他作画，不只侧重“悠然自得”，而更主张“写生机当取‘恻然有动’之思”！他追述多年前看到的一张农家老婆婆之画像，题曰：《我母中华》，画像满脸皱纹，“皱纹说出数千年的民族苦难；两眼透出的是一股坚忍不拔的宇宙间母性的生生大德神情！看后一夜睡不着。”屺瞻老人的话切中肯綮，深得艺术三昧。笔者认为一切艺术最高境界，特别是国画都不知不觉地表现出一种“宇宙感”，一种天人合一、宇宙生命统一的思想，归根到底是一种泛神爱的思想。这种爱正是艺术创作的最深厚的根源。苏联著名的教育家苏霍姆林斯基指出：“当一个孩子认为，坏了一个轮子的玩具汽车像受伤的小鸟一样感到痛楚的时候，这不是多愁善感，而是一种同情心，是产生良知和诗意的土壤。”②苏霍姆林斯基是深深懂得珍惜和培育孩子们这种爱的“天性”的。散文家何为也曾从孩子的身上捕捉到这种爱的闪光。他说的是领他游千佛山的一位小向导，在领他走向目的地的途中“忽然离开我，直奔山

① 徐复观：《中国人性论史》，商务印书馆，1969 年版。

② ［苏联］苏霍姆林斯基著，肖勇译：《教育的艺术》，湖南教育出版社，1983 年版，第 19 页。

上那一片小树秧，他向小树说话，十分体贴地扶起一棵刚刚在风雨中弯倒的落枝。这时候孩子和小树融为一体”。[①] 孩子和小树融为一体，正表现孩子对小树的真挚的爱。爱到最后总是要求与所爱的对象合而为一，从心理上乃至生理上。

这种与万物浑然同体的爱的境界，是不自知的，一旦自知便非最大的、最深的爱了。俄国教育家乌申斯基说：“我们可能深深地热爱一个同我们经常生活在一起的人，但是，在任何不幸使我们看到我们的全部眷恋深情之前，我们不会感觉到这种爱。一个人可能活了一辈子也不知道他是多么热爱自己的祖国，如果某种机遇(譬如说长期离开祖国)没有向他显示这种挚爱的全部力量的话。”[②]何为在他的散文集《小树和大地》的“自序”中也谈道：“不知从何时开始，小树和大地，有花的树和无花的树，各以其不同的生态和灵性，相继出现在我的若干篇章里。当评论家从我的文学园地找出众多的树影，并加以论述，我才憬然有所悟，原来我是多么钟情于树。”可以断言，如果作者事前明确意识到他如何爱树，从而自觉地写他的这种爱，肯定他是写不好甚至写不出这众多的树影来的。因为爱而意识到自己在爱，就不是爱，至少不是真爱了。这条心理学规律我们的古人早就深刻理解了。孟子说：“由仁义行，非行仁义。”行的是仁义，却不觉得、不认为自己在行仁义，这才是真正的仁义。意思是一个人的仁民爱物是真情至性的流露，是自然而然，不得不然。老子有“天下皆知美之为美，斯恶已；皆知善之为善，斯不善已”。荀子也有“其善者伪也”之论，行善而知其善，且以善名之，这就是不善而是伪了。老子的“天地不仁以万物为刍狗，圣人不仁以百姓为刍狗。”旧注：“天地生万物，圣人养百姓，岂有心于物、有私于人哉！ 以观之，有同刍狗。”而《庄子》所说“利泽乎万世不为爱人”、“功盖天下而似不自己”(似不自己，即好像和自己不相干之意)。总之，即大爱不仁、大仁不仁或不仁之至乃大仁之至。如此说来，孔子的“民可使由之，不可使知之”这句话也可以这样理解了：“由之”是非自觉的；“知之”，是自觉的。爱是非自觉状态，一旦自觉就不是真正的爱。孔子的这句话包含着深刻的审美体验和道德体验，从教育观点看，更是至理名言。教育者不应该以教育者自居，致使被教育者觉得是在被教育——这首先就有伤被教育者的自尊——“我说你服”。这样的教育，一开始甚至还没有开始就失败了。教育者应出以爱心，以平等态度待人，没有那么明确的教育

① 何为：《小树与大地》，上海文艺出版社，1982年版，第98页。

② [苏联]苏霍姆林斯著，肖勇译：《教育的艺术》，湖南教育出版社，1983年版，第24页。

者的自我意识，从而被教育者也不觉得在受教育，这样的教育才是最好的、真正的教育——其实质是对人的爱——这才是“民可使由之，不可使知之”的精义。

我们强调艺术创作中的浑然与万物同体这种境界，并不是宣扬白痴和愚騃，“浑然与万物同体”也绝非白痴和愚騃，白痴和愚騃不识不知是智力低下的结果，而“浑然与万物同体”却是大智大仁的表现，是人作为万物之灵所可能达到的最高精神境界。这种境界是有点不可思议的，只有具备很高理性和经过智力训练的人才可能对这种不可思议进行思议。别林斯基所说的“神秘的灼见”就是此种境界。好个“神秘的灼见”，“神秘”而又有“灼见”，可见自有大智在；但“灼见”而又“神秘”，可见有几分不可以言传或理喻。泰戈尔说“小理可以用文字说清楚，大理却只有沉默”，孔子说“予欲无言”，古今哲人大概都有感于此吧！对此种境界解释最好的是柏格森(Bergson)，他称之为“知的同情”(Intellectual Sympathy)，所谓“知的同情”就是“吾人赖以神游于物内面而亲与其独特无比(Unique)不可言状(Inexpressible)之本体融合为一者也”①。这是对“浑然与万物同体”的最明确的表述。它表明，真知灼见必须以把自己的同情扩大到物(即爱的泛化)的途径才能达到和得到。这与中国古代哲学家主张由道德的积累达到对宇宙本体的认识的思想是完全一致的。

这种“浑然与万物同体”的境界，也就是美国心理学家马思罗②(Maslow)所讲的高峰的体验(Peak Experience)。马思罗认为这种体验是生活中最奇妙的体验，只有在出奇的关键时刻或伟大的创造时刻才会产生。在高峰体验中，可体验到自足的给人以直接价值的世界。这时，外部世界的知觉具有急剧变化的趋势：知觉被看作为自足的整体，经验者感到他对于知觉对象正付出全部注意力而且可能达到心醉神迷的程度。我们通常列入认知范畴的那些知觉，或者暂时消失，或者居于从属地位，即对其他物象听而不闻，视而不见，注意力只被一种知觉对象所全盘吸引。有时达到把知觉者和被知觉的事物融为一体的感觉。人一旦进入这个境界，就会失去自我意识而与宇宙融为一体。

这里所说知觉被看作是自足的整体，就是知觉者的知觉不必全依赖于被知觉的物象，知觉者感到他的经验是自我证实的，不需外来的肯定。“万物皆备于我，宇宙即是吾心，吾心即是宇宙”，就是这种自足的知觉。这种知觉的存在是不需要被知觉的东西证实的。所以马思罗说：“高峰体验似乎本身产生

① [法]柏格森著，杨正宇译：《形而上学序论》，商务印书馆，1921年版，第8页。

② 现译为马斯洛。——编者注

价值，可用完整、真实、尽善尽美、自足、圆满、公正、有生气、善和美等词来描写。”但是，“这种经验的许多方面简直是一般语言所无法表达的。”①

马思罗是把这种高峰体验作为异常意识即变态心理来看待的，这表明，人生最高境界是在变态心理中达到的。他的心理学分析，对我们理解“浑然与万物同体”的创作心理是很有启发的。

对这种高峰体验，爱因斯坦也高度重视。他早就指出：“我们所能有的最美好的经验是神秘的经验。它是坚守在真正艺术和真正科学发源地上的基本感情，谁要是体验不到它，谁要是不再有好奇心也不再有惊讶的感觉，他就无异于行尸走肉，他的眼睛是迷糊不清的。”②苏霍姆林斯基在《教育的艺术》中是这样转述这段话的，“爱因斯坦说过，我们所体验到的一种最美好、最深刻的情感，就是探索奥秘的情感。谁缺乏这种情感，他就丧失了在心神的神圣的颤栗中如醉如痴的能力，他就可以被看成是一个死人。”爱因斯坦把这种神秘体验视为科学和艺术创造的基本感情，这是他的切身体验。他还说：“同深挚的感情结合在一起的、对经验世界中所显示出来的高超的理性的坚定信仰，这就是我的上帝概念。照通常的说法，这可以叫做‘泛神的概念’（斯宾诺莎）。”③又说：“我认为宇宙宗教感情是科学研究的最强有力、最高尚的动机。”④爱因斯坦所说“上帝概念”、“宗教感情”即神秘感。据爱因斯坦的女婿说，爱因斯坦性格最显著的特点，是富有人的感情，“他之与一切有生之物浑为一体”⑤。可见他的神秘感也就是他的仁者之心。

二

艺术创作中的变态心理之另一种比较普遍的现象是错觉和幻觉。在浑然与万物同体的状态中，已有错觉、幻觉成分，但那主要是想象作用，还没有完全发展成幻象或幻觉。

所谓错觉，即对客观物象的一种错误的知觉。在错觉里，有一种实际的感觉刺激，但被错误地知觉了，而且在经验中被歪曲了。幻觉则是没有外物

① [美]克雷奇等：《心理学纲要》下册，文化教育出版社，1981年版，第472页。

② [美]爱因斯坦：《爱因斯坦文集》第三卷，《我的世界观》，商务印书馆，2009年版。

③ [美]爱因斯坦：《纪念爱因斯坦译文集·关于科学真理》，上海科学技术出版社，1979年版。

④ [美]爱因斯坦：《纪念爱因斯坦译文集·关于科学真理》，上海科学技术出版社，1979年版，第132页。

⑤ [美]爱因斯坦：《纪念爱因斯坦译文集·关于科学真理》，上海科学技术出版社，1979年版，第184页。

刺激而出现的虚假的知觉，即知觉到某种东西好像是物质存在，而实际上并无感觉到刺激来自哪个地方，但也和那种有实在物象刺激的真实知觉一般真实。所以幻觉是知觉的一种异常状态或变态知觉。这种错觉、幻觉在艺术创作中是常见的，甚至是会必然出现的现象，在精神病中也极为常见，特别是幻觉更为普遍。精神病中还有一种迷妄症。“迷妄(Delusion)和幻觉密切相关，而且常随同幻觉发生。事实上二者有别。幻想不是错误的感觉，而是错误的信念，所以倘病人看见一件实际上并不存在的物象，这是幻觉。倘使他自信他是世界的最高统治者，那便是迷妄了。”①迷妄的种类很多，常见的有两种：一类是夸大型，一类是恐怖型。在夸大型中，病者自信是杰出的人物，具有种种特性，远远高出侪辈之上。恐怖型者以为人人都在想法暗算他，伤害他，他生活在虚构的恐怖世界之中。迷妄常与幻觉相混，迷妄可补充或促进幻觉，幻觉又促进或增强迷妄。艺术家在创作过程中，每每发生错觉或幻觉，仿佛丧失了自我意识的指导而陷入迷妄迷茫状态，并进而沉浸在自造的幻境之中。“惚兮恍兮其中有象，恍兮惚兮其中有物”就是这种状态。现实生活和幻觉世界一起流逝，两者以最出人意料的方式相互交错，这是任何一个艺术家都体验过的。古人所说“精骛八极，心游万仞”，“寂然凝虑，思接千载；悄焉动容，视通万里；吟咏之间，吐纳珠玉之声；眉睫之前，卷舒风云之色”讲的就是创作中的想象作用，但也有错觉和幻觉的成分。艺术家当他们熟悉了自己的写作对象，进入艺术构思时，往往如醉如痴，进入变态，达到“神与物游”的境地，产生“操笔如在深山，居处如同野墅，松风在耳，林影弥窗”的幻景和幻境；甚至发生迷妄以至视假为真，以虚为实。② 汤显祖写戏剧时的“掩袂痛哭”，绝不是个别现象。苏联名作家费定在向青年作家提出的要求中特别指出：“事实在大多数情况下是我们称之为幻想的着力点。我觉得，同作家的‘编造’工作相比较，你过高估计了作家生活(事实)知识的意义，而降低了虚构的意义。现在在完成总共六十个印刷页的两部曲之后，我估计虚构与‘事实’的比例为98∶2。当然，我过去和现在都非常了解1910—1912年俄国现实的生活事实。但是只有离开生活事实，进入想象的广阔天地时，我才能编造我在生活中从没见过的，从没遇到过的，然而又仿佛必然存在过的人物。”③歌

① [英]哈特：《疯狂心理学》，亚东图书馆，1929年英文版，第31页。

② 转引自《美育》，载《离与不离》1983年第6期。

③ [苏联]A. 科瓦廖夫著，程正民译：《文学创作心理学》，福建人民出版社，1983年版，第87页。

德认为“每一种艺术的最高任务，即在于通过幻觉，达到产生一种更高真实的假象”①。

莎士比亚在《仲夏夜之梦》中描述说：“疯子、情人和诗人都是满脑子结结实实的想象，疯子看见的魔鬼，比广大的地狱里所能容纳的还多。情人和疯子一样痴狂，他从一个埃及人的脸上会看到海伦的美。诗人转动着眼睛，眼睛里带着精妙的疯狂，从地下看到天上，他的想象为从来没有人知道的东西构成形体，他笔下可以描绘出它们的状貌，使虚无杳渺的东西有了确切寄寓和名目。”这里所描绘的情状，显然是变态心理的反映，它已不只是想象，而是由想象演为幻象了。

让·保罗说：“幻象所产生的形象只仿佛现实世界里的纷纷落叶飘聚在一起；发高烧、神经病、酒醉都能使那些幻象长得结结实实、肥肥胖胖，凝固成为形体，走出内心世界，而进入外物世界。”②

别林斯基说：“创作的主要显著的标志，就是神秘的灼见，诗的梦游病。当艺术家的创作对于大家还是一个秘密，他还没有拿起笔来的时候，他已经清楚地看见它们，已经可以数清他们衣服上的褶襞，他们额上的犁刻着热情和痛苦的皱纹……”③

《金蔷薇》的作者说：“在巴尔扎克看来，他的人物都是活生生的、亲密的朋友，他忽而气得呼哧呼哧地骂他们是坏蛋、傻瓜，忽而微笑着，称赞地拍拍他们的肩膀……巴尔扎克相信自己的人物确实存在，相信他对他们的情况所描写的确切性，这种相信完全是虚无飘渺的。”

贝多芬则有声音的幻觉，“您问我的乐思是从哪里来的吗？……它们不请自来，像是间接地、又像直接地出现……”④直接地出现，显然是真切的声音的幻觉。罗曼·罗兰谈他创作《约翰·克利斯朵夫》过程中的一段心理体验说：“一八九〇年三月，在霞尼古勃山上，我沉浸在遐想中，夕阳照耀，罗马城上红光闪闪，……天上的眼睛吸引我的灵魂，我立足不定，失去了时间概念，忽然间，……在远处，我望见祖国……”这段描述，有实景也有幻景，虚实交融，浑然一体，一刹那间达到天人合一、物我两忘的境界。就在这一瞬间：约翰·克利斯朵夫的幻象“顿时涌出，起先那前额从地下冒起，接着是那双眼

① 伍蠡甫主编：《西方文论选》上册，上海译文出版社，1986年版，第446页。

② 《论形象思维》，中国社会科学出版社，1979年版，第36页。

③ [苏联]别林斯基：《别林斯基选集》第一卷，上海译文出版社，1982年版，第178页。

④ 转引自《江汉论坛》，1983年第4期，第44页。

睛，克利斯朵夫的眼睛，其余的身体在以后的年月中，逐渐从容地涌见。可是我对他们的幻象是从那一天开始的。”①

乔治·桑说，当她嬉戏于河边时，常有幻象出现：“我忘却了外界的真境，我相信我能看见树木、水、山石……一片旷野……天空，忽然华光闪耀，忽而层云成阴，使我渡过河也更觉可怕。”②

画家作画也常常借助幻觉。宋代画家宋迪谈作山水画的过程说：

先求一败墙，张绢素讫，倚之败墙之上，朝夕观之。观之既久，隔素见败墙之上，高下曲折，皆成山水之象，心存目想，高者为山，下者为水，坎者为谷，缺者为涧，显者为近，晦者为远，神领意造，恍然见其有人禽草木飞动往来之象，了然在目，则随意命笔，默以神会，自然境境皆天就，不类人为。

他认为没有幻境，画就不能传神，对画家来说，“境由心造”不但是可能的，而且是必要的。

幻觉在两种情况下容易出现。一是在感官倦怠，身心闲逸之际。叔本华曾指出：“吾人发现幻境之强，正与吾人感觉之未受外界刺激成比例，长时期之僻静……静寂、朦胧、幽暗，……皆能引起幻想。”③他讲的是虚静出幻觉。中国古代文论非常强调这一点。刘勰说：“陶钧文思，贵在虚静。”在虚静中，才能沉吟低回，万象冥会，在“寂然凝虑”中，才能“思接千载”、“视通万里”，发生种种幻象。现代心理学证明，在虚静状态中往往发生自动催眠，“梦常在半闭的眼睛前荡漾”，这就是催眠状态，人们都可能有这样的体验，当我们心地空明时，小立窗前，远望外界实景，往往不知不觉间忽觉飘渺茫茫，宛如置身上界清廓，忘却尚在尘世，这就是幻觉。许多艺术作品，特别是国画都是在虚静的心理状态中生出种种幻象而创造出来的。虚静所以致幻是因为在静中，意识的控制力减弱，潜意识得以涌现；自觉性削弱，非自觉性提高；常态放松，变态增强，这就为感情自由充分的活动创造了条件。

虚静的实质是脱俗，即是使心灵摆脱世俗的物欲、个人利害、势利或实用的束缚而获得自由的境界。詹姆士说天才是“用非常的看法去知觉的才能”是很有道理的。用非常的看法去知觉，即不用世俗的功利或实用的势利的眼光去知觉事物，这样才能看到事物本身的内在价值。爱因斯坦深刻指出：“把

① 转引自《江汉论坛》，1983年第4期，第45页。

② 王希和编：《诗学原理》，商务印书馆，1924年版，第17页。

③ ［德］叔本华：《悲观论集》，商务印书馆，1934年版，第63页。

人们引向艺术和科学的最强烈的动机之一，是要逃避日常生活中令人厌恶的粗俗和使人绝望的沉闷，是要摆脱人们自己反复无常的欲望的桎梏。一个修养有素的人总是渴望逃避个人生活而进入客观知觉和思维的世界。这种愿望好比城市里的人渴望逃避喧嚣拥挤的环境，而到高山上去享受幽静的生活，在那里：透过清寂而纯洁的空气，可以自由地眺望，陶醉于那似乎是为永恒而设计的宁静景色。”①爱因斯坦说的客观知觉即不受世俗的功利和实用的主观影响去知觉事物，这和詹姆士的“用非常的看法去知觉”的意思不约而同。再看卢梭是怎么说的吧：“为面包而写作，不久会窒息我的天才，毁灭我的才华。我的才华不在我的笔上，而在我的心里，完全是由一种超逸而豪迈的运思方式产生出来的，也只有这种运思方式才能使我的才华发荣滋长。任何刚劲的东西，任何伟大的东西，都不会从一支唯利是图的笔下产生出来，需求和贪欲也许会使我写得快点，却不能使我写得好些。企求成功的欲望纵然没有把我送进纵横捭阖的小集团，也会使我尽量少说些真实有用的话，多说些哗众取宠之词，因而我就不能成为原来有可能成为的卓越作家，而只能是一个东涂西抹的文字匠了。不能，绝对不能。我始终感觉到，作家的地位只有在它不是一个行业的时候才能保持，……当一个人只为维持生计而运思的时候，他的思想就难以高尚。为了能够和敢于说出伟大的真理，就绝不能屈从于对成功的追求。”他表示，他绝不需要靠人们的赞美来生活。②

让我们再看看英国史学家汤因比的意见：

人类本性中的一个光荣是，我们对没有直接使用价值的东西怀有好奇心。还在人认识到星辰可以对农民或航海者具有实际用处以前很久，人早就对星辰抱有好奇心了。假如他没有这种无私的好奇心，没有这种分明是人的，超越于动物之上的对待宇宙的态度，那么使用价值也就不会接踵而至了。③

他们说得何等明确，我们所以不惜篇幅加以引述，是因为他们用不同的语言，从不同的角度，把我们要说的意思说清楚了。卢梭说“超逸而豪迈的运思方式”，汤因比说“超越于动物之上的对待宇宙的态度”，爱因斯坦说摆脱“反复无常的欲望的桎梏”都是“虚静”的内涵。这样就可以看出，我们所主张的“虚静”，并不是个消极的概念，而是富有丰富内容的，符合艺术创作规律的积极概念。联系到上面所谈的内容，这种虚静，也可以说是天人合一的另

① ［美］爱因斯坦：《纪念爱因斯坦译文集·探索的动机》，上海科学技术出版社，1979年版。

② ［法］卢梭：《忏悔录》第二卷，北京燕山出版社，1999年版，第497—498页。

③ 田汝康：《现代西方史学流派选》，上海人民出版社，1982年版，第141页。

一种含义。一方面与天合一，他方面必须要“遗世独立”，即脱离世俗，使心灵从名缰利索中获得解放。能在多大程度上与天合一，便能在多大程度上脱离世俗。反过来也是一样，能在多大程度上脱离世俗，也就能在多大程度上与天合一。爱因斯坦所描绘的景象：渴望逃避喧嚣的环境到高山上去享受幽静的生活，陶醉于为永恒设计的宁静的景色，不就表明对天人合一的追求吗？从心理学观点看，世俗的考虑多出于常态心理，是自我意识所控制的；而虚静脱俗多处在变态心理状态下，它要求忘却自我，进入到忘我、无我之境。这是两种不同的知觉方式、运思方式。

以上讲的是虚静致幻。

在情绪亢奋、感情激烈之时，也容易产生幻觉。在激情的推动下，想象会完全歪曲或夸大事物，而强烈的感情会产生真实的事件，即真切的幻觉。所谓心诚则灵就是此种心理现象。心理学证明，在感情积郁太厚，不是一般想象可以表达出来时，便会不知不觉地发生幻象。人类早期(或儿童早期)的意识状态，情感因素和认识因素还没有明确分化，其中情感、情绪方面比重较大，乃至处于优势地位，在这种意识状态下会生出离奇古怪的幻觉和迷信观念，也证明着感情与幻象的这种关系。

由于情感的专注和强烈而产生幻觉，无论是在文艺作品中还是在日常生活中，都是常见的现象。据詹姆士研究，大抵十人当中，至少有一人容易发生幻觉，这个人一生总有一次有过活现的幻觉。这一点，他在《心理学简编》中论之甚详。

霍布士说：“对于某物之情感超乎寻常者为癫狂。”①癫狂即意味着进入幻境。

葛拉多利说：“情人为他的爱情对象所激动，心目中充满了这种形象。例如他的热情使他认为……一切事物，甚至一朵花、一棵草，都旁观艳羡，动心叹气……这种幻象是被爱情颠倒的想象所产生的。诗人的想象产生了这种幻觉。”②

当人受了强烈刺激，感受着浓厚的情绪时，他的神经很容易错乱，或紧张太过，以致出现幻觉。“因情成梦，因梦成戏”，就是这种现象。相传拜伦的好友司各德一听到拜伦的死耗，立刻看到他的朋友出现在眼前，他分明看见了衣服的样式，当走近仔细审视对，才知是幻觉。衣服的形影乃是帷帐的

① [英]霍布斯：《利维坦》，商务印书馆，1935年版，第45页。

② 《论形象思维》，中国社会科学出版社，1979年版，第21页。

摺痕。据周海婴回忆，鲁迅去世前两三天，他曾发生幻听："我下午放学回家，突然耳朵里听到遥远空中有人对我说：'你爸爸要死啦！'这句话非常清晰，我非常惊讶，环顾四周，附近并没有什么人，而这句话却非常明确地送入我的耳鼓。"类似事例在我国古籍中也是屡见不鲜。《汉书》所记武帝思念李夫人的故事就是最生动的一个。李夫人死后，武帝思念不已，方士言能致其神，"乃夜张灯烛，设帷帐，陈酒肉，而令上居他帐，遥望见好女如李夫人之貌，还幄坐而步，又不得就视，上愈益相思悲感，为作诗曰：是邪非邪，立而望之，偏何姗姗其来迟！"这段文字把汉武帝对李夫人的幻觉写得何等真切！对于自己所热恋的人，正因可望而不可即，其思念才益加殷切，而愈殷切，愈易致幻。在迷茫恍惚中，还可能产生她们在身畔或能嗅着香泽的幻觉。《史记·封禅书》描写海上三神山："未至，望之如云，及到，三神山反居水下，临之，风辄引去，终莫能至云。"似有还无，极迷茫飘渺之致，则是由迷信神仙，妄想长生之心理所生之幻象。《论语》记载颜渊对孔子的崇拜说："颜渊喟然叹曰：仰之弥高，钻之弥坚，瞻之在前，忽焉在后。"颜渊对老师的热烈崇敬之情，化作种种幻象而抒发出来了。司马迁对孔子也不胜仰慕之至，他无限深情地写道："高山仰止，景行行止，虽不能至，然心向往之。"情意如此真切，当亦有幻象出现。鲁迅的《一件小事》中，对车夫的崇敬之情，也使他发生了类似幻觉："我这时突然感到一种异样的感觉，觉得他满身灰尘的后影，刹时高大了，而且愈走愈大，须仰视才见。""异样的感觉"，即幻觉也。依同理，古代圣徒或宗教神秘主义者们也往往产生幻觉。由于斋戒、禁欲，生理发生变态，感觉昏蒙，这种变态与宗教狂热相混杂，更易引起幻觉；有时由于太注意所崇拜的对象，便发生一种自动催眠。由于这种状态所引起的幻觉《圣经》中有很多记载。有一例说，彼得登上屋顶祈祷，当腹饥沉入昏迷时，忽见天开了。詹姆士说宗教天才往往表现为神经不稳症状，宗教领袖常陷入变态心理症象，常听见虚幻的语声，看见幻象。

据记载，英国文学家班杨一生受幻觉支配，当他的宗教感情热烈时，往往眼见种种幻象，外界事物他视而不见，只"注视经过他心灵里的事物"。他独行于乡野，工作于牢狱，无时不眼见幻象，耳听幻声，而幻象的鲜明与幻声的清晰几无异外界实物，他很像丹顿和路德(Dunstan and Luther)被恶魔引诱、降服，等到后悔时，就看见上帝由屋漏下临，告之曰："我的恩典给你很多了。"

艺术创作需要动情，比起宗教圣徒来怕是有过之而无不及，两者内容不同，但根源则一，艺术家在创作高潮中发生幻觉的现象是非常普遍的。文艺作品中描写的幻象、幻景更是司空见惯，限于篇幅，此处不再赘述了。

对于幻觉这种变态心理现象，还可以用内驱力来解释。心理学的最新研究表明，动物的活动以及人类的许多活动是受内驱力所控的。所谓内驱力是指未经意识到的一种发自本能和情绪的力量。诸如饥、渴、思睡："渴望钟情"、"愤怒和吃惊"。据研究，"几乎所有各种动物的行为，以及相当大部分的人类行为，都可被认为是内驱力控制的行为。我们往往意识不到，为什么我们偏偏会这样做"。这种不知不觉，有许多表现形式：

正在等候女友约会的人，可能跑到一个陌生人面前，把她当成他所期待的人。他不了解，由于他的渴望，使一个陌生人变成他所期待的人。他却以为是他的视力不好而受窘。这里，内驱力使知觉发生了变化，发生了错觉。

一个儿童在一个陌生的房间里醒来，惊慌哭泣，确信他看见一只老虎，一开电灯，老虎便消失了。这里，内驱力产生了幻觉。

我国历史上有名的风声鹤唳、草木皆兵的故事，以及"一朝被蛇咬，十年怕井绳"的日常心理生活体验，当也属这种内驱力造成的错觉、幻觉。"就是这样，我们的心境、情感、内驱力和愿望，常常润色和改变着我们周围的所谓客观世界。我们的动作受种种无意识的内驱力所指导，我们所觉察到的那些需要与愿望是加在它们上面的。"①

内驱力说揭示了幻觉的生物、生理基础，这自然有合理的一面，但它忽视了社会因素，又未免失之片面。

前面谈到虚静致幻，这里又谈到炽情（或痴情）致幻，如果虚静是导致意识放松而致幻，那么炽情则是淹没理智、使意识瘫痪而致幻，两者各尽其妙，殊途同归。如上所述，幻觉是心理变态的反映，当心灵趋于梦幻时，也就趋于变态。变态与常态并无严格界限和不可逾越的鸿沟，内驱力的说法也暗示了这一点，变态行为和心理过程不过是常态功能的扩大或缩小。上面说过，两者的区别不在心理内容不同，而在表现形式的差别。就是说，变态之所以变态，不是心理内容与常态不同，而是表现形式异于常态，可以说变态是常态的另一种表现。常态人同样常常发生变态，只是他能控制变态，能返回常态，回到现实。艺术家在创造过程中发生的幻觉就是常态人的变态，这与精神病患者的变态是不同的，精神病患者始终沉浸在自造的幻境中而不能回到现实，他只会做幻想思维，而不会做现实思维了。《狂人日记》中的狂人，电影《城南旧事》中的疯子都是最好的例证。

① ［德］费希尔：《生理心理学》，科学出版社，1981年版，第318页。

依精神分析的观点，人类有两种根本不同的思维方式，即有指向的思维或智力的思维和无指向的我向思维(autistic thinking)。有指向的思维是自觉的，它追求一个目的，即它适应于现实并试图影响现实，而且它能用语言沟通。我向思维是潜意识的，非自觉的，它所追求的目的并不在意识之内，它不适应于现实，而仅为自己创造一个想象的梦境，一个幻想和幻觉的独立的自我封闭系统；它不寻求真理，只求满足欲望，而且它严格保持私人特性，不能借助语言沟通。我向思维主要靠形象发挥作用，生出许多虚幻的东西，它借助于间接的方式(即变态方式)表现自己，借助于象征手段来激发产生它的感情。① 英国心理学家麦独孤(Mc Dougall)也指出："我向思维是潜意认识思维"，认为"思想系列愈是受动机、欲望和冲动控制……愈接近于我向思维。人们的白日梦，由于它们和夜梦一样受模糊的欲望和冲动控制，也可称之为我向思维"。荣格(Jung)称有指向思维为直接思维，称我向思维为幻想思维，他认为直接思维"是能够用语言因素进行传达，是麻烦的、费力的；而后者则没什么麻烦，是自发地靠暗示活动"②。"第一种思维与现实密切联系，依靠现实而活动，后者却从现实逃开，追求主观自由"，他又说：幻想思维方式"不约束我们，它很快引导我们离开现实而进入过去和未来，这时表现在语言中的思想停止活动，而想象纷纷聚集，感情生发感情，在这种情况下，感情是依照他们自己的引力自由浮动、升沉"。③ 别林斯基也说："人生活在两种领域里：他生活在主观的领域里，从这一点说来，他只属于自己，此外不属于任何人；同时，他又生活在客观的领域里，这使他跟家庭、社会、人类联系起来。这两个领域是互相对立的：一方面，他是自己的主人，无须向任何人报告自己的追求和意向，而在另一方面，他又完全依存于外部关系。"从他们的说明中可以看出，"我向思维"或"幻想思维"是非实用的，而"指向思维"或"直接思维"是实用的。很明显，艺术家在进行创作时，他暂时脱离了"客观的领域"，而生活在"主观的领域"，他这时主要受"我向思维"或"幻想思维"支配，即暂时处于变态心理状态中。对这一点，罗曼·罗兰曾有明确的说明："他(指约翰·克利斯朵夫——引者注)没有觉得自己原来有两种人的性格：一个是创造的艺术家，完全不问道德后果的；一个是行动者，喜欢推理的，希望他的艺术有道德的与社会的作用，……现在他一心一意地想着创造，等着受

① [瑞士]皮亚杰著，傅统先译：《儿童的语言与思维》，文化教育出版社，1980年版，第61页。
② [美]杜兰德：《变态心理学大纲》，中国人民大学出版社，2009年英文版，第212页。
③ [苏联]别林斯基：《别林斯基选集》第二卷，上海译文出版社，1982年版，第114页。

自然律支配的时候，就把实用的念头丢开了。自然律，即生理—心理的，或感情活动的规律。实用念头，即功利的世俗的考虑，“道不同，不相为谋”，艺术创造与“世俗世界”是两个不同的世界，各自遵循不同规律，不能以此例彼，或以彼例此。梁简文帝有云：“立身之道与文章异，立身须先谨慎，文章且须放荡。”要言不烦，说的也是这个道理。

以上所说的两种思维，大体上相当于我们常说的逻辑思维与形象思维。依我们的观点，形象思维应是变态心理研究的范畴；须以变态心理学角度进行研究，以常态心理度之，是很难说清楚的。

三

艺术创作中的“天人合一”之感及错觉、幻觉的普遍存在，证明艺术家在创作过程中的一段时间里，总是要发生一定程度的心理变态。否则，就不可能有真正的创作。创作本身就意味着创作者的心理由常态到变态的转化和变化。

自古至今，很多人都认为艺术家是精神不正常的人，甚至说天才就是疯子，是有组织的精神病等等。说艺术家是疯子当然是错误的，没有多少根据。不错，天才或艺术家中确有精神病患者，但天才或艺术家中正常人更多，而疯狂症患者中有许多却是智力低下的，所以疯狂与天才或艺术创作并没有必然的联系，这已是为许多精神病学家所公认的事实。美国心理学家康克林说得好：“如果疯狂是天才的一个主要现象，则疯狂医院当是产生哲学、文学和艺术的策源地了。显然，实际情况并非如此。”①

但要说艺术家有比较偏执热烈和易于激动的气质和性格，有特殊的思维方式则不无道理。果戈里就是一个具有这种特点的代表人物。车尔尼雪夫斯基说他“是一个不知道有中庸的天生的热狂家；不是沉沉酣睡，就是生命沸腾，不是沉醉于生命的欢乐感，就是去受苦受难，如果二者都没有，就会感到沉重和苦闷”②。艺术家的这种特点，在现实生活中可能会成为弱点或缺点，但在艺术创作中却是不可缺少的优点。托尔斯泰曾经对他的一个兄弟说过，你具备做一个作家的全部优点，然而你缺少作为一个作家所必须具备的缺点，那就是偏激！性格偏激在现实生活中是很大的缺点，它不能适应现实；但在艺术创作中却是难能可贵的东西。托尔斯泰正是从这两种角度看问题的。心

① ［美］康克林著，吴绍熙、徐儒译：《变态心理学原理》，商务印书馆，1936年版，第356页。

② ［俄］赫尔岑：《文学的战斗传统》，上海文艺出版社，1953年版，第148页。

理学家证明："情感对人的影响，是随着人格的不完整和适应现实的失败而增长的；适应能力愈受限制，潜意识的作用愈占优势并代替自觉活动。"[①]这些话为托尔斯泰的观点提供了根据。

艺术家不是疯子，但要说艺术家在创作过程中必须也必然有不同程度的变态或疯狂也完全是有根据的。奥斯本指出："据说德谟克利特曾断言：诗人只有处在一种感情极度狂热或激动的特殊精神状态下，才会有成功的作品……这种情绪上的昂扬自得的特殊精神状态被认为本身就是一种疯狂，并且在习惯上总是把它看作是与一个人在控制着他的全部机能时的那种正常状态相对立的。"[②]柏拉图早已指出："不失去平常理智而陷入迷狂，就没有能力创造，就不可能做诗和代神说话。"不能认为他们的说法毫无道理，许多艺术家的创作体验证明了这一点。

一位法国画家谈他的作画过程说："多次出游之后，我总有好几天把大自然请回家里来作客，并且正是在此之际开始我的痴狂：我手持画笔，在我的画室的森林里寻找榛果，我倾听鸟儿歌唱和风中的树叶作响，看河水和溪流中映出天空和大地的万千气象，甚至太阳也在我的画室里起落。"[③]歌德说自己因失恋而痛苦，像梦游那样，几乎无意识地写成了《少年维特之烦恼》。高尔基说："我时常觉得自己像喝醉了酒一样，并体验着……热狂……我好像一个患了歇斯底里症的人一样，骨鲠在喉，我想狂叫……"A. 托尔斯泰说："艺术作品，它跟做梦一样，是刹那间产生出来的。……在艺术里却没有逻辑存在的余地。"郭沫若说他的《地球，我的母亲》是在"神经性发作中"写出来的。

这样的例证是不胜枚举的。根据文艺家的体验，是变态而后创作，还是创作而后变态？我认为是变态而后创作，也是创作而后变态，不变态不能创作，而创作就必然发生变态。

变态是潜意识活动，潜意识在创作中的作用不但为许多艺术家的创作体验所证实，也为许多科学家所承认。大数学家普因开(Poincare)肯定："不自觉之我，或谓潜伏之我，在数学的发明方面，占有重要之地位"，"普通以为潜在之我能自动地工作"[④]，并指出数学之创造与美感关系极大，认为"凡无有此项感情之人，在数学方面总不能有所发明"，而美感与潜意识是不可分的。

---

① [美]武尔夫：《手势心理学》英文版，第 166 页。

② 《论灵感》，载《外国文艺思潮》第 1 集。

③ 《论画》，载《世界美术》，1980 年，第 1 期。

④ 彭加勒：《科学与方法》，商务印书馆，1934 年版，第 48 页。

他还说："自觉之我其范围殊狭，关于潜伏之我，其境界如何，非吾人所能知，故吾人尽可假定，其在短时期内所构成之各种结合，较之一自觉的人一生所能捉摸者尤多。"①不能否认，人们的创造力、潜在力多来自潜意识。许多事实证明，创造性往往出现在思想放松，甚至出现在睡眠和梦境中，这是最有利于潜意识活动的时机。心理学家发现，灵感是位于睡与醒之间的过渡性区域。剑桥大学的调查表明，有百分之七十的科学家从一些梦中得到启示，日内瓦大学的数学家的调查结果是六十九人中有五十一人是在睡眠中解决问题的。有些国家在文职人员中试用"放松训练法"，其提高工作效率较之工间操更为显著。精神上如此，体力上也如此，"精诚所至，金石为开"，硬气功的头撞石碑、腹托千斤的惊人力量，是由放松训练而来的，"无极而太极"，无为而无不为，只有充分放松，才能充分积蓄和发挥潜力。

尽管对潜意识的功能和机理目前还不能做出科学的解释，但潜意识的存在则是不能否认的。苏联心理学家长期以来一直否认潜意识，但最近明确提出要加强这方面的研究，并出版了有关这方面的著作。

变态心理学早已证明，人在清醒状态下做不到的事，在变态状态下却能轻易做到。比如记忆，在催眠状态(也是一种变态)中的记忆常比清醒时的记忆更清楚、更迅速。1979 年联合国教科文组织在索菲亚举行了教学提示法(其原理就是在无意识状态中使用暗示法进行教学)国际会议。一批毫无外语知识的人，经过三天教学，开始比较自由地使用一定数量的英语词汇。在学生保持清醒、松弛的状态下，教师用一种特殊的语调多次重复要学的词句来进行教学，这种方法可大大节省时间，如原来的 289 个学时的教学内容，现在可以在 160 个学时教完。这是发挥潜意识功能的结果。② 还有一例，有位从未学过英语的女医生，经过二十八个晚上的催眠学习，不仅掌握了英语会话，而且考试证实，其英语已达到了专业一年级水平。③ 类似现象，在梦游症患者中也曾发现。据荣格说，有位女病人，尽管没学过德语，但在梦游症中，她可以轻易而又自信地全部使用文雅的德语讲话。还有些梦游症患者，在梦游中能做出醒时所不能做的动作。甚至平时已失去作用的器官在睡梦中也能恢复机能，双腿瘫痪的人在梦游中往往比平时逃得更灵活迅速。斯梯克(Stekl)证明，有一种梦游症患者向往月亮，他们可以毫无恐惧地、灵巧地爬到屋顶上，

---

① 彭加勒：《科学与方法》，商务印书馆，1934 年版，第 52 页。

② 车文博：《应当重视和加强无意识心理研究》，《心理学科普园地》，1984 年第 1 期。

③ 《催眠术》，载《大众心理学》，1983 年第 4 期。

不论屋顶有多么高。谢切诺夫也说，有一种“月夜梦行患者在悬于万丈深渊之上的、恰能容足的窄木板上果断地行走”，“若不会踩绳索的人，在知觉存在时便不能做到这一点”。

这些事例说明，潜意识不但存在，而且具有极大潜能。在今天，它对我们来说还是一片广大的未知领域，贮存着巨大的心理能量和力量，我们大致可以这样说，凡人所经验的一切和种种不能满足的欲望，都内藏其中，它包含着无数影像，这影像常在梦中或沉思中重现。故潜意识并非只是先天的本能，还有后天的、有意识形成而后来变为无意识的东西，荣格指出：“人在幻想思维中保持他的心理发展史中所凝结的东西。”①这是很正确的，柏格森对此曾有精确的描述：“我们所有的记忆无论在什么时候，都是联为一体的，像金字塔一样，其尖端恰与现在相符合”，即现在的记忆是塔顶，过去的记忆是塔的下层，处于现在记忆的后面，“尚有许多别的记忆，无虑数千百万，都藏于意识域之下。我相信我们既往的生活，以至于微细的节目，都仍然保存，丝毫未有遗忘；自我们一有意识起，凡所知的，所思的，所欲的，都是永远存在的。存在于这些深奥的地方的记忆……好像是一种不可见的鬼怪。他们或者很希望升到光明的地方来，……可是……这是不可能的事”。但是，“假使我睡着了，这些被压迫的记忆，最初本拘禁于意识域之下，觉得此时我已把障碍物除去了，遂升至于活板门那里，起首活动”②。他不但指出潜意识的心理内容无比丰富复杂，也指出潜意识只能在意识消失或控制力减弱的情况下才能发挥作用。不言而喻，对艺术创作来说，潜意识是取之不尽的源泉(这与生活是创作的源泉并不矛盾，来自生活中的材料须在潜意识中储存和酝酿)，潜意识中不仅沉积着种种意象和欲念，也潜在着无穷的情绪和情感力量，一般说来，意识只触及表面，而潜意识才是心灵中最本质的东西。决定人的本质的东西，往往是不被人意识到的东西，而不是意识到的东西。未表现于行的心理，未浮到意识层的心理，可能是人生中最真实的部分。人的最伟大、最宝贵、最稳定深沉的品质是非自觉的。《居里夫人传》说：“反抗荣誉不是她的原则，而是她的天性。”原则是意识到的东西，而天性则是未被意识到的心灵深处的东西。托尔斯泰说：一个谦虚的人一旦意识到自己谦虚，他就不谦虚了，而他愈装作谦虚便愈远离谦虚。叔本华称：“任何心性(quality of mind)或特性，其真实而悠久者，必源于无意识；仅由不知不觉而显其作用，

① [法]荣格：《潜意识心理学》，1912年英文版，第19页。

② [法]柏格森：《心力》，商务印书馆，1923年版，第102页。

此所以有深秘之印象。若有任何同上之性质，经由意识之练习，即为造作而成，既变为有意，故其事属于人为……即为做伪。”他认为“一切伪装的假情假意都是思索的产物”，所以他强调：“每一个想要……在文学、艺术上有所成就的人都必须遵从无意识法则。”

这不是没有道理的。但是怎样达到无意识或潜意识呢？上面已说过不少，这里再做进一步补充说明。

《庄子·达生》中讲过这样一个故事：

梓庆削木为鐻(鐻，乐器——引者，下同)，鐻成，见者惊犹鬼神，鲁侯见而问焉，曰：‘子何术以为焉?’对曰：‘臣工人，何术之有！虽然，有一焉：臣将为鐻，未尝敢以耗气也，必齐以静心(齐：通斋，斋戒也，下同)。齐三日，而不敢怀庆赏爵禄；齐五日，不敢怀非誉巧拙；齐七日，辄然忘吾有四枝形体也，当是时也，无公朝(不知道有朝廷)其巧专而外滑消(滑：扰乱；消：排除)，然后入山林，观天性(指观察树木的质性)，形躯至矣，(指树之形态极适于做鐻)然后成见鐻(见，现也，即恍乎一成鐻在目)，然后加手焉(加手，施工)；不然则已(不这样就不做)，则以天合天(用我的自然合树木的自然)，器之所以疑神者，其是与！

这是对创作心理的精辟说明，《庄子》认为，只有一步步摆脱世俗的影响，彻底清除尘世的污染，排除功利毁誉的种种考虑，从心理学上说就是摆脱意识的控制，听任潜意识支配才能进行创造。这是一个“为道日损，损之又损，以至于无为”的过程，这样就能恢复本有的“真纯”之气，而升入“神全”之境。这样，才得以客观地、真切地观察自然，感受自然，从而获得审美体验。这也就是我们前面所讲的“天人合一”境界。

《庄子》这个故事，还告诉人们用接触大自然的办法来达到潜意识状态，中国古代的艺术家很重视这一点。王昱有言：“未作画前，全在养性，或睹云泉，或观花鸟，或散步清吟，或焚香吸茗，俟胸中有得，技痒兴发，即伸纸舒卷，兴尽斯止。”[①]这些话是有代表性的。大自然之美给人抚慰，而不是刺激感官，一个人到了山明水瑟的境地，杂乱的思想将很快被山水的灵气洗涤净尽。那破晓的朦胧，黄昏的晚霞，尤其令人坠入梦幻而进入潜意识境界。

中国的画家、书家和诗人还特别喜欢酣饮大醉后进行创作，如果说接触大自然是虚静致幻的话，这就是炽热致幻之一途。在封建社会，几乎没有一个诗人不喝酒的，书画家差不多也是这样。所谓“嗜酒见天真”、“酒后吐真言”

① 沈子丞：《历代论画名著汇编》，文物出版社，1982年版，第401页。

确是实情。例如贺知章，“每醉辄属辞，笔不停书”；李白更是如此，他“斗酒诗百篇”，他“醉中操纸，兴来走笔”，他“一醉累月轻王侯”，他“兴酣染翰姿狂逸”。其他诗人也时常如此。至于书画家，他们酒后创作的也很多。苏轼诗云：“空肠得酒芒角出，肝肺槎牙生竹石”，可为明证。

据记载，“扬雄作奇字，嗜酒”。

吴道玄“好酒使气，欲挥毫，必先酣饮。”

“张旭嗜酒，每大醉，呼叫狂走乃下笔，既醒自视为神，不可复得也。”

杜甫有诗叹道：“张旭三杯草圣传，脱帽露顶王公前，挥毫落纸如云烟。”

“石曼卿……尝曦舟于泗州之龟山寺，僧请题壁，乃剧醉卷毡而书，一挥而成。”“苏舜钦负才气……发愤懑于歌诗，其体豪放，善草书，每酒酣落笔，争为人所传。”

还有八大山人，“他工书法，……狂草颇怪伟……性孤介嗜酒。爱其笔墨者多置酒招之，预设墨汁数升，纸若干幅于座右，醉后见之，则欣然攘臂搦管，狂叫大呼，洋洋洒洒，数十幅立就。醒时欲觅其片纸只字不可得”。

“李静之(正华)工书，嗜饮，终日不醉，将临池，必饮酒。无日不临池，亦无日不饮酒也，微醺时作书，盖淋漓酣畅，笔墨飞舞。”(《书林纪事》)

这些记载，或有夸张，但绝不是毫无根据。因为醉酒确有麻痹意识、激发幻觉，使情绪亢奋、诱发潜意识活动的作用。必须说明，封建时代的文人命途多舛，在他们遭遇坎坷之际，借助酒兴，挥毫抒愤是可以理解的。但总地说来，多数人的多数作品并非都是醉中之作，而醉中也不一定都能进行创作，因为达到潜意识并非只有醉酒一途。

四

这一部分，我们要谈一谈潜意识与理性的关系问题。

我们已经谈了只有在意识活动被抑制时，潜意识才得以发挥作用，现在我们还要进一步指出：愈是意识不参与控制，潜意识愈能发挥作用。

叔本华说，当“独自一人想要在不间断的活动中完成什么的时候，理性的应用，思索，反而可能常是一种障碍。例如在台球游戏中，在击剑中，在管弦调音中，在歌唱中，就是这样。在这些场合，必须是直观认识直接指导活动；如果掺入思索，反而使这些活动不恰当，因为思索反而会使人分心而迷乱。所以野蛮人和老粗正因为他们没有什么思维的习惯，反而能够既稳且快地完成一些体力活动，譬如同兽类搏斗啦，射箭命中啦。凡此都是惯于思索的欧洲人望尘莫及的。”①

心理学家阿德勒曾以口吃为例说明这个道理。他指出许多口吃者，当他们发怒的时候，能够顺口骂人而不见有丝毫期期艾艾的痕迹。那些经常口吃的人在朗诵诗文或谈情说爱之时，也能很流利地发音吐语，这足以证明口吃的决定因素“存在于口吃者对于他人的关系之中。其决定的时刻则为面面相对的时候。当此之时，他必须于他自己及他人之间成立一种关系，或必须利用语言以表达其中心的要蕴，一种内心的紧张即由之引起，而口吃的习惯则为之抑住，其结果遂有流利的语言之出现”。意思很明白，口吃者与人对话所以不口吃，是因为他把注意力紧张地放在与人的关系之中，因而忘记了自己的口吃，也就是暂时地丧失了口吃的自我意识，听任潜意识来支配自我，于是他就不口吃了。阿德勒还指出相反的情况：当一个儿童学习讲话并不感到困难的时候，没有一个人会特别注意其讲话能力的发展情况，而当他的学习讲话有困难的时候，则情况就不同了，全家人随时都在留意他的讲话，一见不对之处，立即予以指导、矫正。这样就使他过分注意自己的讲话，他开始有意识地控制自己的表达，其结果愈想讲好反而愈讲不好，久而久之，口吃就这样形成了。阿德勒由此肯定：“自动活动机能的有意控制，每成为此机能的束缚及障碍。”②

阿德勒还注意到我国《庄子》中这样一个故事：黄帝遗失了一颗大珠，眼目清明的人都找不到，而失明的象罔却一索得之。其所以然者是因为他未曾控制其视机能以求过分之明而已。

在艺术创作中也常有这种情形。愈想达到某种目的、取得某种效果，反而愈达不到某种目的、取不得某种效果。车尔尼雪夫斯基说：“每一个有才能的人假使能够不受外来不相干的想象所拘束，而完全沉浸在他的天性里，他就会挣得许多东西。关心用语的美也就属于这一类不相干的想象之列的：在写作的时候，应该忘记这种美”，因为“一个人只有在不想到效能的时候，他才会产生真正的效能”，“最好的蜜是从蜂巢中自己流出来的，挤压只对榨油坊才有好处；这不但是诗歌活动，同时也是一般生活的规律：每个人都应当按照他的本性以及他所创造的对象底实质而行动”。③ 别林斯基也反复强调过这

① ［德］叔本华：《作为意志与表象的世界》，商务印书馆，1982年版，第96页。

② 王云五主编：《儿童教育》，商务印书馆，1937年版，第71页。

③ ［苏联］车尔尼雪夫斯基：《车尔尼雪夫斯基论文学》中卷，上海译文出版社，1982年版，第231页。

个观点，他认为一切被创造出来的东西都不是靠筹思、计算的理性和意志产生出来的，而是靠“天启”创造的。关于这一点，他说，“最好用梦来解释，梦是一种自由但同时又依存我们的东西。忧郁的人做可怕的、怪诞的梦；迟钝的人在梦里也在睡眠和吃东西；演员听见鼓掌，军人看见打仗，衙门书吏见人行贿，等等”①。这比喻非常恰当，梦是自由的潜意识活动，不受意识和意志支配，不是想做就做出来的，完全出于不知不觉、自然而然。他深刻指出：“创作的能力，是自然的伟大的禀赋；创作者灵魂里的创作行为，是伟大的秘密；创作的瞬间，是伟大的圣务执行的瞬间。”②在谈到果戈里怎样进行创作时，他更明确地说：“他只是像实际的那样描写事物，它们究竟怎样，他管不着，他不抱任何目的地去描写它们，只为了享受描写时的愉快。继《智慧的痛苦》之后，我不知道有任何一部用俄文写成的作品，能像果戈里君的中篇小说那样具有纯洁的道德性，对世道人心发生强烈而有益的影响。呵，在这样的道德性面前，我是随时准备屈膝下跪的！……作品中的道德性，应该表现在作者对于道德的或不道德的目的毫无奢求这一点上面。事实比空谈更为响亮；忠实地描写精神的丑恶比一切攻击它的话要有力得多。然而，不要忘记：这样的描写，只有当它是无目的的时候，被创造出来的时候，才是忠实的。”③别林斯基在这里强调的正是潜意识的作用。作家高晓声的创造体验也可以证明这一点：“1958 年开始，我已不是作为一个作家去体验生活，我是在劳动改造的，……二十多年来我从未有意识地去体验他们的生活，倒是无意识地使他们的生活变成了我的生活。”④多亏了他是无意识地体验生活，他的思想感情才真正起了变化，使陈奂生们的生活成了他的生活。

对潜意识的作用做了这样的说明后，我们就可以进而谈谈潜意识与理性的关系问题了。我们肯定潜意识的作用，并不等于否定理性，否定世界观对艺术家的指导，如像有些评论家所说的那样。时至今日，潜意识所以遭到非难、非议，就是因为它被认为是非理性或反理性的。有人甚至说：“有人说创作仅仅是潜意识活动，那么愈是白痴，愈是没理性的疯子之类愈有资格创作出最好的作品。”这纯粹是误解。什么是理性，什么是反理性，这是需要做具体的科学分析和深入研究的。马克思深刻指出：“理性永远存在，但它并不是

---

① ［苏联］别林斯基：《别林斯基选集》第一卷，上海译文出版社，1982 年版，第 181 页。
② ［苏联］别林斯基：《别林斯基选集》第一卷，上海译文出版社，1982 年版，第 177 页。
③ ［苏联］别林斯基：《别林斯基选集》第一卷，上海译文出版社，1982 年版，第 195 页。
④ 高晓声：《谈谈有关陈奂生的几篇小说》，《文艺理论研究》，1982 年，第 3 期。

永远存在于理性形式之中。”①说到底，我认为理性与非理性并没有不可逾越的鸿沟。世界上没有纯粹的百分之百的理性，也没有纯粹的百分之百的非理性。理性中有非理性在，非理性中也有理性在。一味强调理性而贬斥非理性未必真正符合理性，而承认非理性也未必不符合理性。事实上，只有理性者才有非理性，动物既谈不到理性，也谈不到非理性。所以，从根本上来说理性与非理性是不可分的。

在许多情况下，非理性乃是理性的一种更深刻的表现。比如走路，我们走路是自然符合力学规律的，但并没有想到这个规律，如果只有想到这个规律，并在其指导下来走，那我们就一步也不能前进了。事实是，如果每一呼吸每一步履都要受理性、受意识支配，那肯定是生理缺陷。呼吸、行走、目视这些基本功能是在无意识中进行的，只有在运转不灵的情况下，大脑才得到警报，才意识到器官出了毛病。鲁迅说得好：“人必有所缺，这才想起他所需，穷教员养不起老婆了，于是觉到女子自食其力说之合理，而且附带地向男女平权论点头；富翁胖到要发哮喘病了，才去打高尔夫球，从此主张运动的要紧。我们平时，是决不记得自己有一个头，或一个肚子，应该加以优待的。然而一旦头痛肚泻，这才记起了它们，并且大有休息要紧、饮食小心的议论。”《庄子》也讲：“忘足，履之适也；忘要(腰)，带之适也；忘是非，心之适也；……始乎适，而未尝不适者，忘适之适也。”

由此可见，非自觉、非理性的活动往往是充实有力、自足、自信的表示；而自觉的理性活动反倒是空虚无力的反映。

而且，潜意识中并非没有理性，只是不自觉或不意识到这种理性而已。例如做梦就是，一般以为梦是无理性可言的，其实在梦中我们对于自己作为一个人的表象并不发生根本的变化，除了保留着各种简单的情感，如恐惧、满意外，还保留着羞耻感、自尊感、过失感等这样一些受社会制约的复杂情感。这表明梦中仍有明确的理性。据柏格森研究，“无论醒时梦时所运用的机能都是相同的”，不过前者是有意识控制，后者是无意识控制罢了。所以所谓梦“就是全体心理生活减去聚精会神的努力。在梦中我们仍有所知觉，有所记忆，有所推论”。总之，“做梦的人不能再有所努力。这就是梦中人与醒的人之区别，且止有这点区别。”②所谓“不能再有所努力”就是指有意识的控制。柏格森还认为：“在梦时我们不顾论理则有之，但非不能运用论理。我甚至要大

---

① [美]曼弗雷德·库恩：《康德传》，上海人民出版社，2014年版，第92页。

② [法]柏格森：《心力》，商务印书馆，1923年版，第112页。

胆地说，(很像违反之论)做梦的人所以错误的正因为他推理过分的缘故。”①他的意见是值得重视的。又如本能，毫无疑问，本能一是潜意识的，但本能之有理性也是不容否认的，这一点，巴甫洛夫的前驱、俄罗斯生理学之父——伊凡·谢切诺夫在他的著名论文《脑的反射》中曾做过有力的论证。他根据自己的研究，得出了“对于思想的不依赖性”的本能动作是“有目的的有理智的动作”的结论。“自然，谁也不会反驳人也有本能自卫感的想法，大概谁都曾听见过只能用存在着这种模糊感觉的观点来解释人的行动底故事。人们甚至列举一些能有效地说明理智的参与有时竟破坏了本能运动之目的性的事实。例如，大家知道：月夜梦行症患者能以完全清醒的人所不能有的敏捷动作，完成最危险的凌空漫游。其次，据说酩酊大醉的骑手，行至道路危险之处，比清醒的骑手更善于驾驭马匹。在这些情况下，意识的存在可能发生恐惧而妨碍运动的目的性，并引起一系列有碍前一运动的新的不随意运动，但无论如何，读者会见到：在理智的表面特征上，有时不随意运动不仅不逊于有意识的运动(即完全清醒时所发生的运动)，而且在这方面，甚至要超过它。尤其是不会踩绳索的人在失去意识时所能做到的那种惊人的平衡动作”，都是“在思考能力活动时不可能有的”运动。“这种运动不可能是任何其他别的，而只能是不随意的、反映的、本能的运动。”②稍加思索就可看出，迅速而精力旺盛的反射动作，对个体的安全对保存种族是多么重要，假使你在动作之前先要思考，那么你的性命会在突然来车的车轮下送掉，或者在你想出如何动作才能免掉一些东西威胁你的眼睛以前，你就变成瞎子了。尼采所说“在你的肉体中有更大的理性，强过你的最聪明的智慧”不是没有根据的。坎农(Cannon)的名著《躯体的智慧》专门讨论由不稳定的物质构成的躯体处在变化多端、极不稳定的环境中却能保持平衡、稳定以利生存和发展的惊人“智慧”，为尼采的观点提供了最有力的根据。这与谢切诺夫的“不随意运动可能表现在月夜梦行症患者和酒醉骑手的全部危险旅行过程中的整个一系列合乎保护身体之目的动作，因之，从这一观点看来也是有理智的动作”③的观点正好可以互相发明、互相印证。

最后，我们要着重谈谈感情的理性问题。感情也是潜意识的，也是有“理”的，只是它不自知其有理，这是感情的本质属性。依我们的观点，率性

① [法]柏格森：《心力》，商务印书馆，1923年版，第108页。
② [俄]谢切诺夫：《谢切诺夫选集》，人民卫生出版社，1957年版，第161页。
③ [法]柏格森：《心力》，商务印书馆，1923年版，第162页。

而行，理在其中，可以说有情就有理，合情就合理，情便是理。情理关系，在很大程度上就是欲理关系。欲理之争，在中国思想史上从来就是存在的。远的不说，到了明、清之际，王船山、戴东原等进步思想家就已明确提出“天理即在人欲中，绝人欲即无天理”、“有欲斯有理”、“理必须就人之情欲求之”、“未有情不得而理得也”等欲理一体、欲先理后、欲主理从之说，以反对宋朝理学家“灭人欲、存天理”将理欲强行割裂、对立，以理制欲的唯心之论。戴东原尖锐指出这是“以理杀人”之理。先哲们的光辉思想，至今仍没有失去意义，它给我们的情理一体论以有力的启发。

但情中到底有什么理呢？也就是情到底遵从什么原则活动呢？我们认为情的基础是欲，是愿望，是随心所欲。或者说，是生理—心理的需要，就是说，情中之理就是生理—心理之理。“情真之极，转而成痴，痴则非理解矣。”[①]如对牛弹琴、对马诉苦之类的举动，以常理揆之，迹近疯狂，“岂有此理”，确是不可以理喻。但深入研究，那反常变态行为不正是出于抒情的需要，出于生理—心理的需要吗？我们曾说，有情不抒人是活不下去的。在“痴情”中自有至理。这不但是势所必至，亦理有固然。必须承认，在感情中，主观的东西正是由于它的主观性而表现出来是客观的，即感情只从主观愿望出发，不管实际情况，这正是一种客观规律，是非理性的理性，“痴情”所以被看作背理，是离开了情，专用现实生活的常理去衡量的结果。

感情活动的这个特点，许多人都是懂得的。斯宾诺莎说：“心灵总是尽可能去想象足以增加或助长身体活动的力量的东西，……心灵总是尽可能努力去想象它所爱的东西。”[②]德国伟大军事作家克劳塞维茨说：“虽然人的理智总是喜欢追求明确和肯定，可是人的感情却往往向往不肯定。人的感情不愿随理智走那条哲学探索逻辑推论的狭窄小道，……它宁愿和想象力一起逗留在偶然性和幸运的王国里。在这里，它不受贫乏的必然性的束缚，而沉溺在无穷无尽的可能性中。在可能性的鼓舞下，勇气就如虎添翼，像一个勇敢的游泳者投入激流一样，毅然投入冒险和危险中。”[③]感情向往不肯定，向往偶然性和可能性，就是向往侥幸和幸运。这也就是一厢情愿的欲望和愿望的表现。人的感情活动的这个特点，大概是人的本性使然吧。《燕山夜话》讲过《一个鸡蛋的家当》的故事，就很能说明这个问题。故事说，“一市人，贫甚，朝不谋

① 刘永济：《词论》，上海古籍出版社，1981年版。
② ［荷］斯宾诺莎：《伦理学》，商务印书馆，1958年版，第106页。
③ ［德］克劳塞维茨：《战争论》第一卷，中国画报出版社，2013年版，第41页。

夕。偶一日，拾得一鸡卵，喜而告其妻曰：我有家当矣。妻问安在。持卵示之。曰：此是，然须十年，家当乃就。因与妻计曰：我持此卵，借邻人伏鸡乳之，待彼雏成，就中取雌者，归而生卵。一月可得十五鸡。两年之内，鸡又生鸡，可得鸡三百，堪易十金。我以十金易五牸，牸复生牸，三年可得二十五牛。牸所生者，又复生牸，三年可得百五十牛，堪易三百金矣。吾持此金以举债，三年间，半千金可得也。"这个财迷，愈说愈兴奋，竟至忘乎所以，把幻想当成现实。他的如意算盘最后落实到娶一个小老婆，以致他的妻子"怫然大怒"，"以手击卵，碎之"。这时，他才如梦初醒。一个鸡蛋的家当就这样毁掉了。他的幻想也由之破灭。凭一个鸡蛋能发财吗？真是异想天开，他完全不考虑现实的可能性，只一味随心所欲地驰骋幻想。他的一系列的一厢情愿构成了一支财迷狂想曲。透过这狂想曲，可以看到一种生物的、生理的欲望和需求。朱光潜在他的《变态心理学》中讲过一个类似的故事：一个卖牛奶的女佣，头上顶着一罐牛奶上镇市上去，边走边想着，这罐牛奶可以卖得许多钱，拿这笔钱买一只母鸡，可以生许多鸡蛋，再将这些鸡蛋化为钱，可以买一顶花帽和一件漂亮衣服，我戴着这顶帽子，穿着这件衣服，还怕美少年们不来请我跳舞？哼，那时候谁会去理他们；他们来请我时，我就向他们把头这样一摇。想到这里，她已忘却了现实，真的把头一摇，奶罐扑通一响，她这才从美梦中惊醒，回到严酷的现实。

两个故事，各有千秋，各自符合他们的身份。前者要讨个小老婆，后者要找一个如意郎君，这是他们潜意识中的情欲。这情欲使他们想入非非，陷入变态，忘却现实。心理学家证明："那些极端的一厢情愿的思维即所谓我向思维，它完全受个人需要和情感的支配，极少甚至完全不顾及现实。"①古人云：食色性也。在他们的愿望的后边，分明是人的生物本性，人的生理—心理需求在模模糊糊地然而又非常顽强地作用着。鲁迅不是也说过吗？"大愿，原是每个人都有的，不过有些人模模糊糊，自己抓不住，说不出。他们中最特别的有两位，一位是愿天下的人都死掉，只剩下他和一个好看的姑娘，还有一个卖大饼的；另一位是愿秋天薄暮，吐半口血，两个侍儿扶着，恹恹的到阶前去看秋海棠。"第一位的愿望与前两个故事一样，体现着食色本性的需要；第二位则体现了第一性需要满足之后发展了的第二性的需要——求雅兴，那纯是心理的或精神上的需要了。

要补充说明的是，在第一性的需要之中，除食色外，还有一种幼子之爱

① ［美］克雷奇等：《心理学纲要》上册，文化教育出版社，1981年版，第189页。

的需要。这是人和动物所共有的另一种本性，这种本性也是非常强烈而执着的。尼采曾说："一种动物冒生命危险保护它的幼子，或在交尾期中，拼死追逐异性，是不思索死亡与危险的，它的理智……是停滞了，因为爱幼子或爱异性之欢情与这欢情被劫夺之恐惧，纯粹将它统制了，它比平时较痴愚。"[①]爱异性、爱幼子都符合种族保存的目的，尼采将两者相提并论是有根据的。屠格涅夫的一篇短文《麻雀儿》就提供了一个动物的幼子之爱的范例。文章叙述了一只老麻雀忽然发现自己的幼子即将被狗捕食，说时迟，那时快，在千钧一发之际，它面对这庞然怪物，面向"那齿牙发光的张大的口"，以"一种比它的意识更强的力""扑下身来"，终于使狗惊愕而退。屠格涅夫由此得出结论说："爱，我想比死或者比死的恐怖还要强烈。全靠这个，全靠爱，生命才得以团结和进步。"鲁迅也这样认为："动物界中除了生子数目太多——爱不周到的如鱼类之外，总是挚爱它的幼子，不但绝无利益心情，甚或至于牺牲了自己，让它的将来的生命，去上那发展的长途。"尼采所说在个体面临生死存亡的时刻，理智活动停滞，这是表面看问题，其实停滞正透露出一种更高、更深、更大的理性。为了保护幼子，为了种族绵延，不惜牺牲自己，这难道不是更高、更深、更大的理性？难道不可以说至情就是至理，爱就是理？

同样是爱，但人与动物仍有本质的不同。动物不能推己及物而人不但能推己及人，而且能推己及物。因为人能以己之心度人之腹，所以能做到己欲立而立人，己欲达而达人，己之所欲施之于人，己所不欲，勿施于人；人饥己饥，人溺己溺。总之，把爱泛化、普遍化，这就是人的理性。王船山所说"以我自爱之心，而为爱人之理，我与人同乎其情也，则亦同乎其道也。人欲之大公，即天理云至矣"，"天理也，无非人情也。人情之通天下而一理者，即天理也"就是这个意思，可见理性离不开爱和善，而恶必然违反理性，"若犹不协于人情，则必大违于天理"。[②] 理推至最后的是非理性的情。

孔子常说："未知，焉得仁。"他也是把仁智并举的。与孔子同时而生在西方的苏格拉底及柏拉图，以"仁"即是"智"为他们的根本学说，这是极有道理的。仁智本是一物，"仁者见之谓之仁，智者见之谓之智"；"自诚明"即是仁，"自明诚"即是智。斯宾诺莎说："能知我们的精神与宇宙相通；能知我们个体，只是一个大体之一部分；能知我们有尽，而此大体无尽；这一个'知'，即是最大的'仁'。"叔本华说："个体之于其类，就像树之一叶。"布鲁诺说："以

① ［德］尼采：《快乐的知识》，商务印书馆，1940 年版，第 7 页。

② 《四书训》，转引自陆复初编：《王船山学案》，湖北人民出版社，1987 年版，第 15 页。

宇宙为一体的'知'即等于上天好生之'仁'。"这些话可以看作是对我们的观点的进一步说明。

黑格尔从人性的发展上对上述问题做了论述，他说人的发展有三个阶段，第一阶段是自然存在，人，"作为自然的人"，其性是恶的。第二阶段是"超出自然存在"，达到"人与自然分离"，在这个阶段，人有了精神，成了"自我意识的存在"，但人只顾追求自己的私欲而离开了"共性"。到第三阶段，超出小我的个别性达到与普遍性统一，这就是我们所说的天人合一境界。使天人合而为一的就是爱。所以费尔巴哈说："爱既是尘世之物，也是天国之物。"爱把"尘世"和"天国"结合为一，也就是"爱把有限的事物提升为无限的事物"。① 这提升的过程，就是推己及人的过程，所以这个"推"字很关键，有无理性全在能否推己及人。

总起来说，我们认为情是第一性的，而理是第二性的。说到底，理就是情的泛化和深化，必须承认人类一切行为的根源是情感而非思辨的理性，是情感在先理性在后，不论时间上、逻辑上均是如此。对于艺术家来说，"理论是艺术家在他的充满秘密的道路上的停息驻足之点，这条道路是他的本能替他开辟的，这些理论并不是预先想好的，而是事后的努力，替他的事先未曾理解到的工作，找出合理的根据。"所以，"理论的思考应该是基于先前的艺术创作的事后反省"。不仅艺术创作如此，其他活动也往往如此。可以说是非理性决定理性，是潜意识决定意识，是非自觉决定自觉。换个说法是下层决定上层，低级决定高级，宇宙间任何事物都是"较高的要以较低的为前提，较低的并不以较高的为前提，理由很简单，因为它必须有件东西在它底下，才能站得更高，一件东西越是高高在上，所假定的东西也就愈多。正因为如此，最高的东西并不是最初的东西，而是最晚、最后、依赖性最大、需要最多、最复杂的东西。……一件东西有了没有任何前提的光荣，则它也就有什么都不是的光荣。"②③理性与非理性的关系也是如此。理性离开了非理性就成为无源之水、无根之木，那就不成其为理性了。巴甫洛夫写道："大脑皮层活动的主要冲动来自皮层下中枢。如果排除这些情绪，那么大脑皮层就失去了力量来源。"④巴甫洛夫的话为我们的观点提供了生理学的根据。

---

① [德]费尔巴哈：《费尔巴哈哲学著作选》第三卷，商务印书馆，1979年版，第4页。

② 宗白华：《宗白华美学译文选》，北京大学出版社，1982年版，第202页。

③ [德]费尔巴哈：《费尔巴哈哲学著作选集》下卷，商务印书馆，1984年版，第447页。

④ 转引自[苏联]苏霍姆林斯基：《帕夫雷什中学》，教育科学出版社，1991年版，第242页。

当然，我们也承认，作为情的泛化物的理性反过来也对情有制约引导作用，但归根结蒂它还是决定于情的。

对于艺术创作来说，情形更是如此，也更应如此。艺术家应遵从感情活动的规律，就像苏轼说的那样："大略为行云流水，初无定质，但常行于所当行，常止于不可不止。"情感活动看来似乎是没有定向，实际是不自觉地遵守某种原则走向应该去的地方，而且不得不如此。在不得不如此的后边是种种欲念和愿望。马佐尼说："诗人所追求的逼真具有这样的性质：诗人随心逞意地虚构，因此它必然是一种依照意愿来构想的功能的产物，这个功能绝不会是理智。"①康德说，想象"首创出各种可能的感象，赋予以随心所欲的模样。"②A. 托尔斯泰说："大凡我们每个人写得得心应手的时候，所写的正是所愿意写的东西，这点我现在还要强调一下，艺术作品就是从愿意去创作、去写作什么东西而产生出来的，而不仅仅是由于他觉得应该去写什么东西而产生出来的。艺术和科学的动机的区别就在这里。"③

艺术创作中的感情就是这样"行其所当行"，"止乎不可不止的"，事实上，在很多情况下，使艺术家走入歧途的不是感情，而是错误的认识，是离开或违背情的所谓某种"理"。在艺术创作中，如果头脑用得太多，感情用得太少，本身就不是遵从理性，而是违反理性。

多年来，我们比较重视理性，重视自觉，重视自觉意识的意义和作用，而不大愿意也不大敢于承认非理性、非自觉的潜意识的意义和作用。这不是实事求是的态度。这种态度未必符合理性，未必是真正重视理性的态度。瑞恰慈(Richards)关于这个问题的一段论述是有启发性的：

人们在有了自觉与反省能力之后，便以为他的情感，他的态度与他的行为都发源于他的智识。他以为他最好是尽力地在这方面安排自己，以智识为基础而把情感、态度和行为建基在上面。以实际而论，他是从不会这样组织自己的，……他不知道他的情感、态度和行为已被他的生理的和社会的需要所左右了，并且这些东西本身大半就是他自己以为应当知道的一切东西底本原。④

爱因斯坦也这样告诉我们："通过外界和内省的经验，我们大家都知道，

① 《古典文艺理论译丛》第十一册，知识产权出版社，2010年版，第9页。
② 《论形象思维》，中国社会科学出版社，1979年版，第33页。
③ ［俄］A. 托尔斯泰：《论文学》，人民文学出版社，1980年版，第264页。
④ ［英］瑞恰慈：《科学与诗》，商务印书馆，1937年版，第48页。

我们的有意识的行动是都来自我们的愿望和我们的恐惧。直觉告诉我们，对于别人和对于高等动物也都是如此。我们都力图避开痛苦和死亡，而寻求安乐，我们的行动都受冲动所支配，而这些冲动加以有机的组合，使得我们的行动通常总是适合于保存我们自己和保存我们的种族。欲望、喜爱、痛苦、恐惧等这些内在力量，支配着各个人的自我保存的本能。同时，作为社会的人，在同别人的关系中，我们被同情、骄傲、仇恨、追求权力、怜悯等等这样的感情所激动，所有这些不容易用文字描述的原始冲动，都是人类行动的原动力。如果这些强有力的原始力量不再在我们内心扰动，那末所有这些行动就会停止下来。”承认非理性力量的存在，并看到它的意义和作用这才符合理性，才是尊重理性。爱因斯坦的话切中时弊，值得我们深长思之。

变态心理与文艺

从“对牛弹琴”说起

不消说，在日常生活中，任何心理正常的人都不会去做对牛弹琴的蠢事。但在极度悲伤，除了牛之外又一时找不到倾诉衷肠的对象的情况下，对牛弹琴这种反常或变态的举动却是可能出现的。高尔基在《我的大学》中，写到他在流浪的日子里，在一家面包作坊当伙计，得到他外祖母——他的“最知心的人”、“最了解、最珍贵的人”——逝世的消息的时候，他强烈地想要对人讲述一下他的外祖母，借以抒发他的痛苦和哀伤，但他一时找不到任何可以抒发感伤的对象。过了多年以后，当他读到契诃夫的关于马夫的异常真实的故事的时候，他想起了那些日子。在契诃夫的故事中，马夫对马诉说了自己儿子的死。遗憾的是，在那些辛酸悲凉的日子里，高尔基的周围既没有马，也没有狗，他没有想到把悲哀分一些给老鼠。在面包作坊里，老鼠是很多的，他和它们的关系也很友好。和对牛弹琴一样，把马甚至老鼠作为同类，视为知音，因而人畜不分，这不是有点“发疯”吗?

心理学家证明，除强迫性神经症之外，变态心理或精神病患者，最主要的特征就是丧失现实感，混淆想象与现实的界线，即虚实不分，真假莫辨。观察精神病患者可知，他们大多脱离了现实，而在内心里另建一现实世界。对他们来说，那才是最真实的世界，而真正的现实反倒成了虚假的。所以，他们过着一种迷妄虚幻的生活。把动物看作人，看作亲密的伴侣，也是把想象当真实的一种迷妄虚幻的心理状态的反映。这种心理变态现象，在人们感到孤独无依、百无聊赖之际是最容易发生的。唐朝张祐有一首七绝：“禁门宫树月痕过，媚眼惟看宿鹭窠。斜拔玉钗灯影畔，剔开红焰救飞蛾。”写的是宫女深夜孤寂无聊，于是斜拔玉钗，从灯焰里救出可怜的飞蛾。飞蛾投火正如良家女子入宫，她不忍看见飞蛾遭到同自己一样的命运。在这一瞬间，她泯灭了人类和昆虫的界线，把飞蛾看成自己的同类，因而对它产生一种同病相怜之情。张贤亮的小说《绿化树》，写到那位“右派”主人公章永璘在当劳改犯的日子里，曾孤独得把寄生在自己身上的虱子都当作亲爱的伴侣。他感到虱子在不咬人的时候也是很可爱的，因为它使他不感到那么贫穷与孤独，还有种活生生的东西在抚摸自己，因而感到自己身上还能养着点什么。确确实实，在这个世界上不嫌弃他的怕只有他身上的虱子了！虱子是他唯一的伴侣，是唯一能够证明他的存在、他的价值的活物了。在极度孤独贫困中的章永磷，他的心灵发生了多么严重的畸变！这不禁令人想起为什么阿Q那样羡慕和嫉妒王胡身上的虱子多而且大的那种变态的心理了。因为阿Q也是极度孤独贫困的，他可能下意识地以为他供养不了那么多既壮且肥的玩艺儿吧！众所周知，在西方世界，有些人为了弥补孤独感，就多寄情于猫狗等动物，他们与猫狗生同床，死同穴。甚至还有人同狗举行正式成婚仪式。不仅人畜不分，而且恋畜不近人，这更是精神病态无疑了。

当一个人在孤寂时，他可以对月伤情，可以见风流泪。不仅动物可以成为知音，山川草木、日月星辰、风雨雷电，一切有生之物和无生之物都可成为爱恋对象。约翰·克利斯朵夫在孤独中，曾把莱茵河作为唯一的知己，“他唯一的朋友，听到他吐露思想的知己，只有在城里穿过的那条河，就是在北方灌溉他故乡的莱茵河，在它旁边，克利斯朵夫又想起了童年的梦境”。一位只身在非洲丛林考察黑猩猩的行为习性的英国姑娘珍妮·古道尔，在那里生活了一年以后，她发觉自己有些古怪了，她开始和没有生命的东西谈话。“我总是向我的峰顶道早安，或者走在路上向汲水的小溪问候，我突然对树木发生了兴趣，用手去抚摸老树粗糙弯曲的树身，或者去抚摸光滑凉爽的幼树。”

这种心理变态现象无论在日常生活中，还是在艺术创作中都是常见的，特别是人在悲哀、寂寞，在人世间找不到温暖和同情之际，就必然寄情于自然，和小草对话，听天籁奏乐，“乡无君子，则与云山为友；里无君子，则以松柏为友；坐无君子，则以琴酒为友”。尤其是在忠贞贤士、怨悱君子眼中，清风明月，芳草珍禽，无往而不可借之抒发我之怀抱。“春来心事凭谁问，惟有帘前双燕知”，“绿水解人意，为余西北流”，“正须闭口林间坐，莫道青山不解言”，这样的诗句，在我国古典诗词中是很多的。

认真说来，变态与常态并没有绝对的界限，而只有相对的区别。两者只有程度上的不同。世界上没有绝对变态之人，也没有绝对常态之人。任何变态都有几分常态，而任何常态也都有几分变态。就心理内容来说，变态与常态更无区别，变态并没有特殊的、不同于常态的心理内容。在精神病人心灵中发生的各种历程，都可一点一滴地在健康人心灵中发生。如电影《城南旧事》中的疯子的那种思念爱人和孩子的心情是人人都会体验到的。只是疯子把想象当现实。她想象爱人回来了，就以为是真的，于是赶忙到车站去迎接，而正常人虽有这样的想望，却绝不会付诸行动。其区别就在这里。和常态比较起来，变态只是常态的扩大(或缩小)。每个人身上都有一种倾向，不过不显著，变态不过是同一倾向之扩大了的形式从而使原有的倾向更无隐晦而已。英国心理学家哈特(B. Hart)曾指出，健康人也常常发生心理变态，只是没完全丧失和现实世界的接触。“他的朋友看见他心不在焉的样子，沉浸在他自己的念头之中，对周围发生的事全不理会。但是如果需要，他是能够把自己拉回现实中来的，尽管这样做是很费力的。换句话说，他和日常生活已分裂到某种程度，但这种分裂是部分的，不完全的，并且是暂时的，假使再进一步发展，真的病了起来，这种分裂就厉害起来，长久起来，那病人(现在可以这样呼他了)就完全把自己从现实世界分离出去，而把他的精神力量全部用在白日梦中去，他永远生活在一个自造的世界里了。”[①]哈特的话，不但指出了变态与常态的相异处也道出了两者的相同处。

上面说过变态是把想象当真实，把自然界有生命和无生命的万物看作同伴和朋友。视无知为有知，因而物我一体，实际上也是把想象当真实的一种表现，而这种变态表现无疑是出于抒发的需要。正如饥思食渴思饮一样，有情就要抒发或宣泄，否则便活不下去，而抒发或宣泄就必然或自然地发生一定的变态。不变态则无由抒发或宣泄，变态的深浅、久暂与情感的强度成比例。

可想而知，在艺术创作中，这种变态更为普遍和经常。如果说，精神病患者以其妄想和妄觉别开一新天地的话，艺术家在创作过程中也同样借助想象和幻觉建造一别有洞天的虚幻世界。两者都是一种特殊的感知方式。事实证明，没有一个真正的艺术家在创作过程中，不曾以这种特殊的感知方式进入一种虚幻或虚构世界。成功的艺术家有时甚至觉得这虚幻或虚构世界的真实性超过了现实世界的真实性，以致对过去熟悉的地方和景物都感到陌生了。古人说“极幻极真”、“不幻不真”，李笠翁甚至说“幻境之妙，十倍于真”当非虚语。从另外一个角度说，这种变态意味着，创作要突破或超出一般心理水平，停留在常态的心理水平上就不能创作。创作中发生变态正所以和一般心理水平区别开来，和日常生活区别开来，柏拉图所说不失去平常理智而陷于迷狂就没有创造力，并非毫无道理。举一个最简单的例子便可说明问题。“推敲”这个典故是尽人皆知的，说的是唐代苦吟诗人贾岛一次在骑驴访友的路上得

① [英]哈特：《疯狂心理学》，亚东图书馆，1929年英文版，第146—147页。

了两句好诗："鸟宿池边树，僧推月下门。"他又想改作"僧敲"，乃吟哦引手做推敲之势，旁边的人都十分惊讶，他就这样不知不觉地闯入当时任京兆尹的韩愈的仪仗队，左右将他拥到韩的马前，他具实以对："未定推敲，神游象外，不知回避。"这里说的神游象外，就是进入虚幻世界而脱离了现实，因而发生了心理变态。写一句诗尚且如此，更复杂的创作就更不必说了。

需要补充说明的是，我们这里只谈了物我一体的心态，在艺术创作中，心理变态更多地是表现在人我不分或人我一体之中。即作者常将他所虚构的人物当作活生生的真实存在的人物，并且和他们生死与共，休戚相关。蒙田说得好："我设身处地，常把别人的痛苦变为我亲身的痛苦，让旁人的情感篡夺了我本心的情感，一个咳嗽不停的人，会使我觉得自己的肺和喉咙都不舒服。"这就是说，艺术家不但在想象中、在心理上与创造对象合而为一，而且在生理上都引起了反应，达到与所创造的人物感同身受的境地。

艺术创作中的这种物我不分、人我两忘的变态境界，其中心是爱。这种爱是没有界限的，不但爱人，而且爱物。"民吾同胞，物吾与也"，爱本身就意味着人我不分物我两忘。爱到极致总要与所爱的对象合而为一，从心理上乃至生理上。艺术家是多情善感之人，最富于同情心，不少艺术家甚至过分敏感和病态地感受到他所想象的情境，以致引起病态的生理反应。鲁迅曾说"博大诗人感得全人世间的苦恼"，他"一身就是大众的一体"。苏联著名教育家苏霍姆林斯基深刻地指出，教育的艺术就在于让受教育者把周围的有生命无生命的东西加以"人化"，使他通过对待物品学习如何正确地、有人情地去对待人。应当使受教育者把生活中接触的物品都看成是有"灵性"的东西，这样他就能从物的世界中感受到人性的东西。"当一个孩子认为坏了一个轮子的玩具汽车像受伤的小鸟一样感到痛楚的时候，这不是多愁善感，而是一种同情心，是产生良知和诗意的土壤"①。苏霍姆林斯基从教育观点出发，达到了和我们相同的结论，这是特别发人深省的。

这里还要说明，变态与常态虽无本质上的不同但艺术创作中的心理变态，与精神病患者的心理变态在很多情况下，却有本质意义上的区别。艺术创作是因爱而发生"浑然与万物同体"的变态，是外向的、开放的、移情的。它与物交感互发。而精神病患者的心理世界却是以自我为中心的、内敛的、封闭的，是一个与世隔绝的深闭固拒、深沟高垒的自我防御系统。它伴有严重的情感障碍，既不能移情于人，更不能移情于物。两者虽然都处在一种虚幻世

① ［苏联］苏霍姆林斯基著，肖勇译：《教育的艺术》，湖南教育出版社，1983年版，第19页。

界，但虚幻的根源和内容却有所不同。可以说两者是形似神异或貌合神离。从这种比较中，我们可以更深入地了解艺术创作的心理机制。

勿以常态之心度变态之腹

文学是描写人、表现人的，而人又是非常复杂奇妙、神秘莫测的。人的深层结构，人的最本质的东西，往往不表现在常态中，而表现在变态中。同时，由于种种原因，社会中也确实存在着许多程度不同的精神病患者。所以，有些作家也常常在他们的作品中刻画一些病态人物。对这样的人物，如果用常态心理去观察和衡量就会造成误解。比如阿 Q 就是个病态人物。他患有夸大迷妄症。患这种病的人，可以毫无根据地认为自己是个大人物，是帝王或是一个大发明家，是杰出的人才、得胜的英雄或百万富翁。哈特举过这样一个病例："我院中曾有一个病人自称是女王伊丽莎白的后裔，自己也是英国正式女王，她已受号'不列颠天皇'，带领几万人马，号令军士，合力攻打全欧民族……"

哈特说这个病人原是个勤劳的女仆，她一生辛苦劳碌，她所表现的那些夸大幻想"里面含有女仆们因看了廉价的浪漫文学而产生的'白日梦'是很显然的，现在由于分裂作用而提升到真实相信的地步，于是在一个封闭系统内私自实演"。①

阿 Q 显然也患有此症。他的精神胜利法就是一个自我封闭的夸大幻想系统。比如他毫无根据地自认出身高，辈分大，是赵太爷的本家，比秀才还长三辈，与人口角时动辄就说我们先前比你阔多啦，你算什么东西……。阿 Q 在革命时期就"病"得更厉害了，他在未庄人面前趾高气扬，神气十足，踌躇满志，不可一世，未庄之大，唯我独尊，俨然自认为成了举足轻重、操生杀予夺之权的大人物。因为他当真以为革命党就是他，他就是革命党，比起平时他不是更加狂态毕露了吗？

英国心理学家麦独孤(W. Mcdougall)谈到夸大病人的神态说："在好几种精神病里，夸大高傲的情绪和夸大自炫的冲动乃是主要的症象，人患此病，总会有高傲之情，他在世人面前大步而行，自夸他的势力、金钱、美貌、家庭，而实际却毫无根据。"②

詹姆士描写这类病人的表情说，他们"自满时，伸张肌被激发，眼光增

① [英]哈特：《疯狂心理学》，亚东图书馆，1929 年英文版。

② [美]麦独孤：《社会心理学绪论》，北京大学出版社，2010 年英文版。

强，别有光芒，步态宽舒起伏，鼻孔扩张，唇带特别笑意，试到疯人院去看，总有些人简直自诩成狂。他们的空幻神气和乖谬的昂然大步，看上去好像了不得”。①

阿Q在革命时期的神态酷似两位心理学家所描写的那样。

但一些评论家却见不及此，他们往往把阿Q当“好”人来看，当常态人来看，于是以常态人之心，度变态人之腹。因而就陷入一个不可解的矛盾，即阿Q是个贫苦农民，却主要地是剥削阶级的思想性格。阿Q到底是个什么典型呢？对这个典型的阶级性怎么理解呢？为了彻底解决这个矛盾，有的论者提出“阿Q不是一般落后的农民，而是降落到社会底层的剥削阶级后裔”。根据是赵太爷儿子中了秀才的那天，“他当众宣布他姓赵，是未庄地主赵太爷的本家”，这位论者认为一般贫雇农即使再落后，也不会“平白无故地去和地主攀本家”，只有“精神上还和剥削阶级保持着密切的联系”的人才会这样。他不知道，这种推论，只能适用于常态之人，对病态的人来说，却不适用。小说也是这样描写的，当作者说“我并不知道阿Q姓什么之后”接着就说，“他似乎姓赵，但第二日便模糊了”，在“赵太爷儿子进了秀才的时候”，他又成了赵太爷的本家。忽而似乎姓赵，忽而又模糊起来，忽而又真的姓赵，迷离恍惚，真假难辨，把现实和幻想混成一片，这不正表现一种病态心理吗？

真要以常态人之心度变态人之腹的话，那么也可以根据疯人院里自称是大不列颠女皇的妇人的话来推断她是英国皇族的后裔，这不是太滑稽了吗？

再看巴尔扎克笔下的葛朗台。一般都以为这是个守财奴的典型。因为他爱钱如命，为了钱六亲不认，冷酷无情，连夫妻、父女之情都被钱腐蚀掉了。不能说这种看法没有道理。但依心理学观点看，葛朗台分明是个病态人物。作者也是这样写的：“所有执着一念的人，他们的感情总特别贯注在象征他们痴情的某一件东西上面，看到金子，占有金子，便是葛朗台的执着狂。”精神病患者常常是一念之人(Men of one idea)。葛朗台正是一念之人，是个金子的执着狂。这执着狂是爱财的结果还是爱财的原因，就是说他是因爱财而发狂，还是因发狂而爱财？是很难遽断的。因为致病的因素很复杂，有先天的，还有后天的，而先天后天又是互相影响的。上面说过，精神病患者总是以自我为中心，总是伴有情感、思维、意志、知觉等各种障碍，不能对人采取移情态度。就是介于常态病态之间的人格障碍，患者虽然保持着与现实的联系也莫不是高度的利己主义者；也总是伴有严重的情感障碍，与周围格格不入，

① [美]詹姆士著，唐钺译：《心理学简编》，商务印书馆，1933年版，第183页。

对亲人冷酷无情，没有自知之明，不能做自我批评。所以也不能以常态人的标准来衡量他们。因为人在病态中，其性格、人格会发生畸变，甚至会变得与病前判若两人。所以不能把病态看成是思想意识或道德品质问题，不能简单地做阶级的意识形态的分析。在文学作品中还常常碰到一些具有双重人格的人物。《史记》中的项羽可算是这种人格的一个典型。钱锺书先生曾概括说："'言语呕呕'与'喑噁叱咤'，'恭敬慈爱'与'剽悍滑贼'，'爱人礼士'与'妒贤嫉能'，'妇人之仁'与'屠阬残灭'，'分食推饮'与'玩印不予'皆若相反而相违，而具在羽一人之身，有似两手分书，一喉异曲，科以心学性理，犁然有当。"①傅雷在谈到人的这种复杂性时也说："人真是奇怪的动物，文明的时候那么文明，谈玄说理会那么隽永，野蛮的时候又同野兽毫无分别，甚至更残酷。奇怪的是这两个极端就表现在同一批人同一时代的人身上。两晋六朝出了多少野心家，想夺天下，称孤道寡的人，坐下来清谈竟是深通老庄与佛教哲学的哲人。"②

这样具有双重人格的人物在文学作品中以及在现实生活中都是常见的。就是在我们自己身上，也何尝没有这双重因素？就这点来说，人多少都有点变态。歇斯底里(癔症)患者其表现之一就是双重或多重人格交替出现，这是一种特殊形式的自我意识障碍。患者在不同时间内产生两种不同的人格体验，一个时期内患者以某甲身份出现，而另一时期又以某乙身份出现，表现两种截然不同的人格，而这两种人格自成系统，彼此封闭，不相沟通，"老死不相往来"。实际上是记忆丧失或潜意识的表现。我国老一辈心理学家张耀翔教授在《情绪心理》一书中提出，有这样一种人，他能感受情绪，但不能保存或记忆。有的人在受到忧乐爱恶的刺激时，未尝不受震动，但时过境迁，在他的记忆中却丝毫不留残痕，这关系人的操行很大。假使浪子不能记牢穷时景况，一旦再富必挥霍如故。酒徒不能回忆醉时状态，再饮必再醉如故。罪犯尽忘铁窗风味，释后必犯法如故。那些好了伤疤忘了疼之人就属此类。还有一些忘恩负义之徒，是说对以前的恩义不能记忆，"与其说这是道德问题，不如说是心理问题"。"世上有许多人中途丧失其宗教、道德、智的或美的情感，甚至对以前整个情绪生活遗忘或冷淡"，他的意见有助于我们从另一角度理解双重人格。说到这里，不禁想起孟子的"君子远庖厨"这句话。意思是君子同情动物，"见其生，不忍见其死"，所以才远离庖厨，但君子对动物的肉却照吃

① 钱锺书：《管锥编》(一)，中华书局，1979年版。

② 傅雷：《傅雷家书》，生活·读书·新知三联书店，1981年版。

不误。一般认为，这样的君子是假慈悲，是言行不一自欺欺人的伪君子。但依上述观点，却可以说“远庖厨”与食肉的君子是互不干涉的双重人格。表面看来是道德问题，实际上是心理问题。不能说世上没有言行不一的伪君子，但言行不一却不一定都是伪君子。这是变态心理学给我们的启发。由此可知，从心理学，特别是变态心理学观点看人，就可充分认识人的复杂和奇妙而避免简单的表面的理解人的倾向。

鲁迅论创作心理

鲁迅虽然没有直接地、系统地谈过创作心理问题，但在他的许多文章里，却有不少涉及创作心理的精辟见解，值得我们重视、研究和学习。由于创作心理是一个比较复杂的问题，限于篇幅，我们这里只谈创作心理中的自觉与非自觉性的问题。这是创作心理中一个比较关键的，也是鲁迅一再论及的问题。

总的来看，鲁迅强调创作心理的非自觉性。所谓非自觉性，即创作过程中并无明确的目的或指导思想直接起作用，而一任真情自然流露的心理状态。早在 1913 年，在一篇谈美术的文章中，鲁迅就已提出这个观点："主美者以为美术目的，即在美术，其于它事，更无关系。诚言目的，此其正解。然主用者则以为美术必有利于世。傥其不尔，即不足存。顾实则美术诚谛，固在发扬真美，以娱人情，比其见利致用，乃不期之成果，沾沾于用，甚嫌执持。"(《集外集拾遗·儗播布美术意见书》)鲁迅不否认美术有实用价值，但鲁迅认为那不是美术创作之目的，而是事后"不期之成果"。后来在谈到伊孛生[①]的《傀儡家庭》没有回答娜拉走后怎样的问题时，他说得更明确："娜拉毕竟是走了的。走了以后怎样？伊孛生并无解答；而且他已经死了。即使不死，他也不负解答的责任。因为伊孛生是在做诗；不是为社会提出问题来而且代为解答。就如黄莺一样，因为他自己要歌唱，所以他歌唱，不是要唱给人们听得有趣，有益。"正如雪莱所说："诗人是一只夜莺，栖息在黑暗中，用美妙的歌喉唱歌来慰惜自己的寂寞。"[②]在同一篇文章里，鲁迅接着说："伊孛生是很不通世故的，相传在许多妇女们一同招待他的筵宴上，代表者起来致谢他作了《傀儡家庭》，将女性的自觉、解放这些事，给人心以新的启示的时候，他却答道，'我写那篇并不是这意思，我不过是做诗。'"(《坟·娜拉走后怎样》)这说明伊孛生创作《傀儡家庭》主观上并无明确的目的或指导思想。至于"将女

① 易卜生的旧式译法。

② 《古典文艺理论译丛》(第一册《为诗辩护》)，知识产权出版社，2010 年版。

性的自觉、解放这些事，给人心以新的启示”，那不过是不期然而然的客观效果。鲁迅显然赞同伊孛生的说法。他在《读书杂谈》一文中，对这样一种观点，做了进一步的阐述。他反对带着某种目的，或抱着想收到某种实效的态度去读书，而主张“嗜好的读书”。他认为这样的读书应“是出于自愿，全不勉强，离开了利害关系的”，并解释说：“嗜好的读书，该如爱打牌的一样，天天打，夜夜打，连续的去打，有时被公安局捉去了，放出来之后还是打。诸君要知道真打牌的人的目的并不在赢钱，而在有趣。牌有怎样的有趣呢？我是外行，不大明白。但听得爱赌的人说，它妙在一张一张的摸起来，永远变化无穷，我想，凡嗜好的读书，能够手不释卷的，原因也就是这样，他在每一页每一页里都得着深厚的趣味，自然也可以扩大精神，增加知识的，但这些倒都不计及，一计及，便等于意在赢钱的博徒了，这在博徒之中，也算是下品。”鲁迅在这里强调的是读书本身的内在趣味，而不是外在的目的和效果，鲁迅谈的是读书的心理学而不是社会学。事实上，对于“嗜好的读书”者来说，读书本身的趣味比实效更重要；读书的过程比要达到的目的更诱人。“充满希望的旅程胜于抵达目的地”，这句话对于读书也是适用的。但这不等于为读书而读书。鲁迅的本意是只有充满兴味的读书才能真正收到“扩大精神，增加知识”的实效。历史上许多有成就、有贡献的学问家，无不是嗜书如命的“嗜好的读书”者，他们“焚膏油以继晷，恒兀兀以穷年”地刻苦攻读，实是出于读书的嗜好，而并不是功利的考虑。鲁迅的这种观点，完全符合实际。杜威指出：“兴趣如果专限于结果，那就使工作变成苦役了。所谓苦役(Drudgery)是对于结果的兴趣不充满于过程的工作。做苦役的人只管所得的结果而完全不感着做的价值。”①杜威强调的首先也是工作过程的兴味，而不仅是对于工作的目的和成果的兴味。法国哲学家梅特里说：“征服全世界也抵不上一个哲学家在他的书房里所尝到的那种快乐。”②这是“嗜好的读书”的最高境界。它体现了“嗜好的读书”者的强烈的心理，甚至生理的要求和需要。愈是这样读书，便愈有成效。鲁迅还比喻“嗜好的读书，就如游公园似的，随随便便去，因为随随便便，所以不吃力；因为不吃力，所以会觉得有趣。如果一本书拿到手，就满心想道，‘我在读书了’！‘我在用功了’！那就容易疲劳，因而减掉兴味，或者变成苦事了。”变成苦事就成了精神负担，那还能有效地“扩大精神，增加知识”吗？可见强调目的和效果，高度自觉，有意为之，倒可能事与愿违，达不

---

① [美]杜威：《思维与教学》，商务印书馆，1936年版，第256页。

② [法]拉·梅特里：《人是机器》，商务印书馆，1956年版，第7页。

到目的，收不到实效。这是一条普遍心理学规律，读书如此，创作亦然。愈急于达到某种目的，收到某种实效，愈适得其反的情况是常有的。鲁迅借用罗喀绥夫斯奇的话说："安特烈夫竭力要我们恐怖，我们却并不怕；契诃夫不这样，我们倒恐怖了。"①对这样一条规律，许多作家都有体验。雪莱指出，人们"常常抱有一种道德目的，结果他们越要强迫读者顾念到这目的，他们的诗的效果也以同样的程度越为减弱。"果戈里也说："演员越是不想到使人发笑，扮作可笑的模样，他扮演的角色的可笑之处就越显露出来。"②当然，反过来说也一样：演员越是想使人发笑，扮作可笑的模样，就越不能表现角色的可笑之处。斯坦尼斯拉夫斯基曾告诫演员："不能单只带着不要装假呀，这种老是摆脱不开的念头走上舞台去进行创作。也不能带着无论如何都要创造出真实这种唯一的想法走上舞台，怀着这样的念头和想法，只会产生更多的虚假。"③这和患失眠的人愈是努力要求自己睡好便愈睡不好，倒不如索性听其自然，专任想象为佳的心理机制是一样的。笛卡儿证明："一个人如果有意去看一个远距离的东西，这个意愿便使他的瞳孔放大，但是假如那人只是想要放大瞳孔，这个意愿却不会产生所期望的结果。"④无意放大瞳孔而瞳孔放大，有意放大瞳孔，瞳孔却不放大，这是生理学规律，也是心理学规律。它们强调的都是非自觉性。叔本华甚至认为人的真实的心性(Quality of mind)或特性都来自无意识，这心性或特性只能在不知不觉中显现。一经过意识作用，就可能做伪了。所以他说："每一个想要在实际生活、在文学艺术上有所成就的人，都必须遵从无意识法则。"⑤他的话并非全无道理。对这一点达·芬奇说得更具体，他在告诉画家如何学习画人体动态时说："应当从别人不经意的自然手势里学习手势的敏捷。""应当注意人们由于一时的激动而产生的姿态和动作，立刻写下来或记住，不要等到你必须从一个装出哭样但毫无痛苦原因的人身上临摹，因为这样描画下来的动作不是由真实的情况产生，既不生动，也不自然而然。""应当……悄悄地观察旁人漫不经心的动作，……别让他觉察，否则他们会注意你，以致所做的动作失去全神贯注地表现出来的那股劲头，就像两个盛怒的人剧烈争吵时所表现的那样，谁都自以为正确，使劲运动眉头、胳膊和身体其他部分，所做的手势与他们的意图就和语言一致。但若你想让

① 鲁迅：《三闲集·铲共大观》，人民文学出版社，2006年版。

② [俄]果戈理：《文学的战斗传统》，新文艺出版社，1953年版，第180页。

③ [俄]斯坦尼斯拉夫斯基：《演员自我修养》第一部，艺术出版社，1956年版，第252页。

④ 转引自[荷]斯宾诺莎：《伦理学》，商务印书馆，1958年版，第221页。

⑤ [德]叔本华：《Essays of Schopenhauer. psychological observations》。

他们假装愤怒或其他神情，……就万万办不到。”[①]我们的古人也很懂得这个道理，《庄子》中就说过：“不精不诚不能动人，故强哭者虽悲不哀……真怒未发而威，真亲未笑而和。”(《渔父》)李笠翁也认为感情出于自然，不能强求。他在谈到如何插科打诨时说：“科诨虽不可少，然非有意为之，如必欲于某折之中，插入某科诨一段，或预设某科诨一段插入某折之中，则是觅妓追欢，寻人卖笑；其为笑也，不真，斯为乐也亦甚苦矣。妙在水到渠成，天机自露，我本无心说笑话，谁知笑话逼来，斯为科诨之妙境耳！”[②]章学诚讲过同样的道理，他说文章有“如啼笑之有收纵，歌哭之有抑扬，必欲揭以示人，人反拘而不得歌哭啼笑之致情矣”[③]，又“如山之崖峭，水之波澜，气积势盛，发于自然，必欲作而致之，无是理矣”[④]。如果忽视他们所说的感情活动的这种非自觉性或自发性，而一味强调创作过程的自觉性，常不免造成作品的虚假。鲁迅曾用做梦与说梦之别来说明这个道理：“做梦是自由的，说梦，就不自由。做梦，是做真梦的，说梦，就难免说谎。”[⑤]做梦所以自由，因为它处于非自觉状态，不是要通过什么表现什么，不能有意为之，所以它真，它也不能不真。即使说谎，也是老老实实说谎，绝无令人信以为真的企图。说梦，则是有目的，有意识的自觉活动，故难免掺假。所以鲁迅说：“与其说所谓真话之假，不如来谈谈梦话之真。”冰心所说的创作就是写出“真中的梦，梦中的真”，也是这个意思。做梦虽假，却是假中见真；说梦虽真，却是真中有假。而“一般的幻灭的悲哀”，“多不在假中见真，而在真中见假”[⑥]。对这一点，鲁迅是有切身体验的：“记得年幼时，很喜欢看变戏法，猢狲骑羊，石子变白鸽，最末是将一个孩子刺死，盖上被单，……大概是谁都知道，孩子并没有死，喷出来的是装在刀柄里的苏木汁，……但还是出神地看着。明明意识着这是戏法，而全心沉浸在这戏法中。万一变戏法的定要做得真实，买了小棺材，装进孩子去，哭着抬走，倒反索然无味了。这时候，连戏法的真实也消失了。”[⑦]这些话，生动地说明了“假中见真”与“真中见假”的区别。变戏法所以能假中见真，关键是无意求真，故能得真；如果假戏真做，反而失真。在观众那一面，则明知是假，偏要真看；有意求真，反而觉假。鲁迅所讲的是艺术辩证法，

① ［意］达·芬奇：《芬奇论绘画》，人民美术出版社，1979年版，第170—171页。

② (清)李渔：《李笠翁曲话》，安徽人民出版社，1981年版，第51页。

③ (清)章学诚：《文史通义·文理篇》，上海古籍出版社，2008年版。

④ (清)章学诚：《古文十弊》，开明书店。

⑤ 鲁迅：《南腔北调集·听说梦》，人民文学出版社，1980年版。

⑥⑦ 鲁迅：《三闲集·怎么写》，人民文学出版社，2006年版。

也是创作心理学。鲁迅所以“宁看《红楼梦》，却不愿看新出的《林黛玉日记》，它一页能够使我不舒服小半天”的道理也就在这里。还有清末学者李慈铭的《越缦堂日记》，也使鲁迅非常反感：“我看了却总觉得他每次要留给我一点很不舒服的东西。”因为“从中看不见李慈铭的心，却时时看到一些做作，仿佛受了欺骗。翻翻一部小说，虽是很荒唐、浅陋、不合理，倒从来不起这样的感觉的。”这当然也是因为前者有意，故假，后者无心，故真的关系。鲁迅认为“文人作文，农夫掘锄，本是平平常常”出乎自然的事，如果有意为之，“若照相之际，文人偏要装作粗人，玩什么‘荷锄带笠图’，农夫则在柳下捧一本书，装作‘深柳读书’之类，就要令人肉麻。”[①]在分析《二十四孝图》时，他也说：“讽刺和冷嘲只隔一张纸，我以为有趣和肉麻也一样。孩子对父母撒娇可以看得有趣，若是成人，便未免有些不顺眼。放达的夫妻在人面前互相爱怜的态度，有时略一跨出有趣的界线，也容易变为肉麻。老莱子的作态的图，正无怪谁也画不好。象这些图画上似的家庭里，我是一天也住不舒服的。你看这样一位七十多岁的老太爷整年假惺惺地玩着一个‘摇咕咚’。”[②]孩子对父母撒娇，是出于天真，自己并不自觉，表现了孩子的童心之美，所以使人“看得有趣”，老莱子有意作态，装憨卖傻，尽管动机可嘉，但除了令人肉麻以外，还能有什么效果呢？

从对“老莱子的作态”的批判中，可以看出鲁迅对童心是多么珍视。《狂人日记》中，“救救孩子”的呼声，最集中地表现了这种珍视。所谓童心，按李贽说，便是“绝假纯真”之心。童心所以可贵，是因为“若失却童心，便失却真心，失却真心，便失却真人”。李贽的解释是完全正确的。他并且认识到“天下之至文，未有不出于童心焉者也”[③]。因为童心最好地体现着感情活动的自发性特点。对于童心讲得最深刻的是马克思在评价希腊艺术时说的一段话：“成人不能再变成儿童，否则，他就稚气了。但是儿童的天真难道不使他感到愉快吗？他自己不该努力在更高的程度上使儿童的纯朴的本质再现吗？人类最美丽地发展着人类史之童年为什么不该作为一去不复返的阶段而永远发生吸引力呢？……希腊人是正常的儿童，他们的艺术对我们所发生的那种强烈的吸引力，同它的生长所依据的不发达的社会阶段，并不矛盾。”[④]马克思肯定

① 致郑振铎，1934年6月2日。

② 鲁迅：《朝花夕拾·后记》，北京未名社，1928年版。

③ （明）李贽：《焚书·童心说》，载《李贽文集》，北京燕山出版社，1998年版。

④ ［德］马克思：《政治经济学批判》（导言），人民出版社，2009年版。

希腊人的艺术所以具有强烈的吸引力，就是因为它表现了那一去不复返的人类童年的天真纯朴。但马克思认为，人类的童年尽管随着社会历史的发展而一去不复返了，人类的童心却仍然应该保持和再现。所谓大人者不失其赤子之心也。无可否认，艺术创作就是人类童心的复活和再现。而童心最本质的属性就是纯真，而纯真必须是也必然是自发的、不识不知的。纯真而自知，自觉其纯真，那便不再是纯真，而是“老莱子的作态”了。用这样的心理去进行创作，实无异于老莱子的“摇咕咚”。这是鲁迅最不能容忍的。由此出发，鲁迅也反对作文秘诀之类的说教，认为如果有人真以为能够“密授一些什么秘诀”，那只能是把“肉麻当有趣”了。作文真有秘诀的话，也不过是“有真意，去粉饰，少做作，勿卖异而已”。① 在谈怎么写时，鲁迅最后的结论是：“与其防破绽，不如忘破绽。”短短十个字，概括着丰富的内容，蕴含着深刻的哲理、心理内涵。“防破绽”是自觉的心理状态，“忘破绽”是非自觉的心理状态。

鲁迅很早就指出，“从喷泉出来的都是水，从血管出来的都是血”。这是对感情活动规律的准确而生动的概括。马克思主义认为，感情是在长期的社会实践中逐渐形成的。其形成过程不可能不是自发的、非自觉的。人们爱什么，恨什么，对什么人和什么事具有什样的感情也必然是自发的、非自觉的，不受人的意志支配和决定的。它不能召之即来，挥之即去。而且人愈是命令或乞求自己具有某种感情，则愈不能产生某种感情。正如斯坦尼斯拉夫斯基所说的那样：“一个演员愈是命令或哀求自己哭，他便愈哭不出。”②雪莱也曾指出：“诗不像推理那样凭意志决定而发挥的力量，人不能说：我要做诗！即使是最伟大的诗人也不能说这类话。”“诗是不受心灵的主动能力的支配，诗的诞生及重现与人的意识或意志也没有必然的关系。”他们的体验可以看作是对鲁迅这句话的具体说明。

鲁迅的创作过程的非自觉性观点是有充分的心理学根据的。杜威指出：“在艺术工作里，如写作、绘画、音乐等，艺术者的心思全用在创作事物上，而不用在自己的动机和态度上。”③一心不可二用，把心思“用在自己的动机和态度上”，势必破坏，乃至扼杀那最可宝贵的真情。费尔巴哈有言：“器官在聚精会神于自己对象的时候，它失掉了自己，忘记了自己，否定了自己。”④他

① 鲁迅：《南腔北调集·作文秘诀》，人民文学出版社，1980年版。

② 转引自[美]约翰·霍华德·劳逊：《戏剧与电影的剧作理论与技巧》，中国电影出版社，1979年版，第149页。

③ [美]杜威：《思维与教学》，华东师范大学出版社，2010年版，第254页。

④ [德]费尔巴哈：《费尔巴哈哲学著作选集》上册，商务印书馆，1984年版，第478页。

说的是感官，同样适用于内心。心理学家证明："感情不能直接做注意之对象，而感觉则否，感情一经注意，则立即消失或变为别的东西：感觉如被注意，则能格外明瞭地现出其性质。""我们正在快感的时候，去注意，去内省，要想分析这种快乐是怎样的性质，此时所谓快感本身即逃去。因为内省之态度与快或不快之感情，是不两立的。"①鲁一士(Royce)也说："我感到欢乐最浓的时刻，乃是我对此知道得最少的时刻，亦即我反省得最少的时刻。"②他们的话证明了感情活动的自发性。

感情活动的这种自发性或非自觉性。在对儿童进行的识记实验中也得到了有力的证明。心理学家曾经用归类方法作为识记图片的手段来对被试者进行识记实验。实验结果表明，这样做会给被试者造成极大困难。"因为作为认识活动的归类方法本身就需要他们紧张的智力积极性，特意的内心努力。因此，归类方法完全吸引了被试者的注意，排斥和抑制了记忆任务。如果在被试者把图片分放到各类中时提醒他们必须进行识记，通常就会使他们在一些时间内停止分放图片，又重新反复地审视图片而力求分别记住各张图片。被试者在整个实验时间内的活动分成了两部分，他们交替地执行着认识任务和记忆任务。当他们对图片进行归类时，就忘记了进行识记，当他们经实验者提醒后努力进行识记时，又停止进行归类。"③因而识记效果很差。如果让被试者把图片归类作为游戏来进行，不向他们提出识记任务，这样，对图片的识记效果却优于提出识记任务。④ 因为游戏本质上是感情活动，在游戏中被试者可以从作为识记图片手段的归类认识活动中解放出来，无拘无束，充分体味和享受活动本身的内涵趣味，所以识记效果较好。但特定任务则使被试者不可能对图片采取游戏态度，而只能采取认识态度，并有意识地进行以完成这一任务为目的的认知思维活动，于是游戏乃由目的变为手段，而游戏本身也随之成为一种"苦役"，识记效果当然也就差了。这表明，作为感情活动的游戏，是不能受目的、任务支配的，它只能在自发的、非自觉的心态下进行。

艺术创作在很大程度上就是感情活动过程，所以愈是有感而发，愈是情不自禁地进行创作，其作品就愈真切动人。这不但有充分的心理学根据，而且有确凿的事实根据。许多作家的体验可以证明这一点。艺术史上很多有价

① 魏肇基：《心理学概论》，世界书局，1932年版，第121—122页。

② 洪谦主编：《西方现代资产阶级哲学论著选辑》，商务印书馆，1964年版，第112页。

③ 陈千科：《不随意识记》，科学出版社，1965年版，第206—207页。

④ 陈千科：《不随意识记》，科学出版社，1965年版，第240页。

值的作品都是这样创作出来的。古代那些具有永久魅力的作品，是远在艺术理论产生以前创作出来的，它们的作者根本不可能带着什么目的，依照什么规律、技巧，有意地、自觉地进行创作活动，但这些作品的价值，却使具有高度思想自觉和技巧自觉的后代和现代作家们倾倒。希腊艺术就是最好的例证。人们都熟悉马克思对希腊艺术的经典性的评价："它们……仍能给我们以艺术的满足，并且就某些方面说，还是当作规范和高不可及的模本。"值得指出的还有古代民歌的创作，谁都知道，民歌的作者是没有文化的下层民众，同样不可能自觉地进行创作活动，只能是"感于哀乐，缘事而发"，然而民歌的可贵和不可企及却正在这里。拉法格正确指出："民间歌谣是自发的，天真的。人民只是在受激情的直接的和立时的打动之下才唱歌，他们并不依靠任何巧饰……由于这种真实性和确切性，民歌就获得了任何个人作品不可能具有的历史价值。"①这都在证明着感情的真实性的确是来自感情活动的自发性或非自觉性。

说到这里，需要指出，鲁迅强调创作心理的非自觉性，绝不意味着否定自觉意识的作用，更不是不考虑创作的社会目的和效果，主张放任自流。众所周知，鲁迅从从事文艺活动的那天起，就有非常明确的目的。那就是要医治国民的精神，"启发明白的理性"，"揭出社会的病苦，引起疗救者的注意"，"传播被虐待者的苦痛的呼声和激发国人对于强权者的憎恶和愤怒"等等。可以说，没有比鲁迅更具有高度的社会责任感，更重视创作的社会效果的了。如上所述，鲁迅在谈到创作的非自觉性时曾以黄莺歌唱为喻，但任何比喻都是蹩脚的，人究竟不是鸟儿，鸟儿没有社会性，人是有社会性的，不能不考虑创作的社会效果。鲁迅后来也说过这个意思："记得有一位诗人说过这样的话：诗人要做诗，就如植物要开花，因为他非开不可的缘故。如果你摘去吃了，即使中了毒，也是你自己的错。"这就是说诗人对自己的作品的社会效果不负任何责任，鲁迅反对说："这比喻很美，也仿佛很有道理的。但再一想，却也有错误。错的是诗人究竟不是一株草，还是社会里的一个人，况且诗集是卖钱的，何尝可以白摘。一卖钱，这就是商品，买主也有了说好说歹的权利了。"鲁迅并且指出："即使真花罢，倘不是开在深山幽谷，人迹不到之处，如果有毒，那是园丁之流就要想法的。"②可见鲁迅不仅反对不讲社会效果、对读者不负责任的作品，而且还认为对有害作品读者有权批评，"园丁之流"也

① [法]拉法格：《拉法格文学论文选》，人民文学出版社，1962年版，第12页。

② 鲁迅：《花边文学·看书琐记三》，联华书局，1936年版。

有“想法的”责任。

如此说来，鲁迅的主张前后似乎是矛盾的，这是否涉及前后期思想的变化发展问题呢？我认为，不能这样认识。从以上引文中可以看出，鲁迅关于创作心理的非自觉的观点，是前后一贯的，而鲁迅关于创作的社会目的和效果的认识，更是一开始就非常明确的，所以鲁迅的观点前后并不矛盾。只是鲁迅把创作目的的考虑，即创作的指导思想，和具体创作的心理过程，在实际和实践上做了区分，如果不是在理论上做了区分的话。前者是认识活动，后者主要是感情活动。认识与感情虽然密切相关，不能截然分开，但究竟不是一回事，它们各自遵循不同的规律，所以不能混同和等同。两者的关系应是这样：愈讲创作的社会效果，就愈要懂得、承认创作的心理活动规律；而愈是尊重和遵循创作的心理活动规律，就愈能达到创作的社会目的，取得创作的社会效果。鲁迅就是这样看问题的，正因为他重视创作的社会效果，他才强调创作本身的内在规律。《阿Q正传》的创作过程很可以说明这一点。众所周知，鲁迅创作阿Q这个形象就是“要画出这样沉默的国民的灵魂来”，而且“阿Q的影像”在作者“心目中似乎确已有了好几年”，不但创作目的明确，并且早有准备。但在具体创作的时候，阿Q的形象却似乎脱离了作者的主观考虑而独立活动起来，不是它服从作者的意图，而是作者要顺从它的发展。当初有人嫌“阿Q之收局太匆促”，怪鲁迅“如此随便给他一个‘大团圆’”。鲁迅解释说：“其实‘大团圆’倒不是‘随意’给他的；至于初写时可曾料到，那倒确乎也是一个疑问。我仿佛记得；没有料到。不过这也无法。”[①]这说明，阿Q的命运，阿Q的形象发展，不是事先有意设定的，不是出于要达到什么目的、收到某种效果的考虑的，而是水到渠成，自然而然形成的。这意味着感情活动的规律在起作用。什么感情呢？那就是“哀其不幸，怒其不争”。正是鲁迅对阿Q这个人物的这种态度，在阿Q的形象运动中，不自觉地、自然而然地发挥着作用。这时，创作的指导思想、社会目的和效果的考虑，不是念兹在兹，而是由于有意转到无意，由自觉转入自发。亦即在暗中潜在地发挥作用，而这种作用过程，又是作者未必能够意识到的。伊孛生写《傀儡之家》虽说并没有启发女性自觉的考虑，其实不见得，只不过他没有明确意识到自己的这种考虑罢了。很可能，那是他潜意识里的一种存在。变态心理学研究表明，往往有这种情况，人在清醒时不能记起的事却在催眠状态下准确无误地回忆起来。据报载，前不久，美国警察用催眠术破获了两起刑事案件。一起是绑

① 鲁迅：《华盖集续编的续编·〈阿Q正传〉的成因》，人民文学出版社，1973年版。

架案，目击者是一个六岁的男孩。他当着警察说不清所发生的事，但是在催眠状态中却把匪徒的特征一点一滴地描绘出来，因而破了案。另一起是，一个出租汽车司机在睡梦中准确地说出了他目睹抢劫犯所乘汽车的号码，于是破了案。[①] 这就证明，人的潜意识确实存在，而潜意识里的东西又常常是意识不到的。

鲁迅在强调创作的社会目的和效果的同时，也重视创作的心理规律，他反对简单化地看问题，反对创作的指导思想直接"干涉"、作用于创作过程。他的这种观点与毛泽东同志所讲的作家学习马克思主义"并不是要作家在文学艺术作品中写哲学讲议"的观点完全一致。因为马克思主义只能包括而不能代替文艺创作本身的规律，"正如它只能包括而不能代替物理科学中的原子论、电子论一样"。鲁迅在逝世前不久写的《这也是生活》一文中，非常深刻而又非常生动地阐述了他对这个问题的认识。这篇文章主要是驳斥那种要人们吃西瓜也应当想到国耻和爱国的"左"得可爱的怪论。鲁迅是这样说的：

教人当吃西瓜时，也该想到我们的土地的被割碎，象这西瓜一样。自然这是无时无地无事而不爱国，无可訾议的，但倘使我一面这样想，一面吃西瓜，我恐怕一定咽不下去，即使用劲咽下，也难免不能消化，在肚子里咕咚的响它好半天。这也未必是因为我病后神经衰弱的缘故。我想，倘若用西瓜作比，讲过国耻讲义，却立刻又会高高兴兴地把这西瓜吃下，成为血肉的营养的人，这人恐怕是有些麻木。对他无论讲什么讲义，都是毫无功效的。

鲁迅认为对正常人吃西瓜时讲国耻，会使他难以下咽，因而有损他的健康，对听了这种宣讲而照吃不误的人——那肯定是麻木不仁者之流，讲得再多也毫无用处。总之，对前者有害，对后者无益，所以鲁迅反对这种做法。而且，事实上，有谁会真的一面吃西瓜，一面想国耻，想政治呢？鲁迅说：

我没当过义勇军说不确切。但自己问：战士吃西瓜，是否有大抵一面吃一面想的仪式的呢？我想未必有的。他大概只觉得口渴，要吃，味道好，却不想到此外任何好听的大道理。吃过西瓜，精神一振，战斗起来就和口干舌敝时候不同，所以吃西瓜和抗敌的确有关系。但和应该怎样想的上海设定的战略，却是不相干。这样整天哭丧着脸去吃喝，不多久，胃口就倒了，还抗什么敌。

"然而人往往喜欢说得稀奇古怪，连一个西瓜也不肯主张平平常常的吃下去。"

---

① 《北京晚报》，1981年11月22日。

鲁迅不否认吃西瓜与爱国有关系(他甚至还强调了吃西瓜的“目的性”)。但鲁迅认为吃西瓜有吃西瓜的生理、心理学规律，那就是“口渴，要吃，味道好”，这样吃进去就容易被消化、吸收。可见吃西瓜纯是出于一种生理的需要，也是一种口腹之享。至于吃西瓜与抗敌救国，虽不能说风马牛不相及，至少也是终隔一层，吃西瓜时恐怕连想都没想。而愈是不想，愈不意识到这种关系和联系，吃西瓜的效果便愈好，因而吃西瓜的政治目的就愈能达到——“吃过西瓜，精神一振，战斗起来就和喉干舌敝时候不同”。可见，抗敌救国这个政治目的，只能通过吃西瓜本身的规律，间接地达到。如果不是这样，不承认吃西瓜本身有什么规律，而简单地让抗敌救国直接干涉、参与和作用于吃西瓜的过程，那就会事与愿违，势必“整天哭丧着脸去吃喝，不多久胃口就倒了，还抗什么敌”。这时候连抗敌救国本身也不存在了。

我们还可以吃饭为喻，谁都知道，吃饭是为了活着，而不是活着为了吃饭。但具体到吃饭的时候，谁会注意到吃饭的目的呢？人们在吃得津津有味的时候根本不会去注意和考虑吃要达到什么目的，这时起作用的只能是食欲和馋欲。这便是吃饭的规律。所以吃饭虽是活着的手段，但在真正吃饭时，它却由手段转化为目的了。吃饭如此，这个道理，同样适用于创作。从根本上看，宏观地看，创作是为社会服务的，是有明确目的的，因而也是自觉的；但微观地看，具体地看，也就是在实际创作活动中，创作却由手段转化为目的，由自觉转入自发了。所以宏观与微观看似对立，实则统一。两者不但互相依存，而且互相转化。只强调微观而否认宏观，固属片面；只承认宏观而否认微观，也同样错误。如同只见树木不见森林，或只见森林不见树木全是不对的一样，都不是实事求是的马克思主义的态度。这就是我们从鲁迅的文章中引出的结论和得到的启发。学习鲁迅关于创作心理的思想，有助于澄清在这个问题上的混乱的认识。

阿 Q 的精神胜利法小议

阿 Q 的精神胜利法我认为是出于保护自尊，所以谈阿 Q 精神胜利法就不能不先谈一下自尊问题。

自尊心是人类根深蒂固的社会本性、本能。阿 Q 的自尊心很强，却屡遭侮辱和失败，多亏他有个精神胜利法，无论受了怎样的侮辱，遭到怎样的失败，一遇精神胜利法，他的受辱和失败的恼怒和痛苦立刻冰消雾释，化为乌有，所以阿 Q“是永远得意的”。可想而知，假若没有这精神胜利法，在自尊心受伤害而又无力反击和自卫的情况下，他的恼怒和痛苦如何消释？而恼怒和痛苦得不到消除，灵魂是要破碎的啊！费尔巴哈说得好：“我们越是痛苦，我们越是用幻想跳跃得高，以便能够从我们心中把重担除掉”。自尊心受辱是很大的精神创伤；这是一种带有自己无能感的一种自卑的体验，它逼使人只好采用一些在幻想中发展起来的自卫措施。阿 Q 的精神胜利法正是这样发展起来的。社会现实对阿 Q 是冷酷的，阿 Q 无力对抗这个严峻的现实；就只好在幻想中改变一下现实。实际上失败了，就在想象中求得补偿，从而获得心理上的平衡。

我们知道，人在生理上有一种内在恒定调节机制，譬如身体缺水，汗腺、唾液腺和肾脏功能都受到抑制，使身体得以把已经减少的水分加以节约，以维持原有的平衡，生理上如此，心理上亦然。有资料证明：饿昏的人会真的相信，在本来空无一物的地方，看见了食物和水。缺乏自卑或过度自卑会导致相似的幻象。在幻想中，人会觉得自己比他人优越，这就是所谓优越感情结。在自卑心受到伤害，陷入严重自卑的时候，平衡机制使人只相信任何颂扬自己的话，而不相信任何贬低自己的话。这时心中那份优越感并非幻想，而是真心相信自己的优越，有一种真实的、真切的情绪体验。平衡机制，即内在恒定调节功能，能把这个优越感的海市蜃楼提供给缺乏自尊的人，把他从自卑的郁结中解放出来。这是一种心理上的自卫反应。精神病学告诉我们，由于缺乏自卑而产生的幻象，常使人误认为自己无所不能，无事不晓因而自高自大，刚愎自用。他哪里知道他之所以如此，唯一的根据就是自己的幻想。

我们还知道，人的生理需要一经被剥夺，就会加强需要的程度，人的精神需要被剥夺也有类似反应。愈是缺乏自尊，或愈觉得自卑，就愈要追求自尊，平衡机制愈逼使人去追求优胜。

一般说来，心理自卫方式，几乎人人都在不知不觉地使用，这并不是消极现象。人生不如意十之八九，在现实生活中，时时处处都会遇到一些困难和挫折，不能一一直接应付和处理，有时就需要依赖心理上的措施来适应。人们常说的酸葡萄精神就属此类。这是一种投射的自卫方法，即把过错完全投射到对象身上，将“我不能够”变成令人生厌的“我不喜欢”。明明是想吃葡萄，却又吃不到，就只好说葡萄是酸的来自欺、自慰和自卫。以“非不能也，是不为也”来掩盖“非不为也，是不能也”。因为承认自己不行，否认自己的价值，是痛苦的，是会引起情绪反应的。相比之下，葡萄吃到与否的生理需要倒是“小焉者矣”了。又比如说一个人受人欺负，无力反抗而难过，就自我解嘲说，“虎落平阳被犬欺”，“龙到浅水被虾戏”，这是在心理上歪曲一下现实，认为别人是犬是鱼虾，而自己是虎是龙，一时间把主观愿望与现实相混，从精神上取得胜利，从而使情绪得到缓解，心里就舒服些。这正如病人服用退烧药或止痛药一样，虽不直接治病，但可减轻病者的痛苦，使他支持住以便等待更好的治疗方法。这在维护健康上起着有益的作用。

不过这种心理防卫方法也有消极作用，防卫方法带有自欺性质，尽管它能减少因受挫而产生的痛苦，并维护个人自尊于一时；但实际上，在许多情况下，挫折仍然存在，心理也未获得真正满足。例如，一个学生不用功而考试不及格，这个学生为了维护个人自尊可能找出许多理由来解释，但就是不肯承认自己不用功，不敢面对现实，这种自欺的防卫方式只能麻痹自己，不求进取。而且，这种防卫方法用得过度或过分。比如，为了维护自尊，补偿自卑，从而把现实歪曲得太厉害，相信自己是皇帝、是总统、神仙等，或者相信别人是敌人，是要陷害他才来欺负他，形成妄想状态，而与现实脱离，那就陷入病态了。

准是以观，阿 Q 的精神胜利法就是自卫过度，以致形成妄想系统，进入自闭状态。试看他的精神胜利法的种种表现：

自认门第高，辈分大：“我们先前——比你阔多了”，这是他主要的制胜式器；不仅先前阔，现在又和赵太爷是本家，比秀才还长三辈。他被谁打了，谁就成了他儿子。这表明，他对于自己最不是的那个东西幻想得最多。

比丑：由于地位低贱，阿 Q 又非常自卑，因而他就愈想成为被尊敬的对象。可偏偏他头上长了个“癞疮疤”，成为众人嘲笑的对象，使他深深感到耻辱，这真成了他的心腹之患。在万般无奈之际，他忽发奇想：美他们不过，就同他们比丑！“你还不配……”这样一来，那“癞疮疤”就一变而为光荣的标记了。

自贱第一：阿 Q的“儿子打老子”的战法被众人识破以后，人们揪住他黄辫子时就强迫他承认自己是畜牲。阿 Q只好承认自己是“虫豸”，并被迫给人“碰响头”，阿 Q实在贱得不能再贱了。但阿 Q却自有道理：他是第一个能够自轻自贱的人，状元不也是“第一个”吗？如此一来，阿 Q便“登上了不识羞的顶峰傲视着一切”了。

自打嘴巴：阿 Q在赌摊上押宝，赢得成叠大洋，却被赌客在“混乱”中席卷而去，还挨了“几拳几脚”，这实实在在的损失真使他有切肤之痛。那惯用的精神胜利之法，怎么也补偿不了这物质上的损失。在走投无路之际，他忽然灵机一动，“狠狠地在自己脸上连打了两个嘴巴”，“仿佛是自己打了别个一般”。打完之后，顿觉“心平气和起来”，于是他又获得了精神胜利。依精神分析理论，这乃是一种外向敌意和愤怒的内化或内投射作用，这种内投射可减少对自我的压力。在一个人不能或不敢公开表达敌意和愤怒的情况下，他就将敌意和愤怒转向自己——总得有个宣泄之路——对着自我表象发怒并抱有敌意，使自己相信自己不好，自己是个没用的“窝囊废”，不配享受做人应享有的一切。可见阿 Q的自打嘴巴，亦妙合自然，不足为怪。

委之于命：命运不是“事前的指导，而是事后一种不费心思的解释”，这是鲁迅的看法。确实，人在智力穷尽、无路可走时便以命运来自我排解，一旦觉得命该如此，那就心安了。阿 Q被抓进监狱之后，茫无所措，其他精神胜利法竟然失灵，这时他就成了命定论者，以为人生天地之间本来有时要被抓进抓出，并在纸上画圆圈的，及至省悟到原来这是要“嚓”的一声去杀头，“过了二十年又是一个……”这坚定而豪壮的宿命信念，使他战胜了死亡的恐惧，也使他充满了胜利的希望，应该说最后胜利仍是属于他的。

健忘：心理学上有一种压抑现象。即对痛苦的情绪体验、创伤性事件或遭受屈辱的失败，无意识地排除在记忆或意识之外。这也是心理自卫方式之一。在其精神胜利法都无济于事的场合，阿 Q的健忘便应运而生。鲁迅说过，“我们都不大有记性，这也无怪，人生痛苦的事太多了，尤其是在中国，记性好的大概都被厚重的苦痛压死了；只有记性坏的，适者生存，还能欣然的活着”。足证健忘也是自卫之一法，它同样具有保护自尊心的作用。尽管它本身并不就是精神胜利法，却是精神胜利的不可或缺的补充。

上面说过，人人都不免使用心理自卫法，当然人人也会使用精神胜利法，偶然地做阿 Q，但并不就是阿 Q，因为这不构成他的行为方式，并不代表他行为的本质属性，而阿 Q 却不然，如上所述，精神胜利法在他身上已成深闭固拒之系统，是他对现实的态度体系，是他的行为方式，甚至存在方式。很明显，这个体系对阿 Q 既是避难所，也是铁牢笼。因为这体系意味着他把全部精力集中在自我防卫、创造自己“伟大”的故事上，而无心也无力考虑正当地适应现实以增进自己的实在能力。就实质而言，阿 Q 的精神胜利其实是一种精神衰退。

众所周知，鲁迅对阿 Q 既有深厚的同情，也有深刻的批判。即所谓“哀其不幸，怒其不争”。阿 Q 这种精神胜利法，客观地讲，是阶级压迫造成的，是社会历史和现实的产物，此所以哀其不幸；但主观地看，此种精神胜利虽是“事出有因”，“其来有自”却不是“理有固然”，“势所必至”，此所以怒其不争也。就某一个人来说，难道阶级压迫就铁定地造成精神胜利吗？毋宁说，正因为受压迫才更应该进行抗争，这才是历史的铁律。但这也是就总体而言，就个体而言，他仍有选择的自由；他的行为、行动仍不是必然的。从阿 Q 本身看，从他的主观选择看，其精神胜利法难道不是阿 Q 主动地、独立地自我创造、自我完成的？照直说，阿 Q 精神胜利法的创造者不就是阿 Q 吗？与其说阿 Q 精神胜利法是社会现实造成的，不如说是阿 Q 反作用于社会现实的结果，是阿 Q 在适应社会现实的过程中发挥精神作用的表现。请看，阿 Q 不是明明在他所处的那个现实环境里，主动地、独立地感受着、思考着、行动着吗？他的精神胜利法，不就是这种感受、思考、行动的特殊方式吗？

论非对象性思维

一

所谓非对象性思维，就是把自己变成对象或把对象变成自己而认识对象的一种认知方式，亦即“置身题上者必先身入题中也”(翁方纲)。它与概念性思维或理性思维不同，后者是把人作为思维与实践的主体，把物作为思维与实践的对象，在主客之间作严格区分，通过物我分离或“置身事外”来认知事物；而前者则是通过主客一体来认识对象，但物一经对象化便失去物性，便不复保其本色，这样认识的世界只能是死的世界而非活的世界。活的世界须在生活中去体认，即置身其中去认识而不能用概念体系去把握。因为在活的世界中，我们接触的人和物是实在的、具体的。其本质是体认出来的，不是冷静旁观出来的。“我是‘在世界中’来研究、思考、理解世界，而不是‘在世界之外’，‘与世界相对’来将世界作为对象使之概念体系化”。①

实际情况正是这样。真的世界、实际的世界并不是对象的世界、概念的世界，而是活的世界、基本体验的世界。人们都熟悉“红杏枝头春意闹”，“人面桃花相映红”这两句诗，诗中的“红”所描述和表达的就是“活”的“红”，或“红”的“活”的人，这就是人的基本体验。如果对“红”从概念上去理解，给“红”下个定义，再据以检查杏儿、脸儿是否符合这个定义；或者对“红”进行光谱测定，按一个人为的尺度来测定杏儿、脸儿是否“红”，光谱仪器将红的光谱测出来了，但真的“红”、活的“红”却不见了，我们在实际生活中所说“红”的那种贯注于“红”中的活的思想感性消失了，“红”与“火”、“艳”、“血”……的关联也不存在了。②

可见，“红”的这种“活”义是主客融合而来，主客融合既是一种境界，又是一种认知方式。在这种认知方式中，人与世界的关系不是主客关系，而是

① 叶秀山：《美的哲学》，人民出版社，1991年版，第7页。

② 叶秀山：《美的哲学》，人民出版社，1991年版，第46—47页。

更深切的感情关系、精神关系。这意味着，人用情感而不是用概念性的分析去了解对象的奥秘。我们都懂得“同病相怜”是什么意思。只有生过病的人才能体认他人之病，才可与病人作活生生的交流，而不是像医生那样作某种概念性的病理分析。有资料说，有些治疗精神分裂的最佳医师自己就是或曾经是精神分裂症患者。有许多报告表明，以前的患者能成为特别优秀和理解病情的护理员。这种理解是参与性的理解。一些精神病学家也在寻求这种参与性的理解，办法是用一种麻醉药取得一种短暂的精神病体验。这表明，你想认识什么，你就得成为什么；而你不是什么，你也就不能认识什么。“不入虎穴，焉得虎子。”有报道说，瑞典生物学家埃列克·齐曼，孤身虎胆，“身入”狼群，在意大利一处渺无人烟的荒野上，同狼一起生活了十多年，通过“身入”而深入地观察、体验，摸清了狼的习性和等级，学会了狼的语言；他爱狼，狼也爱他，终于成为它们中的一员，达到狼我不分的境地，最后竟当上了狼的首领。西德有位摄影师“身入”凶猛的野猪群，同野猪穴居共眠，摸爬滚打，因而成为野猪的朋友，野猪也终于把他当作同类，最后他成了野猪王。①最使人惊奇的是，在一些文化落后、迷信思想严重的人中，有与神鬼、狐狸、蛇、某某大仙等同一化的人，他们常常向往自己成为什么神、什么仙，久而久之果然就成了什么神、什么仙，这就是所谓神灵附体。“相信神灵附体的法师和巫女，会变得动作庄严，连声音都会改变。而相信狐狸附体的人，会发出狐狸的叫声，做出狐狸的动作，产生一种人格变换”。② 可见，人一旦把奇异的东西和自己视为一体，会发生怎样奇异的变化，这时，人不但心理变形，生理、形体也会变形。只有这样，才能与物沟通契合，从而认知对象的特质。

与这种非对象性的思维相反，概念性思维则用对象性思维方式使主客体分离，以概念把世界甚至也把人的心灵规则化、逻辑化。概念使一个特殊性为无数事物所共有，进而把它化为符号，这些符号代替了它们所标示的对象；故概念事实上是对于对象的人为拟构，而每一概念所把握的对象都只是这个对象与其他对象所共有的东西。将这种普遍的概念应用于具体事物上必然对于具体事物的诸多方面有所抹杀和疏漏，而不能曲尽事物的特性与个性，不能完整地捕捉到实在的丰富性和多样性。“当我们把网拉上来，我们发现某些

① 《自然与人》，1987年第5期。

② ［日］白石浩一：《恋爱心理学》，中国妇女出版社，1986年版，第102页。

东西也已从精致的网缝中溜失”。①

概念还有一种遮蔽作用。柏拉图那个有名的洞窟寓言客观上就寓有此意。这个寓言描写人类好像生活在洞窟中，面对墙壁，洞外的光将外界事物投影到洞内墙壁上，人透过墙上的投影而认识世界。这投影正象征着人类的名词概念。通过投影认识外界，就是通过概念认识外界。人与世界之间有一中间物，人不能直接认识世界，只能透过这个中间物认识世界。所以，概念对于人的心灵是一种蔽障和限制。人的精神如时时都背负着许多概念的东西，其心胸就不能广大空阔，其创造性也将被窒息。阿恩海姆指出：“由于我们总是惯于从科学的角度和经济的角度去思考一切和看待一切，所以我们总是要以事物的大小、重量和其他尺度去解释它们，而不是从它们外表中所具有的能动力来解释它们。这些习惯上的有用和无用、敌意和友好的标准只能阻碍我们对事物表现性的感知。甚至使我们在这方面不如一个儿童或原始人。”②所以，不排除概念的支配就不会有直接的体认，就不可能把体认变成创造。

二

杜维明先生认为，西方认识世界的方式是“认知”，中国人认识世界的方式是“体知”，体知的认知方式强调内在心灵体验；西方人用物理眼光看世界，侧重于科学认知；中国人用生物学眼光看世界，视物为一种生命形态。这与我们上述观点是一致的。用物理观点看世界就是将主客体分立：将研究对象视为客体，并以概念体系去把握；用生物学眼光看世界即把对象视为活的世界，主体即在客体之中，在主客一体中去把握对象。这在中国哲学中有最明确的表现。按冯友兰先生的看法，对于中国哲学家来说，哲学不仅要知道什么，而且是要体验什么。这确是一针见血之言，中国哲学最高范畴的“道”，便是靠体验、证验而得。在老庄哲学中，“道”不是置身道外与道分离能够把握的，必须与道为一，身处道的大化流行之中才能得“道”。与“道”分离，人不能成为道的认识者，道也无法成为被认识的对象，两者间不存在认识的关系。《老子》曰：“致虚极，守静笃，万物并作，吾以观复”，这“观”决非科学的观察、感官的视觉作用，而是融己入物，亲身体察。故“致虚守静”的工夫即是要达到与万物一体的境界。庄子的基本工夫也在体认。古人认为，“其神凝”三字为一部南华大旨，可谓抓住了关键。“其神凝”就是体认工夫的神髓。

① ［日］铃木大拙：《禅与心理分析》，中国民间文艺出版社，1986年版，第32页。

② ［德］阿恩海姆：《艺术与视知觉》，中国社会科学出版社，1984年版，第625—626页。

而庄子的“吾丧我”、“心斋”、“生忘”等等，都是体认的基本功，而“其神凝”乃体认工夫入化之境。道家重体认，儒家也重体认，儒家的“克己复礼”、“返身而诚”、“尽心知性”以及“赞天地之化育，可以与天地参”等等，也都是体认工夫和体认境界。宋儒尤重体认，强调“圣人体天以治其心，以修其道”。(《周子全书》)张横渠更明确提出：“大其心则能体天下之物”，“体物体身，道之本也，身而体道其为人也大矣。”①

金岳霖先生对中国哲学的精神曾做过如下概括：

中国哲学家都是不同程度的苏格拉底。其所以如此，因为道德、政治、反思的思想、知识都统一于一个哲学家之身，知识和道德在他身上统一而不可分。他的哲学需要他生活于其中，他自己以身载道。遵守他的信念而生活，这是他的哲学组成部分。他要做的事就是修养自己，连续地、一贯地保持无我的纯粹经验，使他能够与宇宙合一。显然，这个修养过程不能中断，因为一中断就意味着自我复萌，丧失他的宇宙。因此在认识上他永远摸索着，在实践上他永远行动着，或尝试着行动。这些都不能分开，所以在他身上存在着哲学家的合命题，这正是合命题一词的本义。他像苏格拉底，他的哲学不是用于打官腔的。他更不是尘封的、陈腐的哲学家，关在书房里，坐在靠椅中，处于人生之外。对于他，哲学从来就不只是为人类认识摆设的观念模式，而是内在于他的行动的箴言体系。在极端的情况下，他的哲学简直可以说是他的传记。②

中国哲学家并不把哲学作为对象来研究，而是与他的哲学融为一体。他一生都在体认之中，他的哲学就是他的人生，他的人生就是他的哲学。近代以来，有些治中国哲学的人，往往以西哲重逻辑思辨的标准来看中国哲学，总觉得中国古人缺乏逻辑观念，没有思维规律。这种以彼例此的削足适履的做法，是未真正懂得中国哲学之故。

我认为，凡根本性本原性、本体性的东西全靠体认，而不能靠逻辑推理。从某一方面说，逻辑推理的实质是把我们关在已知事物的圈子里，对我们是一种限制，限制我们接触实质性的东西。而且，即使是推理，其出发点或前提也并非来自推理，而是某种更根本的、由体认而来的东西。事实上，一切思想的根基里都潜藏着某种体认。真正终极的东西，是不能凭概念推理切近的，即不能成为我们的客体或对象的。亲证真理的唯一途径，是使我们的生

① （明、清）王夫之：《张子正蒙注·大心篇》，古籍出版社，1956年版。

② 转引自冯友兰：《中国哲学简史》第一章，美国麦克米兰出版公司，1948年版。

命融汇于一切对象之中，主客二元性思维不能把握终极价值。而概念认识总是把对象与自身分开，从一定距离之外去看它，所以概念是离心的、外向的。而终极的东西必然是我们置身其中的东西，超越于主客体关系的东西，无限地高于或溶化于一切存在着的主客体的东西，比如良心是自证的“不能用‘了解’的方式去了解，只能从生活中去体会、印证，因为良心不是我的对象，它就是在我之内，与生俱来的成为‘我’的主体，‘我’的主宰，所有德性皆从此流出”。① 如果一个人的良心泯灭，良心便成了他身外之物，这时他只能把良心作为对象，从概念上去理解；但良心的真谛是不能言传的、只能“身入”体会。

孔子曰：“予欲无言”。我们可借这句话说明，小理能够说清楚，大理却只有沉默。因为大理是不能用概念性思维把握的。陶渊明诗：“采菊东篱下，悠然见南山。山气日夕佳，飞鸟相与还。此中有真意，欲辨已忘言。”“真意”即大理，此时我与景物迷离惝恍，融成一片，景物不再成为对象，我进入物我两忘之境。此时之南山成为我之观照的对象。故人邂逅相对忘言，感到一种悠然之意荡漾心头，但悠然之意是什么，却说不清，也不必说清，更不想说清了。

人们都知道，禅理也是不能言说而只能体认、体证的。如弘忍弟子所作二偈：

身是菩提树，心如明镜台；
时时勤拂拭，莫使有尘埃。（其一）
菩提本非树，明镜亦非台；
本来无一物，何处染尘埃。（其二）

第一偈把心看成对象，有拭者和被拭者之分，显然觉悟不高。第二偈揭示出一切皆空，根本谈不到拭与被拭之分，它超出了主客关系，这才是彻悟。

需要说明，非对象性思维尽管与概念是矛盾的，但严格说来，它仍离不开概念的支持。完全排除概念形不成任何思想，包括非对象性思维本身。而且，由非对象性思维得来的体验，似乎也不能完全排除概念的内容，起码要表达出有关体验到的某种东西也非概念不可，即使不可言说的神秘体验，如果要表达，也要概念对不可言说者进行言说，否则就只好当哑巴了。

---

① 韦政通：《中国的智慧》，吉林文史出版社，1988年版，第66页。

三

非对象性思维也就是直觉思维。直觉是思维对于对象的直接切中，它不是面向与之相对立的客体，而是完全地沉浸在、蕴含在周围世界之中，即内在于周围世界。按柏格森的说法，直觉就是“将本身加入客体之内”。在他看来，“直观是一种体验，一种生活，却不是一种真理知识”，直觉“事实上就是我们所谓体验，因为这样的直觉仅有当我们的主体与认识的客体合而为一的时候，才有意义。”①克罗齐则说：“在直觉中我们不把自己认成经验的主宰，拿来和外面的实在世界相对立，我们只把我们的印象化为对象。”②“印象化为对象”即融己入物。日本哲学家淀野耀淳认为：“凡为体验都没有体验与体验者的差别”，在直觉中，“所谓内容与形式，全体与部分，主观与客观都未曾差别的”。③ 冯德也说，直接体验“系主客未分，表象与对像尚未对立时之浑然一体。”④

总上所述，直觉思维就是使人与“实在”直接联系和接触，从而直接进入本原世界。也就是说，直觉可单刀直入，破除一切迷障，中间无须分析，无须概念挤入，在物我同一中直达本质。这就意味着不掺杂任何实用考虑或理智的先天图式，直接体认对象之所以为对象。我们看到，许多天才人物都具有深刻的直觉力，都有一种透彻性的灵气。即直接洞察事物本质的直接性的能力。这似乎是与生俱来的天然的直接性。叔本华称天才是纯粹或完全的客观化，这种客观化即忘却自我，把我变为客观之物。庄子就是这样的天才，他与惠施游于濠梁之上，看到鱼儿的快乐，在一刹那间他融己入物，把自己客观化为鱼了；而惠施却说，“子非鱼安知鱼之乐”，其用概念性思维看问题，当然不懂得“要体验自然中的最幽微的意义，个体必然溶入自然的浑一中去，化为自然的风草虫鱼，和单纯的存在”。⑤

可想而知，这种客观化的能力对于艺术家具有何等重要性。但丁说得好，“画象者若其不能成为该物体则不能画之。”河库塞也说：“假如你想画一只鸟，你就必须成为一只鸟。”艺术家必须进入事物中，从内部去感受它，自己去经历它的生活。这就是艺术的或艺术地理解，其中理解者和被理解者交融成一

① 洪谦：《维也纳学派哲学》，商务印书馆，1989年版，第113页、第108—109页、第26页。

② [意]克罗齐：《美学原理·美学纲要》，外国文学出版社，1987年版，第10页。

③ [日]淀野耀淳：《认识论之根本问题》，商务印书馆，1931年版，第62页。

④ [德]冯德：《现代哲学小引》，商务印书馆，1931年版，第48页。

⑤ [美]马斯洛：《人的潜能和价值》，华夏出版社，1987年版，第473页。

个新的共同体，在感觉中与对象达到一致。对艺术理解或艺术体验的这个特点，维也纳学派哲学家也曾注意到，他们说，艺术与科学不同，艺术“以体验宇宙事物为对象，科学则以认识宇宙事物为对象”，故“艺术家根本无须知识或科学方法”。而必须“直接的置身于宇宙万物之内”来“加以体验”。他们认为，体验世界和认识世界是绝对不同的；这个不同不在于客观世界，而在于我们对它是体验还是认识；一切诗歌、艺术是以体验世界为目的的，而一切科学则以认识世界为对象，前者靠丰富的想象与兴奋的情绪，“所求的对象的心神如入其境以及主客观世界的一致，至于后者，则以数学计算、经验证实为其方法”。① 他们看到想象与情感在体验中的作用这一点很值得注意。

很明显，体验或直觉离不开情感，所谓体验就是情感体验，柏格森称之为“知的同情”(Intellectual Sympathy)，即置于对象内部与之契合而领略其生命。“知的同情”也可称为“共鸣”，“借助共鸣便能把自己输进事物内部，与事物的独一无二性交融一致”。② 依柏格森的观点，要认识真理则必须放弃自我，把自己沉溺在对象之中，尤其是“要真正认识某些活生生的和有机的东西，就是要从内部去认识它，而且只有使主体与客体的移情作用相符合才能为这个客体提供一个完整的或绝对的知识”。③ 探讨真理、研究问题必须抱同情态度，必须有情感的参与，这在艺术领域是显而易见的，已如上述，不必辞费。即在其他领域也同样适用。以研究历史而论，少不了从感情上介入，少不了“替古人担忧”；如果认为观察历史必须站在历史之外，那是理性主义及常识给人的错觉。我们的古人很懂得这一点。王夫之曾提出，读史必须“设身于古之时势，为己之所躬逢；研虑于古之谋为，为己之所身任 。取古人宗社之安危，代为之忧患，而已之去危以即安者在矣；取古昔民情之利病，代为之斟酌，而今之兴利以除害者在矣”。④ 在中国古代的史学家中，我以为伟大的司马迁确确实实是怀着同情与敬意，并充分发挥自己的想象力来写史的。其中最能说明问题的，也许是《项羽本纪》了。他以无限惋惜、无限遗憾的心情，塑造了一个悲剧英雄的形象。而垓下作歌一段又最鲜明地体现了这种感情，那段文字纯是太史公“身入”古战场，“神游冥想”与人物“处于同一境界”，亲自感受人物之所感而生发出来的，这就是“笔补造化”、“代为传神”(周亮工)。一

① 洪谦：《维也纳学派哲学》，商务印书馆，1989年版，第113页、第108—109页、第26页。

② [波]科拉柯夫斯基：《柏格森》，中国社会科学出版社，1991年版，第36页。

③ [法]约瑟夫·祁雅理：《二十世纪法国思潮》，商务印书馆，1987年版，第9页。

④ (明清)王夫之：《读通鉴论》卷末，岳麓书社，2011年版。

般说来，所有的历史学家如果不同时是一个伟大的艺术家，就不可能成为一个伟大的历史学家。司马迁正是这样一个伟大的史学家、文学家，以这种一身二任的态度和眼光著史，就不仅是要知道什么，而且是要体认什么。英国现代著名史学家 R. G. 柯林武德也坚持此种观点。他认为："历史的知识是关于心灵在过去曾经做过什么事的知识。同时，它也是在重做这件事；过去的永存性就活动在现在之中。因此，它的对象就不是一种单纯的对象，不是在认识它的那个心灵之外的某种东西；它是思想的一种活动，这种活动只有在认识者的心灵重演它并且在这样做之中认识它的时候，才能被认识。对于历史学家来说，他所正在研究其历史的那些活动并不是要加以观看的景象而是要通过他自己的心灵去生活的那些经验；它们是客观的，或者说为他所认识的，仅仅因为它们也是主观的，或者说，也是他自己的活动。"①这就要求史学家设身处地地在自己心灵里重演他所要研究的历史事实背后的思想，极力使自己要钻进他正在研究着的历史运动里面去，而且要感受那种运动作为是在他自身之内所进行着的"某种东西"，也就是"以一种想象的同情重行捕获这一运动的节奏"。② 总之，历史不能作为对象来研究，只能作为非对象的实在去体认。如果把它作为客观的认识对象，也必须先把它作为非对象的实在加以体认之后才可进行。

不仅对历史、文化采取这种态度，对人间世事都应采取这种态度，即对自然、对一切有生之物乃至无生之物也应采取这种态度。有些研究者指出，甚至在科学技术的创造发明中，也常常需要"想象的同情"，需要非对象性的思维。

日本心理学家恩田彰证明，在这类创造活动中，感觉成为正在研究设计系统的一部分是很重要的。这要求设计者设身处地地从研究设计对象的角度考虑问题。比如在发明机械时就要设想自己是机器的一部分；而"把人设想为机器的一部分当然是不合情理的"，但"在创造过程中，感情的非合理性因素比理智的合理性因素更为重要。"所以，"为了制出具有预想性能的机械，自己就仿佛是一种有魔力的小生物"，"必须以某种形式在其中"工作。它的意思就是，你想制造什么，你自身就要变成什么。③ 另一位日本心理学家高桥浩也持此种观点，并且说得更明确"事情就是这样，思想的产生不光是靠头脑思考，

① [英]柯林武德：《历史的观念》，中国社会科学出版社，1986 年版，第 247—248 页。

② [英]柯林武德：《历史的观念》，中国社会科学出版社，1986 年版，第 215 页。

③ [日]恩田彰：《创造性心理学》，河北人民出版社，1987 年版，第 158 页。

而需动手动脚，动员全身参与其事方成”。怎样动员全身参与其事呢？这位心理学家在参与研制新式起重器的过程中，曾亲自伏在地上体认起重器该怎样起重。他觉得，“思考起重器，首先要有辆小卧车”，他伏在地板上就是要当小卧车，这样他就真地进入了“角色”，取得了小卧车的自我感觉，“难以想象的是，当你像上述那样动员全身参加，并把自己当成某物品来思考问题时，在你头脑中会涌现出与单纯用脑子所想的完全不同的创见来”。①

这种非对象性的思维方式，还常常在抽象的自然科学理论发现中得到证实。心理学家戈尔登(Gordon)曾列举了一些科学上自身比拟的发明与发现。如法拉第曾经“看穿电解液的心灵竭力地使原子的活动呈现在他的心眼上”；刻古勒(Kekule)“由于将自己比做一条蛇正在吞噬它的尾巴而设计出圆圈式的苯分子方程式，而不是像传统上连锁式的炭原子方程式”。由此，戈尔登批评说：“有多人刻板异常，执着于严密的内在控制与理性的行为，一些异于常规的变动都会引起焦虑不安。自身的认同作用则可以将这种我执破除”，从而进入一种创造境界。②

按马斯洛的观点，非对象性思维乃是一种科学人本主义的思维方式。这种方式的特点是要认识对象中有神入，有直觉，感到与对象相通，在某种程度和某种意义上则与对象完全相同。譬如，当一位心理学家想要预测一只老鼠的行为时，他就要将自己与老鼠等同起来，使自己感觉像一只老鼠，即取得老鼠的自我感觉。体会老鼠，并自己问自己：“现在我该怎么做?”马斯洛说，用这种方法去认知，哪怕是天文学家，或者地质学家，或者化学家都可更全面地领会那些最不具人格的事物，比如，人们透过望远镜观看月亮，可以像一个旁观者，以一个局外人的态度去观看，就像一个偷看者，“透过钥匙孔偷看那陌生奇异的。那伸手莫及的、那属于他人的、那茫茫远方的事物，……但也可以有另一种态度，即你忽然被深深吸引，一时忘掉自我，心驰神往进入那个世界之中，而不是自居其外往里窥测。”③

这两种不同的感受来自两种不同的思维方式，它还可以用听音乐、参加跳舞做比较。“你可以细心地聆听乐曲，平心静气地审听音乐好到何种程度，是不是值得你花的门票钱。或使你突然为其攫住，变成了乐曲，可以感觉到它就在你的心中跳动，使你不再身在此地而神走他方。如果你在跳舞，节奏

① [日]高桥浩：《怎样进行创造性思维》，科学普及出版社，1987年版，第53页。
② [美]戈尔登：《创造心理学》，正中书局，1989年版，第175页。
③ [美]马斯洛：《科学家与科学家心理》，北京大学出版社，1989年版，第127页。

‘抓住了你’，你便可以轻轻地溜进节奏中去而与节奏融为一体。或者你可以成为一件甘为节奏效力的乐器”①，因而进入物我两忘之境，体味到一种莫可言喻的愉悦和满足。

① ［美］马斯洛：《科学家与科学家心理》，北京大学出版社，1989 年版，第 128 页。

非对象性思维谈

一

所谓非对象性思维，就是把自己变成对象或把对象变成自己，亦即通过主客体融合为一而认识对象的一种认知或思维方式。它与对象性思维不同，对象性思维是概念性思维或理性思维，这种思维是将思维者和思维对象一分为二，在主客体之间作严格的区分，也就是将物对象化、概念化来认知事物。

但物一经对象化、概念化便失去物性，便不复保持其本色。这样认识的世界只能是死的僵化的世界而不是活的世界。活的世界须在生活中去体认，即置身其中去认识而不能用概念体系去把握。因为在活的世界中，我们接触的人和物是实在的具体的，其本质是体认出来的，不是冷静旁观出来的。“我是‘在世界中’来研究思考理解世界，而不是‘在世界之外’与‘世界相对’来将世界作为对象使之概念体系化”，此即所谓“置身题上者必先身入题中也”。

严格说来，真的世界，实际的世界并不是对象的世界，概念的世界，而是活的世界，体验的世界。人们都熟悉“红杏枝头春意闹”、“人面桃花相映红”这两句诗，诗中的“红”所描述和表达的就是“活”的“红”或“红”的“活”人，这就是人的体验，而体验是主客一体的。如果对“红”从概念上去理解，从《辞海》中找“红”的定义，再据以检查“杏”、“面”是否符合这个定义；或者对红进行光谱测定，光谱仪器将红的光谱测出来了，但实在的“红”、活的“红”却不见了。

不言而喻，“红”的这种“活”义是由主客融合而来。主客融合既是一种境界，又是一种认知方式。在这种认知方式中，人与世界的关系不是主客关系，而是更深切的感情关系、精神关系。就是说人凭情感而不是用概念性的分析去了解对象的奥秘。如对于人，仅靠理智的分析永远不能弄明白一个人的人品，只有感情的交接才能理解其内在价值。我们都懂得“同病相怜”是什么意思，只有生过病的人才能理解他人之病，才可与病人做活生生的交流。而不是像医生那样做某种概念性的病理分析。要想通过一般性的概念来了解人是永远做不到的。有资料说，有些治疗精神分裂的最好医师自己就是或曾经是精神分裂症患者。时至今日，科学家们终于认识到，人之所以不能完全了解自然界，可能是因为他没有把自己视为自然界的一个交感与共的组成部分。

与非对象性思维相反，对象性思维则用概念使主客体分离，以概念将世界甚至也将人的心灵规则化、逻辑化。

二

不仅如此，概念还有一种遮蔽作用。柏拉图那个有名的洞窟寓言，客观上就寓有此意。这个寓言描写人类好像生活在洞窟中，面对墙壁，洞外的光将外界事物投影到洞内墙壁上，人透过墙上的投影而认识世界。这投影正象征着人类的名词概念。通过投影认识世界就是通过概念认识世界。人与世界之间有一中间物，人不能直接认识世界，只能透过这个中间物认识世界。所以概念对人的心灵是一种遮蔽和限制。爱默生说，人是"被自己的意识关进了监狱"是有道理的。人的精神如时时都背负着许多概念的东西，其心胸就难以广大空阔，其创造性也将被窒息。要想取得对事物的直接体认就必须排除概念的支配。尼采深刻指出："我们认识世界是什么：要求绝对的无条件的知识就是要求没有认识的认识。"没有认识的认识即排除概念性认识的认识，就是直接的体认。钱锺书先生在《谈艺录》中也指出："除妄得真，寂而息照，……艺术家之会心，科学家之格物，哲学家之悟道 …… 莫不由此。"这种观点，可上溯到孔子的"四毋"，即"毋意，毋必，毋固，毋我"(不悬空揣测，不全部肯定，不拘泥固执，不自以为是)，其实旨就是破除成见、破除概念性思维之意。用今天的话说就是一切从零开始，无成见地去思考。当然这已是非对象思维的最高境界了。

其实，一切本源性本体性的东西全靠这种非对象性思维去体认而不是靠逻辑推理，逻辑推理的实质是把人关在已知事物的圈子里，对人是一种限制。即使是推理，其出发点或前提也并非来自推理，而是某种更根本的由非对象性思维而来的东西。真正终极的东西是不能凭概念推理切近的，它不能成为思维的客体，本体是不可当作外界事物去推求的。认识或亲证真理的唯一途径是使我们的生命、心灵融汇于一切对象之中。主客二元性思维不能把握终极价值，概念性认识总是将对象与自己分开，从一定距离之外去看它，所以概念是离心的，外向的，而终极的东西必然是我们置身其中的东西，超越于主客体关系的东西，无限地高于或溶化于一切存在着主客体的东西。熊十力有言：“内心外物，分成两界对立，此于真理太悖，悟到心境浑融，方是实际理地”，“就真理上说，境和心是浑融而不可分的”。这是悟道之言。

三

非对象性思维是一种创造性思维。在任何一种创造性活动中都有这种思维存在。著名德国心理学家韦特海默提供了一个很好的例证。他讲的是两个孩子打羽毛球的故事。两个孩子一个 12 岁，一个 10 岁，姑以 A 代表大孩子，以 B 代表小孩子。A 发球很刁，B 接不住，最后 B 扔下球拍说他不打了。A 劝他继续打下去，B 不同意。他那呆滞忧愁的面容，使 A 觉得遗憾。B 为什么那么忧愁，显然是因为屡次失败而觉得自己是个受害者。A 第一次发觉他打球的方法，他刁钻的发球对 B 来说很像是捉弄，不像是游戏，觉得对 B 很不公平。A 自问非这样不可吗？怎样才能改变一方对抗另一方的状况？他提出：“我们这样玩，我们打来打去，不让球掉下来，看看能打多少，我们能坚持十次二十次吗？开始时发容易的球，后来可以越发越难。”B 愉快地同意了。他们又玩了起来。游戏的性质完全变了，他们互相合作、配合，打得很起劲，A 不再捉弄 B，但他打出的球却越来越难接，他叫着：“这不好接，你能接吗？”充满通情达理的友好态度。后来他们又这样打过球，B 的技术大有进步。肯定 A 也有很好的体验和新的发现。

很显然，由于 A 能设身处地地替 B 着想，不再将 B 作为捉弄对象。这个问题才得以创造性地解决，两个人由竞争的对手一变而成为一个共同目标互相合作的伙伴，这正是非对象性思维创造出来的新境界。韦特海默说下棋中也有这样的情况。

创造性活动如此，创造性劳动尤其如此，在创造性劳动中，创造者都把自身和他的对象融为一体。科学即产生于自然与我们自身的相互作用中。弗罗姆说：“无论是木匠做一张桌子还是金匠打一件首饰，无论是农民种田，还是画家作画，在所有各类创造性劳动中，劳动者和对象都成为一体。在创造过程中人将自身和世界合而为一。”日本心理学家恩思彰证明，在创造活动中，感觉成为创造的对象这一点很重要，比如设计一台机器，这就要求设计者设身处地从设计对象的角度考虑问题，要设想自己是机器的一部分。而“把人设想为机器的一部分当然是不合理的”，但“在创造过程中，感情的非合理因素比理智的合理因素更重要”，“为了制出具有预想性能的机械，自己就仿佛是一种有魔力的小生物”、“必须以某种形式在其中工作”。按人本主义心理学家马斯洛的观点，非对象性思维乃是一种科学人本主义的思维方式。这种思维方式中有神入有直觉，感觉与对象相通，在某种程度某种意义上则与对象完全相同。

也谈应该用什么“准则”来要求作家

读了林默涵同志《应该用什么准则来要求作家》[①]一文，深感其所积者“厚”，所发者“薄”，所以颇有耐人寻味之处，寻味之余，也不禁产生了一些疑问，现在也提出来请求指教。

我认为我们讨论问题应从实际出发，而不能从定义甚至字义出发。林默涵同志也反对笼统地谈问题，和这精神是一致的，但是，他恰恰就犯了自己反对的这种毛病。他要反对的是这样一种说法：“在我们国家，确实存在着用不应该要求作家的准则来要求作家，用非文学的标准来评论文学，用非作家的东西来要求作家。我们往往觉得：作家作为作家还不够，还要求作家是一个革命家、宣传家、政治家，……但就不能够让作家当个人道主义者。”

他认为“这种议论是颇为奇特的”，于是他从三方面进行了反驳。可惜他的反驳完全避开了这段话的精神实质，却抓住字面的意思做文章，这就未免有点乏味了。

他一则曰，就是应该“用非作家的东西要求作家”，理由是：“在我们国家，文艺创作是一种分工，作家和社会上其他各种职业的人一样，也是社会的一员，他不能不遵守共同的社会公约、共同的道德标准、共同的生活准则、比如国家的宪法就是谁也不能违背的。而这些都是‘非作家的东西’。如果不能用‘非作家的东西要求作家’，那么，对其他各种职业的人，也同样不能用非职业的东西去要求他们，那就人人都可以各行其道了，整个社会岂不就要乱了吗？”

道理倒是堂而皇之，不能说不对，但实际情况就这般简单？林默涵同志不是谈起我们国家的社会分工吗，让我们也从社会分工谈起。众所周知，在“左”倾思潮愈演愈烈的年月里，曾出现过这样两种颇为奇特的分工：一种人整人，更多的人挨整，文艺界尤其如此。其结果，整人者安然无恙，挨整者，有的身心俱残，有的不幸短命而死。种种怵目惊心的惨剧，至今不是仍然历

---

① 林默涵：《应该用什么准则来要求作家》，《光明日报》，1986年2月21日。

历犹在目，因而令人“余悸”未消吗？请问这种分工遵守的是什么“共同的社会公约、共同的道德标准、共同的生活准则”？又哪里有一分一厘一毫的合乎“谁也不能违背的”、“国家的宪法”？如果说，那时候不懂得什么“公约”、“道德”、“准则”、“宪法”，那么，只要少点苛酷和残忍，多点同情与宽容，照直说，就是少点兽性和兽道，多点人情和人道，许多惨剧不就可以避免，至少也会大大减轻吗？近日在《文论报》上看到徐光耀同志怀念他的老师丁玲的文章，最后就是这样说的：“终其一生，丁玲把一切都献给了革命。我们很难在什么地方发现她图谋过私利。遗著近三百万字，是她留给我们宝贵的精神财富。然而，假若她少受一点‘迷信’的影响和猜疑，多得些理解和宽容，以她的才情，以她八十二年的丰富经历，当不止这三百来万字吧!”林默涵同志那套分工论怎样解释这种现象呢？

他二则曰，就是应该要求作家同时是革命家、宣传家，理由是：“历史上许多的伟大作家都是当时的革命家，他们代表了那个时代的进步思想、进步势力。尽人皆知，鲁迅不但是伟大的文学家，而且是伟大的思想家和伟大的革命家，他是以笔为武器去从事革命斗争的，因此也可以说是革命的宣传家”，这确是事实，但问题是，那些伟大作家兼革命家、宣传家是被要求出来的吗？他们是在被要求的情况下进行创作的吗？众所周知，作家的劳动与其他职业不同，作家要凭自己的真诚和良知来进行创作，而真诚和良知是不可能靠要求，包括自己对自己的要求而获得或消失的。“从喷泉里出来的都是水”，也不能不是水，“从血管里出来的都是血”，也不能不是血。这是不以人的意志为转移的。有个比喻说，外界的力量能使马嘴近水，但饮水的动作不会发生，除非是发于真渴，即出于内在的需要。“历史上许多伟大的作家”的作品哪一部是靠别人要求创作出来的？林默涵不是也强调“真正的革命家决不是别人要求他去做的，在反革命统治下，干革命是要准备丢脑袋的。我们的作家中，有许多共产党员，他们或者是成了作家以后入党的，或者是入了党以后才从事创作的，这都出于他们的自觉自愿，并没有人强迫他们这样做。”这就奇怪了，既然过去在那种条件下许多作家都能够自觉自愿地进行创作，为什么到了今天，在这样好的条件下，却非要有人对他们提出什么要求不可呢？这到底是作家的问题还是要求者的问题？难道不值得好好想一想？林默涵同志的那些话不正好说明作家的创作完全出自内在的需要或需求吗？事实上也只有这样才谈得上是创作。如果硬要要求或强迫他们这样做，肯定他们就不能创作而只能制作了。作家之作为作家以及作家兼革命家、宣传家是不能够、不需要，也不应该由别人要求或强迫去做的。黑格尔说过，“以公正的意识来做公正的事”，“这就与伦理分开了，伦理是无意识地做公正的事的。伦理的(诚实的)人就是这样的，他并不事先考虑到什么是善的，善就是他的品质，是固着在他身上的；而一旦意识到了善，便产生了选择：我究竟是愿意要善呢，或是不愿。这种道德的意识是很容易变成有危险性的。”因为“美德并非只是”“识见”和“意识”，“识见是缺乏实体性或物质的”，“要使识见到的善和真成为美德，还需要人、心、心情与它合而为一。”①用这个观点看创作，则自觉自愿地创作是出自作家的思想感情的实体，出自他自己的品格，是“无意识地做公正的事”；而在别人的要求或强迫下，那就只能写出没有血肉的“缺乏实体性”的“识见”或“意识”了，在过去，这种教训难道还少吗？

但是，需要说明，我们并不笼统地反对对作家提出要求。单看这要求来自哪里来自何方。如果要求来自读者，作家应是忠心欢迎，十分尊重、万分感激的。作家们都懂得，作品一旦与读者见面，那就属于读者的了，作品的评论权是断然属于读者的，读者是作家最好的老师，只有他们才最有权力向作家提出要求。(当然那种以他们代言人的身份提出的要求不在此例)但是，如果要求出自对人的猜疑和怀疑，出自对人的不信任、不尊重，好像不要求就不得了。而要求者又俨然以真理的化身自居，摆出别个都是左道旁门唯独自己得了马列真传是当然的马列正宗——不待论证也不用检验——似的脸来，这，请恕我直说，除了令人生厌以外还能有什么效果呢？不言而喻，对这样的要求者来说，当务之急怕是在要求别人之前，首先要求一下自己吧！

今天，在长期的“左”倾教条主义流毒还远未消除，十年浩劫的后遗症依然存在的今天，我以为与其多要求，不如多体谅、多理解，人最需要的是理解，作家尤其如此。还有，与其多责人，不如多责己，“其身正，不令而行，其身不正，虽令不从”。比如说吧，人们为什么要提出在林默涵同志看来“颇为奇特”的“议论”，其精神实质难道不值得我们做综合分析和深层思考？难道不值得有些人反躬自问、自省乃至自责？只要不抱成见，稍加考虑就可看出，林默涵同志认为“颇为奇特”的“议论”，其精神实质不过是表示对要求者的一种要求而已，何“奇特”之有哉？

还有人道主义问题。对于这个问题，林默涵同志也提出了自己的看法。其言曰：“至于说我们的国家不让作家当个人道主义者，这纯属无稽之言。就我所见，并没有人笼统地否定人道主义，但包括我在内，确实有人不赞成毫无分析地笼统地讴歌人道主义，因为人道主义在不同时代和不同人的心目中，

① [德]黑格尔：《哲学史讲演录》第二卷，商务印书馆，1978年版，第68—69页。

是有不同内容的。"这本身就是笼统的、闭眼不看事实的说法。在我们国家"并没有人笼统地否定人道主义"吗？如果指在口头上或有可能；在事实上，实际上却"大谬不然"，但我们能根据口头去做这样的判断吗？这是一种什么方法呢？

下面我就从题为《敢为胡风辩护的文艺理论家——吕荧》[①]一文中引一段文字来说明问题吧。

吕荧对胡风的文艺观并不完全赞同，包括一些尖锐的原则问题。吕荧曾像初生牛犊一样连续写文章与胡风论战可是在一次批判胡风的大会上，那紧张的气氛和批判者火辣辣的语言，气汹汹的姿态，简直是想把人一棍子打死。在一个权威理论家大放厥词以后，鸦雀无声的会场上响起了沉重的声音。

我来说几句！一直沉默静观的吕荧坐不住了，理论家的勇气和责任感使他忘记了此举可能产生的后果，他从容地走上主席台。

我们不能把思想意识领域里的问题等同于政治问题，我认为批判胡风是错误的……

会议的主持者不知如何处置，顿时呆若木鸡。

吕荧先生，你应该揭发胡风！有个权威理论家说。

吕荧，你与胡风是什么关系？

吕荧，你用心何在？

…………

在喧闹混乱中，吕荧被几个人连推带搡地弄下了主席台，驱逐出会场。

结局如何，可想而知，不必尽说。在过去，像吕荧这样的正直之士，只因"毫无分析地笼统地"发扬了一下人道主义而身遭横祸的不知凡几，这大概是没有人(包括林默涵同志在内)能够否认的吧！但我仍不明白，在那种情况下究竟怎样才不至于"毫无分析地笼统地"发扬人道主义呢？俗话说解铃还须系铃人，这只有质诸林默涵同志了。

胡风事件当然是一个更大的悲剧。胡风自己曾对友人说："以我个人的性格，在这个世界上不应该有饭吃。"[②]他是不幸而言中了。

这样，我们就可知道，林默涵同志所说的"就我所知，并没有人笼统地否定人道主义"，除了林默涵同志自己，有谁会相信呢？

最使人不解的是，林默涵同志最后还引用了阮章竞诗集序言中的一段话，

---

① 《敢为胡风辩护的文艺理论家——吕荧》，《文摘报》，1985年12月24日。

② 杨玉清：《悼胡风》，《光明日报》，1986年1月25日。

用以说明“被压迫的民族和被压迫的人民决不可能靠人道主义去讨得解放和自由”。现在也把阮章竞的话抄在下面：

被压迫民族是用火，用剑、用摇天撼地的怒涛，去夺得国家的独立的。如果被压迫民族捧着人道主义去求乞，我敢说：“一个也不可能获得独立”。马戏团的驯兽师能驯服一些野兽，但从没见过被压迫民族用人道主义去说服过一个半个殖民主义者。

阮章竞的话当然是真理，但不知他这些话写于何时。不过，在20世纪80年代的中国，林默涵同志引用这样一段话来批驳人道主义却有点驴唇不对马嘴。莫非我们的民族和人民还处在被压迫的时代，我们这里还有人要捧着人道主义去向帝国主义求乞？这岂不是不问时间、地点、条件“毫无分析地笼统地”谈问题的方法？

在这段话之前，林默涵同志还引了一段何新的文章，那说的是西方现代哲学中的人道主义，其中有一句说到存在主义创始人海德格尔赞美死亡的话。林默涵同志于是据此质问道：“难道这种赞美死亡的人道主义我们也去照搬过来吧？”

对海德格尔的思想，确实应予分析批判。但是，对一个学说，即令是完全错误的，也必须对其主旨和全貌有所了解之后才好下结论，怎好只凭一言半语的字面含义就简单地一言以毙之呢？这在学风上，至少也是不够慎重吧！

论自发性

自发即自我生发之意，作为心理学概念，这种自我生发乃是不知不觉、自然而然的过程。陶渊明的两句诗“云无心以出岫，鸟倦飞而知还”，就是对这种自发心态的形象描述。云固无心，鸟也并非有意。它们各依其本性，自然而然地、主动地活动。从某种意义上说自发性心态是一种高水平的心态，它表现着人的本质部分。但长期以来，却被人们所忽略或被看成是低水平的心态，甚至还往往作为政治概念而予以贬抑，人们所重视和强调的是自觉性，认为自觉性才是高水平的、代表人的本质的心态。其实，这是严重的误解，这种误解会造成多方面的不良影响和后果，对于文艺，关系尤大，故不可不辨。

一、“忘足，履之适也”

从心理学观点看，自发性是一种正常的、健康的心理状态，而自觉性却常常是反常的、病态的表示。鲁迅在谈到汉唐的艺术风格时说过，汉唐魄力究竟雄大，对自己的力量充满自信，采用外来事物时，就如将彼俘来一样，“自由驱使，毫不介怀”。但一到衰败之际，“神经可就衰弱过敏了，每遇外国东西，便觉得彼来俘我一样，推拒，惶恐，退缩，逃避，抖成一团，又必想一篇道理来掩饰”。对外来东西，“自由驱使，毫不介怀”是自发的、健康的心态；而“推拒，惶恐，退缩，逃避，抖成一团”则是神经衰弱或过敏反应，是一种病态心理机制作用，已有自觉性在，想出理由来掩饰则更是自觉性的活动了。庄子说“忘足，履之适也”，意思是，一个人脚上穿了很合适的鞋，他决不会想到他的脚；他若时时想到他的脚，大概他的脚总有毛病。而鲁迅则以头和肚子为例说，我们平时是决不记得自己有一个头或一个肚子，应该加以优待的，然而一旦头痛肚泻，这才记起它们，并且大有休息要紧、饮食小心的议论。可见自发心态正所以表示正常和健康，而自觉心态却是病态的征象。大而言之，在一般情况下，人的一生都是自发地度过的，人生的历程便是一个自发地自我实现的历程。一个人只要是没有死，只是生下去就是了，他若常常想到他的生，常常想到所谓人生的意义，大概他的“生”中总有点毛病了。心理学家认为，自觉意识与感觉之间的密切联系是一种病理现象，这种联系表明机体相对有病，有人说，中国人活得太累了，从心理学上说，累就累在自发性太少，自觉性太多。凡“包袱”、顾虑等精神负担，多是自觉的，由于过去政治上风云变幻，人们，特别是知识分子，不能掌握自己的命运，常有旦夕祸福之忧，没有安全感，不能不临渊履冰，心怀戒惧、焦虑，心理上经常处于紧张、防卫、戒备状态。这种防卫不仅是防人，更多的是防己，因为“祸从口出”，这就要管住自己的舌头，“足将进而趑趄，口将言而嗫嚅”，顾虑重重，欲言又止，时时事事需要戒备、防范，高度警觉，焉得不累？

人们喜欢自发性，自发性是发自内心的东西，自发性与纯真是一回事。真正打动人的感情总是自发的。自发性天然地对人有吸引力，就像磁性天然地有吸引力一样。人们为什么喜欢儿童呢？因为儿童天真无邪，毫无机心，儿童表达的是真正的个性，他想什么就说什么，没有做作和欺骗，儿童都是自发地表现自己的，这就是天真的所在。当我们说某人气质好的时候，其实就是指他有自发性，对人坦诚，开放，没有防范，他表现的是真正的自己，而不良个性则是把自己封闭起来，作茧自缚，害怕表现自己，害怕成为自己，用自觉性把真正的自我紧锁在内心深处，对人讳莫如深，也使人莫测高深。这是一种不健康的心态。

这样，我们便可知道，有无自发性是判断心理健康与否的重要标准之一。

二、“由仁义行，非行仁义”

人的真情至性，人的最伟大、最宝贵、最稳定、最深沉的东西都是自发的。唯其是自发的，才是最真实的；唯其是最真实的，才是自发的。例如真诚，自发的真诚才是最宝贵的，真诚而意识到自己真诚，便已失去真诚，正如天真而意识到天真便已失去天真一样。所谓“其美者自美，吾不知其美也”（《列子》）。德行美好的人，常常是那些不知道自己这些美德的人。他们的一切表现如出本能，毫不勉强。这正是古人所说的“由仁义行，非行仁义”，“仁义行于其中而民不知”的那种境界。如“亲母之爱子，无心于用爱，亦不知其为用爱，若渴饮饥食然，何尝勉强。子之得爱于亲母也，若谓应得，习于自然，如夏葛冬裘然。何尝归功。至于继母之慈，则有德色，有矜语矣，前子之得慈于继母则有感于心，有颂声矣”。[1]亲母之爱是自然的、自发的，所以

① （明）吕坤：《吕坤全集·呻吟语》，中华书局，2008 年版。

是真爱；继母之爱则是自觉做出来的，便难免有虚假成分。

自发性是情感的属性，情感必然是自发的。而情感的自发性又来自生理活动的自发性。情感是有机物，它与生理状态密切相关。情感的生发是自主神经系统以及有机体的五脏六腑的总动员。故感性不可能由意志来控制，不可能自愿地服从命令，召之即来，挥之即去。而越是企图控制，就越将失去它。感情只能以感性来生发或约束，比如一种恶劣的感情不会被有意识的努力或意志力驱除，却可以被另一种感情驱除。人们总以为是用理智克制感情，仔细分析，那并非理智而是另一种感情，是以情胜情。感情既然不能控制、操纵，当然就不能制造、表演或预先设计，不能准备好让人去体验这种或那种感情，也不能作注意或内省的对象。感情是非知觉存在，它仅能感触，不能认识或分析。一旦开始分析，如我觉得这里不舒服或那里不舒服，你固然知道一点你主观的感受，但感情自身便已烟消云散，待它变成事实的知识后，这已不是感情了。斯宾诺莎早已说明：凡激情与某观念相联系，则激情将停止其为激情。我们自己的体验也可证明，如果把感情仔细地审视、琢磨起来，予以特别注意，结果反而大大降低感情的强度而阻止它的自然生发和表现。感情的内省分析等于捏住正在旋转的陀螺以便观察它的运动。

感情自发性还进一步表现在自暗示中的反向努力律(The Law of Neversed Effort)上。这条规律告诉我们，主动追求的目标反而无法达到。比如晚间失眠，越想入睡则越不能入睡，越想闭起耳朵不听钟声，则钟声反而越清晰。与其这样，还不如索性听其自然为好。这就是说，自我暗示如要产生效果，必须不含努力的成分。因为过多的有意识的努力会压抑和阻塞自发性，强烈的动机或目标追求会干扰和破坏自动反应机制的作用。心理学证明：人的有意识努力是使大部分人不能利用其内在力量的一大原因。据心理治疗经验，我们越是渴望治愈疾病，就越是长期不愈。精神病医生都必须学会不力求治好，不急于求成。这也可算是“无为而治”吧！

精神病学家认为，人在许多情况下产生失调行为，是由于人们过分害怕某些令人恐惧的事物。即他老担心某种可能使他感到焦虑的处境，因而使他产生一种预期的或想象的焦虑，这种心态足以使人变得无能为力。发展下去就会陷入病态，以致不能正常工作和活动。对此，精神病学家提出一种矛盾意向疗法，即告知病人努力去做他在这种情况下最害怕做的事，或盼望这样的事发生，从而使致病的恐惧感为相反的愿望所取代。这是以“先发制人”的方式克服预期焦虑而达到心理松弛，以便从容不迫地对付他所面临的局面。

三、创作出于“任真”

自发的真诚和自发地真诚，对艺术创作是性命攸关的。艺术作品的魅力来自真诚这是无人能够否认的。而真诚必须是自发的，已如上述。处心积虑，刻意求真必然导致虚假。事实证明，凡有意识地抱有某种目的的文学都很难完成文学本来的目的。有的作者，为了追求艺术真实，费尽九牛二虎之力，结果适得其反，越追求真实，越远离真实。似乎还有个规律：作品中主人公的地位越高，贡献越大，就越写得不像真人。这种现象太多了。许多作者都有这样的体会：不知创作为何物，不知什么是诗，什么是小说，在创作时也并意识不到自己在干什么，这时的创作效果最好。因为在这种情况下，最少自觉意向和意识的干扰，因而最真诚。从根本上说，创作是没什么技巧的，真诚的艺术是靠内心感觉去指引创作的。这就是“任真”，即听凭自己的真情的驱动，全无什么“应该”、“不应该”，固有的“适当”、“正确”、“正常”等概念，也不考虑世俗的风习及种种条条框框，因而襟怀坦荡，光明磊落。就如华格纳所表示的那样：“追随我内心冲动是我至上的法律；我服从本能所完成的就是我所要做的。本能底吐露是被咀咒抑或被祝福呢，我不知道，但我服从它，我决不使自身与心底趋向背道而驰。”①凡有高度创造力的人无不具有这种“任真”态度，是“任真”构成了他们的创造力。安格尔说：“我对高超的技艺是反感的，而是以真正的音乐感来演奏的。”②技巧当然也不是没有，但技巧并非一套客观存在的工具，而是某种发自内心的东西，真诚的东西，从血管里流出的都是血，从水管里流出的都是水。所以每一部伟大作品的精华部分总是无法解释清楚的。只能说因为它好，所以它好。作品的好坏，作者的人格构成和文化素养最具决定性，缺少伟大人格和深厚的学养的支撑而成为伟大艺术家是不可设想的，沈德潜在《说诗晬语》中指出：“有第一等襟抱，第一等学识，斯有第一等真诗”，确是至理。“臣之所好者道也，进乎技矣”，《庄子》庖丁解牛故事中的这句话，尤有深意。道是从人格和学养的总体中升华、整合而成的一种人生境界。庖丁解牛不是技术操作，而是道的操作，境界的操作。庄子的这句话具有普遍意义，一切创造都可作如是观。

境界是自发的下意识存在，而创造性机制是在意识水平下工作，自己是无法了解意识水平面以下的工作情况的。一切伟大崇高的思想都是任情而自

① [法]罗曼·罗兰：《现代音乐家评传》，群益出版社，1950年版，第89页。

② [法]安格尔：《安格尔论艺术》，辽宁美术出版社，1981年版，第86页。

然发展、自行创造的，其收集酝酿材料是按照一种我们所不能意识到或很少意识到的方式进行着内在的加工过程，它自我生发，自行扩充，自然增长，总之是自组织的。伟大艺术家的智慧都是这样下意识的，自组织的，他们的作品应视为大自然的产物，即不是从设计、筹划中得来，而是从自然的深渊中生长出来的。所以自发状态乃是一种最佳的创造状态。从更深一层的意义上说，这是机体处于最大限度的客观自由的状态，而创造力便是这种客观自由的功能。

所谓客观自由，便是无目的、无动机，即脱离主观的实用和功利束缚之谓。唯其如此才能充分发挥其创造功能。因为实用和功利是扼杀自发性，扼杀创造力的。聂绀弩在致友人信中曾表示："我辈作诗，旨在自娱，非想爬入诗史，比肩李杜，则好不好何必关心？我写我诗，我行我素，胸怀如此，诗境自佳，人谈奕谓胜固欣然，败亦可喜，好读书不求甚解……在我辈则为良言，且亦实境，何必斤斤求他人之唾余哉。"这里所表示的便是脱离实用和功利的客观自由心态。这样的心态才能充分发挥创造功能。人生最大的愉快莫过于充分发挥自己的能量，不是为了达到什么目的，而仅仅为了活动本身。实现创造活动就是创造者最大的满足。我们需要培养这样态度，即把人类潜力的充分发挥和表现本身看作唯一值得追求的生活目标，把自己从目的支配的生活方式中解脱出来。叔本华深明此义，他说天才就是智慧的自由活动，天才的创作是不带任何实利目的的副产物。在这个意义下，创作实为生命的火花。

这种客观自由，也即叔本华所说的纯粹或完全的客观性。作为一种认知方式看，即按对象自身的真相和它自己的存在来认识它，可称为存在认识。这种认知不涉及主观的实用价值。"常无欲以观其妙"也就是使知觉达到无欲望、无畏惧的状态，使知觉成为其自身。这样就可完全地、真实地按对象自己的本性知觉它客观的、固有的特点。如果依照事物对我们的利害来认知，就会把它抽象为有用的东西，或有威胁性的东西，这时事物向我们展露的已经不是事物本身。只有摒除利害的考虑，任其自然，为感觉而感觉，为乐趣而感觉，才能完善地感知，接受事物的全部属性。对天才来说，他的活动本身就是目的活动，本身就能得到满足。他不像一般人把获得成就和结果作为追求的目标，他是把过程本身当作一种成就。庖丁解牛的故事也给我们这种启示，庖丁解牛是超功利的活动，他的最大的愉悦就在解牛本身，而绝不是为了吃牛肉，这是不言而喻的。

照直说，这乃是一种为什么而什么的活动。罗曼·罗兰有言"为生活而生活才是真正的生活。”生活本身既是手段也是目的，既是原因也是结果。生活就为了生活，生活是最高最后的价值。这就是存在的认知。如果一个人事事都要问个为什么，事事都弄清目的何在，那将是力不堪任的重负。比如吃饭之前先问为什么吃，呼吸之前先问为什么呼吸，那肯定是心理不正常。在创作上更是如此，许多真诚的作家都曾表示，他们不知道为什么写诗，有人说写作本身就是为了弄清为什么要写作，而一旦知道了为什么写作那就再也写不下去了。有的说，写作无任何原因，就是因为要写作。唯其如此，他们才能最真诚的写作。有一种现象常使我们感到困惑，那就是许多作家随着对马克思主义世界观的掌握和思想认识的提高而俱来的是创作力的萎缩，依上述观点，这种现象是不难理解的。很明显，所谓思想认识提高，表现在创作上就是社会责任感或社会功利意识更加明确，即实用理性或工具理性认识得到提高，而存在认知或客观自由功能，即自发的真诚却相应地削弱以至消失。这就是问题的症结所在。

目前有一种“玩”文学、“玩”电影之说。这种“玩”说颇堪玩味。我认为如果这玩不是“玩世不恭”、“玩忽职守”、“玩物丧志”，而是把计较实利的观念转变为超利害的、感情的心态，则完全值得肯定，因为这体现了对艺术本身的真诚。这样的“玩”并不是不严肃认真的，谁都知道，玩兴之浓莫过于儿童，但儿童玩起来何等认真，何等兴会淋漓。他们在玩的时候总是全神贯注，全力以赴，全部身心沉浸其中，全然忘却了外部现实。玩有目的吗？玩的目的就在玩，为玩而玩。此所以玩之为玩也。这种玩的态度比玩本身更重要。同理，“玩”文学、“玩”电影，其兴趣在文学、电影本身，而不在文学、电影“身”外的实际利害，这样才能保持自发的真诚和最佳的创作心态。有些人角色意识太强，不能忘情于自己是个什么家，因而过分矜持，总是潜心于自己艺术的得失，热衷于自己的艺术成就，念念不忘如何产生巨大的思想穿透力，不惜惨淡经营、煞费苦心。这样端着架子去创作，先自束缠了自己的手脚，窒息了自己的创作心态，何如“玩”文学、“玩”电影之真诚自由呢？不闻席勒之言乎，“只有当人充分是人的时候他才游戏，只有当人游戏的时候他才是完全的人”，此话有深意存焉。游戏即玩也，玩之义岂可小觑哉！

动物心理学家哈罗(Harlow)在他对猴子的实验中发现，灵长动物在复杂的实验中能保持它们的兴趣一次达十小时之久。它们不断分解一个个复杂的结构物。实验者并未给予任何奖惩，并未利用任何刺激——反应机制。很明显，动物坚持它们的活动纯粹出于对活动本身的兴趣。这说明，动物，尤其是灵长目动物也有较高层次的兴趣，而并不一定是由于实际利害即受食物的引诱或惩罚的威胁所驱使。动物如此，人类尤然。弗洛姆曾以原始艺术为例做过说明。他指出，远在数万年前就已出现的洞穴画上的异常优美的动物图像，并不是为了祈求狩猎的成功，这种实用成分容或有之，但不能完全说明这些画为何如此优美，为了祈求狩猎成功只要很少数量的洞穴和花瓶的美术绘画和装饰即可满足，我们今天仍然十分欣赏的美就是多余的了。这表示人们还有些远远超过实用的兴趣，那就是他们需要主动的创造，需要发展和使用他们的潜在能力。①事实证明，人们从活动中得来的兴趣并不完全在于他们的实际需要而在于利用他们自己的能力。心理学家很早就发现，人们乐意使用自己的官能，如果完全缺乏外界刺激，官能被弃置不用，人就会发疯。“心之官则思”，人们为求知而从事学术研究并无任何实用目的，只为利用思维器官。亚里士多德在他的《形而上学》中，开宗明义就指出这一点，他说学术研究都是在人生的必需品以及使人快乐安适的种种事物几乎全部获得以后开始的。休谟也说，从事研究的快乐主要在于心灵的活动，在于发现或理解真理时，天才和知性的运用，而天才的运用是心灵的一切活动中最令人愉快的。这意思是说，研究的目的，并不在获得真理，而是在发现真理时所运用的才能。发明家的传记证实，他们发明的动机主要并不在经济目的，也不是社会的迎拒，而大半出诸发明的愉快和非实际利害的驱使。说需要是发明之母，不仅仅是社会的需要，而多半是发明家内心的需要，一个人被自己的内在兴趣所鼓舞，最终可能取得无与伦比的成就。而外部刺激则往往是不利的。美国数学家丹齐克以自己的体验证实，“数学家非常乐于承认，他们是专门和心灵打交道的，在数学家看来，数学是他们发挥其个性的最好场所，为数学而数学，可以跟为人生而人生媲美”。② 无数事实证明，科学研究在将其自身作为目的追求时，也就是不带任何功利的企图，只为了满足求知欲和好奇心的时候，才会有新的发现和创造。在这种研究所获得的各种发现和创造中，有许多本来是没有计划和目的的，但到后来却令人惊异地发现它们的巨大的社会效益。汤因比说过，人类本性中一个光荣是我们对没有直接使用价值的东西怀有好奇心。他指出：“还在人认识到星辰可以对农民或航海者具有实际用处以前很久，人早就对星辰抱有好奇心了。假如他没有这种无私的好奇心，没有这种分明是人的、超越于动物之上的对待宇宙的态度，那么，使用价值

① ［美］弗洛姆：《说爱》，安徽人民出版社，1987年版，第24—25页。

② ［美］丹齐克：《科学的语言》，商务印书馆，1985年版，第193—194页。

就不会接踵而重了。”[①]从根本意义上说，人只有运用了他的力量，表达了他自己，发挥了他的潜力之时，他才真正是他自己。如果他的生活只是由占有和使用而不是由存在所构成，那么，他就降格了，就变成一件东西了，他的生命就要失去意义。

四、责任感与自由

依据上面的论述，我们可以肯定自发性是人的最宝贵的价值，我们应该尊重和珍惜人的自发性，而不要急于或热衷于把自发性变为自觉性，那样做，“认识”可能是提高了，但创造性却被破坏和扼杀了。“揠苗助长”的故事是意味深长的，把自发变成自觉无异揠苗助长。杜威深刻指出：“硬要把习惯(指自发性——引者)变为有意的观念，反而阻碍了它们的作用。当然旧经验中，有若干因素是必须转化为有意的认识，像植物的生长有时必须靠移植一样，但常常挖掘经验，也和常常挖掘树苗一样，是生长的危害。”[②]事实就是这样，变自发为自觉常常造成对生机和生命力的摧残。庄子讲过一个故事：南海的帝王叫作儵，北海的帝王叫作忽，中央的帝王叫作浑沌，儵和忽常到浑沌的境地相会，浑沌待他们甚好，儵和忽商量报答浑沌的情意，说，人都有耳、目、口、鼻七窍，用来看、听、吃、呼吸，唯独浑沌没有，我们不妨试试给他凿开七窍，他俩一天凿开一窍，凿到第七天，浑沌就死了。这故事发人深省，浑沌意味着自发性，凿七窍意味着变自发为自觉，其结果是生命的死亡。

在创作上，我们如果过分强调作家的社会责任感，过分强调艺术的社会功利性，就会使作家的自发性变成自觉性，以致压抑和破坏作家的创作心态。社会责任感不能狭隘地理解，艺术家必须通过对艺术本身的忠诚才能真正达到对社会的忠诚，取消了对艺术本身的忠诚也就取消了社会责任感。艺术对真正的艺术家来说就是宗教，他反对给艺术添上一堆身外之物。念念不忘社会目的，人们在创作过程中不可避免地把精力用在自己的动机上而不用在创作本身上，这样，便会时时考虑为何创作，如何创作，通过什么表现什么等等。这是一种自觉的实用理性思维。创作需要自发的冲动，而实用理性则扼杀这种自发的冲动。从心理学上看，把自己的动机与感觉紧密相连乃是一种病理的思维方式，在自我实现者身上这种联系可减少到最小限度，而在神经症和精神病人身上却达到最高限度。就这一点来说，自觉的实用理性思维，

① 田汝康、金重远选编：《现代西方史学流派文选》，上海人民出版社，1982年版，第141页。

② [美]杜威：《思维与教学》，商务印书馆，1936年版，第243页。

实乃一种病理性的思维。英国印象派画家克忒告诫他的学生说:“当你们想到你们是在画手臂的时候,你们便不能画出一只特殊的手臂来,因为当你们想到你们在画手臂的时候你们便自然会想到它应当像个什么样子或是什么东西了。”①从欣赏和接受的角度讲,也是这样。作家沈从文曾要求他的读者在理解他的作品时,从欣赏出发,能得到什么便是什么,“不宜从此外去找原因”。能得到什么便是什么就是“任真”,就是自发的实感。审美与认识不同,它并不企图让人知道以前所不知道的,而是创造一个新颖的感情上的体验,而读者也不能强迫自己做出反应,他只能感受作品,任它撞击自己的心灵,引起他们的震颤。这是自发的真诚才可能达到的境界。请看美国动画片《米老鼠和唐老鸭》,它生动、热烈、欢乐、机智、妙趣横生,看了令人开心、轻松,丝毫没感到它要表达一个什么意思,对观众进行一种什么教育,然而,正因为如此,人们才感到满意、满足和充实。从根本上说,这是对观众的尊重。这才是真正健康的人性的流露,也才是高层次的艺术境界。我认为处处考虑实利和实际,乃是一种俗人的思维方式,属于低层次思维、低层次人生境界,在高层次思维和高层次人生境界里,没有这许多功利的考虑,没有简单的好坏是非之分。所谓“难得糊涂”,从这个角度看,正是向往和渴望从世俗的价值世界中解脱出来,进入高层次思维和高层次境界。

这样说来,是不是根本就不要社会责任感了?我认为,这里必须首先明确,是人为主体还是社会为主体,如果社会变成主体,个人沦为唯命是从的工具,那么,所有好的价值将全部丧失。这样的社会责任感将无任何意义。所以所谓社会责任感必须是承认人是社会主体的前提下自发地发展起来的。这样的责任感不能自上而下的强加和硬灌,而只能是个人自由选择的结果。要知道即使真理也不能强加,需要强加的决不是真理。真理必须经由独立思考而获得。真理对良知具有天然的吸引力,只有谬误才需要强迫和权力支持。责任感是一种真情实感,应出自自发的真诚。越是强加硬灌,越将与人的内心生活格格不入,进而导致人心的硬化和僵化。这就不可避免的使人对社会本身漠不关心,或变得玩世不恭。据阿德勒介绍,德国有一位著名的社会学家发现,在罪犯中,有相当惊人的比例是出身以压抑犯罪为职业者,如法官、警察、狱吏等的家族,而教师的子女也常常特别顽劣难化。阿德勒还发现,在医生的子女中,神经病患者的数目,和教师子女中不良少年的数目都相当惊人。这些事实说明,一再重复某种单调的、沉重的要求会造成怎样的后果,

① 转引自刘文潭:《现代美学》,全国第二期美学教师进修班。

其实任何限制都会招致相反的结果。人性如此，人心使然，其奈何！

更不妙的是，这种社会责任感的要求如果转化为一种泰山压顶的威势，就会造成更为严重的后果。在那种压力下，人们会因失去安全感而引起恐惧、焦虑性反应，产生一种防范需求，经常处于紧张防范状态。在这种情况下，“终生惴惴，如在薄冰上，发抖尚且来不及，怎么做出好东西来”(鲁迅语)。确实，为了安全，人们倾其全力于防卫犹恐不及，还谈什么创作。而防卫之道，一言以蔽之便是“应然”与“实然”的倒置。即不是心理感受什么就表现什么，而是应该表现什么就表现什么。“应该哭的时候就得哭，哪怕没有悲伤；应该笑的时候就得笑，哪怕并不高兴；应该悲壮的时候就得悲壮，哪怕本来并无豪情和悲剧感；应该鼓掌的时候就得鼓掌，哪怕你心里是无动于衷。因为凌驾于真诚之上的有一个更高的原则——你不能同别人不一样”。[①]看来，这“克己复礼”的功夫是不可少的：一切视听言动，喜怒哀乐，皆以“应然”为准，感知生活也只能按照应然的原则把生活置入某种概念中去。为了安全，人们不得不使思维和感觉屈从外在目标而不敢越雷池一步，超出这个范畴就会引起焦虑。

这是一种规范化、陈规化的思维模式，这种思维模式决非正常的健康人格所应有，而是封闭型的病理思维模式，是为恐惧所扭曲的病态心理反应。这种思维模式和心态，在那些强迫症患者身上更以一种极端的形式体现出来。

健康人应该使自己成为自己，而精神病患者却使自己不成为自己。马斯洛认为，纯粹自发性和创造性是由自我自由的、不受拘束的、不受控制的、信任他人的、非预谋表现组成的，也就是由受意识干扰最少的心理力量组成的，而控制、谨慎、测度、深思熟虑则是自发性的制动器．这个制动器是由精神世界之外的社会强制力量和心灵自身的恐惧造成的。社会责任感一旦变成一种威势那就成了心灵的制动器。我们应该放手让人们用自己的眼睛去看，用自己的耳朵去听，用自己的心灵去感受，用自己的脑子去思索，而不要用一个模式去塑造他们。心理学研究证实，如果人的奋斗目标是别人强加于他们的，如果驱使他们的力量是恐惧和金钱，他既失去了外在自由，也失去了内在自由，他们的创造力就会枯竭。相反，“我无为而民自化”，无为是一种减少干涉或不加干涉的宽容态度，这种态度有助于发挥人的创造性，增强人的责任感。无为是健康人格的行为，在它发挥最高效能的时候是轻松自如的。而颐指气使的人则只有微小的显露在外的力量，相比之下，无为的人都有巨

① 王润生：《我们性格中的悲剧》，贵州人民出版社，1988年版。

大的内在的力量。试图干预存在物生长规律的人必将损害这些事物，也破坏自身的和谐。有修养有气度的人不去干扰存在物的自然生长规律，不把自己的意志强加于人，不人为地制造紧张状态。他的任务只是使万物自化，他通过自身的和谐引导万物趋于和谐。使它们自由、自发地表现自己的本性，自由、自发地趋向自己的归宿(详见《从人的潜能和价值》)，从而把他们内部固有的力量充分释放出来，这才是健康社会的正常现象。①必须懂得，人类的目的，不是为权力而斗争，不是为尘世的利益而尔虞我诈，人类的目的在创造和传播精神财富的过程中，宽容大度、富有成果地你追我赶，从而促进人类文明的进步和发展，而文明的巨大进展并不是靠政府的命令和指令，美国经济学家米卡顿·弗里法曼说得好："哥伦布并不是由于响应议会的指令才出发去寻找通往中国的道路。牛顿和莱布尼茨、爱因斯坦、莎士比亚、弥尔顿、爱迪生等这些在人类知识和理解方面，在文学方面，在技术可能性方面，或在减轻人类病苦方面开拓新领域的人中没有一个是出自响应政府的指令。他们的成就是个人天才的产物，最强烈坚持少数观点的产物，是允许多样化和差异的一种社会风气的产物。② 早在二百年前，亚当·斯密就已看到，对于社会来说，并不会因某个结果是在无意之中产生的而是一件坏事，每个人通过追求自己的利益去促进社会利益往往比那真正有意识地去促进社会利益更加有效。他甚至说："我没听说过那些装作是为公众利益做交易的人做了多少好事。"我们由此想到，那些奢谈社会责任感，好像责任感意识很强的人未必就有真诚的责任感，正如鲁迅在三十年代就指出的那些要求人家吃西瓜也要想到国耻，想到我们的国土就像西瓜被人切割一样的人未必是真正的爱国者一样。

由以上所说，可以得出这样的结论：提高责任感的唯一方法是切实有效的扩大民主和自由。允许自由选择，才能唤起责任感。人只有对他自由做出的选择的过程和行动才会感到负有责任。没有选择余地的责任感是空的、假的，谈不到责任感。所以责任感必须是自由选择的。由强制而来的责任感会使作家过分社会化、公有化，使他的心灵国家化。这就把个人生活贬低到工具水平，个人生活作用成了国家的机制，个人也就进入"亡我"之境。确实的，个人可能在非个性的社会中丧失真正的自我，即把自我埋葬于他所扮演的角色之中，这对一个真诚的作家来说不能不是灾难。而自由选择产生的责任感

① [美]马斯洛：《人的潜能与价值》，华夏出版社，1987年版，第126—128页。

② [美]米尔顿·弗里德曼：《资本主义与自由》，商务印书馆，1986年版，第5页。

则使个性要求得到满足，自我得到强化，这是一切积极性的源泉。归根到底一句话，责任感不能靠取消或牺牲内心自由而获得，恰恰应是经由内心自由而产生。对创作来说，唯一最好的刺激就是自由——有权写什么和怎么写。这就是停止要求他们为了别人而扮角色。这样，他就可依照自己内部本性来行动，自发地感受现实，发挥其潜在的可能性。如此，他们的创作就表现实际的真面目而不是反映着某个人要求他们应该反映什么如何反映。须知成为我们自己，比成为别人期望于我们的样子更为健康，更为正常，达到自我调节比被其他人调节更令人满意。人们按照自己真实面目生活、创作的自由和权利这乃是人生最重要的事，乃是带有根本性的大问题。我们的社会主义社会应该是一个允许多样存在的社会，而不是试图把所有的人都放在同样的面包炉里加以烘烤。

依照自己的本性行动，按自己的真实面目生活，说到底就是倾听自己良知的呼唤，倾听自己内心的冲动，这是迈向自我实现的途径。哀莫大于心死，不能按自己的良知去感受、思考和创作，良知就会泯灭，那是最可怕的事。知识分子，尤其是作家，是社会的良知，良知是社会责任感的核心。增强社会责任感，根本上就是增强他们的良知，发挥他们的社会良知的功能。这就是摒弃长官意志和权力意志。良知具有本体性和绝对性的价值，良知所发挥的功能不是工具性的而是终极性的。人们有理由要求作家发挥社会良知的功能，这样才能在更高层次中，在更根本的意义上，克尽其天职，服务于人民。

五、心灵不是适应性装置

怎样认识自发性问题涉及怎样认识人类本性的问题。我们认为人是一个自发的本始主动的系统，人不是一部可以任意规定程序的电子计算机，也不是受刺激——反应图式支配的被动装置，而是一个内在的、没有外部刺激也进行自发活动的系统。从神经生理学角度看，人的神经系统功能和行为的内部主动性，比对刺激的反应更基本。而且人类的特有成就的东西，人类自发活动的一大部分很难用功利主义的刺激——反应图式来解释。最新研究也表明，有机体的先天释放机能起着支配作用，今天的生物理论强调有机体固有的能力引起的自发活动。事实上，人早在婴儿或儿童期，作为他存在的表现就是好奇的、探索的。甚至当他没有被日常各种缺乏所激发之际，即在没有实用目的，没有要求，只是自发表现其存在的时候，他已倾向于试验他的能力，例如，他伸动手脚，专心地、迷恋地、兴味盎然地玩弄和操纵各种物品，企图探索它们，了解它们。甚至在灵长目动物身上也可以观察到这种现象。

这足以证明，有机体不待外界刺激而自行活动，即活动不是由于外界刺激而是来自内部；而外界刺激也不是强迫其活动，只是为其活动提供条件和机会。一般说来，有机体在健康状态下总要释放其能量，和选择刺激予以反射或反应。很明显，这种自发活动是超功利的。究其实，人类大部分行为都不能归结为功利主义的。科学、艺术等创造活动绝不仅仅是功利主义的，它们只有符号上的价值而无生物学上的意义。如果这种自发性受到损害，自主性衰退就会导致心理疾病，患者就将越来越变成一架自动机，即刺激—反应机器，被生物的驱力推着走。①

马斯洛进一步提出，人类的心灵有自己固有的规律，它是独立于环境的。在他看来，人的心灵主要不是适应现实或被现实所塑造，它根本不是为适应现实装备的，只是人格的某些层面分化出来担任这项工作。如果把整个心灵都视为应付环境的工具，就丢掉了我们最宝贵最本质的东西。我们日常生活中的适应、顺应、控制、应付、胜任等等，全是环境中心主义的词汇，不适合描述整个心灵活动。心灵中最宝贵的部分与现实是无涉的，它没有反映、适应、改造环境的目的。纯粹心灵和自主的自我断然不是适应装置，我们心灵中最宝贵的部分不是外部世界的反映或模写。②

总之，人是本始的主动人格系统。这个系统包含着强调人的创造性，强调超出生物性的非功利的存在和生存价值，而这又必须也必然落实和体现在强调个体差别的重要性。人首先是个体，个人是出发点和归宿点，这是高于一切的。人性的价值不能等同于生物实体的价值或有机体功能的价值及动物群体的价值。人的价值在于个人思想创造的价值。人类社会不是蚂蚁群体被遗传本能所支配，受超级整体的规律所控制，人类社会是以个体为基础的，个体有力量社会才有力量，一个社会的成员越个体化，这个社会越生机蓬勃；个体萎缩，都成为平均数，这个社会就没有前途。如果个体成为社会机器上的一个齿轮或螺丝钉，社会就会毁灭。所以爱因斯坦说："在人类生活的壮丽行列中，我觉得真正可贵的，不是政治上的国家，而是有创造性的、有感情的个人，是人格。"③压抑个性的社会，实际上是从内部摧毁其自身。美国学者乔治·萨顿在其《科学的生命》一书中，意味深长地提出了历史具有两重性的

---

① 此段参考冯·贝塔朗菲：《一般系统论》(清华大学出版社，1987年版)及 Ell-wood ：《社会心理学引论》(英文版)，第52—54页。

② [美]马斯洛：《存在心理学探索》，云南人民出版社，1987年版，第163—169页。

③ [美]爱因斯坦：《爱因斯坦文集》(第三卷)《我的世界观》，商务印书馆，2009年版。

观点，即政治历史和精神历史。这个观点认为，政治历史在很大程度上是广大群众的历史，而精神历史则大体上是少数个人的历史。这第二种历史是很不引人注意的，对大多数人来说这种历史几乎是秘密的。但这却是人类最美好历史的发展，是人类精神财富的创造和发展。这些财富是由众多个人创造的，而且在绝大多数情况下是由孤立、孤独的个人创造的。恺撒和拿破仑没有千百万人的合作是不能实现他们的使命的，而斯宾诺莎、牛顿、巴斯德却是在与世隔绝的情况下完成他们的事业的，他们都是在孤立状态中茁壮成长。在很大程度上，他们并不依赖周围环境而精心完成了自己的神圣使命——这正是人类使命的完满实现。外部环境多半不是产生这种创造的真正原因，那主要是他们主体内部需要的结果。这种创造在很大程度上是秘密进行的，它不是群众完成的，也不是众目所瞩的达官显贵完成的，而往往是由穷困无名的人物完成的。他们没有政治势力的支持，没有社会的赞赏，他们分散在整个文明世界各地的矮小陋室，条件恶劣的实验室或偏僻角落，默默无闻地完成自己的神圣使命。但这些迟早要改变人们观点的具有世界重大意义的发现，才是世界历史重要的基本事件。从这个意义上说，人类的基本历史在很大程度上是秘密的，看得见的历史不过是地方景象，只有看不见的历史的永不止息、永远变化的背景才是真正普遍的和进步的。所以，不同的民族、国家直至个人，不是以他们得到的权势和财富来评判的，也不是以他们生产可消灭的物质多少来估价的，而只能以他们对整个人类不朽的贡献来衡量。萨顿的话警拔起俗，鞭辟入里，有力地证明了人作为自发主动系统的创作功能和崇高价值，可作为本文的结论。

为自发性正名

所谓自发性即自我生发之意，而自我生发是自然而然不知不觉的。陶渊明的“云无心以出岫，鸟倦飞而知还”两句诗，就是对自发性的形象描绘。云固无心，鸟也绝非有意，它们各依其本性自然地、自动地活动。作为心理学概念，自发的心态，从某种意义上说，乃是一种高水平的心态，表现着人的本质部分。但长期以来，它却被看作低水平的心态，甚至作为政治概念予以贬抑。人们所强调重视的是自觉性，认为自觉性才是最可贵的决定人的本质的高水平心态。其实这是严重的误解，应予澄清。

不错，在我们的生活、工作、学习中，时时事事都离不开自觉，即都要有目的、有计划、有考虑地去从事种种活动。自觉性越高，其活动的成效就越好。自觉性的这种重要性是显而易见的，很容易被理解；而自发性，同样具有重要性，由于是无意识的，却很难被意识和认识。德国哲学家尼采指出：“人是不断地思想的，但自己并不知道，而自觉的思想，只是它最小的一部分，不妨说是最肤浅的一部分。”应该懂得，人的情感、人的深层本性是自发地存在的；而越是自发便越意味着正常和健康。庄子说：“忘足，履之适也。”一个人脚上穿了很合适的鞋，他绝不会想到他的脚；他若时时意识到他的脚，肯定是脚有了毛病。鲁迅也说过，我们平时是决不记得自己有一个头或一个肚子应该加以优待的，然而一旦头痛肚泻，这才记起了它们，并且大有休息要紧、饮食小心的议论。美国心理学家詹姆士则说，不到疾病把脊髓的功能妨害了的时候，要一个人觉悟到他受赐于脊髓的自动作用很多，那是不可能的。总之，当你自觉到你身上某一部位存在的时候，你的某一部位准是出问题了。生理现象如此，心理现象也是如此。心理学家证明：神经症患者和非自我实现的人不可能自发地活动。他们总是歪曲引起他们自感惭愧和内疚的那些方面，即他们不能坦诚或泰然自若地对待自己和自己的内心世界。美国哲学家爱默生指出：“不屑于做点什么或说点什么去讨好他人，这种泰然自若的气质正是人性健康的态度。”从这一角度而论，儿童比成人更健康，因为儿童没有机心、没有得失的考虑，他的能力也不会耗费在自我保护上。总之，他是坦诚的，泰然自若的，富于自发性的。爱默生还说，一个人“越有自发性我们就越喜爱，一个人对自己的德性考虑得越少，了解得越少，我们就越喜欢他”。儿童正是这样的人。所以爱默生认为“天性优于意志”即自发优于自觉；而“我们的道德本性，由于我们意志的横加干涉而遭到了破坏”。

以情感而论，可以说任何强烈的情感都不是通过有意识的努力而产生的。情感不听“应该”的使唤，你应该有什么情感，不应该有什么情感，这叫“心不可求，不求自至，求之转不可得也”。凡情感的生发是自主神经系统以及有机体的五脏六腑的总动员。故情感不受意志控制，而越企图控制就越失去它。人们可能体验到，情感不能注意和省察，一经注意和省察，它便立即消失。詹姆士比喻说，想省察情感就等于捏住正在旋转的陀螺想捉住它的运动，或是等于想快快开亮电灯，看黑暗的样子。事实上，人的最深层、最稳定、最本真的东西，决定人的本质的东西，都是不能省察到的东西。所以，人往往把忘却自己叫作恢复本性。忘却自己当然就省察不到自己。这样说来，世界上最诚实的人也许是最不明白什么叫诚实的人。真正超脱世俗的人可能并不知觉自己脱俗，反而常常为朋友的不懂人情世故大为惊讶，却不知道最不懂人情世故的正是他自己。古希腊有句表达了同样意思的名言：“真正行善者并不自知其为善”，唯其如此才是真正的善。包尔生在他的名著《伦理学体系》一书中比较详细地阐述了这一观点：“那种最高和最好的东西不是由理性发明的，不是根据意识的规则制作的，而是一种无意识的成长的结果。这对于善和对于美都是如此，善的东西并不是理性的思维根据美学的规则构想和制造出来的。美的东西和完善也同样不是根据伦理学的规范设计和制造的。”他进而指出：“特意的计划的道德品格很容易带上某种故意性——我们在把它跟自然的气质相比较时，对它会产生一种反感。”这正可与老子所说“天下皆知美之为美，斯恶已；皆知善之为善，斯不善已”相吻合，在此我们还不能不谈谈英国史学家卡莱尔(T. Carlyle)的卓见。在讲到英雄人物的素质时，他特别强调真诚，认为：“渊深、伟大、真实的‘诚’是一切具有英雄特性的人们最重要的素质。这不是那种自称为诚的‘诚’……决不是的，这样子的东西是极卑劣的——只是一种浅薄虚夸意识到的‘诚’，大半只是骄矜而已。大伟人的‘诚’是他自己不可言说的，是不能意识到的；并且，我想，他反意识到了‘不诚’……大伟人决不自夸他的‘诚’，简直不会这样想。也许连责问自己诚不诚也不会的。我可以说他的‘诚’并不靠他自己，他是无可奈何的必得要诚……他的心灵是这样造成的。”我国明代哲学家吕坤有同样说法：“圣人发出善念，如饥者之必食，渴者之必饮；其必不为不善，如烈火之不入，深渊之不投，任其自然而已”。[①] 古人是很懂得并珍惜人的自发性的，故提出“孝父母非存心要作一孝子，存心要孝，转非纯孝”这样一条道理。确实，我们厌恶那种故作姿态的为德行善的自觉意识，而喜爱这样的人：他们的德行美好，而态度自然，绝不使人感到他们身怀美德，“不矜其能，羞伐其德”，他们绝不夸夸其谈，炫耀自己的优点，因为他们根本不知道这回事。

诚如卡莱尔所说，古往今来许多伟大人物都有一种似乎与生俱来的自发性，或自发的天性。在中国文人中，这种自发性表现最彻底的大概要算大诗人陶渊明了。苏轼评他说：“欲仕则仕，不以求之为嫌；欲隐则隐，不以去之为高”，这话道出了陶渊明的内在精神。有些名士，热衷于富贵名利，却扭扭捏捏说不愿干，这种丑态最可厌。至于丢了官不做，也不算什么稀奇的事，而那些名士却以此标榜清高，实在可鄙。陶渊明的出仕与退隐乃本性使然，“任吾性而动，行吾心之所安”，全然没有荣辱的自觉意识介入其间。杜甫有两句诗“本无轩冕意，不是傲当时”，表述的也是这样的意思。如陶渊明一样，杜甫退隐纯出乎自然本性，虽属清高却并不以清高自许自傲。这是杜甫的自发性的流露，这里还有一个好例子。《三国志》记载，曹操称道荀攸说：“公达(荀攸字——引者)外愚内智，外怯内勇，外弱内强，不伐善，无施劳，智可及，愚不可及。”荀攸的内智内勇内强是潜意识的自发的气质，而外愚外怯外弱则是意识的或自觉的。曹操看到，意识层面的东西，是可学的，而自发的、潜意识层面的东西是很难学的。这是荀攸的过人处，曹操独具慧眼，能透过表面看到深层，确有知人之明。

最后还应补充说明自发自觉并不能截然分开，两者存在着互相渗透转化的关系。自发可转化为自觉，自觉也可转化为自发。在我们的心理生活中这种转化在不断进行。由自发到自觉无须多说，由自觉到自发也是人所共知的。“今日勉之，明日勉之，勉而至于不勉”就是自觉转化为自发的过程。从这个意义上说，自发乃最高的自觉，是自觉到不能也不必自觉的一种境界。

---

① (明)吕坤：《呻吟语》，学苑出版社，1993年版，第51页。

体认论

一、体认就是体认

体认的本义应是以自己的身体去感受、认知或领会，即体认就是体认。但人们通常总是认为感受、认知或领会纯是心灵活动，与身体或肉体无关。殊不知心身是一体的，心灵与肉体内在地、有机地联系着。一个人在世界上就是以心灵和肉体这样一种统一体存在着，或者说，就是以这种肉体化的知觉存在着。人若没有确定的躯体感觉的话，就根本不会有自我感觉和自我意识，当然也就不可能有世界意识。使意识和感觉成为可能的正是身体及其活动。英国现代著名哲学家怀特海认为，人的机体状况“调节着我们对世界的认识。因此，知觉统一体必然是身体经验的统一体。当我们认识到身体经验时，就必然认识到整个时空世界反映在人体生活的各方面”①。法国哲学家梅洛·庞蒂更明确指出：“我们对世界的根本认识来自我们身体对世界的探索，意识并非一种纯粹的精神现象，而是所有感觉联合活动的一种功能”，“因此，我们对世界的认识依赖于身体对事物的联系和熟悉”②。美国心理学家诺尔曼·丹森称人的身体为“心理躯体”，也富有身心一体之意，他说：“心理躯体是人在世界中的参照系，当这个世界碰撞到人的躯体时，躯体与世界之间相互作用便被主体感受并汇入躯体的内在意识流——心理躯体之中。”③我们可以说，人是通过肉体感官的直觉去体认、领会世界上的事物的。人的行为是身体行为，而身体行为乃人通过肉身与世界上的事情进行积极联系的方式。他们的话从根本上肯定了身心的一体性。其实，我们切身的体验也在证明，心灵活动与肉体活动息息相关，精神活动必然也必须以血肉为基础。尼采曾说：“当

---

① [英]怀特海：《科学与近代世界》，商务印书馆，1959 年版，第 89 页。

② 王鲁湘编：《西方学者眼中的现代美学》，北京大学出版社，1987 年版，第 55—56 页。

③ [美]诺尔曼·丹森：《情感论》，辽宁人民出版社，1989 年版，第 180 页。

创造力奔流如注时，我的肌肉活动始终敏捷异常，肉体兴奋鼓舞。”①罗丹则宣称：“实际上，没有一条人体的肌肉，不表达内心的变化的。一切肌肉都在表示快乐和悲哀，兴奋和失望，静穆和狂怒。”②事实上，人们早就知道，人对外物的心理反映与生理现象密切相关，人的感情变化是以相应的生理变化为基础的。情感上、心理上的变化会导致生理上、肉体上各种复杂微妙的变化。故斯宾诺莎断言：“人体的情感或情状的每一个观念皆包含人体的性质。”③所以，心灵的感受、认知同时也是身体的感受、认知；反过来说也一样。人们常说心领神会，其实也是心领身会。假如肉体受了伤害，精神也会感到痛苦；肉体受到爱抚，精神同样会感到愉悦。正如尼采所说，“精神在感官中，也如感官在精神中一样，都互有宾至如归之感。凡精神中发生的事，也必然引起感官产生细腻、幸福和无比轻松之感，反之亦然”。④ 有报告说，在美国的一所孤儿院，院里的孩子得了一种奇怪的病，满屋子的小娃娃都用惊人的目光望着人显得怪模怪样，活像一群干瘪的老头和老太太。游艺室里也没有嬉闹的声音，只有他们不时发出的呻吟和长叹。孩子们食欲不振，体弱多病，就连站立和行走都学得很慢，医生们一筹莫展。一位热心的妇女建议从当地中学请一些十几岁的女孩子来访问孤儿院。她教这些女孩子如何和这些孩子亲密起来，让这些女孩子把幼儿抱起来，抚摸、亲吻、爱抚他们。奇迹竟由此而出现了。第一学期，变化极为明显，女孩子们被一而再，再而三地邀请到孤儿院去，孩子们不断受到抚摸。他们被抱起来拍着，爱抚着，他们身上的变化也随着每次的访问继续下去，孩子们的情况不断改善，外表不再有衰老的迹象，食欲也大增，他们活泼愉快，笑声不断，生机勃勃。不再动不动就得病了。显然，这些孩子需要的是人类肉体之爱。这种爱是孩子们体认到的。爱抚是儿童大脑的重要“食品”，缺少这类食物的营养就会得病，严重影响智力发展。⑤ 孩子有这种需要，成年人同样有这种需要。有素养的护理人员都懂得，把温存的手放在病人发烧的头上，病人就会感到安慰，这甚至比最高级的治疗还要难以忘怀。在艰难困苦时刻，一只放在肩上的手，可以使人振作，给人勇气；绝望和焦躁会使肩部肌肉紧张，而充满友情的手则会使肌肉放松。朋友之间那种满怀热情的紧紧的握手，会使人激动不已。读过《水浒传》的人，

---

① ［德］尼采：《权力意志》，商务印书馆，1991年版，第78页。

② ［法］罗丹：《罗丹艺术论》，人民美术出版社，1978年版，第16页。

③ ［荷］斯宾诺莎：《伦理学》，商务印书馆，1997年版，第71页。

④ ［德］尼采：《权力意志》，商务印书馆，1991年版，第164页。

⑤ 《科技日报》，1983年3月14日。

也许未曾注意到，梁山泊首领宋江看见人总是先上去拉着手，金圣叹很不以为然，批道："宋江一生以携手为第一要务"，言外之意，除了会拉拢人之外，宋江并没什么文韬武略。岂不知宋江通过这一动作，传达了一个最重要的感情信息，那就是尊重人，爱护人，信任人，让人体认到宋江以他为朋友和兄弟；体认到他以为什么人都比自己重要，都比自己强。凭了这一点，宋江虽没什么过硬本领，却可利用别人的过硬本领。应该说这也是一种本领，而且是带有根本重要性的本领。阮小五、阮小七不是明确表示过"这腔热血只要卖与识货的"么。所以拉手这一动作看似简单，其意义却非同小可，决不可小觑了。

俗话说，人心是肉长的，感情是生理的、肉体的，感情世界是灵肉一体的世界。感情的领会和传达离不开肉体或身体的接触。有感才能生情，有接触才有冷暖之别。诺尔曼·丹林指出："躯体是一个表达和表示的系统，它接受并领会感性经验，同时具体体现和表达这些感觉。"①应该承认，身体能像脑一样去感受、认知。人们彼此交往，常常藉身体接触减少隔阂，增进理解。每个人都可能体验到亲切地抚摸别人，或别人紧紧握住自己的手时，那种难以形容的神奇激情。所以，"西方有些作家起而鼓吹以整个身体来'理解'世界，'理解'他人。与他人的'交往'，不仅仅是'思想的交流'，不仅通过语言、文字，而且通过整个身心"②，就不是没有道理的了。劳伦斯甚至以赞扬的口吻说，肉体具有"最优秀的品质，最深藏的丰富本能和最纯粹的直觉"，肉体是"最美好的富于想象力的存在"。③ 这更是极而言之的了。中国古人也深明此理，王阳明有言："无身则无心，无心则无身。"明人高攀龙云："心不专在方寸，浑身是心。"④钱锺书先生在《谈艺录》中提出："G. Glichtenberg 游英，覩名伶 Garrick 演剧，濒笑运为无不入妙，叹曰：'此人竟体肌肉中，无处非灵心。"这正好与高攀龙的话互相印证。国学大师钱穆也正确指出了"中国人观念，心身一体"，具体地说，中国人言心，"乃指全身生活之和合会通处"。⑤"和合会通"即身心一体。在《略论中国心理学》(二)一文中，他进一步阐述说："中国常身心并言，并可谓身属空间，乃物质的。而心则属时间，乃精神的。隔去时间即不见有心。心于人身中见其功能，而不属人身之任何一部分。心

① [美]诺尔曼·丹森：《情感论》，辽宁人民出版社，1989年版，第168页。
② 叶秀山：《美的哲学》，人民出版社，1991年版，第90—91页。
③ [英]劳伦斯：《劳伦斯散文选》，知识出版社，1989年版，第250页。
④ (明末清初)黄宗羲：《明儒学案·东林学案一》，商务印书馆，1937年版。
⑤ 钱穆：《现代中国学术论衡》，广西师范大学出版社，2005年版，第70页、第86页。

融全身之百体而见其能，但不能离体离物而自成其功能”，他的话颇为透辟。总之，在中国人看来，精神并非大脑的垄断物，精神属于整个有机体。人体这块物质渗透着、充溢着精神。古人还认为，人的五脏以不同的方式参与了情乃至思的活动，而且它们各自所起的作用也有所不同，我们有理由进一步推测，人体所有器官都以不同方式，不同程度地参与了全部精神活动。① 最近几年，不断有报道说，人体器官移植，尤其是心脏移植对人的精神、性格具有决定性的影响。有些器官或心脏移植手术的接受者不但接受了死者的器官或心脏，而且还接受了死者的个性及思维方式。美国心脏移植专家阿伦森医生说：“到目前为止，医学上只知道器官移植入人体后，那些附近的组织也会有改变，但连思想也改变了，倒是想不到的。”②这更加有力地证明了身心的一体性。

理解了身心一体也就理解了体认所以是体认。在我们的语言中，与体认同义或义近的词汇尚有诸如体验、体受、体悟、体察、体味、体思、体玩、体默、体谅、体恤、体贴、体切、体证、体究、体念、体识、体知等等。它们都意味着通过自己的身体去切近、接触、验证、考察、认知物象，从而领会、把握其本性、本质。而且唯有达到肉体的感受、领会、认知的程度，其感受、领会、认知才最真实、具体、深切，如人饮水，冷暖自知。例如，下面的一些表述：心被戳上一刀、心还在流血、心灵滴血的哭声、血肉的眷恋、从骨子里爱着艺术、入骨的理解、蚀骨的痛惜、刻骨的仇恨、椎心的痛苦、铭心镂骨的感激、披肝沥胆的忠诚、发自肺腑的声音，以及常语中的感同身受、切肤之痛、透心彻肺、沦肌浃髓、五内俱焚、牵肠挂肚、沁人心脾、摧肝裂胆等等，都表明感受和认识已达到生理层次，即达到体认的强度和深度。我们还可以设想，一个虔诚的佛教徒，当他看到一尊佛像被挖掉一块，他必然会感到自己的肉也被挖出一块；一个把真理作为自己内心最珍贵价值的将真理视作生命的人，当他听到世上有一种谎言流传，他必然感到如芒刺在背，心如刀割。因为，对于他来说，那真理是历经长期磨难，从皮肉上熬出来，是体认得来的啊！孟子不是讲过吗？“天将降大任于是人也，必先苦其心志，劳其筋骨，饿其体肤，空乏其身，行拂乱其所为，所以动心忍性，增益其所不能”。人必须从身心两方面得到磨练和考验，才能“动心忍性，增益其所不能”，对宇宙、社会、人生有所体切和证悟。孟子这段话是对体认的最好

① 严春友：《精神之谜》，中国社会科学出版社，1991年版，第143页。

② 《青年参考》，1993年。

说明。

二、体认与艺术创作

最近有一则关于新加坡中学生“体验”沦陷时生活的报道，说新加坡教育部本着让学生亲身体验历史事件的宗旨，组织学生参加第二次世界大战劫后余生的“中学生历史学习营”，模拟新加坡在1942年沦陷后的那一段生活。在武装部队人员的协助下，主办当局在福康宁山空地上，重演当年历史情况：只见“日军”在大声吆喝、“殴打”国人，发现有文身或知识水平高的华族青年，就认定他们是抗日分子，一一送到别处“屠杀”。

然后，学生们要去“日本学校”学习日文，唱日文歌、向东京天皇所在地敬礼，开始“亡国奴”的生活。“沦陷的新加坡”，淡水粮食缺乏，学生们要用“日军”发的“香蕉纸钞票”和粮票来换取粮食，然后到指定地点领取自来水。当武装部队以烟雾弹“轰炸”空地时，“警报”声随即响起，学生们立刻仓皇逃进又暗又热的防空壕。学生们吃的是白粥、木薯和蕃薯。

由于演员和道具都很逼真，使人望而生畏。许多学生目睹身历这一幕幕可怕的情景后，像做了一场噩梦，对“亡国奴”的生活有了切身体认，对这场浩劫也有了新的认识。①

这是一个很好的体认的例证，说明体认不同于一般经验，因为它是体之于身的、身体力行的、以血肉之躯所感受的具体经验。它兼有心理的和生理的实践意义。

可想而知，这种体认对于艺术创作具有何等的重要性。因为艺术正是体认的，是发自肺腑的。艺术家与创作对象是血肉相连、生死与共的。他必须身心俱倾，即必须设身处地地、全身心地投入，达到主体与客体的消融。劳伦斯指出：“人的肉体、本能和直觉经验…… 是艺术创作的真正源泉”，艺术家总是“以其纯粹肉体的颤动的敏感记录下外部世界作用于自己的力量”②。按身心统一的观点，这肉体应是社会化、精神化了的肉体，而不仅仅是单纯的生理实体。梅洛·庞蒂认为，艺术家只有通过身体才能想到和看到。他引一位艺术家的话说：“如同诗人的作用，自有名的灵魂附身说以来，就在于听写下通过他的身体被想到与被说出的事物来，画家的作用则是勾勒并投射出通

① 《消费时报》，1993年7月24日。

② ［英］劳伦斯：《劳伦斯散文选》，知识出版社，1989年版，第187页。

过他的身体，被看见的东西。”[①]“瓦雷利说画家‘提供他的身体’，事实上，我们也看不见一个心灵何以能作画。正是在他把身体借用给世界的时候，画家才把世界变成绘画”[②]。当代世界知名美国作家纳博科夫对艺术中的体会也非常重视，但他特别强调脊梁的作用，认为要领略艺术的魅力不只是用心灵，而且要用脊椎骨，这样才能体会作品的真谛。例如，“读《荒凉山庄》的时候，我们只要浑身放松，让脊椎骨来指挥，虽然读书时用的是头脑，可真正领略艺术带来的欣悦的部位却在两块肩胛骨之间，可以相当肯定地说，那背脊的微微震颤是人类发展纯艺术、纯科学的过程中所达到的最高的情感宣泄形式。让我们崇拜自己的脊椎和脊椎的兴奋吧，让我们为自己是脊椎动物而感到骄傲吧，因为我们本来就是头部燃着圣火的脊椎动物。人脑只是脊椎的延续，就像烛心穿过整根蜡烛一样”[③]。他是从欣赏过程谈体认的，创作过程当然更是如此。他看重脊椎不能说没有根据，但忽略整体作用则未免失之偏颇了。还是赫尔岑说得好，他在谈别林斯基时说，别林斯基是“用自己的血，自己的神经在写作着，你可以感觉到，他怎样地消耗着它们，又怎样烧毁了自己，他是痛苦的，易怒的，…… 可是永远是深刻的，披肝沥胆地真诚的”。[④] 里克尔有类似说法：“诗是经验，为了一首诗，我们必须观看，…… 必须能够回想，…… 如果回忆很多，我们必须能够忘记，要有很大的忍耐力等着它们回来，等到它们成为我们身内的血、我们的目光和姿态。”[⑤]密茨凯维支评拜伦时也说，拜伦是把自己的激情“渗入了他整个肉体和道德生活中”。[⑥] 歌德对自己的一个剧本的创作曾有这样的表白：“观念？我似乎不知道什么是观念。关于我的描绘可以说句真话；这部剧本是我骨头中的一根骨头，我的肉中的一块肉。”[⑦]上面这些表述与我国唐代诗人李贺“呕出心肝来”作诗的意思完全一致。我们从李贺那些真挚蚀骨的佳句中也确实能体认到他是在呕心沥血地作诗。

在我国现代作家中，对社会人生、世态民情体认最深的，不用说，当首推鲁迅，举一小例便可略见，鲁迅的小说《长明灯》，写到茶馆，据周作人在《鲁迅小说里的人物》里说，“乡下的茶馆实在也值得写，只是很不容易，若不

① [法]梅洛·庞蒂：《眼与心》，中国社会科学出版社，1992 年版，第 136 页。
② [法]梅洛·庞蒂：《眼与心》，中国社会科学出版社，1992 年版，第 128 页。
③ [美]纳博科夫：《文学讲稿》，生活·读书·新知三联书店，1991 年版，第 98 页。
④ [俄]果戈理：《文学的战斗传统·别林斯基断片》，新文艺出版社，1953 年版。
⑤ 转自《读书》，1993 年第 6 期，第 103 页。
⑥ 《古典文艺理论译丛·歌德与拜伦》(四)，人民文学出版社，1961 年版。
⑦ 转自童庆炳主编：《现代心理美学》，中国社会科学出版社，1993 年版，第 84 页。

是自己‘泡’在那里，有过相当的日月。否则难得把握里边的空气”。“泡在那里”显然就是“身入”体认。但更能说明问题的还是鲁迅作品中对麻木群众的细致深刻的描绘，它表明，鲁迅对国民的这种精神状态具有刻骨铭心的身切感受；直令他痛心疾首，忧心如焚。他不是把处于这种深重的愚昧状态的国民，比作在一间“绝无窗户而万难破毁”的铁屋子里熟睡、“不久都要闷死”、“然而并不感到就死的悲哀”的人们吗？如果不是对这种现象有切身之痛，是难得比喻得如此之贴切的。此外，鲁迅在《呐喊·自序》中谈到如何被寂寞的痛苦折磨时说，自己“如置身毫无边际的荒原，无可措手的了，这是怎样的悲哀呵，我于是以我所感到者为寂寞。这寂寞又一天一天的长大起来，如大毒蛇，缠住了我的灵魂了”。灵魂被大毒蛇缠住，这是多么可怕的痛苦，这是心灵的痛苦，也是肉体的痛苦。是一种痛彻心魄的体认。在《忆韦素园君》一文中，鲁迅说得也很惨痛：“我也还有记忆的，但是零落得很，我自己觉得我的记忆好像被刀刮过了的鱼鳞，有些还留在身上，有些是掉在水里了，将水一搅，有几片还在翻腾，闪烁，然而中间混着血丝，连我自己也怕得因此污了赏鉴家的眼泪。”这更是切身的或身切的体认了。就我所见，在当代诸多文艺评论家中，最早注意到体认并予以具体阐释的是唐湜。他指出，诗人是能够给“万物以生命同化作用”(Identification)、能“用自我的生活感觉与内在情感同化了又贯穿了外在一切”的人，而这种同化作用是包括心理和生理两个方面的、即“以感官与肉体思想一切，使思想与感情，灵与肉浑然一致，回返到原始的浑朴的自然状态”。他一再强调，诗人对万物须有“肉感与思想的感情(Selnsibitity)”，能以“身体的感官去思想”，“以肉体的感觉体现万物”，从而“回到希腊人灵肉浑然一致的境界，用生命的重量与力量向人生投掷”。他说“这是种生命的肉搏”，是“筋肉与思想一致的表现”。这就要求艺术家对“他所创造的意象体贴入微，化入这意象群”，“仿佛庄生之梦蝶，里尔克之倚身于树，会感受到树的脉搏”。而诗人之所以为诗人，就在于“他可以化入物象，体味它们的甘苦。他可以以自己的心情亲切地抒说珍珠与蚌，他正是一个蚌”。比如，“当他走过一个城市，这城市便成为他生命的一部分，而他也正成为这城市的一部分”。“诗人最高理想应该是人我不分，浑然一致”。所以，“艺术家的工作不仅是运筹与运思，而更重要的运用全身的肌肉与体力”以求达此理想境界。①

当代学者顾随持有同样看法，他说过，创作除“精神的充实之外，更要体

① 以上引文均见唐湜：《新意度集》，生活·读书·新知三联书店，1990年版。

力之充实。充实则饱满，饱满则光溢，然后结果自然流露”。① 当代日本名作家川端康成以自己的创作实践证实：“写一部作品，直到完结为止，都是创作家的心理学过程，严密地说，也是伴随着生理学的心理学过程。”②

总而言之，我们可以说，艺术创作的最高境界是不仅与创作对象在心理上达到同构，而且在生理上、形体上也达到同构，即达到身心、内外同构，这就是体认。而达到体认便已臻于化境，正如宗白华先生所说，“使人类最高的心灵具体化、肉体化这就是艺术‘境界’”。③ 尼采甚至说美学是一种应用生理学，大概也是有感于此吧。中国古代艺术家强调以形写神，我以为，那前提应是以自己的形体去体认对象的内在精神。否则，光凭思想、头脑去接触，光凭聪明、灵气去领悟是不够的。必须具有血肉感、形体感或肌肉感，必须把自己的身体植入对象中去，从而体认和把握对象的特点和内在精神。这就是古人说的“迁想妙得”的谛义；“迁想妙得”即把自己迁入对象之中进行体认，才能得其神妙。否则那就只能做到形似了。

很明显，体认主要是要在想象中进行的，所谓神游者是，但神身是一体的，神游必伴有“身游”，即必伴有躯体或肌肉反应。而“想象和观念有与其所想象和所思念的诸事物同样的效应”。④ 即想象的事物与实际的事物所引起的反应是一样的。这一点下面还要详谈，此处不赘。

艺术家所以能够体认万物，是由于他们特殊的敏感。这种敏感使他们的艺术触觉探伸到一般人远不能达到的地方。诚如别林斯基所说，“当他还是一个孩子的时候，他就比别人更透彻地懂得自己和宇宙万物的亲密关系以及血肉联系；……他是一种富有感受的、易受刺激的、永远积极活跃的有机体”。⑤ 比如卢梭就是一个显例。作为卢梭最亲密的朋友，英国哲学家休谟曾这样说：“他在整个一生中，只是有所感觉。在这方面，他的敏感性达到我从未见过任何先例的高度；然而这种敏感性格予他的，还是一种痛苦甚于快乐的尖锐的感觉，他好像这样一个人，这个人不仅被剥夺了衣服，而且被剥夺了皮肤”。⑥ 毫无疑问，这种敏锐的感觉是他们体认的基础。

而对艺术家来说，体认则是他们的渴望和内心需要。在创作中，艺术家

① 顾随：《顾随文集》，上海古籍出版社，1986 年版，第 679 页。

② [日]川端康成：《川端康成谈创作》，生活·读书·新知三联书店，1988 年版，第 17 页。

③ 宗白华：《美学散步》，上海人民出版社，1981 年版，第 59 页。

④ (古希腊)亚里士多德：《动物四篇》，商务印书馆，2010 年版，第 249 页。

⑤ 转引自吴思敬：《诗歌基本原理》，工人出版社，1987 年版，第 409 页。

⑥ [英]罗素：《西方哲学史》下册，商务印书馆，1963 年版，第 232 页。

总是情不自禁，几乎是本能地把自己的身心完全沉没、溶化到对象之中，或把对象完全沉没、溶化到自身里。著名老画家吴冠中，写有《梵·高》一文，文中说："无数杰出的画家令我敬佩，……我爱他们的作品，但并无太多的要求去调查他们绘画以外的事。可是对另外一批画家，如老莲、石涛、八大、波提切利、德拉克罗瓦、梵·高…… 我总怀着强烈的欲望，想了解他们血肉的生活，钻入他们的内心去；特别是梵·高，我愿听到他每天的呼吸。"这清楚表明艺术家进行热切体认的渴望。卡西尔证明："艺术家都有最强烈的沟通意志，并拥有最强有力的沟通能力。当一个艺术家尚未发现如何将生命注入到所有于其心中生活的他人身上时，他就不能歇息和安宁下来。"①朱光潜在《谈美》中也说："诗人和艺术家都有设身处地地观察入微的时候，就要钻入那个人的心孔，在霎时间就要变成那个人，亲自享受他的生命，领悟他的情感。"这样的例证太多了，例如陀思妥耶夫斯基，他能够"同所有的主角紧密相连。他的血在他们的血管中奔流"，"他的心在他所创造的一切形象里面跳动"，"他同他的主角一道去犯罪，同他们一道过着沸腾的生活，同他们一道忏悔"。② 托尔斯泰也如此，他"拥有一项把自己化身为各色人等的非凡能力，他代替老太婆和年轻姑娘，代表小孩和马说话，他代表形形色色的阶级的人们说话，并且每一次都真实得令人信服。这是唯独艺术家才能具有的力量"。③又如高尔基，他"只会俄语，茨威格却不懂俄语，但高尔基是那样天才的叙述家，他描写一个疲倦的驼背老人时，不知不觉自己就变成了那个驼背老人，茨威格不等翻译就明白了"。④ 还有巴尔扎克，他表白说："在我身上，观察已经就成直觉的了，它深入灵魂却不忽视形体，……它赋予我一种能力，使我亲历它所及的个人生活，使我代替了它，就像《一千零一夜》中的苦行僧，他向那些人说几句话，就得到了他们的灵魂和肉体。"⑤我们的古人也深明此理，李渔在《闲情偶寄》中说："言者，心之声也，欲代此一人立言，先宜代此一人立心，若非梦往神游，何谓设身处地？无论立心端正者，我当设身处地，代生端正之想，即遇立心邪辟者，我亦当舍己从人，暂为邪辟之思"，"我欲作官，则顷刻之间便臻富贵；我欲致仕则转盼之际又入山林；我欲作人间才子，即为杜甫、李白之后身；我欲娶绝代佳人，即作王嫱、西施之元配；我欲成

① [德]卡西尔：《人文科学的逻辑》，中国人民学出版社，1991年版，第100页。

② [苏联]卢那察尔斯基：《卢那察尔斯基论文学》，人民文学出版社，1978年版，第214页。

③ [苏联]卢那察尔斯基：《卢那察尔斯基论文学》，人民文学出版社，1978年版，第286页。

④ 《读书》，1992年2月，第25页。

⑤ 《读书·巴尔扎克，观察者，洞察者》，1986年12月。

仙作佛，则西天蓬岛，即在砚池笔架之前”。刘熙载也曾深刻指出：“代匹夫匹妇语最难。盖饥寒劳困之苦，虽告人，人且不知，知之必物我无间者也。杜少陵、元次山、白香山，不但身入闾阎，目击其事，直与疾病之在身者无异。”(《艺概》卷二)此言极是，尤其是杜甫对人民的疾苦更有一种“人饥己饥，人溺己溺”的切身感受，他的“穷年忧黎兄，叹息肠内热”(着重号是引者加)便道出了那种感同身受、忧心如焚的体认。总之，“诗人就具有这种无法比拟的优势，他可以随时是他自己，也可以随时是别人，一如寻找一躯体的游魂，他可随时进入每个人物的体内。对他来讲，一切都是虚席以待；要是有些地方对他是关闭的，那是因为在他看来它们不值得光顾”。①

艺术家的体认不但遍及于一切人，而且遍及于一切物。在艺术家眼里，“民吾同胞，物吾与也”。他们是人我不分，物我两忘。根据格涅夫回忆，一次他同托尔斯泰一起散步，在一个牧场上见到一匹瘦弱可怜的骟马，托尔斯泰非常动情地向他讲述这匹马，简直是代马立言，使屠格涅夫听得入了迷，觉得托尔斯泰过去什么时候似乎真的就是一匹马。郭沫若创作《地球，我的母亲》也是一个好例。他回忆当时的创作过程说：“那天上半天跑到福图阁书馆去看书，突然受到诗兴的袭击，便出了馆，在馆后的石子路上…… 赤着脚踱来踱去，时而又索性倒在路上睡觉，想亲切地和‘地球母亲’亲昵，去感触她的皮肤，感受她的拥抱——这在现在看起来，觉得是有点发狂。”类似这样的体认，几乎任何艺术家都曾经历过。

中国古代艺术家一贯重视体认，他们把体物得神作为最高的创作原则。请看下面一些例证。

贺裳《皱水轩词筌》云：“稗史称韩干画马，人入其斋，见干身作马形。凝思之极，理或然也。作诗文亦必如此始工。”

宋代包鼎画虎，首先要“扫溉一室，屏人声，塞门涂牖，穴屋取明”。布置了这样一个“虎穴”之后，便“一饮斗酒，脱衣据地，卧起行顾，自视真虎也”。② 这样找到虎的自我感觉，然后挥笔。《水浒传》作者描写武松打虎想来亦应如是，金圣叹据此推测说：“今耐庵为此文，想亦复解衣踞地，作一扑，一掀，一剪势耶？”③

① [法]波德莱尔：《波德莱尔散文选》，百花文艺出版社，2012 年版，第 28 页。

② 《后山谈丛》转自《艺苑趣谈录》，北京大学出版社，1984 年版，第 128 页。

③ (明)施耐庵著，金圣叹点评：《第五才子书施耐庵水浒传》第二十二回，中华书局，1975 年版。

赵子昂画马也是这样。他“闭门伏地，对于马之动作，如长鸣，如蹦蹄，如奔驰，如滚卧于郊原，作种种状态”。“一日倦而寝，其妻窗隙窥之，堰仰熟呼，俨然一马也，妻惧，醒以告”。①这大概是由于体察入微、入神而引起体形上的变态吧。众所周知，赵子昂又是大书法家他写字也常是先行体认。比如写“子”字“不”字就先作飞鸟(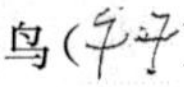)，之态，写“为”字，“如”字就先作戏鼠()之形，以极其变。②

“戚原画狗，客访之，闻室中犬声甚沸，有类数十狗若争骨者，若众雄逐雌者；又若孤村野店，陡见生客，吠声从户中出者，及辟户，则原据几画狗正酣，口中狺狺声犹未尽已。子昂与原皆以身作则形容，以赴其笔墨……非特画动物为然，即画山水花卉亦当如是”。③

南宋罗大经《鹤林玉露》载：“曾云巢无疑，工画草虫，年迈愈精，余尝问其有所传乎？无疑笑曰：‘是岂有法可传哉？某自少时取草虫笼而观之，穷昼夜不厌，又恐其神之不完也，复就草地之间观之，于是始得其天，方其落笔之际，不知我之为草虫耶？草虫之为我耶。此与造化生物之机缄，盖无以异，岂有可传之法哉！’”可以肯定，这位草虫画家观察草虫，决非只用眼睛而不用身体，如不“身入”体察，决难达到与造化生物之机缄无以异的境地。

相传清代画家傅山，一次为友人作画，但谢绝友人参观，友人乃躲在远处偷看，只见傅山在动笔之前，手之舞之，足之蹈之，像是着了魔一般，友人大惊，急忙跑过去从背后把他抱住，傅山叹道：“完了，你这就败坏了我的画兴。”(《历代画家故事》)傅山手舞足蹈，乃所以“身入”体认角色，友人的一抱又把他拉出了角色。

一位日本画家也有这样的体认。据说以前寄居在大阪附近一国寺的画师狩野探幽，受老和尚之托，在杉门板上作画。由于他的心境欠佳，一时想不出画什么好，这样过了四五天。一天晚上，小和尚慌慌张张跑来向老和尚报告说，探幽先生疯了，吃惊的老和尚到探幽房外，偷偷向里窥望，只见探幽在房中把身体挨近拉门的护板，一会儿扭曲身体，一会儿躺下，一会儿单脚站立等等，做出各种各样的动作，看来他确实是疯了。老和尚认为探幽因为作不出画而急得发了疯。没料到第二天在杉门板上赫然出现了一幅卧鹤图。

① 《中国美学资料选编》，北京大学出版社，1981年版，第377页。

② 丁文隽：《书法精论》下编，中国书店，1983年版，第3页。

③ 于海晏辑：《画论丛刊》，人民美术出版社，1960年版，第723页。

其笔势之潇洒奔放，沉着豪迈，绝非一般画师可比。①

艺术家对宇宙万象无不契合无间、一视同仁地予以体认。就如丰子恺指出的那样："没有体得龙马的活力，不能画龙马；没有体得松柏的劲秀，不能画松柏。中国古来画家都有这样的明训。西洋画何独不然？我们画家描一个花瓶，必其心移入于花瓶中，自己化作花瓶，体得花瓶的力，方能表现花瓶的精神。我们的心要能与朝阳的光芒一同放射，方能描写朝阳；能与海波的曲线一同跳舞，方能描写海波。"②同理，画家写暴风，必须自己变为暴风与暴风一同驰驱，非身感"树木振撼，家屋倾倒的威力，不能执笔"。而"欲写树木，非亲感伸枝附和之势不可"。③ 再看宗白华的一首小诗：

你想了解"光"么？
你可曾同那林中透射的斜阳共舞？
你可曾同那黄昏初现的月色齐颤？
你可曾同那蓝天闪闪的星光合奏？
你想了解"春"么？
你的心琴可有那蝴蝶翅膀的翩翩情致？
你的呼吸可有那玫瑰粉的一缕温馨？
你想了解"花"么？
你曾否临风醉舞？
你曾否饮啜春光？④

西班牙绘画大师则有另一种体认，那是对颜色的体认。他曾这样写道："我漫步于枫丹的白露森木，丰富的绿色使我饱胀，我不得不把这种激动倾泄在绘画中。绿色控制了我的行动。画家仿佛是出于排泄他的感觉和幻觉的紧急需要才作画的。"⑤当此之时，作画对于他是出于生理需要，而作画过程也似乎变成生理过程。可见其体认之深。在一篇《情满雁栖湖》的散文中，也写到对绿色的体认："雁栖湖水好绿呀，到处是满眼的绿，如最醇的青梅酒，如凝碧的翡翠痴想蘸饱大笔抹开去，抹上蓝天，便是一片绿云，抹上大地便是一汪绿水，抹到草窝、树梢，便能抹出一个鲜嫩嫩的春，一个葱葱翠翠的夏。站到湖边，痴痴望，痴痴想，那绿先染了你的目光，再涌入你的血液，叫你

① [日]高桥浩：《怎样进行创造性思维》，科学普及出版社，1987年版，第52—53页。

② 丰子恺：《丰子恺论艺术·美与同情》，复旦大学出版社，1985年版。

③ 丰子恺：《绘画与文学》，开明书店，1934年版，第112—113页。

④ 宗白华：《宗白华美学思想研究》，辽宁人民出版社，1987年版，第92—93页。

⑤ 王培华：《审美经验论》，北京师范大学出版社，2010年版，第149页。

绿了头，绿了脚，绿了一个整整的身躯。”（着重号是引者加）浓郁的绿色似乎已经浸润、渗透到全身心之中了。这使我们想到一位古代诗人关于写梅花的话：“但能饱吃梅花数斗，胸次玲珑，自能作诗。”（《梅间诗话》）要写梅花，就得饱吃梅花，吃的太少还不成，必须吃它几大斗，达到饱胀感，这样，梅花的神髓才能被我吸收，化为我的血肉。显然，所说的“饱吃”实际上就是从生理上、肉体上感受梅花之为梅花。这确如法国哲学家雅克·马利坦在谈到自然与人的关系时所说的那样：“去认识就是去变成另一个……自然在某种程度上是走进了人的血液之中，并同他一道吐露自己的情怀。”①

还不能不提到对山川的体认。山水是中国诗人，尤其是画家最重要的创作题材。中国艺术家主张“看山入骨髓”，这要求山水画家敏锐、深入地直接感受山势以达到肌体感的境地。明人唐志契《绘事微言》云：“凡画山水，最要得山水性情，得其性情，山便得环抱起伏之势，如跳如生，如俯如仰，如挂脚，自然山情即我情，山性即我性，而落笔不生软矣。”这是说画山水必先体察山水性情，把自己变成山水而后才得山水神韵。清山水画家唐岱说，画山水“在得体势”。他指出：“山之体势似人，人有行走坐卧之形，山有偏正。敧斜之势。人有四肢，山有龙脉分干，譬之看人站立，其手足分寸骨节长短无不合体，看人坐卧，或一手伸而长，一手曲而短，非伸者长曲者短也，不过是形势换耳。故看山近是如此形势，远数里则少换，再远数十里则又换，逾远愈异，移步换影之说岂不信哉?”又说，“人之看山，远近偏正不一，山之体皃既殊，而四时之色，风雨晦明，朝暮变态，更自不同……”必须“饱观熟玩，混化胸中”，“心会神融”，然后才能得山水之势，创造出精妙作品。（《绘事发微》）

以人之体势喻山之体势，就是以人之体势体察或体认山之体势。杨万里在《心学论》中提出：“人者天地之心也”，“观吾心见天地，观天地见吾心”。这是“以心体天地之心”。按我们的观点，心身不分，“以心体天地之心”也可说是以己身体天地之身。人与天地本来是可以相通的，故石涛有言：“山川脱胎于余也，余脱胎于山川也，……山川与余神遇而迹化也。”山川与余互相“脱胎”，即我与山川血缘相通，血肉相连。我能生理地感受山川。盖中国艺术家内心深感与宇宙生命脉动相连，息息相通，怡然体悟万物与我为一，具有一种盎然与自然生机同流之心态。故中国几千年所有伟大艺术家无不强调体认

① ［法］雅克·马利坦：《艺术与诗中的创造性直觉》，生活·读书·新知三联书店，1991年版，第17页。

万物，即强调直接去读宇宙万物。它们参赞化育，最能体悟大化生机，与万物浑然同体，浩然同流。就如李白所说，“吾将囊括大块，浩然与溟涬同科”，即要与天地和整个自然合为一体。王夫之在《诗广传》中也对此有所阐释：“君子之心，有与天地同情者，有与禽鱼草木同情者，有与女子小人同情者，有与道同情者，……悉知其情，而皆有以裁用之。大以体天地之化，微以备禽鱼草木之几。”这表示君子之心直透宇宙生命而与之合流同化。

按格式塔同构、同型说，不同质的外在事物的张力结构可以互相对应，也可以同人的心理结构对应。外在事物的张力结构可以引起人的心理结构的同构对应，而任何心理现象都有生理基础，心理结构张力也必然伴有生理结构张力。这一理论为中国艺术家以身体天的观点，提供了依据。而中国艺术家所说的体察或体认万物，即对万物的切身或“身入”的感受也就是一种心理—生理的结构张力。

三、体认常在脑中进行

上引例证表明：在很多情况下，体认是在脑中即在想象中进行的，也只能在脑中或想象中进行。用朱熹的话说就是“体是置心物中”，即想象自己在物象之中。但也唯其是在想象中进行的，体认才能摆脱时空及自身的限制，才可随心所欲，任意驰骋，无远弗届，无微不至，无所不能，无孔不入，无入而不自得，获得无限自由。汤显祖说，只有奇士的心灵才能“出入于微妙”。而“天下文章所以有生气者，全在奇士。士奇则心灵，心灵则能飞动，能飞动则上下天地，来去古今，可以屈伸长短生灭如意，如意则可以无所不为”①他讲的显然是想象活动。可见艺术家除特殊的敏感还有异乎寻常的想象力，二者密不可分。想象以敏感为基础而展开，反过来又给敏感以强化。凭借这想象力艺术家可以“寂然凝虑，思接千载，悄然动容，视通万里；吟咏之间，吐纳珠宝之声，眉睫之前，卷舒风云之色”。比如，以司马迁写《史记》而论，我认为，就要“思接千载”，“视通万里”地在想象中身历其境，设身处地地体认历史人物的作为。凡认真读过《史记》人物传记的人都会深切地感受到这一点。其最能说明问题的也许是《项羽本纪》了。项羽是司马迁最喜爱的人物之一，在《项羽本纪》中，他以无限惋惜、无限遗憾的心情塑造了一个悲剧英雄的形象。而垓下作歌一端又最鲜明地体现了这种感情。古人曾对其真实性提出质疑：“……垓下是何等时，虞姬死而子弟散，匹马逃亡，身迷大泽，亦何暇更

① (明)汤显祖：《汤显祖集·序丘毛伯稿》，上海古籍出版社，2016年版。

作歌诗？既有作，亦谁闻之而谁记之欤？"这是不懂得作史须有同情和想象。清代学者周亮工看到了这一点："吾谓此数语者，无论事之有无，应是太史公笔补造化，代为传神。"①显而易见，这段文字纯是司马迁"身入"古战场，神游冥想，与人物处于同一境界，切身感受人物之所感而生发出来的，这就是"笔补造化"、"代为传神"。从《史记》的许多人物传记中，我们都可以感受到司马迁这种"笔补造化"、"代为传神"的功力，垓下作歌不过是其中之一斑。在古代作者中，杜甫也是一个善于在想象中进行体认的诗人。据闻一多研究，杜甫的思想成熟得特别早。这"一半固由于天赋，一半大概也是孤僻的书斋生活酿成的。在书斋里，他自有他的世界。他的世界是时间构成的；沿着时间的航线，上下三四千年，来往的飞翔，他沿路看见的都是圣贤、豪杰、忠臣、孝子、骚人、逸士——都是魁梧奇伟，温馨凄艳的灵魂。久而久之，他定觉得那些庄严灿烂的姓名和生人一般实在。而且渐渐活现起来了，于是他看得见古人行动的姿态，听得到古人歌哭的声音。甚至他们还和他揖让周旋，上下议论；他成了他们其间的一员。于是他只觉得自己和寻常的少年不同，他几乎是历史中的人物。他和古人的关系比和今人的关系密切多了。他是在时间里，不是在空间里活着。他为什么不那样想呢？这些古人不是在他心灵里活动，血脉里运行吗？他的身体不是从这些古人的身体里分泌出来的吗？"②从这段警策的文字中，可以看到杜甫如何逼真地神游冥想，尚友古人并进而与之化为一体的切身体认。而杜甫的很多诗篇当然就来自这种体认。

对想象的体认作具体而微的描述的要算乔治·桑的一段话：

我有时逃开自我，俨然变成一棵植物，我觉得自己是草，是飞鸟，是树顶，是云，是流水，是天地相接的那一条地平线，觉得自己是这种颜色或那种形体，瞬息万变，去来无碍；我时而走，时而飞，时而潜，时而吸露；我向着太阳开花，或栖在叶背上安眠，天鹨飞举时我也飞举，蜥蜴跳跃时我也跳跃，萤火和星光闪耀时我也闪耀……

我国清代画家廖燕有类似的说法：

予今尝闭目坐忘，嗒然若丧，斯时尚不知其为我，何况于物。迨意念既萌，则舍我而逐物，或为鼠肝，或为虫臂，其形状又安可胜穷耶？

可见想象的体认所能达到的深度和广度是无限的，并且总要达到物我一体的状态和境界。在此种状态或境界中，还常常出现一种"倒错"：是花看人

① 钱锺书：《管锥编》第一册，中华书局，1979年版，第278页。
② 《杜甫研究论文集》第一辑，中华书局，1962年版，第24—25页。

还是人看花，是庄周梦蝶还是蝶梦庄周？“它们是如此难于区分，以使我们不再晓得哪个在看，哪个被看；哪个在画，哪个被画”。① 这种迷狂错乱是许多艺术家都体认过的。有位画家说：“在画家与可见物之间，不可避免地会出现作用的颠倒。因此，许多画家都说，物体在注视他们。”安德烈·弥尚说：“在一片森林里看，好几次我觉得不是我在注视森林，有那么几天，我觉得是那些树木在看着我，在对我说话…… 我在那里倾听着，…… 我认为，画家应该被宇宙看透，而不要指望看透宇宙。我静候着被从内部淹没。我画画也许就是为了重新浮上来。”② 这越来越使我们深信不疑：“我们本来就与宇宙是一体，而非与它格格不入。”③

写到这里，应该着重说明，体认尽管在想象中进行，是想象操作或心理操作，但与实际的体认并没有根本的性质上的区别。这在上面已经提到。因此想象的体认仍然伴有相应的肌体活动，仍会在不同程度上伴有不同方式的生理变化或躯体反应，在肌肉及其器官上经历某种细微的变化。易言之，体认过程也是运动过程，而这运动过程就是物象姿态在内心中的再现或同构对应。除了在非常强烈的参与的情况下，身体的活动、动作历历可见之外，实际上发生的肌肉变化只是微露端倪而已。所以，当一个人沉湎于想象中时，他不仅是在用脑在思维，他的整个身体也在思维。而且，“生动的想象，往往会堕落为疯狂或愚痴，而其作用也与疯狂或愚痴相象…… 在血液和精神特别冲动时，想象获得了那样一种活泼性，使它全部能力和官能陷入混乱，这时我们就无法辨别真伪。每个模糊的虚构或观念，都和记忆的印象或判断的结论具有同样的影响，也都被同样的看待，并以同样的力量作用于感情。”④事实正像休谟所说的那样，强烈的想象会产生强烈的生理反应和强烈的身体变化。实验表明，想象对有机体有直接影响，想象与运动功能，与内部器官的工作相联系，与植物性神经系统活动相联系。柏克莱早就发现，视觉的对象有直接的和间接的，间接的并不真正为眼所知觉，只是为眼所暗示的，其中有极大的想象成分。但视觉暗示的那些对象，“往往比固有的对象还能刺激我们”，“我们很不容易分辨视觉的直接对象和间接对象”。⑤ 实验还证明，被想象出来的感情和亲身感受的同样尖锐。蒙田已经知道：“在想象的冲击下，我们会冒

①② ［法］梅洛·庞蒂：《眼与心》，中国社会科学出版社，1992 年版，第 137 页。

③ ［美］马斯洛：《人的潜能和价值》，华夏出版社，1987 年版，第 228 页。

④ ［苏格兰］休谟：《人性论》，商务印书馆，1981 年版，第 143 页。

⑤ ［英格兰］贝克莱：《视觉新论》，商务印书馆，1957 年版，第 20 页。

汗、打战、脸红变色……有时几乎濒临死亡。”[1]由此可知，我们的想象整个地与我们正在进行的身体过程相联系。现代神经生理学资料表明，一个人在想象一个躯体的运动与他在身体上执行这个运动时，无论在脑电图或肌肉电子图方面都伴随着同样的电波图形。这说明，人的观念活动和外部活动一样，都遵循着同样的程式，具有同样的生理机制。心理学家都承认，一个人的反应感觉和行动永远依照他对自己和环境的真实想象来进行。神经系统或大脑根本分不清想象的现实与实际现实的区别。这是心灵的一个根本原则，也是我们存在的方式。

依想象的清晰度来看，人们之间的差别是很大的，有的人只有贫乏暗淡的想象形象，而另一些人则有清晰鲜明的想象形象。他们体验这些形象时，有如“看见”或“听见”了某种东西。有的人甚至可把别人的体验变成自己的体验。这是一种迹近病态的敏感的想象力。而艺术家尤其具有这种敏感的想象力。所以体认就成为他们基本的思维方式，甚至存在方式。他们很容易把自己置于对象的境地。这被认为是一种神秘的能力。例如蒙田，就是具有此种神秘能力的人，他极其容易受想象的侵袭和冲击，别人的感觉往往会在他身上产生连锁反应。看见别人痛苦，自己也会战栗：“我设身处地常把别人的痛苦变为我亲身的痛苦，…… 一个咳嗽不停的人，会使我觉得自己的肺和喉咙都不舒服。”而当他观察一种病时，他甚至会染上这种病。[2] 左拉在观察工人的生活时的感受也这样：“我觉得我背上就是穿着他们褴褛的衣服，我的脚是穿着他们的破鞋子在走路；他们的愿望，他们的需要——一切东西都渗进我的灵魂里来了，或者我的灵魂走进他们的肉体里去了。”这是“用精神的沉醉，使自己变成另一个人，而且可以任意这样地作——这使我的精神错乱”。[3] 而列宾在绘制《伏尔加纤夫》这幅名画的过程中，觉得自己就是那纤夫中的一员，心情十分沉重。在炎热的夏天拉着沉重的驳船，受着灼人的酷热和疲劳的折磨，纤绳紧紧地“咬着”胸脯，“磨出血”的双脚陷入滚烫的沙土里。A. 托尔斯泰也深切指出，创作就是跟笔下的人物生活在一起，“并且同他们一起受苦，一起成长，有时，甚至还得跟自己笔下的幻影一起陷到无底的深渊里去……当我在长篇小说《两种生活》中描写那个将军的死，以及目前在写作《怪人》时，

① [法]蒙田：《我知道什么呢——蒙田随笔》，上海三联书店，1988 年版，第 61 页。

② 《论形象思维》，中国社会科学出版社，1979 年版，第 11 页。

③ 艾芜：《文学手册》，湖南人民出版社，1981 年版，第 77 页。

一连有好多天都四肢无力，就好像我真的体验了一次死的情形一样”。① 这样的例证不胜枚举。实际上没有一位真正的艺术家不是这样进行体认的。

由于高度敏感和丰富的想象力，艺术家很容易相信想象的真实，即把想象的事物当成真实的事物。渥兹渥斯就说过，诗人“比别人更容易被不在眼前的事物所感动，仿佛它们都在他面前似的”。他相信，诗人的热忱并非由于直接的外在刺激而发生，“而是出于他的选择，或者是他的心灵的构造”。② 我认为，相信想象的真实性，这本身便是一种艺术才能或艺术气质，一种“特异功能”，也是一种创造性思维。斯坦尼斯拉夫斯基把这一点作为他的体系的基础和核心。他要求演员必须“相信虚构并真诚地生活于虚构之中”，“在心里和形体上都生活于其中”而与之融成一片。③ 他深知：“创作是从那个富有魔力的创造性的‘假使’在演员心灵与想象中出现的那个时刻开始的，仅仅有真实的现实存在时，仅仅有人所不能不信的实际存在时，创作还没有开始。等到创造性的‘假使’出现了，就是说虚假的、想象的真实出现了，演员便能够像相信真正的真实一样真诚地并且怀着巨大的热忱地相信这种想象的真实。正如儿童相信他的洋娃娃是活的，相信它的本身和周围全有生命一样，从‘假使’出现的那个时刻起，演员便从真实生活的现实范围过渡到另一种生活范围——过渡到他自己所创造、所想象出来的生活范围。相信了这种生活以后，演员才能开始创作。”④他深信：没有这样真实的信念就没有艺术。

艺术家不但对他所描绘的人物和社会生活有这样切身的体认，如上所述，即对其他一切有生之物和无生之物也莫不怀着热切的愿望去认同和体认，一如福楼拜所表白的：“我望着天，树木和青草，心头涌起一种从来没有过的快感；我恨不得变成母牛，好去吃草。”“万一我在草上躺久了，我相信我会觉得我的身子长出了树来”。(《包法利夫人》)苏联作家帕乌斯基说，当他看到汽车吃力地爬上陡坡时，他总感到一种肉体上的痛楚：“我看到这种情景时，可能觉得比汽车更疲乏。”⑤

艺术家这样过度的敏感和想象多少近乎病态，苏联心理学家彼德罗夫斯

① [苏联]A. 托尔斯泰：《A. 托尔斯泰论文学》，人民文学出版社，1980 年版，第 207 页。

② 《欧美古典作家论浪漫主义和现实主义》，中国社会科学出版社，1980 年版，第 264 页。

③ [俄]斯坦尼斯拉夫斯基：《演员自我修养》(第一部)，艺术出版社，1956 年版，第 87 页。

④ [苏联]格·尼·古里叶夫等：《论演员的自我感觉》，中国戏剧出版社，1958 年版，第 12—13 页。

⑤ [苏联]苏霍金：《艺术与科学》，生活·读书·新知三联书店，1986 年版，第 9 页。

基指出："有些作家过分敏感和病态地感受到想象的情境。"[1]这种病态意味着艺术家暂时超乎理智规范，进入特异感觉，深入到潜意识或超意识层次了。而真正的创作正是从这种状态开始的。在此种状态中，他们不但真假相混，把想象当现实；还真假颠倒，把现实当想象。觉得想象的真实超乎现实的真实，觉得真实的现实陌生、冰冷、虚假，格格不入。

① [苏联]彼德罗夫斯基：《普通心理学》，人民教育出版社，2007年版，第389页。

情理新论

本文要谈的是情理关系问题。这个问题在拙作《文艺创作与变态心理》一文中曾有所论列。但因语焉不详，未能尽意，现在，想通过这篇文章做进一步的阐述。

一

我认为艺术的核心是抒情而不是明理。艺术所面临的情感世界，它要解决的是人的感情问题。就人情而论特别是就艺术创作而论，有情才有理，通情才达理，通情本身就是达理，情就是理，情与理根本上是一个东西，而不是两个东西。率性而行，理在其中。率性便是尽情，尽情便尽理，合情便合理。反之，无情便无理，逆情必背理。论者常说，十年动乱是丧失理性的时代，但仔细想来，是首先丧失了人情、人性，才丧失了理性的，六亲不认，无情无义，哪里还有什么理？所以，所谓丧失理性正是丧失人情的结果及其表现。

情与欲不可分，情的基础是欲，欲有物质的，也有精神的；有生理的，也有心理的。偏重物质的、生理的是欲；偏重精神的、心理的是情。情欲是不能分也不可分的。人不但有物质的、生理的欲求和需求，还有精神的、心理的欲求和需求。情中之理乃是生理—心理之理，而不是物理之理和逻辑之理。抒发感情便是一种心理的，甚至是生理的欲求和需求。这意味着抒情必然是随心所欲的，一厢情愿的，一意孤行的，就像阿Q在“革命”时说的“我要什么就是什么，我喜欢谁就喜欢谁”。它只想满足自己，而不管实际的、客观的可能性。这便是生理—心理之理。费尔巴哈曾说，心情“不懂得自己以外的任何规律，就像俗话说的，狗急跳墙，……心情除了心情之必要—渴望—以外并不知道什么别的必然性；心情厌恶自然之必然性，厌恶理性之必然性。”①

① ［德］费尔巴哈：《费尔巴哈哲学著作选集》，商务印书馆，1984年版，第48页（上卷）、第181页（下卷）。

罗素也说："情感的联结很少能够和外界的秩序相符合，它使我们用自身状态作镜子去看宇宙。忽而光明，忽而黑暗，全视反映的状态如何而定。"[①]这里说的"自身状态"、"反映的状态"即生理—心理的需求状态。心理学家证明："那些极端的一厢情愿的思维……完全受个人需要和情感的支配，极少甚至完全不顾及现实。"[②]为了这种需求，它可以不顾一切，不顾利害，不顾后果，而这恰恰是情的魅力所在。正如歌德指出的："萌动的春情之所以美好，就在于它既不意识自己的产生，也不考虑自己的终结；它那么欢快明亮，觉察不到它就会酿成灾祸。"[③]依常理度之，这已有几分呆痴了。但这种呆痴，对艺术创作来说却是绝对不可能或缺的，艺术家在创作中如果没有几分呆痴是不能进行创作的。刘永济在《词论》中说："情痴者，不惜牺牲一切以赴之。《柏舟》之诗人、《楚骚》之屈子，其千古痴情乎？"又说："情真之极，转而成痴，痴则非可以理解矣。"痴情最是看得不透，此所以为痴。在高兴之极会哭，悲痛之极会笑，这是生活中常见的。一个人在极度思念、沉迷于某人或某事而想入非非的时候，也会说出一些违反常理的"痴语"。"痴语"是很能表现某种强烈的情感和意绪的。李白："狂风吹我心，西挂咸阳树。"这是他在山东送友人回长安的诗句，反映了他被谗离开长安后，又强烈思念长安之情。从事理逻辑来看，直如痴人说梦，心怎能被狂风吹挂在咸阳树上呢？还有，"南风吹归心，飞堕酒楼前"。这是李白在金陵(今南京)思念他远在东鲁的女儿的诗句，同样是异想天开、荒诞离奇的"痴语"。但它是多么真实地道出了诗人恨不得一下子就回到东鲁家中见到女儿的急不可待的心情。再看辛弃疾的一首词："昨夜松边醉倒，问松：我醉何如？只疑松动要来扶，以手推松曰：去!"(《西江月·遣兴》)人在松边醉倒，与松对话，情同老友，不分彼此，自己醉了，不由摇摇晃晃，却疑松在摇动，以为松树要来扶他，却说不要松扶，以手推开松树，叫它走开。这近乎醉汉的胡言乱语，却透露出一股可爱的痴情，而这痴情又来自一颗独立不倚、倔强不屈的灵魂。

吴宓在《诗学总论》中也举例说：

柳宗元诗："一身去国六千里，万死投荒十二年"，又陈其年诗："百年骨肉分三地，万死悲哀并九秋"，夫二人之艰难困苦，虽至其极，然尚未死；即人死亦只一次，乃曰万死，是切挚之笔也。……切挚有二法：或加增其数量，

① 周辅成编著：《哲学大纲》，正中书局，1948年版，第238—239页。

② [美]克雷奇等：《心理学纲要》上册，文化教育出版社，1981年版，第189页。

③ 转引自[保]瓦西列夫：《情爱论》，生活·读书·新知三联书店，1984年版，第112页。

我改易其事理。所谓改易其事理者，即诗人感情深挚激切之时，所言实与真理实象不合，与世中常性情相悖，而写来又但觉其逼真，而颠扑不破是也。①

他所讲的也是痴情，情到痴处自然便与“真理实象不合”，“与世中常情相悖”，但又“觉其逼真”。其实，人的真情至性。全是在悖于“真理实象”和“世中常情”的情况下显示出来的。

以上所举都是至情至痴的好例。傅庚生先生进一步解释痴说：“痴者，思虑发于无端也，情深则往往因无端之事，作有关之想也。”②无端即不合理，“因无端之事，作有关之想”即将不合事理之事，想成合乎事理的。他还举了不少实例来说明。

李益《江南曲》云：

嫁得瞿塘贾，朝朝误妾期；早知潮有信，嫁与弄潮儿。

商人重利轻别离，这位痴情女专注情于“信”，竟不惜下嫁于趁潮水来去之海上弄舟之小子，只因羡慕他来去有信决无延误而已。有了这一条，其他都可不计了，其情痴可以想见。贺黄公在《皱水轩词荃》云：“唐李益诗‘嫁得瞿塘贾’云云，子野在《一丛花 》末句云：‘不如桃杏，犹解嫁东风’；此皆无理而妙。”思虑发于无端，是无理也。然其妙处却正在无理。桃花杏花随东风飘飞而去，犹如嫁与东风，岂非无理而妙？如果说“不如桃杏，犹解嫁东风”是无理而妙，那么，“落花一夜嫁东风，无情蜂蝶轻相许”，则是愈无理而愈妙了。而情之愈痴者，则愈远于理也。

牛希济《生查子》云：

春山烟欲收，天澹星稀小，残月脸边明，别泪临清晓。语已多，情未了，回首犹重道。记得绿罗裙，处处怜芳草。

月照泪光，纵横满面，语多情未了，回首犹重道；看她哭哭啼啼，絮絮叨叨，真是痴情彻骨。记得绿罗裙，从此眼前只理会得一片绿，再见芳草处处，辄动怜爱之情，是别已久情犹未了，岂止未了，更是颠颠倒倒，除却一片绿外，不晓他事矣。这是多情男子的痴态。

上面说过，艺术家都是有几分痴情的人，在这一点上，艺术家最接近赤子。袁枚说过“诗人者，不失其赤子之心者也”，这恐怕是没人能否认的。袁枚举例说，“沈石田《落花诗》云：‘恶劫信于今日尽，痴心疑有别家开。’卢仝云：‘昨夜醉酒归，仆倒竟三五，摩挲青毒台，莫嗔惊着汝。’宋人仿云：‘池

① 转引自傅庚生：《中国文学批评通论》，商务印书馆，1947年版，第80—81页。

② 傅庚生：《中国文学欣赏举隅·痴情与彻悟》，中国书店，1986年版。

昨早添水三尺，失却捣衣平正石，今朝水退石依然，老夫一夜空相忆。’又曰：‘老僧只恐云飞去，日午先教掩寺门。’近人陈楚南《题背美人图》云：‘美人背倚玉阑干，惆怅花容一见难。几度唤他他不转，痴心欲掉画图看。’妙在皆孩子语也。”(《随园诗话》卷三）只有孩子才有这种一厢情愿的非非之想。盖情到痴处便再现童心，觉万物与我为一，无不具有灵性。这种心态在清醒人看来，近乎疯狂，确实不可以理喻。但深入研究就会发现，在这痴情之中却自有至理，那就是心理乃至生理之理。痴情所以被认为无理和背理，是离开了生理—心理之理专用现实生活的常理去衡量的结果。确实，这类痴情若用现实生活的眼光去看，无一不是荒谬、荒唐的；但若用生理—心理之理去考察，则无往而不合理。不如此反倒显得荒谬、荒唐了。莱布尼茨这样写道：“要是几何学家也和道德学一样的反对我们的情欲和当前利益，我们对它的抵触和违反也不会少多少，尽管有欧几里德和阿基米德的那些推证，我们也会当它们是些梦呓，并认为它们充满了谬论。① 鲁迅在《诗歌之敌》一文中也指出：“诗歌不能凭仗了哲学和智力来认识，所以感情已经冰结的思想家，即对于诗人往往有谬误的判断和隔膜的揶揄。”如“吹皱一池春水，干卿何事”的态度，便属此类。他们不懂得痴情是真善美的世界，是创造的世界，自有其独立的、崇高的价值，如果以世俗的、实用世界的常理来要求它、匡正它，那就未免太煞风景了。正如汤显祖所愤然指出的那样：“第云理之所必无，安知情之所必有邪?”

以上所讲都是人的各种痴情之态，而痴情的一个总的根源是爱，是深深的爱。不但有对人的爱，还有对物的爱。爱是无限的，没有止境的，爱在那里中止，便在那里消失。

二

需要说明的是，人类还有一种幼子之爱的本性，这又是一种强大的情感力，这种本性也是强烈而执着的。尼采曾说：“动物冒着生命危险护持它的幼子，或在交尾其中，拚死追逐异性，是不思索死亡与危险的，它的理智一样是停止了，因为爱幼子或爱异性之欢情，与这欢情被劫夺之恐惧，纯粹将它统制了，它比平时较痴愚。”②蒲鲁东也这样认为：“在禽兽方面，当幼小动物的孱弱使它们受母亲的爱怜，……人们可以看到这些母亲用一种类似我们那些

① [德]莱布尼茨编著：《人类理智新论》，商务印书馆，1982年版，第63页。

② [德]尼采：《快乐的知识》，商务印书馆，1940年版，第7页。

为祖国牺牲的英雄的勇气，在幼小动物的生命遭到危险时尽力加以保护。”①屠格涅夫的一篇短文《麻雀儿》就提供了这样一个范例。文章记述了一只老麻雀发现自己的幼子即将被狗捕食的一刹那，拚死保护幼子的行为：它面对这庞然怪物，面向“那齿牙发光的张大的口”，“以一种比它的意志更强的力，扑下身来”，终于使狗惊愕而退。作者由此得出结论说：“爱，我想比死的恐怖还要强烈。全靠这个，全靠爱，生命才得以团结和进步。”②鲁迅也看到这种现象：“动物界中除了生子数目太多，一一爱不周到的如鱼类之外，总是挚爱他的幼子，不但绝无利益心情，甚或牺牲了自己，让他将来的生命，去上那发展的长途。”③动物这种行为按尼采说是表示理智停止活动，即没理性的，但这种没理性，不正透露出一种更高、更深、更大的理性吗？为了保护幼子，为了种族的延绵，不惜牺牲自己，这难道不是更高、更深、更大的理性？难道不可以说至情至性就是至理？爱就是理？同样是爱，但人与动物仍有本质的不同。因为人有社会意识，而动物只靠本能。动物不能设身处地、将心比心、推己及物，而人却有同情心，不但能推己及人，且能推己及物。所谓“民吾同胞，物吾与也”。古语：己欲立而立人，己欲达而达人；己之所欲施之于人，己所不欲勿施于人；人饥己饥，人溺己溺；老吾老以及人之老，幼吾幼以及人之幼等等就表示了这一点。总之，是把爱扩大推展，泛化或普遍化，这是决定人之所以为人的关键。泰戈尔说：“人类的最大发现，就是下述这个奇妙真理的发现：人越是能够将心比心，他就越是真正的人。”④不能想象，一个对什么人都不爱的人怎么能算是个人。罗素曾强调说：“高尚的生活是受爱的激励并且由知识导引的生活。”“虽然爱与知识都是必不可少的，但是在某种意义上，爱是更基本的。因为它会引导智慧的人寻求知识，以便找到如何为自己所爱的人造福的办法。”⑤如果说爱就是理的话，那么，有多大多深的爱，便有多大多深的理。小爱是小理，大爱便是大理。这一点，古人早讲过了。王船山说：“以我自爱之心，而为爱人之理，我与人同乎其情也，则亦同乎其道也。人欲之大公，即天理之至矣。”又说：“若犹不协于人情，则必大违于天理。”“天理也，无非人情也。人情通天下而一理者，即天理也。”⑥在船山看

① [法]蒲鲁东：《什么是所有权》，商务印书馆，1963年版，第242页。

② [俄]屠格涅夫：《屠格涅夫散文诗》，北新书局，1934年版。

③ 鲁迅：《我们现在怎样做父亲》，《新青年》卷六，1919年版。

④ [印]泰戈尔：《民族主义》，商务印书馆，1982年版，第42页。

⑤ [英]罗素：《为什么我不是基督教徒》，商务印书馆，2010年版，第52、54页。

⑥ 转引自侯外庐：《船山学案》，岳麓书社，1982年版。

来，恶是违反理性的，伤天必然害理。王阳明称“心即理也，无私即是当理，未当理便是私心。”(《传习录》上卷)凡真理推到最后仍然是也必然是爱，是善。正如程伊川所说的：“天下之理原其所自，未有不善。”泰戈尔更进一步指出：“爱不仅是感情，并且又是真理。”①这是最彻底的说法了。由此可知，离开了爱，便谈不到理。王阳明说：“夫物理不外于吾心，外吾心而求物理无物理矣。遗物理而求吾心，吾心又何物部？心之体性也，性即理也。故有孝亲之心，即有孝亲之理；无孝亲之心，即无孝亲之理；有忠君之心，即有忠君之理，无忠君之心，即无忠君之理，理岂外于吾心邪?”(《传习录》中卷)他所说的心就是情，就是爱。抛开其主观唯心论，专从心理学观点看，这话是不错的。

说远一点，一切伟大的思想，伟大的理论，都来自伟大的情感，伟大的爱。费尔巴哈说得好：“只有爱，只有赞赏，只有崇拜，一句话，只有激情才能使个体变成类。比如我们为一个人的美丽和可爱激动的时候，便会喊道：‘这就是美，就是爱，就是慈善。’”这里所说的类便是概念，便是理性认识。而概念或理性认识是在激情的推动下获得的。就是说，在理或类的后边蕴含着激情。心理学家麦克茂雷(F. M. Mcmurry)说：“许多——也许是大多数——最好的思想，不是在一刹那间就充分发展的，而是起源于一些模糊的感性，衰弱的而必须加以鼓励的直觉。”冯德(Wundt)也证明：“感情乃是知识的先锋；一种新奇的思想之达到于意识最初是以感情的方式出之。……新思想发现以前的暗示，是为些微不安的感情所渲染的。”他们是从思想的形成过程进行论证的。

上述分析表明，有无理性全在能否推己及人。这个推字最关键，是人是兽，全在于此。孟子说：“古之人所以大过人者，无他焉，善推其所为而已矣。”程伊川说：“公即仁之理，不可将公便唤作仁，公而以人体之方为仁。”体便是体贴，体贴即对人有一种痛痒相关之情。这是推己及人的具体化。因此，所谓仁不是空洞的概念，不是苍白的理，而是具体的、活泼泼的情。程明道比喻说：“医言手足麻痹谓之不仁，此言最善名状。”他的弟子谢上蔡进一步阐述说：“活者为仁，死者为不仁。今人身体麻痹，不知痛痒，谓之不仁。桃杏之核，可种而生者谓之仁，言有生之意，推此仁可见矣。”②谭嗣同在《仁学》中也发挥此意：“医家谓麻木疾痹为不仁，不仁则一身如异域，是仁必异域如

① [印]泰戈尔：《塔果尔及其森林哲学》，商务印书馆，1922年版，第189页。

② 王国维译：《心理学概论》，商务印书馆，1935年版，第273页。

一身。”“是故仁不仁之辨，于其通与塞；……通者，如电线四达，无远弗届，异域如一身也。”通与不通的问题就是能否推己及人的问题，为什么有通有不通呢？熊十力认为：“麻木者由于无智，不能于一身以外，体察同类之疾苦也，体察本是智，而足以引发情，令其生动。”①他将智和仁统一起来看，是很有道理的，这是孔门的一贯思想。

心理学告诉我们，推己及人全靠想象。借助想象同情地再现别人的精神状态，尤其是别人的感情状态，就是推己及人。所以“经验之狭隘者，知力及想象之不活泼者，其同情之范围亦隘。由历史之所示，则知同情始于小范围，而渐扩于大范围者也。各小范围(家族、国家等)皆与大范围相关系，其终遂及于一切之生物及自然之全体。”②苏联著名心理学家捷普洛夫也明确指出：“一个缺乏想象的人，将不可避免地幽闭在他个人的狭窄的情感紧促的圈子之内。为了乐他人之乐，忧他人之忧，就必须善于借助于想象，把自己搬入别人的情况之中，而且在思想上设身处地，站在他的地位上。对于人们真正的敏感和共鸣的态度，是以活泼的想象为前提的。”其实，对于想象力的这种作用和功能，雪莱早就说过了：“要做一个至善的人，必须有深刻而周密的想象力，他必须设身于旁人和众人的地位上，必须把同胞的苦乐当作自己的苦乐。想象是实现道德上的善的伟大工具。”重视情感的梁启超也讲过：“情感的性质是本能的，但他的力量能引人到超本能的境界；情感的性质是现在的，但他的力量能引人到超现在的境界。我们想入到生命之奥把我的思想行为和我的生命进合为一，把我的生命和宇宙和众生进合为一，除却通过情感这一个关门，别无他路。所以情感是宇宙间一个大秘密。”他把感情的性质看作是本能是不够全面的，感情是社会性的，本能只是基础。但他能够看到情感的超越力量却是难能可贵的。情感所以有这种超越力量全靠想象。想象是使感情升华的伟大力量，想象激发人情，这是人类重大的自我发现。

最好的艺术作品总是那些表现人性美、人情美的作品。艺术家都是具有丰富的人性美和人情美的人。他们最能爱人，最富有同情心，他们总是以爱的眼光去看，去听，去感受体验，去抒写。许多作家都这样表白过。

鲁迅说：“创作总根于爱。”

闻一多说：“诗人的主要天赋是爱，爱他的祖国，爱他的人民。”

巴金说他写作是出于爱：“爱祖国、爱人民、爱真理、爱正义，为多数人

① 熊十力：《心理学》，商务印书馆，1953年版，第123页。

② [英]菲利普·锡德尼，爱德华·扬格：《为诗辩护》，人民文学出版社，1998年版。

牺牲自己。”

他一再披肝沥胆地表示：“到了我烧成灰烬的时候，我的爱、我的恨也不会在人间消失。”

“我心里有一团火，在熊熊地燃烧；……我觉得满身波涛般奔腾的感情等待着倾吐，我对祖国对人民有多么深的爱!”“我的火是烧不尽的，我的感情是倾吐不完的，我的爱是永不消失的。”①

傅雷也反复强调艺术家“永远要有一颗慈悲的心”要做“一个慈悲的强者”，“要把科学的客观精神和大慈大悲的同情心结合起来”。要“永远保持赤子之心”……永远能够与普天下的赤子之心相接相契相抱”。他说“法文里有句话叫做‘伟大的心’意思就是‘爱’……这个爱决不是庸俗的，婆婆妈妈的感情，而是热烈的、真诚的、洁白的、高尚的、如火如荼的，忘我的爱。”②

王蒙谈他的体会说，写小说“最大的窍门就是对生活的爱。”

A. 托尔斯泰说：“才华嘛，便是爱，谁会爱，谁就有才华。”

罗曼·罗兰说：“世界上还有些东西比国家更重要的，那便是人类的良心。”③人类的良心当然也是爱。

福克纳告诫作家说：“占据他的创作室的只应是心灵深处的亘古至今的真情实感、爱情、荣誉、同情、自豪、怜悯之心和牺牲精神，少了这些永恒的真情实感，任何故事必然是昙花一现，难以久存。”这些话里的核心还是爱。

音乐家丹狄说：“一位艺术家必得为一种光荣的仁爱——那是伟大的——所激动。爱是他生活里的目标；因为整个创造活动的原则是神圣而仁慈的爱。”

舞蹈家邓肯说：“只有艺术家是会爱的人，只有他才能对美形成纯粹的意象，当心灵得以审视不朽的美的时候，爱就是心灵的意象。”④这意思是说，爱是美的源泉，是创造的源泉。

人需要爱更多的是在患难中而不在安乐中。人生的价值不在与人共安乐而在与人共患难。所以艺术家的爱特别表现在对人的痛苦和不幸的同情中。艺术家是敏感的，是对痛苦的敏感，“博大诗人感得全人间世”的苦恼，他“心事浩茫连广宇”，他“一身就是大众的一体”(鲁迅)。他好像吸聚痛苦的天才，

① [法]罗曼·罗兰：《约翰·克利斯朵夫》(四)，人民文学出版社，1997年版，第218页。

② [美]福克纳著，李文俊编选：《福克纳评论集》，中国社会科学出版社，1980年版，第254—255页。

③ [法]罗曼·罗兰：《现代音乐家评传》，群益出版社，1950年版，第123—124页。

④ [美]邓肯：《邓肯自传》，国际文化出版公司，2010年版，第7页。

最容易与人息息相通、心心相印、痛痒相关，最能忧人之忧，急人之急，视别人的苦难即自己的苦难，见人戴上锁链犹如自己也戴上镣铐。卢梭说过："我们之所以爱我的同类，与其说是由于我们感到了他们的快乐，不如说是由于我们感到了他们的痛苦。""我们的心将使我们设身处地地想象自己就是那个受苦的人，而不会把自己想象为那个幸福的人。"①鲁迅说："我时时说些自己的事情，怎样地在'碰壁'，怎样地在做蜗牛，好象全世界的苦恼，萃于一身，在替大众受罪似的。"艾青在《诗论》中也写道："他们最坚决地以自己的命运给万人担戴痛苦，他们的灵魂代替万人受着整个世代所给予的绞刑。"这种同情不仅包括身体，也包括精神道德领域。以精神道德而论，伟大的艺术家的爱，常常达到这种程度：他们能够体察人的一切罪愆，感受无辜人们身上潜在的罪恶，如同王国维盛赞"后主则俨有释迦、基督担荷人类罪愆之意"的那种崇高境界和博大胸怀。这无疑是一种更加深刻、深沉的爱了。

泰戈尔是爱得最彻底的了。他主张"对于一切生物都应得有无限之爱。不管到甚么地方都应当扩充没有界限的爱，行住坐卧都须想着要行这宇宙的善意。爱就是完全的意识……爱本是包围我们一切事象之究极意义。"他差不多要把爱视作宇宙的本体了。在他看来，生命的本质科学的基本内容就是爱的科学，生命的意义就是把个人的爱无限推广。不能否认，生命离不开爱，有如花木离不开泥土。凡是引人向真、向善、向美的，总之把人性导向高贵处的力量便是爱的力量。那般把追求世俗荣利权势作为人生目的的碌碌之辈，乃是把人生最可贵的东西毁弃不顾的白痴，他们的生命，无异是一片荒凉的沙漠，不仅乏味，而且可哀。

三

以上我们从情中之理即生理—心理之理谈到推己及人，最后达到情便是理的结论。情理既是一物，便发生一个问题，即人们常说的情和理的矛盾将怎样解释的问题。我认为，常语所说情理的矛盾，根本上是情和情的矛盾，是这种情与那种情的矛盾，是较低之情与较高之情或较强之情与较弱之情的矛盾。斯宾诺莎证明："一个感情只有通过一个和它相反的、较强的情感才能克制或消灭。"意思是只有情感才能平衡情感。梁启超也断言："只有情感能变易情感，理性绝对不能变易情感。"理性所以不能变易情感，是因为它脱离或背离了情。我们开始就说，无情即无理。逆情必背理。认真说来，这样的理

① ［法］卢梭：《伦理学》，第162页。

性算不得理性。

德国伟大军事理论家克劳塞维茨在《战争论》中论刚强的一段话，更可以证明我们的观点。

显然，所谓刚强不是指感情强烈，即不是指感情激昂，因为这样说就违反语言习惯。刚强是指凡最激动或热情奔放的时候也能够听从智力支配的一种能力。这种能力仅仅是从智力中产生出来的吗？我们表示怀疑。当然，有些人具有突出的智力但不能自制，这个现象并不能证明我们的怀疑是正确的，因为有人会说，这里需要的是一种特殊的智力，不是全面的智力，而可能是更为坚强的智力。但是，我们仍然认为，在感情最冲动的时刻也能使自己服从智力支配的这种力量，即我们所说的自制力，是一种感情的力量，这种说法是比较正确的。这是一种特殊的感情，它能使刚强的人在热情奔放的时候仍能保持镇静而又不损伤热情，通过这种镇静，智力的支配作用就得到了保证。这种感情无非是人的自尊心，是最高尚的自豪感，是内心深处的要求，要求随时随地像一个有判断力和智力的人那样行动。因此，我们说，刚强是指在最激动的时候也能保持镇静的那种感情。

他的分析是深刻的、中肯的。他看到镇静后边仍是一种情感力量。认为镇静是自尊心和自豪感这种更高尚、更深沉的情感克制了冲动之情而达到的一种高度平衡的心理状态。镇静本身就是一种情态而不是理态。

按习惯说法，在艺术创作中也有情理矛盾的问题。这是许多人都谈过的。

黑格尔说：

没有思考和分辨，艺术家就无法驾驭他所要表现的内容。

果戈理说：

我创作肖像，但却是作为深思熟虑的结果，而不是作为想象的结果把它创作出来的。我越是把事物深思熟虑，我的作品就越是写得逼真。

这与鲁迅所说“静观默察，烂熟于心，然后凝神结想，一挥而就”的意思是相通的。

意大利著名演员萨尔维尼的体验也是这样：

当我表演的时候，我过的是双重生活，一方面要哭或者笑，但同时却要分析我的眼泪和笑声，使它们能最有力的作用于我想使之动心的那些人。①

说创作起于回忆，起于痛定思痛也属此类。

苏珊·朗格说：

① [美]詹姆士著，唐钺译：《心理学原理》，商务印书馆，1963年版，第250页。

一个专门创作悲剧的艺术家，他自己却不一定要陷入绝望或激烈的骚动之中。事实上，不管是什么人，只要他处于上述情绪状态之中，就不可能进行创作；只有当他的脑子冷静地思考着引起这样一些情感的原因时才算是处于创作状态中。①

这和鲁迅所说“我以为感情正烈的时候。不宜做诗，否则锋芒太露，能将诗美杀掉”的意思相近。

此外，渥茨华斯说：“诗起于在沉静中回味过来的感情”，A. 托尔斯泰说创作是“在自己的心里唤起曾经一度体验过的感情”，契诃夫说他总是抱着出奇的冷静来写作等，不一而足。所有这些说法，都可用钱锺书先生在《管锥编》提出的“运冷静之心思，写热烈之感情”这样一个命题来概括和代表。意思是“不为情感所奴，由其摆播，而作主以御使之”。视“冷静之心思”是理智，而热烈之情需要用理智来驾驭和引导，这似乎久已成为定论，成为公认的创作原则，我们也承认这条原则，但对这条原则的理解与一般论者不同。

依我们的观点，所谓“冷静之心思”不是理智而是情感，不是理态而是情态。

首先，“冷静之心思”与“热烈之感情”不可能截然分开，对两者的关系必须作动态的考察，而不能作静态的理解。这就是说，冷和热是不断变化和转化的，不是热者恒热，一热到底；冷者恒冷，一冷到底。实际情况是，“冷静之心思”与“热烈之感情”总是在不断地、不停地交流、对流、合流而成为一股“意识流”冷乎，热乎，终于难解难分，混茫一片，莫可端倪了。物之理如此，心之理亦然。用“抽刀断水水更流”，“剪不断，理还乱”来形容，庶几近之。

这样认识，是有心理学的根据的。心理学家证明：“一个人为一个过去或将来的东西的意象所引起的快乐或痛苦的情绪，与为一个现在的东西的意象所引起的情绪是一样的。”詹姆士也认为：“在情绪方面与在本能方面一样，只要记起或想象这个东西，就能够引起激动。一个人想起他的被侮辱，比他正在受侮辱那一刻还要生气。”这是心理学家所公认的心理现象。据此可知，情感一旦被“冷静之心思”所钩致，则“冷静之心思”势必“引火烧身”，“玩火自焚”因而不可能存在了。所以与其说“运冷静之心思，写热烈之感情”是理智御使感情不如说是感情御使感情，感情生发感情。

从两者的关系看如此，就“冷静之心思”本身看，我们也认为“冷静之心思”并非是一种理态，而是一种情态，更准确地说，是一种静态之情。也就是

① 郭有、周昌忠编译：《创造心理学》，正中书局，1989年版。

情的升华、深化、净化或积淀。心理学告诉我们，静态是一种潜能运动，诸如静坐、瑜伽、禅等都是非常深厚的感情活动。这是可以从感情的生理基础上得到证明的。大家知道，感情活动必伴以生理反应和效应。从神经生理学角度看，“在自律神经之中，平时掌握内脏活动的是副交感神经，它控制着新陈代谢过程中的消化系统、循环系统、呼吸系统和内分泌等方面的机能。这时的感情状态是平静的、被动的，是潜藏在体内深处的，这是一种与整个身心牢牢地在一起的感情，是难以为意志所左右的。”① 由此看来，“冷静之心思”实是感情的潜在状态和形态。莱蒙托夫在《当代英雄》中的一段关于情感的议论也可以为我们的观点作注。

热情并不是别的，只是思想的初次发展：它只是内心的青春的属性，那以为一生都会被这种热情扰动的人简直是一个傻瓜。许多恬静的河流在发源的地方都是以激喧的瀑布来开始的，然而却没有一条河流会奔腾而溅沫地一直流入海洋。但是那种静谧往往是伟大的，虽然是潜藏起来的力量的标帜，情感和思想的完满与深沉是不容易激狂地迸发的。

这是从直感和自身体验得到的认识。

所以，“道是无情却有情”就是我们的结论。不过这个道要理解为道理之道。

“冷静之心思”的内涵还不止此，如果我们再进一步分析还会发现，静态在人的心理生活中常是真实、善良、美好情操和情感的体现。如安静、平静、冷静、文静、雅静、幽静、恬静、清静、沉静、宁静、镇静、肃静、虚静等都表示一种崇高的精神境界。这种“静”界，最有利于创造活动，实际是一种创造心理状态。中国古代文论非常重视这种“静”界和心态的创造功能，陆机的《文赋》中有“伫中区以玄览”。“收视反听，耽思傍讯”这样的话，都表示一种虚静或冷静状态。所谓“伫中区以玄览”就是伫立于天地之中而起幽玄之观览，意思是创作前必须净化思想感情以达虚静或冷静之境，这样就可不受外物和各种杂念的干扰，统观全局，烛照万物，思虑清明，心神专一；“收视反听”就是把外向的耳目转为内向，即净化内心，听自己的心声，观自己的心象。“耽思傍讯”也是静思而求之意。刘勰在《文心雕龙》中也说“陶钧文思，贵在虚静”，又说，“寂然凝虑，思接千载。悄焉动容，视通万里”。意思是在虚静中才能沉吟低回，万象冥会，在“寂然凝虑”中，才能“思接千载”，“视通万里”，产生种种意象和幻象。总之，他们的意思都是说，心清意静就能发挥潜

① [美]乌特洼著，潘梓年译：《动的心理学》，商务印书馆，1923年版，第98页。

在的能量和力量，就可感觉到在一般情况下感觉不到的东西，这也正是佛祖释迦牟尼所说“应生清净心”，“信心清净，则生实相”之意，意思是心静就能产生真实的东西。

再进一步分析，就可知道，静的实质是脱俗，即不用世俗眼光看世界，使自己进入一个纯粹客观的价值系统。这样才能真切地感觉和知觉世界。此即王国维所说“必吾人之胸中洞然无物，而后其观物也深，而其体物也切”。他所说的物即世俗的物欲，包括个人的荣辱得失，名位利禄。一个人只有从各种物欲的束缚和奴役中摆脱、解放出来，才能使心灵获得自由，恢复本我，进入客观的知觉世界。这便是创造性的心态和意境。有了这种心态和意境，便不再为物欲所蔽，不致于“一叶障目，不见泰山”，便能看到物象的本来面目和本有的属性与价值，发现真善美的所在。爱因斯坦深刻指出：“把人们引向艺术和科学的最强烈的动机之一，是要逃避日常生活中令人厌恶的粗俗和使人绝望的沉闷，是要摆脱人们自己反复无常的欲望的桎梏。一个修养有素的人总是渴望逃避个人生活而进入客观知觉和思维的世界。”这些话最好不过地说明了虚静的含义。叔本华说天才即纯粹的客观性也是指此而言。

这种境界就是王国维所标举的“无我之境”，依我们的观点，“无我之境”的根底是爱。是无限的爱，不但爱人而且爱物。王氏曾说诗人的抒情不应仅仅限于“自道身世之戚”——如若这样，那便是纯粹的主观性了——而应扩展到全社会、全人类领域，从而获得最大的客观性。爱到极致便泯灭了我与非我的界限，把一己融入大我之中。所以他盛赞后主晚期的词“俨有释迦、基督担荷人类罪愆之意”就不是偶然的了。

全的或纯粹的客观性或“无我之境”不仅表现在我与社会人类的关系中，也表现在我与自然的关系中。不但表现爱人中而且表现爱物中。为爱人而人我不分，因为爱物而物我一体，由爱人到爱物这是爱的深化和泛化。从我与物或我与自然的关系上看，静态的境界又很近似中国古代哲人的“仁者乐山，智者乐水”的那种境界(在孔子看来，仁智本是一体，故智者亦仁者，仁者亦智者)，这是仁者的境界或心态。这无疑是成功地摆脱了主观的功利性而纯粹客观地观照自然的态度。因为只有这样才能领略山水之美，才能热爱山水，从而直观地沉浸在山水之中。这样，山水在仁者的心目中就成为一种情感的直观。对仁者来说，山和水都是一种情感，一种心态。山水由物理的存在乃转化为心理的事实。拜伦诗：

我不是在自己(的小我)中生活，
我已成为周围事物的部分，

对于我，一切高山〔也〕是一个感情。

我和山浑然一体，沆瀣一气。这不正是对“仁者乐山”的具体写照吗？

写到这里，“冷静之心思”之属于情态的问题可以告一段落了。下面还需要就“运冷静之心思”中的运的问题上略作分析。

我认为，“运”是情感力量，没有情感便不能运思。马克思说：“激情、热情是人强烈追求自己对象的本质力量”。列宁也断言：“没有‘人的感情’，就从来没有也不可能有对真理的追求。”梁启超对情感的力量也有过深入、具体的说明：“天下最神圣的莫过于情感，用理解来引导人顶多能叫人知道那件事应该做，那件事怎样做法，却是被引导的人到底去做不做，没有什么关系。有时所知的越多，所做的倒越发少。用情感来激发人，好象磁力吸铁一般，有多大分量的磁，便引多大分量的铁，丝毫容不得躲闪，所以情感这样东西可以说是一种催眠术，是人类一切动作的原动力。”(《中国韵文里头所表现的情感》)美国心理学家乌特洼曾比喻说：“外界动机可使马嘴近水，但真正的饮水不会发生，除非是发于真渴。”①意思是说动作发于欲望，而欲望总是伴随着感情，洛克指出：“几乎没有一种情感不与欲望相结合。”②由此可知，情感是一种行动力量。没有情感，便没有行动，没有追求。所以“运冷静之心思”之“运”便是情感力量，没有情感，“冷静之心思”将无由“运”起。皮亚杰指出：“情感构成行为模式的动力状态。没有一个行为模式(即使是理智的)不含有情感因素作为动机。”③皮亚杰又说：“情操中无疑地蕴含着冲突或危机以及再平衡的要求。”④情操中既然包含着冲突就意味着处于非平衡状态，而非平衡状态是不可忍受的，所以有平衡和再平衡的要求，准是以观，“冷静之心思”正是情感的平衡状态或再平衡要求的表现。这样我们就可以说，平衡来自不平衡，静态来自动态；理来自情，冷来自热。“运冷静之心思”乃是因热而冷、因动而静，因不平衡而平衡的心理过程。

所以，“运冷静之心思”不但出自情，也是为了情。情既是出发点，也是归宿点。“运冷静之心思，写热烈之感情”实是以情体情，以情生情，以情动情，以情写情。情贯穿创作的全过程。所谓冷静热烈，无非是情的起伏、升沉、强弱、高低的变化和转化。情既是起点，也是终点。这样便构成一个圆

---

① [英]瑞恰慈：《科学与诗》，商务印书馆，1937年版，第48页。

② [美]威廉·詹姆斯：《宗教经验之种种》，广西师范大学出版社，2008年英文版，第73—74页。

③ [法]罗曼·罗兰：《罗曼·罗兰传》，湖南人民出版社，1984年版，第130—131页。

④ [瑞士]皮亚杰：《儿童心理学》，商务印书馆，1980年版，第118—119页。

形图式。钱锺书先生在《谈艺录》中引普罗提诺的话说："心灵之运行，非直线而为圆形"，又谓"真学问、大艺术皆可以圆形象之"。"运冷静之心思，写热烈之感情"也可以圆形象之。

四

情和理的关系既如上述，我们就应该承认，人类一切行为的根源是情感而非理性。理性不可能导致行动，情感才是行动的动力。但由于情感的模糊性和潜在性，人们对它的存在往往习焉不察，它的力量和作用常常不被意识和认识，以致使人"忘本"，"得鱼忘筌"，"过河拆桥"，总以为引导自己行动的力量是理智而不是情感。正像瑞恰兹所指出的那样："人在有了自觉与反省之后，便以为他的感情，他的态度，与他的行为都发源于他的智识。他以为最好是尽力地在这方面安排自己，以智识为基础而把情感、态度和行为建置在上面。但是，"以实际而论，他是从不会这样组织自己的，……不过他总相信他是按照这种计划构成了自己，并且想在这些路线上有进一步的建造。他搜求智识，以为智识会直接引人走入一个正确的生活方面，以为他若知道世界是象什么东西，这种智识本身就会指示他对于世界怎样感觉，指示他采用什么态度，并且抱着什么目标生活下去。他常常叫他在这种搜求中所发现的东西是智识，他不知道这种智识很难是纯粹的，他不知道他的情感、态度和行为已被他的生理和社会的需要所左右了，并且这些东西本身大半就是他自己以为应当知道的一切东西(即智识——引者)底本原。"

詹姆士进一步论证说，人生用理性所能解释的那部分是比较浮浅的、表面的。虽然"这个部分是具有威望的部分。因为它会饶舌，它要求你提出证据，并进行诡辩，用言词强使你屈服。但是，假如你的不能言语的直觉反对它的结论，它仍是不能说服你，或使你皈依。……直觉是由你的本性中比理性主义所占据的那个饶舌的阶层更深些的阶层中而来的。你的整个潜意识生活，你的冲动，你的信念，你的需要，你的预想，已经准备好了前提，现在，你的意识从中感到了结论的力量；并且，你内心有个东西，绝对知道那个结论一定比任何反对它的逻辑诡辩的理性的空谈(不论多么巧妙)更真实。

"事实是，在形而上学和宗教领域内，只在我们的说不出的对实在的感情已经倾向于这一结论之时，说得出的理由才会使我们信服(即感情倾向决定是否相信某种理论——引者)。这时，我们的直觉与理性合作，就会产生伟大的统辖全世界的体系，……我们的出于冲动的信仰永远是建立最初一批真理的〔力量〕而我们用言语说出的哲学不过是将它翻成炫耀的公式而已。这个无理性的、直接的保证是我们〔内心〕深刻部分，而理性的论证不过是〔内心〕表面的展示。本能领导，智力只是跟随。”

这些论证是值得重视的，他们肯定了情感的力量是最深刻、最顽强的力量，是人类行为的最强大最持久的内驱力，承认这个事实，丝毫无损于人类的尊严。罗素说得好：“我认为一切有关这个世界上高尚生活的描述，都应当以动物的活力与本能为某种基础；没有这个基础，生活就变得单调平淡，索然无味。文明应当是在上面增加一些内容，而不应该取代它；禁欲主义的圣徒和超然独处的贤哲在这方面算不上完整的人。有少数几个这种人物会使社会丰富多彩，但是，完全由这种人组成的世界就会在单调乏味中死亡。”[①]他的话确有至理，决非危言耸听，我认为承认这个事实，对艺术创作尤其重要。这里我们只引述奥地利作家茨威格论罗曼·罗兰的一段话就能说明问题了。

在罗兰看来，作为生活的创作，是一种神秘的力量，它远远超出人的意志和认识范围。在每一个人的灵魂中，除了自己有意识的灵魂外，还存在着另一个客人：

“存在着一个隐秘的灵魂，盲目的力量，每一个人都秘密带在身上的一些魔鬼。自有人类以来，我们的一切努力都是要筑起一道理性和宗教的堤坝。来防御这个内部的海洋。一旦暴风雨来临（灵魂越健全，遭受的暴风雨越多）堤坝溃决，魔鬼们便获得了自由。”“灵魂深处汹涌的波涛，不是根据意志而是违反意志，从不自觉的、超意志的世界中席卷而来，无论是理性还是清醒的思想，都不能征服这种灵魂和魔鬼的两面性。”它是从血肉深处，常常是从父祖辈那里，跑到创作者身上去的。这些力量不是通过门窗，而是象一个幽灵通过他生活的大气，渗透到彻夜不眠的人身上（艺术家突然思想陶醉，听从于与己无关的意志，“被世界和生活的不可解之谜”……所征服）。上帝犹如雷电降临到他的头上，地狱犹如深渊开裂在他的眼前，而他却失去了理性，纵身投入崖底。罗兰认为，“没有一个真正的艺术家掌握了艺术，而是艺术掌握了艺术家。”

这段话把情感作为一种神秘的、盲目的力量在创作中的作用作了形象的描绘。最后所说不是艺术家掌握艺术，而是艺术掌握艺术家，意思就是情感掌握艺术家而不是艺术家掌握情感，更是片言居要、深得艺术三昧之言。

---

① ［英］罗素：《为什么我不是基督教徒》，商务印书馆，2010年版，第52页、第54页。

五

过去，由于极“左”思潮作怪，我们是重理轻情的。那时，人性、人情几乎成为禁区，成为被“管制”、“专政”、“改造”直至消灭的对象，几乎无时无地不在某种理性的严密监视和控制之下，流弊所至，竟出现了这样的情况：人越是没有人情就越被认为有觉悟；而越有觉悟就越要没有人情。实际上，那是在培植、鼓励、制造矫情，迫使人做违心、昧心的伪君子。其实，这并不是服从理性而是违反理性。像鲁迅当年所驳过的要求人们吃西瓜也要讲政治目的，“也该想到我们土地的被割碎，像这西瓜一样”，因而“连一个西瓜也不肯主张平平常常地吃下去”的违反常情的事是太多了。这里，哪有一丝一毫的理性？要知道，感情是有机物，其消长生灭全出于自然，不是意志或命令所能制造或者消灭的，甚至也不是自己的意志所能控制和命令的，既不能命令其有，也不能命令其无；不能召之即来，挥之即去，不能决定爱什么，不爱什么。而越是企图这样做，就越是适得其反。杜威曾说：“我们所恃以直接理解新事物的，是我们的习惯。硬要把习惯的反应，化成有意识的观念，反而阻碍了它们的作用。当然旧经验中有若干因素是必须转化而为有意的认识，像植物的生长，有时是必须靠移植一样。但常常挖掘经验，也和常常挖掘树苗一样，是生长的危害。我们容易忽略观念自己的推动力。观念一经引起，学生自会增进新观念，和树苗的发生新芽一样。”这段话里的习惯一词很重要，从生理学观点看，习惯是完整的自动化反应系统，巴甫洛夫称之为动力定型，这是感情的生理基础。所以习惯与感情密切相关。这表明感情是自动的，是情不自禁的。杜威所说“我们所恃以直接理解新事物的，是我们的习惯”。这意思是说感情倾向，在理解新事物、形成新观念中具有决定性作用。也就是说，新事物、新观念不能违背感情倾向或“人心所向”，并且，这种新事物、新观念不能凭主观意志和意识去让人生硬地、勉强地接受。那样做等于“揠苗助长”，违背自然，也就违反了理性。

应该承认，那套极“左”的东西对我们的艺术创作的影响是至深且巨的，我们过去的许多作品并非创作而成而是制作或造作而成。作家笔下的人物多是依据一定的概念“精心设计”、精心制作出来的、没有生命的傀儡或“行尸走肉”。陆游说“文章本天成，妙手偶得之”，天成即自然生成，自由长成。这实际是说，在创作中，作家应听任感情自行活动，自由发展。不是作家支配感情，而是感情支配作家，必须懂得，使艺术家走入歧途的不是感情，而是错误的认识，是脱离或违背感情的那种“理”。在艺术创作中，如果头脑用得太多，感情用得太少，这本身就不是遵从理性而是违反理性。

而且，我们过去所讲的许多理，并不都是从实际生活中抽象出来的科家概括，而是凭主观臆断而来的一些固定的思维模式。其中最基本的怕是所谓阶级分析了。阶级分析当然是真理，马克思主义的灵魂就是对具体问题做具体分析。所以，阶级分析作为一种科学的认识论和方法论其关键是阶级分析，而我们过去所讲的阶级分析却是简单的、机械的阶级分类，根本谈不到分析，而分析又只是依据一些并不科学的、脱离具体情况的几条标准，用一刀切的办法把人“切”成几大类。这就算尽了阶级分析之能事，而人的地位、人的本质、人的价值乃至人的命运也就这样被“切定”或“钦定”了。“四人帮”把这套模式更推到极端，把它当成一把刀子，随意乱“切”，人们只有等待挨“切”的分儿，如果不幸被“切”在人民之外，那就永世不得翻身了，即使侥幸被“切”在人民内部，却处在“切线”附近的“边缘地带”，也会有岌岌可危之感，因而过着“人命危浅，朝不虑夕”的日子。古人云“人为刀俎，我为鱼肉”其此之谓乎？

试问这样的“理”中有什么理性呢？凡真理，都不能蔑视和违背事实，也不能蔑视和违背人之常情和人类的良知。只有非理性和反理性的东西才会这样。《庄子·田子方》中讲过一个故事：温伯雪子到齐国去，途中住在鲁国，鲁人请求会见他，他拒绝了，理由是：“吾闻中国(指鲁国——引者)之君子，明乎礼义而陋于知人心，吾不欲见也。”这故事是耐人深思的。人心指人情。如果礼义违背人情，那必然是虚伪的道德说教，就如鲁迅所尖锐指示的：“提倡虚伪道德，蔑视了真的人情”。

过去，在极“左”思潮的影响下，特别是在“四人帮”时期，就是用这种亣非理性的理性来规范人、塑造人、改造人的，要求人们的视听言动全以这种理性为标准，务求非理勿视、非理勿听、非理勿言、非理勿功。理是至上的，而人则算不了什么。很有点“存天理，灭人欲”的味道，这样，人就沦为理的工具了。

我以为现在已是对这种理进行清理的时候了。

谈爱情的生灭与消长

——从鲁迅小说《伤逝》得到的教训

关于鲁迅的短篇小说《伤逝》的社会历史内涵，人们已经说得很多了，但我们认为《伤逝》的意义还不止此，除了有丰富的社会历史内涵以外，还有深刻的心理内涵。《伤逝》写的是恋爱悲剧，客观上还寓有恋爱本身的教训，应该说涓生和子君的恋爱结局是悲惨的，是违背了“愿天下有情人皆成眷属”的人之常情的“窠臼”的，因而也是令人寒心的，但也正因为如此，这才发人深省，催人自新。的确，读了这凄婉的哀歌，有思考能力的读者，有谁能不长久地思索，回味其中深永的涵蕴而思所以自新自救之路呢？这就是我们所说的恋爱本身的教训给人的启发和教益，而这，是需要从心理学的角度给予分析、说明的。

这个悲剧，客观原因是社会的压力和生活的艰难，这加速了悲剧的结局，是造成悲剧的外因，但外因必须通过内因才能起作用，所以更重要的是作为内因的主观原因，即涓生和子君这两位主人公的世界观和思想性格的阶级局限性，才是造成悲剧的决定性因素。

先说子君，从表面看，似乎是子君结婚前后的变化，导致了悲剧的结局。其实，子君的思想本质前后并无二致。她的变化，不过是这种本质的两种表现或两个方面。自然，她的前后表现显得是矛盾的，然而却是内在地统一的。统一在一个共同的思想基础上。子君的一句关键性语言是：“我是我自己的，他们谁也没有干涉我的权利。”这是五四时代反封建、反礼教的响哨哨的战斗性语言，标志着青年一代民主主义的革命觉醒，自有其不可否认的历史意义。但究其实，这里面并没有什么崇高伟大的东西，其思想境界不超出个人主义范畴，从这样一个子君到那样一个子君，中间并没有一个不可逾越的鸿沟，毋宁说，从前者变到后者，倒是合乎规律的必然现象，也是自发的发展过程。

具体地说，子君先前无畏的反抗精神和后来的胆小怕事，表面上截然不同，实际上则是一脉相承或相通，两者的出发点是一个。在争取恋爱自由、婚姻自主、建立个人幸福的小家庭的过程中，她是勇敢无畏的；等到结了婚，建立了幸福小家庭，实现了她的“理想”之后，便是保持和维护她的既得“权益”了。她现在所担心的是失掉那好不容易得来的幸福。她这时需要的是保持而不是争取，是和平而不是斗争，是宁静而不是激情。如果在争取恋爱自由时，她所表现的“我是我自己的”那种基于个人主义思想的斗争精神可以比作“一小杯暴风雨”的话，那么，在她的斗争目的已达之后，这“一小杯暴风雨”便一变而为一小杯平静的死水了。她的目的是恢复和保持这杯水的平静，即使风乍起，泛起一阵涟漪，也会使她惊惶不安。“一点极微末的小事情，便会受着很深的影响”，“真不料这样微细的小事情，竟会给坚决无畏的子君以这么显著的变化，她近来实在变得很怯弱了。”这是她这时心理状态的真实写照。这种“患得患失”，正是小资产阶级个人主义思想的典型表现。

但在涓生看来，子君的确变了，她前后简直判若两人。其实子君还是子君，只怪涓生没真正认识子君。在和子君相爱伊始，他们只限于“谈家庭专制，谈打破旧习惯，谈男女平等，谈易卜生，谈泰戈尔，谈雪莱……”总之，是一味地谈，谈。他们的关系还局限在形而上学的境界里，他们彼此在灵魂和肉体上还保持着相当的距离。这样，涓生对子君的认识，就不能不是“雾里看花，终隔一层”。然而雾中之花，正因为看得不甚分明，便不免有几分想象的创造，在依稀隐约中，反而更显得风姿绰约，别有韵致。唐人诗云：“远山始为容”，宋人陈简斋海棠诗“隔帘花叶有辉光”①也是此意。恋爱时，因为保持着一定的距离，彼此就不免以想象来代替现实，也就是各自按照自己的主观愿望和美学理想，用浪漫主义的想象来美化和塑造对方。可不是吗，在他们相爱之初，子君在涓生的心灵里，简直是圣洁的天使和女神，是一首美丽的抒情诗。那“皮鞋的高底尖触着砖路的清响”，“那带着笑窝的苍白的圆脸”，“那苍白的瘦的臂膊”，那“布的有条纹的衫子，玄色的裙”……还有听他谈话时所流露的动人的表情，以及观看雪莱像时那略带羞涩的神态，在涓生的心目里、想象中，这是多么安闲超脱、高雅迷人的灵魂！

可是同居以后，情形完全不同了。涓生对子君得以保持美感的距离消失了。现实主义代替了浪漫主义，形而下的关系代替了形而上的关系，这时他才“渐渐清醒地读遍了她的身体，她的灵魂，还不过三星期，我于她已经更加了解，揭去许多先前以为了解而现在看来却是隔膜，即所谓真的隔脱了。”对这种现象谢切诺夫曾有过分析，他认为在恋爱过程中，“他的热情激发得更为活跃而鲜明，因为模糊不定的性的企求现在已让位于鲜明而颤栗的爱情感觉，

① 转引自高步瀛选注：《唐宋诗举要》，上海古籍出版社，1978年版，第637页。

而他所爱的那个女人则成了绝世佳人，经过数月，一年，多则两年，热情通常也就消失，甚至于在那些幸福的情况下，即从男女两方面说当事实合于理想时，这种热情也会消失，这是什么原故呢？这基于一条规律，按照这条规律，热情的鲜明性唯有因热情的形象的变易才能深持。一年，两年，在彼此很接近的生活中，由彼此双方而来的全部可能的变易很早就穷尽了，热情的鲜明性因而也就消失。”①可以说“一个人一经体验过完美之爱所有这些自然阶段”之后，“就未必能够热爱了”。②涓生的体验正是这样，他开始失望了，原来在形而上的世界里了解的子君，竟不过是他想象中的精神实体或艺术创造，而并不是现实生活中的真实存在，即不过是“水中月”、“镜中花”而已。

子君，这个对于内心生活本来并没有深刻要求的女性——这一点，从她倾听涓生谈论“易卜生……雪莱……”时，仅报以“微笑点头”而未置一辞的反应中便已略见端倪——这时便完全沉醉在琐碎的家务以及和“官太太”的暗斗中，不能也不愿自拔。对于，喂阿随饲油鸡之类的鸡零狗碎更是倾注全力，乐此不疲，而且“竟胖起来，脸色也红活了。”至于读书、学习等精神活动则早已置之度外，虑不及此了。显然，这完全是一种小市民的自我满足。子君的这种表现完全是情理中的事，不如此，倒是奇怪的，不可理解的了。如果涓生也是这样，即使生计艰难，他们也会相濡以沫，有苦共尝地维持和支撑他们的小家庭而不会离异吧！（当然那可能是另一种意义下的悲剧）但涓生却不能以此为满足，他还有内心的需要，还有形而上学的要求，他对人生还有所追求，有所憧憬，有所执着，他认识到“爱情必须时时更新、生长、创造”。这样，随着他们生活上的距离的消失，思想上的距离却扩大了。他们没有了共同语言，没有了思想上的交流。西谚有云：“分享的快乐是双倍的快乐，分担的痛苦是一半的痛苦。”涓生为子君的不能分享他的读书之乐而深感苦恼，子君也为涓生不能分担她的饲油鸡、喂阿随的苦痛而怅惘莫名。事已至此，夫复何言？那惨淡的结局岂非势所必至？即使没有外界的压力和生活的挫折，也不会有美满的收场吧！我们这样说，并非要把这个悲剧的责任完全归之于子君，实际上，这两位主人公的形象是对立统一，互相反映，你中有我，我中有你的。正如黑格尔所说：“爱情的内容只有恋爱着的自我由另一个人（恋爱对象）的自我反映出来，恋爱者从这反映中又感到自己的自我”③，所以子君的变化和形象在很大程度上正反映着涓生的变化和形象，分析子君正所以分

①② ［俄］谢切诺夫：《谢切诺夫选集》，人民卫生出版社，1957年版，第214页。

③ ［德］黑格尔：《美学》卷二，商务印书馆，1981年版，第332页。

析涓生。从涓生的角度看，悲剧的造成似乎咎于子君；但从子君的角度看，悲剧的责任完全是在涓生。我们认为，涓生和子君作为矛盾的双方，涓生是矛盾的主要方面，因为涓生是主动的，子君是受动的，因此涓生应负主要责任。涓生对子君的态度的前后变化，比起子君之于他来，可谓有过之而无不及。在恋爱阶段，涓生对子君是崇敬的，是“仰视”的，这突出表现在向子君求爱的一幕：“那时以前的十几天，曾经很仔细地研究过表示的态度，排列过措词的先后，以及倘或遭了拒绝以后的情形。可是临时都无用，在慌张中，身不由己地竟用了电影上见过的方法了”，那就是“含泪握着她的手，一条腿跪了下去……”面对他的天使和女神，他怎能不下跪，怎能不毕恭毕敬，诚惶诚恐地将他的“纯真的热烈的爱表示给她”呢？但，曾几何时，同居以后，他的天使从云端降到实地，在“读遍了她的身体、她的灵魂”以后，涓生的态度却陡然一变，他不再自愧弗如地仰视她，崇敬她，而是居高临下地俯视她，卑视她。远在天边之际，她是天使和女神；近在眼前之时，却是面目可憎、语言无味的平庸女人。事实常是如此：“男女相爱，初期交往容易感情冲动，单凭印象，只看见对方的优点，看不出缺点，甚至夸大优点，美化缺点，许多男女青年婚前极好，而婚后逐渐相左，甚至反目，往往是这个原因。”①“情人的眼光一结婚就会变得你自己都不相信。”②如果把子君看成天使和女神是有点“境由心造”的话，把她看成俗不可耐的女人是不是也有点心理作用在作怪？鲁迅曾引叔本华的话说：“要估定人的伟大则精神上的大和体格上的大那法则完全相反，后者距离愈远即愈小，前者却见得愈大。”(《战士和苍蝇》)涓生对子君正是如此。这表明在一定限度内人的感情愈是远离对象就愈容易激发。对这种常见的心理现象，我们的古人早就意识到了。《庄子·徐无鬼》说：“子不闻夫越之流人乎，去国数日，见其所知而喜；去国旬月，见所尝见于国中者喜；及期年也，见似人者而喜矣；不亦去人滋久，思人滋深乎？”曹丕称这种现象是“贵远贱近，向声背实。”(《典论·论文》)刘勰曾感叹地说：“夫古来知音，多贱同而思古，所谓‘日进前而不御，遥闻声而相思’也。”为什么会有这种现象呢？他们没有说，其实这是想象的作用，当人与客观对象在空间和时间上有了距离，想象便发挥创造性了，它总是依照主观愿望和美的法则，来创造对象。车尔尼雪夫斯基曾指出：“所谓想象就是一种把现实的事物转变

① 傅雷：《傅雷家书》，生活·读书·新知三联书店，1981年版，第224页。

② 傅雷：《傅雷家书》，生活·读书·新知三联书店，1981年版，第123页。

为美的对象的力量。”①但想象的对象与实际的对象永远是有差距或矛盾的，有时差距还很大，叶公好龙的故事就是很好的例证，叶公没见过真龙，可好龙成迷，但当真龙出现，却惊惶而走，这实因叶公想象之龙与实际之龙差距太大，想象之龙绝不会像实际之龙这般丑陋可怕。据此断言叶公好龙是假未免冤枉。司马迁讲到张良的相貌时说：“余以为其人计魁梧奇伟，至见其图状貌如妇人女子。”(《史记·留侯世家》)大出所料，有点失望，也是想象与实际的矛盾。费尔巴哈深刻地指出：“一般说来，人如果实实在在远离了他的家乡，那他就会常常勾起思家之念，身在远方，人只看到自己家乡的光亮面，而身在近处，人就只看到它的阴暗面了。”②女子郭六芳有诗云：

侬家家住两湖东，
十二珠帘夕照红；
今日忽从江上望，
始知家在画图中。

反映的是同样的道理和心理。契诃夫的小说《跳来跳去的女人》就给人这样的启示。小说里的女主人公在丈夫死后，从朋友们的惋惜和赞扬中，才得知她的丈夫原来竟是一个具有非凡思想品质的伟大人物，她深悔自己和他共同生活时却毫无所感，甚至还错误地把他作为满身缺点、一无是处的人来对待，于是她陷入无穷的悔恨中。这故事固然反映了女主人公的愚昧平庸，有眼不识泰山，但她“不识庐山真面目”，未尝不是“只缘身在此山中”。他们的关系太密切了，以致感觉迟钝，对丈夫的光辉品质反而习焉不察，如入芝兰之室，久而不闻其香了。法国心理学家李博(1839—1916)写道：“至于爱情，大家都知道它的作用在于要创造一个想象的意中人，来代替那个真实的爱情对象；而当激情消失之后，幻想破灭的情人就发现自己面对着赤裸裸的现实。”③别林斯基深刻指出：

爱情越是泼辣、热烈，越是接近诗人所歌唱的爱的典范就越是寿命短促，越是会迅速地冷却，变成漠不关心，有时甚至变成厌恶。反之，爱情越是安谧而平静，也就是说，越是散文式的，它就越能维持得长久；习惯凝固了它，使它能在整整一生中历久弥坚。……莎士比亚在悲剧结尾使罗密欧和朱丽叶

① [俄]车尔尼雪夫斯基：《车尔尼雪夫斯基论文学》中卷，上海译文出版社，1982年版，第43—44页。

② [德]费尔巴哈：《费尔巴哈哲学著作选集》上卷，商务印书馆，1984年版，第283页。

③ 《外国理论家、作家论形象思维》，中国社会科学出版社，1979年版，第118页。

死掉，不是没有原因的；这样一来，他们作为爱情的英雄，爱情的礼赞，将永远存留在读者的记忆之中；如果让他们活着，他们就会扮演一对快乐夫妇的角色，坐在一起，打呵欠，有时甚至发生龃龉，根本毫无诗意可言。①

安徒生也深有体会地说："只有在想象中，爱情才能永世不灭，才能永远环绕着灿烂夺目的诗的光轮，看来，我幻想中的爱情比现实中所体验的要美得多。"②恋爱产生热度，而热度会使想象力增高，所以诗人说想象是主管恋爱的女神，主管青春的女神。而这种想象的爱情是必须在时间或空间的距离中才会发生。马克思在致燕妮的一封信中对这种爱情心理曾做过精深的描述："深挚的热情由于它的对象的亲近会表现为日常的习惯，而在别离的魔术般的影响下会壮大起来并重新具有它固有的力量，我的爱情就是如此，只要我们一为空间所分隔，我就立即明白，时间之于我的爱情正如阳光雨露之于植物，——使其滋长。我对你的爱情，只要你远离我身边，就会显示出它的本来面目，像巨人一样的面目。"③罗曼·罗兰说："一朝别离，爱人的魔力更加强了，我们的心只记着爱人身上最可宝贵的部分。"④张华诗："不曾远别离，安知慕俦侣"，讲的也是这种体验。如果不能在时间、空间中离开，那就要在心理上保持一定距离。古语："君子之交淡如水，小人之交甘如醴，君子淡以亲，小人甘以绝。"(《庄子·山木》)淡如水就是心理上的距离，有了这种距离，友情才能历久不衰。友情如此，爱情尤然。傅雷深明此理，他曾告诫傅聪说："爱情是一朵美丽的火花，美则美矣，无奈不能持久。希望热情永久持续简直是愚妄；不考虑性情，品德，品格，思想等等，而单单执着于当年一段美妙的梦境，希望这梦境将来会成为现实，那么我警告你，你可能遇到悲剧的！世界上很少如火如荼的情人能成为美满的、白头偕老的夫妇的；传奇式的故事，如但丁之于裴阿脱里克斯，所以成为可哭可泣的千古艳事，就因为他们没有结合；但丁只见过几面(似乎只有一面)裴阿脱里克斯。歌德的太太克里斯丁纳是个极庸俗的女子，但歌德的艺术成就，是靠了和平宁静的夫妇生活促成的。"⑤又说："未经一世事的少女往往会存一个荒诞的梦想，以为恋爱时期的感情的高潮也能在婚后维持下去，这是违反自然规律的梦想。古语说：'君子之交淡如水'，又有一句话说：'夫妇相敬如宾'。可见只有平静、含蓄、

① [俄]别林斯基：《别林斯基选集》卷二，时代出版社，1953年版，第476—477页。

② 转引自[苏联]巴乌斯托夫斯基：《金蔷薇》，上海译文出版社，1980年版，第184页。

③ [苏联]瓦·奇金：《马克思自白》，中央编译出版社，1997年版，第31页。

④ [法]罗曼·罗兰：《约翰·克利斯朵夫》四，人民文学出版社，1997年版，第305页。

⑤ 傅雷：《傅雷家书》，生活·读书·新知三联书店，1981年版，第75—76页。

温和的感情方能持久。”[①]涓生对子君的态度由仰视到俯视的变化，在很大的程度上就是因为实际距离和心理距离的消长引起的。距离一消失，想象中的“意中人”也化为乌有，这才发现理想与现实原来是矛盾的。早知如此，何必当初，但已经悔之晚矣。这种心理，鲁迅在致友人的信中亦曾论及：“爱与结婚，确亦天下大事……此种大事，则为结婚之前所未尝想到或遇见者，然此亦人生所必经（倘要结婚）无可如何者也。未婚之前，说亦不解，既解之后——无可如何。”[②]这显然是指理想与现实的矛盾。

应该承认，在爱情问题上，理想与现实的这种矛盾是很自然的，是人同此心，心同此理的。涓生对子君的失望当然也是可以理解的，不足为奇的。具有关键意义的是能否认识和意识到这种矛盾并正确对待和处理这种矛盾。这往往反映着世界观和思想境界的差别。作为居于主导和主动地位的涓生，显然是不可能用他小资产阶级知识分子的世界观和方法论来正确认识和处理这种矛盾的。虽然他是认识到“爱情必须时时更新、生长、创造”，这是他的可贵之处，但他却不知如何“更新、生长、创造”，这又是他的可悲处。而悲剧就发生在这可贵、可悲的矛盾中，这矛盾正是他小资产阶级知识分子世界观的反映。请看他的具体表现，和子君同居以后，他只会消极地批评她、责怪她，甚至还厌恶、嫌弃她，却未曾想到应该积极帮助她、体贴她。在爱恋子君时，他耽于幻想和温情，只看到子君的“光亮面”，在爱的理想变为现实之后，又因为发现子君的“阴暗面”而失望、颓唐，“由狂热转为灰心”，不知所措。他能在想象中塑造子君，却无力在现实中改造子君。其实，他根本就不敢面对现实，只会逃避现实。当他感到子君冷漠时——实则是他对子君冷漠的反应和反映，子君不是曾对他说：“我觉得你近来很两样了”吗？——他只会可怜地躲到“通俗图书馆”里去“避难”和取暖，他是多么怯弱啊！在百无聊赖中，他也曾和她闲谈，故意地引起“我们的往事，提到文艺，于是涉及外国的文人，文人的作品……也还是去年在会馆的破屋里讲过的那些话。”他徒然地想靠重温旧梦，重谈旧话来引发子君的旧情，召唤往日的子君，却不能实际地帮助子君，当然更谈不到对子君做深入细致的“思想工作”了。这也难怪，因为他本来就没有什么思想之可言！尤有甚者，最后，他竟忍心对子君说：“我已经不爱你了”，这决绝的表态，无疑是对子君致命的一击，“她，脸色陡然变成灰黄，死了似的；瞬间又苏生，眼里也发了稚气的闪闪的光泽，

① 傅雷：《傅雷家书》，生活·读书·新知三联书店，1981年版，第149页。

② 鲁迅：《鲁迅书信集》，人民文学出版社，1976年版，第304页。

这眼光射向四处，正如孩子在饥渴中寻求着慈爱的母亲，但只在空中寻求，恐怖地回避着我的眼。”子君绝望之中渴求着救援，但她哪里能找到救援呢？她是自尊的，当然不会向一个已经宣布不爱自己的人求情，她只能再回到好容易才逃离的深渊——她的家里去，等待她的也只有死亡。这明明是涓生的无情把她逼上绝路，但他认为这样做的目的是为她着想，一则是“免得一同灭亡”，再则是她从此“更可以毫无挂念地做事”，至于动机则纯是出于“老实”、“不虚伪”的考虑。其实，这只不过是对自己的小资产阶级知识分子的卑怯、自私的自欺欺人的饰词。但子君的离去和死亡，又使他陷入无穷的悔恨、内疚的悲痛之中，他又缠绵悱恻，一往情深地爱上了子君，他这时才痛切地感到他不能没有子君。但子君是永远不会回来了，他悔恨得太晚了！然而他哪里知道，他对子君的怀恋不过是随距离的扩大而加深的，子君不走，不死，距离不扩大，他这份“盛情”自何而来？即使子君真的再生，与他言归于好，也不过使过去的悲剧重演一次而已。这是用小资产阶级知识分子的世界观根本不可能意识和认识到的，不能不说这才是真正的更深一层的悲剧。从马克思主义关于婚姻道德的伦理观点看来，男人的人格和尊严在对待妇女的关系上应表现为愿意和善于正确地利用自己天赋的优越性(体力、意志力)，不是去贬低和屈辱妇女，而是去提高她，决心帮助她，保护她，为了她而甘愿做出自我牺牲。马克思写道：在对待妇女的态度上，“作为一种显而易见的事实，表现出人的本质在何种程度上对人说来成了自然界或者自然界在何种程度上成了人具有人的本质。因而，从这种关系就可以判断人的整个教养程度。”①马克思把对待妇女的态度作为判断人的教养程度的尺度，也就是把它作为区别动物性和人性的尺度。列宁在谈到这个问题时也着重指出：“甚至在无产者中，为数很少的丈夫才想着，他们要用多大的力气才能减轻妻子的负担和操心，或者甚至使她们完全摆脱出来，如果他们想要在‘女人的活儿’中帮助一下的话。可是没有，因为这是与‘丈夫的尊严’相抵触的。‘他要求让他休息和舒服，妻子的家务是每天要她在无数微不足道的小事情中做出自己的牺牲。丈夫的旧的统治权以隐蔽的形式存在下来。”②从马克思和列宁的论述中，可以更清楚地看出涓生自私的本质。

还要指出的是，涓生不但不能认识和处理他和子君的矛盾，他也不能认

① [德]马克思、恩格斯：《马克思恩格斯全集》第四十二卷，人民出版社，1995年版，第119页。

② [德]马克思：《马克思主义伦理学》，上海译文出版社，1981年版，第279页。

识和处理他和社会的矛盾。这两种不同性质的矛盾，对他来说是一个问题的两个方面，他的小资产阶级知识分子的世界观及其思想性格，同时表现和暴露在这两种矛盾及两类矛盾的交织中，或者说是这两种矛盾提供了表现和暴露他的世界观及其思想性格的机缘。涓生是自以为自己的思想境界高于子君的，在他被解职之际，看到子君惊恐的神气，他大不以为然，曾责怪子君"一点极微末的小事情，便会受着很深的影响"，实际上，这只不过是以五十步笑百步，就思想本质说，他与子君并无轩轾。他怪子君在社会打击面前缺乏勇气，但他自己也并无积极反抗的表现和表示，他既无行动能力，又无行动愿望。他只是徒唤奈何地承受和忍受，他悲而不愤，怨而不怒。对他的这种软弱无力，我们在"哀其不幸"的同时，难道不应该更多地"怒其不争"吗？面对社会压力他是这样软弱无力；而对柔弱的子君却那样决绝无情，从这鲜明的对比中，不是更可看出他的思想本质吗？

但有些评论文章却认为涓生和子君的爱情悲剧纯是社会压迫造成的，我认为他们忽略了内因，忽略了子君和涓生，特别是涓生自身的主观原因。我们当然要充分认识和估量外因的作用，而《伤逝》也的确有这方面的含义，但是不要忘记，就人来说，外部条件必须也只能通过人的内部世界，即他已形成的思想感情体系、意志活动或者说他的世界观而影响决定他的行为。用这样的观点看涓生和子君的悲剧，那就必须承认他们的悲剧是社会压力通过涓生的内在世界造成的。而悲剧的后果主要落在子君身上。可以说，是涓生出于自己的软弱把社会的压力一股脑儿转嫁到子君身上。因此，子君所承受的是双倍或双重的压力，有社会的，还有涓生的，柔弱而善良的子君就在这双重或双倍的压力下遭到毁灭！所以，这个悲剧的可悲并不在于涓生失去子君的痛悔，那是他自作自受，而在善良无辜的子君被毁灭。子君纯然是受害者，涓生却有两重性，他既是受害者又是害人者，我认为只有这样理解涓生其人才符合作品的实际和鲁迅的本意。对涓生这样软弱有余、反抗不足的小资产阶级知识分子，鲁迅是绝不会仅仅同情而不加批判的。这就是我们从对《伤逝》的心理和伦理分析中得出的结论。

谈观察与体察

本文谈的是艺术家的观察与体察。

一般地说，艺术家的观察必须也必然转化或发展为体察，可以说艺术家的观察就是体察。对于艺术家来说，观察并非不动声色或无动于衷地冷眼旁观；这样置身物外的观察只能获得事物的形貌，而不能把握事物的神髓。艺术家的观察是把自己摆进去、是全身的参与和投入。观察是否深入就看把自己放了多少到对象里去，即究竟“身入”到何种程度。易言之，观察就是融己入物，同事物神晤默识，直接契入事物的生命，从而发现、体认其真谛。例如庄子，他与惠施游于濠梁之上，看到鯈鱼自由自在地游水，就体会到鱼儿的快乐，在一刹那间他融己入物，把自己客观化为鱼。而惠施却说，“子非鱼安知鱼之乐?”显然，庄子的态度是艺术家的态度，故能“身入”体察鱼儿之乐，惠施却是置身物外，与对象格格不入。汉乐府民歌《江南》也是一个好例：

江南可采莲，莲叶何田田。鱼戏莲叶间，鱼戏莲叶东。鱼戏莲叶西，鱼戏莲叶南，鱼戏莲叶北。

诗的内容很简单，但意味很隽永。作者以儿童的天真，在观察自然，体察鱼儿的快乐自由，以全然开放的心情把自己溶入江南秀美的画面之中，显出人和自然的亲密无间。这是人尚未从自然分化出来的最原始的精神面貌。

中国艺术是以情感人，以情观物的，而以情观物必然是情景交融、物我浑一的。中国艺术家认为，放旷慧眼，流眄万物，而与大化流衍，与自然水乳交融，与万物共感、共鸣，与周围事物打成一片，乃艺术上的最高境界。清人李重华《贞一斋诗话》云：“咏物诗有两法，一是将自身放在里面，一是将自身放在旁边。”但纵观中国诗歌史，作者入乎物象之中的咏物抒情方式占了咏物诗的大部分，因而成为中国诗的抒情传统。

咏物必先体物，体物就是体察物象。苏辙提出的观竹之法便是明证：“朝与竹乎为游，暮与竹乎为朋，饮食乎竹间，偃息乎竹阴”，以“观竹之变”，以体察“竹之所以为竹”。这样如醉如痴地“身入”竹间，突出说明古代艺术家是多么重视以身体物了。中国艺术家对山势的观察也是这样。他们强调画山水必先体察山水性情、体势，把自己变成山水而后才能得山水神韵。清画家唐岱说，画山水“在得体势”：“山之体势似人，人有行走坐卧之形，山有偏正敧斜之势。人有四肢，山有龙脉分干……”(《绘事发微》)以人之体势喻山之体势，就是以人之体势，体察山之体势，就是敏锐“身入”地直接感受山势，达到肉体感或躯体感的程度，古人所谓“看山入骨髓”正是此意。本来，人之体势与山之体势具有同构、同型关系。按格式塔心理学派观点，不同质的外在事物的张力结构可以互相对应，也可以和人的心理结构相对应，外在事物的张力结构可以引起人的心理结构的同构对应，而任何心理现象都有生理基础，心理结构张力必然伴有生理结构张力。故对山势的体察也就是一种心理—生理的结构张力。

古代艺术家所说的“胸有成竹”也应这样理解。所谓“胸有成竹”，即“先有成竹于胸中，提笔追之，见其所欲画者”。(《桐阴画诀》)这就是说，艺术家在想象中见到或逼真地想象出所欲描绘之竹。这样的竹不仅是观察到的，而且是体察到的。当此之时，艺术家不仅从心理上，而且从生理上、躯体上取得竹的自我感觉，感到竹的存在，这才是“胸有成竹”的真谛。《文心雕龙》谈如何观物、感物说，“目既往还，心亦吐纳”，“既随物以宛转，亦与心而徘徊”，是说人们在观赏、接触自然景物之际，随着景态的变化，心态会发生相应的变化。而其实，随着景态、心态的变化，体态也必然发生某种变化。这就是“目击而百体从之”。这时，人们不仅在观察景树，也在体察景物。杜诗：“水流心不竞，云在意俱迟”；李白《赠横山周处士》言其放浪山水，有曰：“当其得意时，心与天壤俱，闲云随舒卷，安识身有无”；与李白诗类似的还有这样两句：“白云行空静徐，我亦默随白云移”；又如，“望秋云而神飞扬，临春风而思浩荡”等等，这类诗句，都须从观察与体察的结合统一中去理解，才算真理解了。值得注意的还有陶渊明的两句诗：“平畴交远风，良苗亦怀新”，清代诗论家薛雪在《一瓢诗话》中评云：“其妙处无从下得著语，非靖节能赋之，实此身心与天游耳。”“身心与天游”即诗人之身心融入大自然，融入他所描绘的景物之中与之浑然一体。吟读这样两句诗，仿佛眼前出现一片广阔的田野，清风徐来，禾苗竞秀，绿波荡漾，欣欣向荣，生意盎然。直如诗人自己就化作那清秀的禾苗，亲身体察着、享受着微风轻拂的欢畅。此种境界确非语言所能形容，也非视觉所能把握。非“身心与天游”，“身入”体察不可。薛雪看到这一点，可谓独具慧眼。它如“有风自南，翼彼新苗”、“晨鸟暮来还，悬车敛余晖”、“悲风爱静夜，林鸟喜晨开”、“鸟弄欢新节，泠风送余善”、“众鸟欣有托，吾亦爱吾庐”、“山气日夕佳，飞鸟相与还”、“朝霞开宿雾，众鸟相与飞”、“飘飘西来风，悠悠冬去云”等句都含有冥忘物我、和气周流的妙谛；都表现出一种物我默契的天机。事实上，对陶渊明的田园诗都可这样理解。因为陶渊明是这样无限深情地把自己投身于、化身于田园的怀抱。法国大诗人保罗·梵乐希也看到这一点。他在《法译陶渊明诗选序》一文中这样写道：“试看陶渊明怎样观察自然，他把自己混进去变成其中的一部分。”

岂止陶渊明，敏感而多情的诗人都是这样观察事物的。事实证明，良好而敏锐的感觉很容易使艺术家进入忘我的体察之境。波德莱尔说得好：

有时候自我消失了，那泛神派诗人所特有的客观性在你里面发展到那么反常的程度，你对外物的凝视竟使你忘记了你自己的存在。并且立刻和它们混同起来了，你的眼睛凝望着一株在风中摇曳的树；转瞬间，那在诗人脑里只是一个极自然的比喻在你脑里竟变成现实了。最初你把你的热情、欲望或忧郁加在树身上，它的呻吟和摇曳变成你的，不久你便是树了。同样，在蓝天深处翱翔着的鸟儿最先只代表那翱翔于人间种种事物之上的永生的愿望；但是，立刻你已经是鸟儿自己了。①

这里所说由凝视外物到变成外物便是由“神入”到“身入”，由观察到体察。

这种观察—体察的方式，在中国书道中尤有突出的表现，人们都承认，中国书道“肇于自然”和“造于自然”(刘熙载)书法大师们很善于在博大无垠的自然姿态万千的现象中，进行观察、体察，“饱观、熟玩，混化胸中”，总之是心领身会，从而涵溶融会成为意象，创造出飞动飘逸、神采飞扬、雄奇壮丽、峻峭挺拔、萧散静穆种种风格各异的形象。例如，唐书法家怀素，“一夕观夏云随风，顿悟笔意”；王羲之从鹅颈的伸缩中悟到自然事物的弹性变化，从而使他的书法达到兴象万端的化境；文与可学书十年，未得古人笔意，偶见道上蛇斗，乃得其妙；林语堂在《中国书法》一文中也讲，一著名高僧苦练书法，久而无成，一次闲步山径之间，适有两条大蛇相互争斗，各自尽力紧挣其颈项，这股劲势显出一种外观：似觉柔和行缓而内面紧张的力。这位高僧看了，猛然如有所悟，从这点体悟上他练就一种独有的书体，叫作“斗蛇”，乃系摹拟蛇颈的紧张纠曲的波动的。又，黄山谷在黔中时，字多随意曲折，意到笔不到，及来僰(音伯)道舟中，见长年(老船工)荡桨，群丁拔棹，乃觉少进，意之所到，笔亦随之；鲜于枢早岁学书，愧未能如古人，偶适野，见

① 梁宗岱：《诗与真·诗与真二集》，外国文学出版社，1984年版，第76页。

二人挽车行淖泥中而悟笔法。此类例证不胜枚举，可以肯定，他们的观察过程必然就是体察过程，经由这种观察—体察得到物象之神，引起躯体或肌肉反应，在生理上留下痕迹，然后形诸笔端，自然不同凡响。

上述观察—体察观点是有充分学理上的根据的。心理学证明，视觉离不开体觉，身体是人感知世界最有力的参证框架，所有感觉都在自己身体上下左右发生。而且感官不是独立起作用的，各个感官是互相联系互相作用的。"在我们和外物接触之初，在接触之际，感知网绝对不是只有知性的活动，而应该同时包括了视觉的，听觉的、触觉的、味觉的……和无以名之的所谓超感觉(或第六感觉)的活动……诗人(其实一般人)在接触外物时，必然全面都感受到。"[①]彭加勒早就证明："视觉与触觉如无筋肉的感官的协助决不能给我们空间概念。"[②]朱光潜先生也说："知觉和运动是相依为命的，运动都伴有知觉，知觉也都伴有运动。知觉所伴着的运动往往不限于某感觉器官，而广播到全身去。"[③]对于艺术家来说尤其是这样，加拿大摄影心理学家弗里曼·帕特森就明确指出："从最确切和最广泛的意义上说，视觉(Seeing)意味着使用你的感觉、你的理智和你的情感，也就是用你的整个身心去观察艺术题材。"现代心理学研究无可争议地证明了这一点。根据心理过程结构的现代化概念，人的任何心理活动都是复杂的机能系统，并且是借助大脑的各个区域的协同工作而实现的。当然，人的知觉活动(包括视觉活动)也是在脑的各种机能联合区的协同参与下实现的。苏联著名心理学家鲁利亚，在《神经心理学原理》一书中证明："视知觉不仅是由皮层的枕区(视觉)器官来实现的，而且一些脑区构成的整个'机能群'也参加进来，其中每一个脑区对知觉过程的行程都作出了自己的贡献。"

由此可知，感知觉本身就包含运动成分。它既包含内导环节，也包含外导环节。鲁利亚说："对象知觉不仅具有多感受器的性质，要依靠一系列分析器的协同工作，而且总是把积极的运动成分包括在自己的组成之中。"在心理学领域，这已是众所周知的事实。所以，鲁利亚认为，那种"把心理机能看成是孤立的'能力'，其中每一种能力都可以定位于脑的某个区域，这个时代早已过去了。"另外一个概念也是应当否定的，鲁利亚接着写道："根据这个概念来说，心理过程似乎是按反射弧的模式进行的，这种反射弧的第一部分具有

① 叶维廉：《中国诗学》，生活·读书·新知三联书店，1992年版，第22页。

② 彭加勒：《科学与假设》，商务印书馆，1957年版，第46页。

③ 朱光潜：《朱光潜美学文集》第一卷，上海文艺出版社，1982年版，第56—57页。

纯粹的内导性质，完成感觉和知觉机能，而它的第二部分——外导部分——完全是实现运动和行动的。”反射弧的概念带有机械论性质，早已过时，它完全不能解释人的心理活动的有机性。

这些神经心理学研究的结论，为我们的观察—体察观点从生理基础上提供了可靠的依据。

谈审美知觉

我们是看真实的、具体的世界呢，还是看投射到世界上我们自己的成规、动机、预期和抽象体系呢？在考察审美知觉时，这是首先遇到的问题，我认为审美知觉是真实的、具体世界的知觉，这种知觉受动多于主动，即被知觉的对象不依赖于知觉者，而更多的是被所知觉的对象的内在结构所决定。这是受动的不干预的知觉，这种知觉在审美体验和神秘体验中大量存在。

具体地说，在这种知觉中，宇宙万物都是独立存在的，即为自己而存在的，即某个对象不仅独立于其他对象，而且它独立于人，比如，苹果，那不是供人吃的东西，而是为苹果自己的苹果，纯粹的苹果、独立的苹果，一个花瓶，也是作为花瓶自己的目的而存在的一物。就是风景画也是如此，例如，山水画中的茅屋，那不是供人住的，是自为的存在；路、不是供人走的，是田园的静脉管；点景的人物，不是有意识的人，而是与山水云烟木石一样的一个自然物。总之，从某个对象自身并且为了它自身来看，它本来就在那里存在，既不是作为人的欣赏对象，也不是为了人的利用而被安置在那里，这就是说，此种知觉能按照对象自身的存在来看待它。不是我所希望或不希望的样子，或把它作为某种可欲可畏之物来看待它。比如蚊子，从蚊子本身的目的来看，它乃是一种奇妙之物。即使是病毒，在显微镜下也是迷人的东西，甚至透过显微镜观察肿瘤切片，只要不想到它是癌，也能看到它那美丽复杂令人惊异的组织，我们应当承认，造物主创造万物，当初并非以人类为主，为人类而造，后来，人类这种“动物”聪明进步起来，霸占了地球，利用地球上的其他物类来供养自己，久而久之，成为习惯，便形成一种错觉，以为万物是为人而存在的。一般说来，我们对自己的习惯性知觉早已习焉不察：我们看，自己以为看到了；我们听，自己以为听到了；我们反观自己，自己也以为了解了自己的内心。但事实上，我们所见所闻只不过是我们的感官选择来指导我们的东西，我们的感官为我们提供的关于事物和我们自己的景象中，那些合于实用的被强调了，而不合实用的却被抹杀了，所以，我们的感觉和意识显示给我们的现实，只不过是实用化、简单化了的现实，这也难怪，因为人必须生活，而生活要求我们根据需要来把握外物，这样，其他一切与实用无关的印象就必然变得暗淡、模糊了。柏格森(Bergson)说过，在我们和大自然之间，在我们和我们意识之间，垂着一层帷幕，一层对常人来说很厚而对艺术家则是薄得几乎透明的帷幕，显然，这帷幕就是实用性知觉，也就是概念体系，一位英国印象派画家希克式告诫他的学生说："当你们想到你们在画手臂的时候，你们便不能画出一只特殊的手臂来，因为当你们想到自己在画手臂的时候，你们便自然会想到它应该像什么样子，或是什么东西了。"这便是实用性知觉或概念起的屏障作用所致。而真正的艺术家却独具慧眼，独能摆脱这层帷幕，对物象直接感受和交融，在艺术家眼里，没有主客对立，没有物我之分，客体对于他将不再是客体。比如，一朵玫瑰花，对他就不再是思想中的一个对象，当一般人说"我看到一朵玫瑰"时，他是在把一个物体(玫瑰)放在"玫瑰"这个概念范畴里。而艺术家看一朵玫瑰，是以"是一朵玫瑰的玫瑰"的态度来看的，玫瑰就是玫瑰，它不是别的什么。

由于撤去了习惯屏障，知觉者与被知觉物融为一体，达到意与境会，心与物冥，庄子与惠子游于濠梁之上观鱼的故事即寓有此意，庄子看到鱼儿在水中自由地游来游去，就说这"是鱼之乐也"，惠子是实用态度，他把鱼归在"鱼"类，鱼是他的知觉对象；而庄子的态度则是审美的，他鱼我不分，鱼之乐就是他之乐，他之乐就是鱼之乐，人在此时，他的心灵处于一种解禁开放，自由自在、天真烂漫的状态，没有什么预期，没有什么先入之见，也没有意志的干预，总之是只有接受而无要求，实际上，是主体完全专注于对象因而知觉暂时消失或居于从属地位，在《作为意志和表象的世界》一书中叔本华曾明确解释说："主体，当它完全沉浸于被直观的对象时，也就成为这对象的自身了，因为这时整个意识已只是对象的最鲜明的写照而不是别的什么了"，这是中国古人所说"用志不纷，乃凝"于神的那种状态，这时，撤销心理上的主观，使知觉解除与实用的联系，心处无为，不留一物，虚怀若谷，听其自然，任凭自己完全沉浸或自失于对象之中，自我成为对象的一部分，正如对象成为自我的一部分一样，我赋予对象以生命对象亦赋予我以生命。这时的知觉不再是认识外物的手段，也不是作为行动的指导，而是止于知觉自身亦即使知觉成为其自身，不问知觉后边是什么，这样的知觉就是自足的，请看袁小修一段听泉的审美心理描述："其初至也，气浮意嚣，耳与象不得人，风柯谷鸟犹得而乱之，及瞑而息焉，收吾视，返吾听，万缘俱却，嗒然丧偶，而后泉之变态百出"，这就是自足的审美知觉的一个显证，这表明，只有忘我出神地全心贯注于自己感官对象的人才能进行审美感受。

依人本主义心理学观点，此种自足的知觉乃是一种无需求、无驱力、无动机、无恐惧的知觉，一言以蔽之，即无缺失性的知觉，以此种知觉观物，就不再因我们的欲求或恐惧而将物抽象为有用的或有威胁性的，这样，就可知觉到物自身客观的、固有的特点，于是，知觉更无选择、更开放、更具接受性，因而大大扩展了我们的知觉领域，在我们面前展开一片新天地。

比较起来，我们日常生活中的认知或知觉是在手段价值支配下，即对我们的目的是否有益、是否合乎需要、是好是坏的考虑下进行活动的，也就是说，我们是在与我们的自我与我们目的的关联中来感知万物的，所以，把世界万物仅仅看作达到某种目的的手段，这就难以客观地、真实地知觉万物，而只是在觉察万物中我们自己或我们心目中的世界。在此情况下，我们是以缺失性动机来知觉世界的，世界万物对我们来说不过是满足缺失性价值的。"常无欲以观其妙"(老子)，只有无欲求、无缺失地感知，才能觉察万物自己的价值而不是我们自己的价值。

这种缺失性或手段性知觉就是上面提到过的分类或归类知觉，因为这种知觉将万物按实用价值分成有用的或无用的，危险的和无危险的。这也是一种选择作用，选择对象的哪些方面对我们有用、有益；哪些方面对我们无用、有害。这种选择或类化是通过语言范畴和成规体系来完成的，类化起过滤作用，经过过滤对象就失去了独立价值，它充其量不过是类的实例或样品而不是这一个。事实上，我们大部分知觉体验都经过了这种范畴结构和成规体系的过滤，以致我们经常生活在用词表述的抽象概念这样刻板化的世界里，而不是生活在自然真实的世界中，詹姆士在《宗教经验之种种》中指出，人的智力在一个对象上所做的第一件事就是把它和某个其他东西归入一类，但是任何对象对于我们有无限重要性的、并且也能唤醒我们专注的东西，似乎是它应当是自成一类的和独特的。很可能，一只蟹如果能够听到我们毫不费力地、也不道歉地把它归入软甲纲，而且就这样处理了它，那么它也许会充满人身攻击感，它会说："我不是这种东西，我是我自己，我仅仅是我自己。"可见类化是冒犯性的。类化好比是事物的最小公倍数，只注意共相，否定了事物的个体性。譬如，当我们说这个人是一个黑人或白人时，我们就已经给他归了类，完成了一个抽象操作，这就在一定程度上排除了把他作为一个独特的完整的人的可能性了。他就不再是不同于世上任何别人的人了。在这一点上，成人的眼光不如儿童，儿童的知觉尚未被污染，他们有天真的眼睛，当他们看见某种东西时就好像是第一次，并能以惊奇的目光凝视对象，考察它的方方面面，接受它的全部属性。对他们来说，陌生对象的某一属性并不比其他属性更重要。对于成人来说，如果他能阻止抽象、分类、命名、比较和联系，他就能看到更多的东西，如同儿童一样，这就是审美知觉。

由此可知，审美知觉与普通知觉是有区别的，普通知觉以自我或人类为中心组织起来，以思想或概念把握知觉后面的东西，将知觉引向实用方面；而审美知觉则是以客体为中心组织起来，它往往超越实用界限，而仅专注专念于知觉自身，这其实是知觉的孤立化，但正因其孤立，知觉才得专注于自身而得以集中和强化。而集中和强化究其实乃是打破实用封闭的限制和束缚而走向开放，使之直接知觉对象本身并直观其本质以通向自然之心。这同时就使自我得到扩大、再扩大直到无对、无限。不难想象，这是心力或爱力使然，是爱力或爱力决定着这种知觉的广度和深度，故美的知觉即爱的知觉，美的心性与爱的心性交流合一是人生的最高境界，只有爱才不问实用、才无所希求、无所企望，爱的目的就是爱。费尔巴哈说过："只有为自己本身而存在着的东西，才是真正的、完美的、属神的。"爱正是这样的东西。爱天然地趋向同一、整合、平等，趋向于把自己变成对方，变成爱的对象。爱看不到差别，它不分等级高下，它一视同仁，它把自然看作一个整体。爱的知觉强烈地倾向于对象的独特的非类化，不论对人对物的知觉都倾向于被看作是独特的、独一无二的，与日常掌握世界的方式只停留在一般化或类化上截然不同。对于艺术家尤其如此，艺术是以全人类、全宇宙为对象，艺术的社会性是以同情心为起点的，伟大艺术家与人类、宇宙自然的关系是爱的关系。"宇宙即吾心，吾心即宇宙"，爱是沟通有限自我与无限自我的桥梁。

谈"体会"

顾名思义，体会就是用身体去感受、领会或认知。人们通常认为，感受或领会事物纯是心灵活动。殊不知心身是统一的，在心灵活动中，也总有身体或肉体活动伴随着。心灵的感受同时也是身体或肉体的感受。人们常说心领神会，实则也是心领身会。而且，唯有达到身体的感受、认知的程度，其感受、认知才是最真实、具体、深切。古人云："一民饥之，犹己饥之；一民寒之，犹己寒之。以身体物，亦既切矣。"此言极是。常语所说切肤之痛、切身利害也表明了这一点。与体会义近或同义的如体验、体认、体悟、体念、体察、体谅、体恤、体玩、体味等词也都意味着用自己的身体去接触、感受、领会、认知、验证、考察、切近物象，从而深入具体地把握其本性、本质。故体会也是一种认知方式或思维方式。

体会这种认知方式的特点是通过使自身成为对象或物象而认识对象或物象的。心理学证明，在感情生活中，精神和肉体是难以区分的，俗话说，"人心是肉长的"，就确切地说明感情也是生理的、肉体的。感情世界是灵肉一体化的世界。人们都很熟悉的《庄子》中庖丁解牛的故事就给我们这种启发。庖丁技艺高超，他解牛时能够"以神遇而不以目视"，达到"官知止而神欲行"的地步，似乎只用心神来领会而不用眼睛去观察，器官的活动完全停止，而只靠心神运作。其实，情况恰好相反，庖丁不是以"神遇"而是以身遇，不是"官知止而神欲行"，而是"官知未止而身欲行"。更准确地说，是心神活动已具体化为身体的活动，神和身或心和身已融为一体。故庖丁可以完全跟着感觉走，而不必再以目视了。这表明他此时运用的不仅是大脑而是整个身体，是身体在思维、在认知。冯友兰先生讲过一件事，也很能说明问题：有一个朋友告诉他，开车开到熟练的时候，车就好像自己身体的一部分，车的四个轮子，就好像自己的两条腿一样，所以他开起车来，哪个地方能钻进去，哪个地方钻不过去，他不假思索就可以决定。开车熟练到具有筋肉感的程度，就是名副其实的体验、体悟、体会、体认了。奥地利系统论学家贝塔朗菲证实："一件工具或者一台机器会变成有经验的自我的一部分，变成自我的一种伸展或扩张。一个优秀的驾驶员的感觉是和他的整部汽车相一致的。一个优秀的显微镜学家的感觉不是同他的手指尖而是同他的仪器的螺旋相一致的。”这些话为我们的观点提供了依据。

在艺术的欣赏和创作中，体会是必不可少的，也是必然存在的。例如：

噫吁戏，危乎高哉！蜀道之难，难于上青天！（李白《蜀道难》）

荡胸生层云，决眦入归鸟，会当凌绝顶，一览众山小。（杜甫《望岳》）

这些诗句，描写的是巨大的自然表象。面对这样巨大的表象，诗人必然会受到强烈的震撼，会产生一种强力度的外向冲动，从而引起机体和躯体反应：胸膛扩张，腰杆挺直，身体向上活动，姿势向外、向前推进，这就是体现。从这种体现中，我们可以感受到作者壮阔的胸襟和豪放的气魄。而这种感受在很大程度上必然也必须是机体的、肌肉的，即必然也必须是体会的，也唯有从体会中得来的感受才是真切的、具体的。

欣赏如此，创作尤然。因为欣赏和创作本来就是不可分的。传说张旭见公孙大娘舞剑器，豪荡感激，遂得低昂回翔之状，从而使其狂草力透纸背，王羲之从鹅颈的伸缩当中悟到自然事物的弹性变化，而使他的书法达到兴象万端的化境；文与可学书十年，未得古人笔意，偶见道上蛇斗，遂得其妙，鲜于枢早岁学书，愧未能如古人，偶适野，见二人挽车行淖泥中，遂悟书法；黄山谷出峡，见长年荡桨而知书法；怀素观夏云随风顿悟笔意。类似事例不胜枚举，可以肯定，他们在观察这些物象时，必然产生一种动觉，一种生理冲动或躯体活动，在肌肉及其他器官和形体上经历一种或隐或显的变化，并在大脑中留下痕迹，形成意象，进而形诸笔端。总之，是经由体会而成象。

但丁有言，“画象者若其不能成为该物体则不能画之”，更是一语中的地道出了体会的精义。画家布拉克也说：“一个人不应该只解释事物，他必须沉湎于物体之中，而将自己变成该物体。”中国古代艺术家也深明此理，他们把以身体物，进而达到物我一体看作艺术创作的最高境界。苏轼描写文与可画竹诗：“与可画竹时，见竹不见人，岂独不见人，嗒然遗其身，其身与竹化，无穷出清新。”清代画家廖燕正是这样体会的：“予尝闭目坐忘，嗒然若丧，斯时代尚不知其为我，何况于物，迨意念既萌，则舍我而逐物，或为鼠肝，或为虫臂，其形状又安可胜穷也耶。”南宋罗大经举例说：“曾云巢无疑，工画草虫，年迈愈精，余尝问其有所传乎？”无疑笑曰：“是其有法可传哉？某自少时取草虫笼而观之，穷昼夜不厌，又恐其神之不完也，复就草地之间观之，于是始得其天，方其落笔之际，不知我之为草虫耶？草虫之为我也。此与造化生物之机缄盖无以异，岂有可传之法哉？”（《鹤林玉露·画马》）又如宋代包鼎画虎，首先要“扫溉一室，屏人声，塞门涂牖，穴屋取明”，布置了这样一个“虎穴”之后，便“一饮斗酒，脱衣据地，卧起行顾，自视真虎也”，找到了虎的自我感觉，才挥笔作画。相传赵子昂画马也是“闭门伏地，对于马之动作，如长鸣，如蹴踣，如奔驰，如滚卧于郊原，作种种状态。戚原画狗，客访之。闻室中犬声甚沸，有类数十狗若争骨者，若众雄逐雌者，又若孤村野店，陡见生客，吠声从水中出者。及辟户，则原据几画狗正酣，口中狺狺声犹未尽也。子昂与原皆以身作则形容，赴其笔墨……非特画动物为然，即画山水花卉亦当如是”。

事实证明，许多艺术家在创作中都是这样以身作则地去认知对象或物象，从而找到对象或物象的自我感觉的，否则便很难进入“角色”，深切感受对象或物象的内在精神，而使自己的创作臻于化境。

当然这种认知只能在想象中进行，但也只有在想象中才能摆脱自身及时空的限制，随心所欲，任意驰骋，无微不至，无往而不入，无入而不自得，获得无限自由。不过，这种体会虽是想象的，却依然会在不同程度上伴有微妙的生理变化及肌肉或形体感应。心理学家告诉我们，一个人的反应、感觉和行动永远依照他对自己和环境的真实想象来进行，这是心灵的一个根本原则。强烈的想象力会产生强烈的生理活动，情绪想象和运动功能两者总是内在地联系着。心理学家证实，大脑和神经系统不能区别实在的现实与想象的现实。现代神经生理学的资料表明，一个人在想象一个躯体的运动，与他在身体上执行这个运动时，无论在脑电图或肌电图方面，都伴随着同样的电波图形。这个事实证明，人的观念活动和外部活动一样，都遵循着同样的程式，具有相同的生理机制。

这种认知方式即使在科学技术的创造发明中也有重大作用。日本心理学家思田彰认为，在创造活动中，感觉成为正在研究设计系统的一部分是很重要的。这要求设计者设身处地，从研究设计对象的角度考虑问题。比如在发明机械时，就要设想自己是机械的一部分。而“把人设想为机器的一部分当然是不合情理的”，但“在创造过程中，感情的非合理性因素比理智的合理性因素更为重要”。所以，“为了制出具有预想性能的机械”，“自己就仿佛是一种有魔力的小生物”，“必须以某种形式在其中”工作。这就是说，你想制造什么，自身就要变成什么。

把自己当作对象，这本身就是一种创造性思维。日本心理学家高桥浩说过，当你就某事物进行思考时，譬如就水壶考虑水壶，“怎样处理这把水壶”，一般的思考法是把水壶作为相对的思考对象加以处理，但是如果把自己充作水壶本身，结果又会怎样呢？站在水壶立场去思考“我是水壶”，“希望怎样来对待我这把水壶”，“作为水壶有何不满之处”等，“结果一定会获得与迄今相当不同的创造性思维”。

依照美国心理学家马斯洛的观点，这是一种科学人本主义方法。其特点是，在认识对象中有神入，有直觉，感到与对象相通，相一致，在某种程度和某种意义上则与对象完全相同，不但在精神上，而且在身体上。譬如，当一位心理学家想要预测一只老鼠的行为时，他就要将自己等同起来，使自己感觉像一只老鼠，体会老鼠之为老鼠，自己问自己：“现在我该怎么做了?”马斯洛认为，用这种方法去认知，哪怕是天文学家，或者地质学家，或者化学家也可能更全面地领悟那些最不具人格的事物，“即便在不具人格性的极端，也有可能区分透过望远镜进行观看的两种不同的感觉”。比如人们透过望远镜观看月亮，可以像一个旁观者，以一个局外人的态度去观看，就像一个偷看者“透过钥匙孔偷看那陌生奇异的、那伸手莫及的、那属于他人的、那茫茫远方的种种事物(我们不是，也永远不能成为这些东西)”。但是，也可以有另一种态度，即你忽然被深深吸引，一时忘掉自我，心驰神往地“身入”那个世界之中，而不是身居其外往里窥测。“这可以比作一个家庭成员与一个流落于漆黑寒冷的街头的孤儿之间的差别”。那孤儿用望眼欲穿的眼光透过窗户望着里面温暖的一家。这是两种不同的感受，也是两种不同的境界。这种不同，还可以和听音乐，参加跳舞作比较。“你可以细心地聆听乐曲，平心静气审听音乐好到何种程度，是不是值得你花的门票钱。或许你突然为其攫住，变成了乐曲，可以感觉到它就在你心中跳动，使你不再身在此而神走他方。如果你在跳舞，节奏‘抓住了你’，你便可以轻轻地溜进节奏中去”，而与节奏融为一体，或者你可以成为一件甘为节奏效力的乐器，而体味到一种不可言喻的愉悦和满足。

据此可知，体会或体认不仅仅是一种思维或认知方式，更是一种境界，一种物我一体的化境。

从《独立苍茫自咏诗》看独立的心理内涵

在我国古典诗歌中，常常有意无意地明示或暗示抒情主人公的某种体态或身态，但人们向来只注意其中的情(心)态和景态，认为是情和景构成了诗的意境，而对体态则习焉不察或不以为意，以为无关宏旨，其实，如同情态和景态一样，体态同样关系着作品的意境，所以很值得探讨，本文就是在这方面的一个尝试。限于篇幅，下面仅就"独立"这一体态在诗作中的心理内涵作些讨论，以见其在诗境构成中的作用，作为窥豹之一斑。

一

让我们从"此身饮罢无归处，独立苍茫自咏诗"，杜甫在《乐游园歌》中的最后这两句诗谈起。

乐游园即乐游原，在长安东南郊，地势最高，四望宽敞，为唐时游赏胜地，也是当时士大夫寄慨的一个题目。李商隐、白居易、杜牧、张祜等人都有乐游园诗。李商隐的名句："夕阳无限好，只是近黄昏"，便是登古原遥望夕阳西下之际所触发的好景不常的感慨。杜甫的《乐游园歌》为旅食京华时所作，也语多感慨。

这首诗题下有自注："晦日贺兰杨长史筵醉歌。"故诗中先叙杨长史设盛宴于地势宽敞的乐游园，全城景物尽收眼底，次叙眺望所见各种游乐繁华景象，反映出权门豪贵骄奢纵、欲追求享乐的腐化生活；然后写到自身遭际，不禁感慨交集，悲从中来："却忆年年人醉时，只今未醉已先悲。数茎白发那抛得，百罚深杯亦不辞。圣朝已知贱士丑，一物自荷皇天慈。此身饮罢无归处，独立苍茫自咏诗。"其时杜甫才三十余，又当开、宝盛时，却因权奸当国，朝政败坏，以杜甫这样一个"生性耿介、性褊傲诞"的诗人，当然是仕进无门，到处碰壁，只能过着"朝扣富儿门，暮随肥马尘。残杯与冷炙，到处潜悲辛"的潦倒生活。时光流逝，一事无成，"纨绔不饿死，儒冠多误身"，他不禁感慨系之了。因而悲白发，叹迟暮，荷皇天，他偶尔参与豪贵们的歌筵舞乐活动，却与他们格格不入，貌合神离，他内心是孤寂悲凉的，充满沉沦之痛，失落之感，但与此同时，他又孤高自负，对权势者抱着鄙视的态度，“圣贤自古多薄命，奸雄恶少皆封侯”，他们是伪善者、谄媚者、道德沦丧者。杜甫完全有理由鄙视他们，也完全有理由感到自傲、自豪。故在孤寂悲凉中他又体验着一种崇高严肃的情绪。“此身饮罢无归处，独立苍茫自咏诗”这两句诗就集中表现了这种复杂的思想感情。它悲凉中又透露雄旷、开阔的胸襟气魄，显示出一种力量和自信。显然，此种苍劲的意境正是独立苍茫，苍茫独立这种景态、体态、心态三者交融而成，而“独立”这一体态更是其胸襟所寄，既孤独寂寞，又自尊自信，寓沉雄悲壮之情于广阔深远的忧思之中。

二

独立这一体态具有丰富的心理内涵。常语中的卓然独立、旷世独立、遗世独立、傲世独立、独立无倚、独立无匹、独立不群、独立不羁、独立不惧、独立不拔，等等，都从不同方面强调了“独立”的含义。《世说新语》形容稽康“岩岩若孤松之独立”；袁宏道称徐渭“眼空千古，独立一时”；曾国藩说“读《原毁》、《伯夷颂》、《获麟解》、《龙说》诸首，岸然想见古人，独立千古，确乎不拔之象”；苏轼赞黄庭坚的诗文是：“超轶绝尘，独立万物之表。”这些话更具体地显示了“独立”的内涵。概而言之，独立体现的是一种恃乎己无待于外的自我内在力量。马克思说得好：“任何一个存在物，只有当它用自己的双脚站立的时候，才认为自己是独立的；而且只有当它依靠自己而存在的时候，它才是用自己的双脚站立的。”[①]马克思的话可看作是对“独立”含义的最好说明。

从心理学角度看，独立之我，是充满情绪和价值色彩的我，此时之自我体验着一种“独立不惭影”的直接的价值感(An immediate feel-ing of a value)或高度的自我尊严感，切切实实地感到自己是一个大写的人。

这使我们想到，我们的古人为什么重视立身，视立身为做人之本。立身意味着独立，能独立才有人的尊严。立身与“屈身”、“躬身”或“折腰”相对。陶渊明的“不为五斗米折腰”；李白的“安能折腰事权贵，使我不得开心颜”；陆游的“冷官(即清闲冷落之官——引者)家世事，独立古人风”；讲的都是立身做人、维护人格尊严之道。

---

① [德]马克思、恩格斯：《马克思恩格斯全集》第四十二卷，人民出版社，1995年版，第129页。

三

了解了独立这一体态的含义就可进一步理解“此身饮罢无归处，独立苍茫自咏诗”的底蕴了。

如上所述，读这样的诗句，我们确实会感到一种独立无与的孤寂悲凉气氛，但在孤寂悲凉中却又内蕴着一股雄浑、劲健、豪壮的力量和郁勃不平之气。故虽伤时叹世，不胜身世之感，却又有笼盖宇宙的雄大气势。这是诗人情感向外发抒伸展的表现。必须是心胸广大，才力宏富，具有强烈的自我意识和自我价值感，方能于一瞬间感受到这样雄伟深远的意象。《杜臆》谓：“苍茫咏诗乃勃然得意处”，所见极是。如果联系杜甫自传性的《壮游》一诗忆及自己年轻时代意气飞扬的几句：“脱略小时辈，结交皆老苍。饮酣视八极，俗物多茫茫。”就更能领会“独立苍茫自咏诗”的涵蕴了。那四句诗的意思是：一般同辈不放在他眼里，他的朋友都是知名的老前辈，要把自己同一般同辈相提并论是不可能的，当酒酣耳热之时，则更是目空一切地看着四面八方，真感觉这茫茫宇宙间都是些俗不可耐的人们。读这几句诗，可想见他当时的高标远致、厌薄凡俗、睥睨群伦、神气轩昂、不可一世的气概。其关键性的一句是“饮酣视八极”，显而易见，它描写的是“独立”的身态和神态。读了这句诗，诗人那独立于广大空间中的身姿和器宇便隐然可见了。

四

不但体态、心态相关联，而且体态、心态与景态相关联。当一个人独立于天地之间，远视茫茫苍穹，总会生出无穷无涯之感，好似有一股崇高体验的激流在翻滚。这便是体态、心态、景态三者交相感应、融合而成的意境。康德说：“自然引起崇高的观念，主要由于它的混茫，它的最粗野最无规则的杂乱和荒凉。”确实，当人们面对广袤的空间，浩淼的水面，粗犷、巨大、雄奇和放荡不羁的自然景象；当人们凝视无边无际的群星，观看排排波光粼粼的瀑布从高耸的悬崖绝壁奔腾而下，或者眺望那浩如烟海的群山，那“千里冰封，万里雪飘”的莽原之际，都会体验到一种崇高敬畏和不胜惊叹之感，产生一种强力度的、开放的、外向的冲动，因而不知不觉地昂扬“独立”起来，目极万里，心游大荒，从宏观上总揽全局，把目光引向远处。在一刹那间自我好像无限扩展和外射到广阔空间和巨大的景物中。这宏伟的自然表象必然给人以刺激和震撼，从而引起一阵心理—生理上的变化和反应，震动和冲击，产生一股强力的心理—生理张力，使自主神经系统和各种分泌腺体受到刺激，使他的情绪、情感发生高频波动。同时伴有一种动觉，一种运动的肉感或一种耸立冲动，心胸扩张，腰杆伸得更直，头部昂得更高，精神则更严肃、更激昂、更奋发。张耀翔在《情绪心理学》中指出："大凡积极自觉的自我价值感就会促使身体向上活动。其生理表现便是，呼吸深入，胸膛扩张，姿势向外向前推进，头和躯干比平时更直立。"这表明动觉是自我矜持的基础。心理学家证明"动觉表情比抽象认识更能促进和强化自我意识。动觉决定自我在物理世界和心理世界中的地位，动觉在精神构成中扮演重要角色"。这就是说，动觉与自我价值感、自我尊严感，息息相关。当此之际，人好像是从外界获得力量而使自己独立起来。如用移情作用来解释，即是大自然移入我，我没入大自然，大自然的气势成为我的气势，我的气势化为大自然的气势。即我的心灵完全被大自然所占有，大自然完全被我的心灵所占有，大自然的物理场变为我的心理场，我的心理场变为大自然的物理场，从而达到"吾心即宇宙，宇宙即吾心"的天人合一之境。

如果按格式塔艺术心理学家的观点看，这乃是异质同构作用。他们认为，不管外在物理世界还是精神世界都存在一种力的结构，尽管其质料不同，但在形式或结构上却是可以同形的。阿恩海姆在《艺术与视知觉》中举例说，一棵垂柳之所以看上去是悲哀的，并不是因为它看上去像是一个悲哀的人，而是因为垂柳枝条的形状、方向和柔软性即它的力的结构形式本身就传达了一种被动下垂的表现性(即情感表现)。那垂柳的结构与一个悲哀的人或悲哀的心理结构是相同的，而造成表现基础的是力的结构。所以只要力的构成的形式相同，物我双方便可交感互应，契合一致。这种解释兼顾主客两个方面，比只看到主观作用的移情说更为合理。

最后还要说明，诗歌中的体态、景态往往是一种意象而并非实际存在的。但这并不影响其心态，因为想象的体态和景态与实际存在的体态和景态所引起的心态变化与机体反应是一样的。想象与植物性神经系统相连，大脑与神经系统不能区分客观现实与想象的现实。还有，独立体态的心理含义不能脱离诗作的整体孤立地看，必须从它与景态、心态的联系中去把握。因为三者是互相生发又互相制约的。在有些诗作中，独立表示的是内向性的心态，那纯是孤独凄冷的情怀，其所显示的是独立的一面，而本文所论及的则是独立的一面。两者迥然不同，乃景态各异所致。

“神入”与“身入”

一

“神入”是心灵同物象产生感应、交融，进而化为物象，然后再体验物象，实际是本身成为物象而后形成的心理感觉。这在审美体验中是非常重要的因素，已是不待说的了。但我认为“神入”还兼有“身入”之义。即“神入”不仅是心理的，还是生理的乃至身体的。因为心身是统一的，心灵的感受同时也是身体的感受，而且唯有身体的感受最真实、具体、深切。所以，在“神入”过程中，必须也必然伴之以“身入”，即不仅用心灵或想象而且用身体感觉到真实，这种审美体验才能达到极致或臻于化境。常语所谓体验、体会、体认、体察、体贴，就表明，必须以自己的身体去接触、验证、领会、认知、考察、贴近、切近物象，才能深入把握其本性、本质。从思维方式角度看，“身入”可称之为形体思维。法国心理学家莫洛亚，以猫的动作来解释这个概念说，一只猫轻盈地跃上摆满器皿的桌子，似乎并未经意，但它既未打碎盘子，也没有碰着花瓶，它一连串的动作，包括精心地计算用力大小和准确地选择落脚点，全是下意识的，猫借助于肌肉和眼睛思维和“躯体智慧”完成了这些动作①。冯友兰先生讲过一件事，也是形体思维的好例，说有一个会开车的朋友告诉他，开车开到熟练的时候，车就像自己身体的一部分，车的四个轮子，就好像自己的两条腿一样，所以他开起车来，哪个地方能钻进去，哪个地方钻不过去，他不加思索就可以决定。② 开车熟练到具有肌肉体验的程度就已车我不分，不但在心理上，而且在生理和身体上都与车合而为一了。这就是化境，就是审美体验。这样的开车就由技术升华为艺术了。尽人皆知的庖丁解牛的故事也可以从这个角度去理解。庖丁技艺高超，他解牛时能够“以神遇而不以目视”，“官知止而神欲行”，即只用心神来领会而不用眼睛去观察，器官

---

① [法]莫洛亚：《生活的艺术》，生活·读书·新知三联书店，1986年版，第4页。

② 冯友兰：《三松堂自序》，生活·读书·新知三联书店，1989年版，第157—158页。

的作用停止，而只是心神在运作。一句话，只有“神入”而无“身入”。其实，情况恰好相反，即只有“身入”而并无“神入”，更准确地说是，“神入”已经转化为“身入”，“神入”与“身入”两者密合无间、融为一体，以至完全可以听凭器官和形体自行去活动，因而获得一种审美的、自由的愉悦，体验到“技进乎道”的境界。贾岛炼句的故事也是人所共知的，一次贾岛骑驴访友，于路上得句云：“鸟宿池边树，僧推月下门”，又欲作“僧敲”，炼之未定，乃“吟哦引手作推敲之势，傍观亦讶”。① 为了确定“推”与“敲”的内在区别，他做出推门与敲门的动作，“身入”地进行比较。不觉“神游象外”，脱离现实，陷入幻境。一面口诵心维，一面指手划脚，使旁观者为之一惊，以为他发了神经。

这里需要说明，同是形体思维，人与动物仍有本质的不同，此所谓同形异质。人的形体思维，特别是艺术家的形体思维是情感性的，亦可称为情感思维。而动物的形体思维纯出乎本能，谈不到什么情感。易言之，人的“身入”必然伴有“神入”，正如“神入”也必然伴有“身入”一样。所以“神入”与“身入”是相互作用、相互生发的。

二

艺术的欣赏和创作中，由“神入”而“身入”是不可缺的，也几乎是不可避免的。

中国古代画论中所说的“气韵生动”，文论中所说的“气势”之类的概念，至少部分地与形体感或肌肉感有关。朱光潜先生曾举古诗为例做过说明：

噫吁戏，危乎高哉！蜀道之难，难于上青天！（李白《蜀道难》）

荡胸生层云，决眦入归鸟，会当凌绝顶，一览众山小。（杜甫《望岳》）

昵昵儿女语，恩怨相尔汝。划然变轩昂，勇士赴敌场。…… 跻攀分寸不可上，失势一落千丈强。（韩愈《听颖师弹琴》）。

读这类诗句，如果只凭“神入”，而不从“身入”上，即不从肌肉感或肌肉经验及形体感上去品味其中形象的意味，就很难说对作品懂透了。

欣赏如此，创作尤然。传说张旭见公孙大娘舞剑器始得低昂回翔之状，从而使其狂草力透纸背；王羲之从鹅颈的伸缩当中悟到自然事物的弹性变化，而使他的书法达到兴象万端的化境；文与可学书十年，未得古人笔意，偶见道上蛇斗，遂得其妙；黄山谷出峡，见长年荡桨而知书法。可以肯定，他们在“神入”观察这些物象时，必然伴有一种生理冲动或生理反应以及体态的活

① （元）辛文房著，李立朴译注：《唐才子传》，中华书局，1965年版，第78页。

动，在肌肉及其他器官和形体上经历一种细微的变化。正如我们平常观看别人踢球，自己的脚也随之跃跃欲动一样。这都是由“神入”而“身入”的表现。

郭沫若《地球，我的母亲》的创作过程尤能说明问题。他回忆说：“那天上半天跑到福冈图书馆去看书，突然受到了诗兴的袭击，便出了馆，在馆后的石子路上……赤着脚踱来踱去，时而又索性倒在路上睡觉，想亲切地和‘地球母亲’亲昵，去感融她的皮肤，受她的拥抱。——这在现在看起来，觉得是有点发狂。”①这可算是比较深入的“身入”了。但丁有言：“画象者若其不能成为该物体则不能画之”，可谓一语中的，“成为该物体”即“身入”也。陆放翁诗：“何方可化身千亿，一树梅花一放翁”，他恨不得把自己变成梅花，“身入”其中。杰出的艺术家都有这种体验和渴求：必须把自己完全沉没到物象之中或把物象完全沉没到自身里。同古柏一起昂然挺立，同大风一起驰驱狂吼，同波浪一起拍打石岸，同溪水一起流淌，甚至还可“抱明月而长终”。丰子恺说，“凡写风暴，非内感树木振撼，家屋倾倒的威力，不能执笔”，必须“自己移入风暴中，变为风暴，而与风暴共动”，“欲写树木非亲感伸枝附叶之势不可”。②古人所谓“身如枯枝，迎风萧聊”也是此意。当代美国画家弗兰克说：“当我作画时，我整个身心都集中于非我，而且一度自我解脱。我画那棵树，我就变成那棵树，那棵树的每一个细微特点都感到有我：树身、树枝、茎干、树叶，作画的活动成为一种神灵的或宗教的体验。”③法国女作家乔治·桑体会最为细致入微，她这样写道：

我有时逃开自我，俨然变成一棵植物，我觉得自己是草，是飞鸟，是树顶，是云，是流水，是天地相接的那一条水平线。觉得自己是这样颜色或是那种形体，瞬息万变来去无碍。我时而走，时而飞，时而潜时而吸露。我向着太阳开花，或栖在叶背安眠，天鹨飞举时我也飞举，蜥蜴跳跃时我也跳跃，萤火和星光闪耀时我也闪耀。

总而言之，我所栖息的大地仿佛全是由我自己伸张出来的。④

显然，这种“身入”并非实际的，如同郭沫若写《地球，我的母亲》那样，只能是想象的，即仍是“神入”的。但也唯其如此，“身入”才能摆脱自身及时空限制，随心所欲，任意驰骋，无远弗届，无微不至，无往而不入，无入而

① 转引自傅世侠：《创造》，辽宁人民出版社，1985年版，第103页。
② 丰子恺：《绘画与文学》，开明书店，1934年版，第111—113页。
③ [美]弗兰克：《国外文艺资料》，1980年第4期，第30页。
④ 朱光潜：《朱光潜美学文集》第一卷，上海文艺出版社，1982年版，第30页。

不自得。但尽管如此，在“神入”中依然会在不同程度上伴有不同方式的微妙的生理变化及肌肉或形体感应，即“神入”离不开“身入”，一如“身入”离不开“神入”一样。因为两者本来就是统一的。只是在许多情况下，“身入”不可能完全地表露而已。但只要有可能，它是一定要表现的。请看下列一些事例：

宋代包鼎画虎，首先“扫溉一室，屏人声，塞门涂牖，穴屋取明”，布置了这样一个“虎穴”之后，自己便“脱衣据地，卧起行顾，自视真虎也”，然后才挥笔作画。

相传赵子昂画马，也是“闭门伏地，对于马之动作，如长鸣，如蹴踣，如奔驰，如滚卧于郊原，作种种状态。戚原画狗，客访之，闻室中犬声甚沸，有类数十狗若争骨者，若众雄逐雌者，又若孤村野店，陡见生客，吠声从水中出者，及辟户，则原据几画狗正酣，口中狺狺声犹未尽也”①。

《水浒传》写武松打虎，虎的形象那么生动逼真，活灵活现，金圣叹推断说：“今耐庵为此文，想亦复解衣踞地，作一扑，一掀，一剪势耶？”②如果不以身体之，何能有此妙境。

在此，不妨插叙这样两件事。

据报道，德国一科学家，深入狼群生活十四年。他是“身入”而深入的。他模仿狼的行止坐卧，生活习性，以自己的身体去感受、领会狼性，和狼们建立了深厚的感情，他爱狼，狼也爱他，他成了它们中的一员。他终于懂得了狼的语言、习性和本性。

还有德国的一位动物摄影师，也是个动物迷，他“身入”凶猛的野猪群，经常同野猪们穴居共眠，摸爬滚打，因而成为野猪的朋友，野猪也终于把他当作同类。他因此了解了野猪的生活习惯和种种习性以及野猪社群内部森严的等级制，最后竟成了野猪之王③。

这类事例告诉我们，“身入”固然可以视为激发情感和想象的手段，便于更有效地将人类情感移于外物，即由“身入”而更“神入”，但其作用，又不仅止于此，事实上，体态变化，即某种“身入”本身就已经表现着某种情态，此所谓“体现”也。

当“神入”到“身入”之境也就达到物我不分，或物我两忘之境，这是最佳

① 于安澜：《画论丛刊》下册，人民美术出版社，1960年版，第723页。

② （明）施耐庵著，金圣叹评：《第五才子书施耐庵水浒传》（第二十二回夹批），中华书局，1975年版。

③ 《他成了野猪王》，载《自然与人》，1987年第5期。

的创作心态。苏轼描写文与可画竹云："与可画竹时，见竹不见人，岂独不见人，嗒然遗其身，其身与竹化，无穷出清新，庄周世无有，谁知此疑神。"(疑神——简直与神一般)苏轼认为，艺术家在创作时，不仅要专注于审美对象的观照而不及其他，更要紧的是要进入"其身与竹化"，即"身入"物象中，从而达到"遗其身"的"物化"之境。只有经由这样的"身入"才能深入"角色"，找到描写物象的自我感觉，从而把握物象的内在本质和精神。

而"神入"到"身入"之境，从心理学观点看，就由常态进入变态了。在旁观者看来，好似是精神病发作，以致闹出许多笑话。前面说过的相传善画马的赵子昂，"一日倦而寝，其妻窗隙窥之，堰仰斯呼，俨然一马也，妻惧，醒以告"①。妻子以为他中了邪，患了病，其实这正是"身入"角色所致。还有清代画家傅山，一次为友作画，但谢绝了友人参观，友人乃躲在远处偷看，只见傅山在动笔之前，手之舞之，足之蹈之，像是着了魔一般，友人大惊，急忙跑过去从背后把他抱住，傅山感叹道："完了，你这就败坏了我的画兴！"于是掷笔不画了。(《历代画家故事》)傅山作画前的手舞足蹈，也是"身入"角色，友人将他抱住，又使他出离了"角色"。

日本心理学家讲过一个类似的故事。

从前寄居在大阪附近一国寺的画师狩野探幽，受老和尚之托，在杉门板上作画，由于探幽心境欠佳，一时想不出画什么好，这样空过了四五天。一天晚上，小和尚慌慌张张跑来向老和尚报告说，探幽先生疯了，吃惊的老和尚到探幽房外偷偷向里窥望，只见探幽在房中把身体挨近拉门的护板，一会儿扭曲身体，一会儿躺下，一会儿单脚站立等等，做出各种各样的动作，看来他的确是疯了。老和尚认为探幽因为作不出画而急得发了疯。没料到第二天，在杉门上赫然出现了一幅卧鹤图，其笔势之潇洒绝妙，绝非一般画师可比。②

是"身入"使他们"神入"幻境而脱离现实，丧失了自我，暂时发生变态。

三

"身入"即使在科学技术的创造发明上也有重大作用。日本心理学家恩田彰认为，在创造活动中，感觉自己成为正在研究设计系统的一部分是很重要

① 《中国美学史资料选编》下册，复旦大学出版社，2008年版，第337页。

② [日]高桥浩：《怎样进行创造性思维》，科学普及出版社，1987年版，第52—53页、第120页。

的。这要求设身处地地从研究设计对象的角度考虑问题。比如在发明机械时，就要设想自己是机器的一部分。而“把人设想为机器的一部分当然是不合情理的”，但“在创造过程中，感情的非合理性因素比理智的合理性因素更为重要”。所以，“为了制出具有预想性能的机械”，“自己就仿佛是一种有魔力的小生物”，“必须以某种形式在其中”工作。就是说，你想制造什么，自身就要变成什么。① 另一位日本心理学家高桥浩也作如是观，他说：“事情就是这样，思想的产生不是单靠头脑思考，而需动手动脚、动员全身参与其事方成。与其摆一通这样或那样的道理，倒不如动手动脚，用手脚加以思考而这才是推出好意见的秘诀”。他所说的动手动脚思考，是指把自己的身体当作思考的对象而言。譬如思考水壶，就要“把自己充作水壶本身”，并在体态上做出反应，“身入”水壶，这样才能真正“站在水壶立场去思考我是水壶，‘希望怎样来对待我这把水壶’，‘作为水壶有何不满之处’等，结果一定会获得与迄今相当不同的创造思维”。他并以自己的切身体验证明：当你“身入”某物，动员全身参加，并把自己当成某物品来思考问题时，在你们的头脑中会涌现出与单纯用脑子所想的完全不同的创见来”，尽管这是“难以想象的”②。

科学技术上的创造发明如此，即使抽象的科学理论上的发现也常常如此。心理学家戈尔登(Gordon)曾经列举一些科学上自身比拟的发现与发明。法拉第曾经“看穿电解液的心灵竭力地使原子的活动呈现在他的心眼上”，凯库勒(Kekule)由于将自己比作一条蛇正在吞噬他的尾巴而设计出圆圈式的苯分子方程式而不是像传统上连锁式的炭原子方程式。③

四

心理学证明，感性生活和身体生活，即“神入”与“身入”是统一的。因为情感活动与肌肉活动紧密相连，相互为用。心理学家早就发现“每一种情感倾向都驱使动作，就是说，它不仅发动而且冲击运动器官”④。苏联心理学家捷普洛夫也明确指出：“情感的重要特征之一便是，它能改变机体生活活动，表现为整个系列的身体特征”。⑤ 美学家柏克说：“意识见诸形体，在人体上，意

---

① ［日］恩田彰：《创造性心理学：创造的理论和方法》，河北人民出版社，1987年版，第158页。

② ［日］高桥浩：《怎样进行创造性思维》，科学普及出版社，1987年版，第52—53页、第120页。

③ 郭有、周昌忠编译：《创造心理学》，正中书局，1989年版，第257页。

④ 《推理心理学》(英文版)，第22页。

⑤ ［苏联］捷普洛夫：《心理学》，商务印书馆，1953年版，第155页。

志，情绪和思想获得了形式，显露了出来”。[①] 库勃拉诺夫则从形象思维的角度提出：“能够把形象思维体现出来的是肌肉活动、行为及行动。”[②]形象思维自然包含着感情，这是不言而喻的。詹姆士进一步肯定：“完全超脱身体的人类情绪是个乌有的东西。”[③]

总之，情感和肉体之间存在着有机的、内在的联系，谁也无法在两者之间筑起一道不可逾越的鸿沟。一个简单的例子就可证明：一般人若自心底回答“不”这种否定的情感不仅使他在他的嘴中说出“不”，甚至在他的体内的各种内分泌、神经、肌肉及全部组织都会感应出拒绝的形态。若我们能够使对方回答“是”，这种情形就不会发生。这时体内的各种组织就会对外来的刺激做出可接受的暗示[④]。

这是情态作用于体态。另一方面，体态也可反作用于情态，即一定的体态可以引发、激活一定的情态。我们都有这样的体验：心情平静时才能坐下来，而坐下来也能促使心情平静。《鬼谷子》云：“平者静也……怒者动也”。两种心态，对应两种体态。一个人在怒不可遏之际会拍案而起，而一旦坐下来，那激荡的心潮便会趋于缓和，怒气会消失一半。柏格森曾称赞拿破仑是那时的一位心理学家，因为他曾敏锐地注意到，“单是坐下来这么一个事实，就足以把悲剧转成喜剧”[⑤]。坐下来便意味着自己有个身体，并将注意力从精神转到物质(身体)，于是心情便自然归于平静。曹植写过一篇《相论》，其中有这样两句：“无忧而戚，忧必及之；无庆而欢，乐必还之。”说的也是表情和体态对情态的影响。例如早晨起来，弯腰走路，低头不语，双手无力下垂，动作迟缓，即使没有特别原因，也足以使人精神萎靡，意绪消沉。相反，如果做出快乐的姿态，坐得直，走得快，胸脯挺起，肺部扩张，精神立刻为之一振，神气昂扬起来。按詹姆士的观点，对于激励我们对象的知觉心态，并不立刻引起情绪，知觉之后，情绪之前，必先有身体上的表现发生，所以更合理的说法乃是：“我们因为哭所以愁；因为动手打人所以生气；因为发抖所以害怕；并不是我们愁了才哭，生了气才打，怕了才发抖。”[⑥]他的意见固然失之片面、极端，但决非毫无根据。

---

① [英]柏克：《美学原理》，商务印书馆，1965年版，第242页。

② 《论形象思维》，中国社会科学出版社，1979年版，第449页。

③ [美]詹姆士著，唐钺译：《心理学原理》，商务印书馆，1963年版，第270页。

④ [美]卡耐基：《人性的弱点》，地震出版社，2006年版，第121页。

⑤ [法]柏格森：《笑》，中国戏剧出版社，1980年版，第32页。

⑥ [美]朋曾闵·蓝德：《西方心理学家文选》，科学出版社，1959年版，第165—166页。

总上所述，我们可以肯定：“神入”与“身入”两者互相依存、生发、渗透。没有纯粹的“神入”，也没有纯粹的“身入”。“神入”中有“身入”并可发展为“身入”；“身入”中也有“神入”，业可进一步引发“神入”。而且，在很多情况下，“身入”只能藉想象即“神入”而实现，可以说“身入”即“神入”，“神入”也即“身入”，一而二，二而一，两者完全融合为一。这里需要补充说明，想象上或心理上的“身入”与实际的、心理上的“身入”并没有绝对的界限，而是有其相通或相同处。因为想象与植物性神经系统活动相联系，故想象可引起强烈的生理反应，如同真实的情况一样。实验证明，人的大脑和神经系统不能区分真正的现实和想象的现实，它们是根据人信以为真的信息做出反应的，所以想象的体验可以在大脑和神经系统中变成真实的，因而想象不仅调节着人的行为，而且改变生理过程的进行。

按想象观念的清晰性来看，人们之间的差异极大。有的人只有贫乏暗淡的想象形象，而另一些人则具有清晰、鲜明的想象形象。他们体验这些形象时，有如“看见”或“听见”一样真切，而当他们“看见”或“听见”了某种东西，就可观察到他们体内甚至体态发生的奇异变化，此即由“神入”而“身入”的过程，这是心理学家早已证明了的①。但这已接近病态了，不用说，艺术家多是敏感而富于想象力的人，加以又有一种泛神论倾向，他们很容易因“神入”而“身入”，很容易将想象当作现实，自己描写什么就变成什么。这就是苏联心理学家彼德罗夫斯基指出的“有些作家过分敏感和病态地感受到想象的情境”②的那种情况了。

① ［苏联］柯尼洛夫：《高等心理学》，商务印书馆，1953年版，第261—262页。

② ［苏联］彼德罗夫斯基：《普通心理学》，人民教育出版社，1981年版，第389—390页。

西方文学：心灵的历史·序

本书作者是位颇有才华的作家，又是辛勤耕耘的学者。在多年教学和研究的基础上，终于完成了《西方文学：心灵的历史》这样一部具有开拓性和独创性的学术专著。摆脱旧有的框架，把文学作为心灵现象，把文学史作为人类心灵的历史来系统地进行研究、探讨。就愚见所及，几十年来，在国内，此书怕是第一部。而且，由于作者不仅精熟西方文学史，也对西方哲学和现代心理学有相当造诣，故其观察文学现象，独能居高临下，眼光四射，入内出外，发人所未发。这就使这部专著更显得蕴蓄深厚、意境高远。

马克思主义认为，文学的最高宗旨是实现人的精神与审美的自由、发展和解放。马克思关于人的发展的三大历史阶段的理论把现实的人作为历史发展的中心，深刻地揭示了物质生产对于人的限制以及人在劳动中自我创造的艰辛历程，指出了各个时期控制心灵自由发展的基本社会因素，因而也就指出了人类走出心灵炼狱，实现心灵自由发展的正确道路。本书以此为指导线索，重新描述了西方文学发展的历史，展现了西方社会在不同历史阶段人们经受的感情上的痛苦和丰富多姿的审美世界。读此书犹如但丁游历炼狱，只不过这是心灵的炼狱。人类只有在消灭了私有制的高度发展的社会共同体里才能实现心灵的全面解放。

长期以来，我们总是习惯地认为，文学是政治、经济的反映，这是不错的，但内在地，就其广阔的意义来说，文学乃是一种与政治、经济相关的心理学，它所要揭示的不只是一定限度的社会历史内容，而是广阔的内心世界和人心的深层结构。本书正是从文学的这一本性来考察西方文学主流的。作者在《题记》中明确提出："文学是人类心灵的历史"，"人类流动不已的生命和变幻不定的精神现象构成了西方文学的壮阔河流"。本书自始至终贯彻了这样的指导思想，故能透过现实的人的心灵屏幕考察探究人自体的底蕴，从而使人看到人类内心宇宙的多姿多彩、复杂变幻的种种奇观。

这样，便遇到一个问题，对狂放恣肆的浪漫主义文学来说，很容易依上述观点来理解，但对现实主文学则似乎有点格格不入了。作者意识到了这个问题，他令人信服地指出，所谓浪漫主义与现实主义并没有明确的界限，很难对一个作家进行这样的区分。尤有进者，现实主义作家总是营造内心世界，总是殚精竭虑探索社会表层之下那些最隐密的东西，真正的艺术家无不善于描绘一定社会历史条件下人类心灵的全景或完整多样的内心世界体系。总之，他们所关注的依然是人的心灵。如果有区别的话，就是现实主义比浪漫主义更重视人的心灵与外部世界的碰撞与和谐。具体地说，心灵世界不能受制于历史空间和种种外部因素，但它又反作用于外部因素。总之，是主体创造了自己的枷锁，然后再挣脱枷锁，心灵世界的发展就是如此。

据作者的考察，外部因素有四维：经济关系、文化、民族、历史。每个心灵都在这四维坐标中占一位置，受这四个坐标的影响。但更重要的是，每个个体都不甘于四维坐标中的位置。它接受其影响又反抗它。正是主客之间互渗互撞构成了现实主义心灵银河体系的奇辉。作者由此结论说，在现实主义作家看来，完全不受现实对心灵约束的人是单维的人，他们完全隐遁于自我内心之中；另一方面，完全按四维约束的理性秩序去生活而没有生命冲动的人，更是徒具人的外壳而已。我认为这是对心灵辩证法的最精辟的解释，这是符合马克思主义的。马克思主义强调社会历史对个人的决定性作用，但丝毫不否认个人的主动性和能动性。马克思指出："人们的社会历史始终只是个体发展的历史。而不管他们是否意识到这一点。"[①]就是说社会历史归根到底总要落到个体的发展之中。没有个体的发展，所谓社会历史就成为一句空话了。而对个体最有决定意义的便是他的种种思想感情，他的内心世界。所谓个体发展也就是他内心世界的不断丰富和发展。从社会历史的角度看是如此，从文学的角度看是本然地如此。

作者对于现实主义的这种深刻的本质性的解释，完全是别开生面的，令人耳目为之一新。再证之以对作家作品的论断就更清楚了，荷马作品代表人类童年时代的幻美与悲哀，《神曲》展示了中世纪文化心灵的崇高和痛苦；莎士比亚的作品揭示了文艺复兴时代人的主体意识刚刚苏醒时的惶悚，《浮士德》展示了人们在启蒙精神照耀下的广阔而奇丽的内心矛盾，是从但丁到歌德长达五百年间人的发展的一个缩影。对卢梭的《忏悔录》，作者独具慧眼地看出，那不是往事的简单复现，而是往昔生活的诗化；也就是说，卢梭从往事的回忆中涌出的东西远比靠逻辑所洞悉的东西要多。回忆使他从逻辑空间回

① ［德］马克思、恩格斯：《马克思恩格斯全集》第二十七卷，人民出版社，1995年版，第4783页。

到心灵空间。这个空间便是情感自由所创造的新天地。对于拜伦的《唐璜》，作者引申说，《唐璜》有如一张白纸，社会上各种势力在它的情感世界上印上自己的印痕，可以说它是人类多种感觉的永恒色彩在他上面印出的一幅感情历程图。

简单的几个例证，足以证明作者是怎样从文化心理角度把握和提示文学作品的底蕴和真谛的了。

文学作品既然是心灵的历程，那么伟大作家当然也就是伟大心理学家了。事实证明，所有文学巨匠都对人类心灵的复杂、微妙有惊人的洞察力。作者深刻地指出，第一个把人的内心世界展现得如此丰富的是莎士比亚。在文艺复兴时期，哥白尼发现了一个新的天体，而莎士比亚揭开了一个新的心灵世界。对莎士比亚来说，人的内心世界就是宇宙。比如，当我们进入哈姆雷特的内心世界时，不就如同进入了浩渺的宇宙？还有卢梭，康德说他是另一个牛顿。作者阐释说牛顿完成了外界的自然科学揭示了外在世界的秩序与规律；卢梭则探索人的内在宇宙科学，发现了人的内在宇宙，但他又比莎士比亚进了一步，他是解放被囚禁的内心情感的先驱，由此他迈出了人类心灵里程碑中关键性的一步。歌德在人类心灵的探索中，尤其引人注目，作者发现歌德深受康德的二律背反以及对人的内心宇宙全部复杂性的探索的影响。康德意识到人的内心世界绝非简单的静观反映可以涵盖的，他模糊地感到人的内心是诸多因素互相联系、制约的一个系统。例如浮士德与靡菲斯特两个对立形象的设计，浮士德心中，原人的无止境的欲望的追求和对理性把握的二元对位，体现了康德的二律背反。处在这两难境地是痛苦的，浮士德有无限的渴望，也有无限的痛苦；因痛苦而追求，因追求而痛苦。浮士德那颗在书斋中被麻木了的心，与其说是追求欢乐，不如说是追求一种强烈的痛苦，因为没有痛苦的欢乐是肤浅的欢乐，不是真正的欢乐。但他所追求的不是个人的苦乐，而是全人类的苦乐；把全人类的苦乐堆积在胸中，便获得了生命的最高体验。

《浮士德》是博大精深、包罗万象的宇宙图像。它的产生，固然离不开当时的社会历史条件。然而如果没有一颗广阔到足以容纳万有的心灵来孕育，它的诞生也是不可能的。作者的这个结论是完全正确的。

对于《恶之花》的作者波德莱尔，作者认为，他是第一个发现和正视资本主义腐恶本质的诗人；他在人性的探索上比他的同时代人更深入灵魂的底层。他把自己的船沉入情欲的深渊，开掘了一个人们不敢正视的艺术世界。巴尔扎克把眼光投射在人类心灵中的情欲领域，那是商品经济和金钱对于人的压迫所造成的心灵畸变。作者指出，在巴尔扎克看来，资本主义不过是个人情欲的角斗场，所有理性、道德、法规都不过是角斗场上角斗的遮羞布。用泰纳的话说，他的系统化的能力和对人类丑恶的明目张胆的偏爱创造了金钱和买卖的史诗。

众所周知，托尔斯泰在洞察人类心灵隐秘方面具有惊人的能力。有的学者指出，是托尔斯泰发现了人类的内心进程的无序性。作者论证说，托尔斯泰在揭示内心意识流方面最卓越的例证，就是对安娜自杀前的意识流描写，并由此指出，托尔斯泰不仅洞悉内心世界意识流动的隐秘过程，而且意识到这种流动的意识是多层次的：表情与内心，表层意识与内层意识，内层意识与深层意识之间交互作用，形成意识流动的四度空间。这就告诉我们，主体本身不是铁板一块，不是无结构的存在，而是复杂多面和多维的。

对西方现代主义文学，作者的概括也颇为确切中肯，认为西方现代文学是资本主义处于没落阶段的病态反映，它对于资本主义没落阶段，人与自然，人与社会，人与人，人与自身关系中的全面异化和心灵畸变，有了更深入更广泛的揭示；对现代西方人的困惑感、灾难感、陌生感和虚无感做了更细致入微的表现。总之，西方现代文学更注意人变成非人的问题。作者追溯，从莎士比亚时代起就开始关心“人变成非人”的问题，这在17、18、19世纪的西方文学作品中有大量的、深刻的艺术揭示。但这种揭示多是局部的、具体的。从总体上讲，自由资本主义时代文学作品对人的异化揭露，不如现代派来得深刻、尖锐。现代文学的这种揭露异化，寻找自我的努力，进一步拓展了人类心灵中那些没有开垦的处女地，从而提供了一个广阔深刻和充满各种神秘骚动的内心宇宙。诚如作者所说，西方文学的这种流变表明，人类认识自己的历史是由外向内的。即人由认识外界而认识自己，由认识自己的肌肤而认识自己的心灵，由认识清醒的意识进而认识朦胧的潜意识，潜意识深广、神秘、无限、变幻不定。这是一个由浅入深、由简单到复杂的过程，这个过程永远不会完结。事实证明，人类对自己的认识越多就越发现其所不认识的更多，而认识更多本就意味着其所触及的未知领域也越多。唯其如此，人类才越发渴求去认识和追求，这大概是人的本性使然吧。

苏联文学史家第聂伯罗夫在谈到意识流小说的特点时说：“十九世纪现实主义的心理主义追踪个人的制约性，解释现实的利益、情况和目的如何转换为内心体验和动机的语言，捕捉个性形成的紧要关头，这是从客观的角度观察主观。”与此相反，意识流小说，就其作品的主要人物而言，则是：“从主观的角度观察主观。世界的起点就在于此，就在这主观活动中，就在存在本源的自我意识的活动中，生命的长河由此发源，这里是生命的上游。”①所以，西方文学的发展过程，也可说是一个由于某种原因重视客观逐渐转化为重视主观的过程。对于重视主观的作家来说，作品中人物的心理个性比他从中显示心理个性的环境更重要。苏联学者巴赫金认为陀思妥耶夫斯基就是这样一位作家。在他看来，对于陀思妥耶夫斯基来说：“重要的不在于主人公是世界的一个什么，重要的首先在于他对世界是一个什么，他自己对自己是一个什么……因此，构成主人公形象的要素不是现实——主人公本身及其生活环境——的特征，而是这些特征对他本身、对他的自我意识的意义。”②这里所说他是世界的一个什么，则世界为主体。他从属于世界；他对世界是一个什么，他即是脱离了世界，而与世界对等的独立存在的主体；他自己对自己是一个什么，则表示他要追寻和发现真正的自我是什么，这是主体意识的极致。对于陀思妥耶夫斯基是这样，对西方所有重视主观的作家都是这样。

应该承认，人的心理世界或精神世界，在相对意义上，可以脱离现实世界而独立。它与现实的关系不是线性的因果关系。只有物质世界的因果关系是明显的。高等复杂的生命机体其因果关系时常是不规则的。比如同样被病菌感染，不一定人人都发病，人各有不同程度的免疫能力。生理病理现象如此，心理现象尤然。同样的社会环境，同样的社会影响，人的发展可以完全不同。人不一定“染于苍则苍，染于黄则黄”，人是有一定的选择自由的。而且他可以影响环境，他的个性与其说是环境影响的产物，不如说是他影响环境的结果。本书在谈到歌德的非凡时曾深刻地指出，是当时德国的庸俗造就了歌德的非凡；现实生活之庸俗难耐与无法改变，逼使着大批智者从形而下进入形而上，从地面飞向云端。这正是人的精神有相对独立性的例证。

如果我们再进一步探讨，便可发现，心灵不等于意识，心灵远比意识深广，心灵的独立性也更大。假如把心灵和意识等同起来，那就必然认为人是带着一具空空如也的心灵来到世上，在以后的岁月中，心灵所涵蕴的只不过是通过个人经历所学习得的一切。除此之外，什么也没有。是的，人是作为生物的人进入社会的，一进入社会，便受到各种作用和影响，但这种作用和影响并非施加在一块什么属性都没有的肉体之上或神经组织之上，而是施加在一个有先天生理心理素质的实体之上。先后天是互相作用的，不是一方作用、一方被作用，好像盖图章似的。生命是特殊的，具有内在能动性和主动

① 转引自[苏联]科恩：《自我论》，生活·读书·新知三联书店，1986年版，第207页。

② [苏联]科恩：《自我论》，生活·读书·新知三联书店，1986年版，第206页。

性。现代心理学证明，人不是一部可以规定程序的电子计算机，也不是受刺激—反应图式支配的被动装置，而是一个内在的、没有外部刺激也进行自主活动的系统。人类的特有成就的东西，决不是“刺激—反应”这个图式所能解释的。外部刺激不是强迫其活动，只是为其活动提供条件和机遇。

《西方文学：心灵的历史》所体现对人类精神世界和人类心灵的认识与尊崇，与上述这些对心灵属性的概括是相通的。当然也可以认为，这些概括是本书所必然引出来的结论。这样，我们便可知道，把文学作为心灵现象来认识和观察就不仅是一种新的角度，而更是一种新的态度和新的高度。可以预料，本书不但对研究西方文学有重要参考价值，即对中国文学亦将有深刻的启发，不仅在方法论意义上，而且在本体论意义上。

写意——中国美学之灵魂·序

就愚见所及，在今人论书道的著述中，像《写意——中国美学之灵魂》这样独树一帜，并能熔义理、考据、辞章于一炉，堪称一家之言之作是极为罕见的。在本书中，作者仰其深厚的学养，精湛的艺术造诣，以史的眼光，从哲学高度弘扬孙过庭的书论或书道，独能俯视古今，褒贬百家，妙论横生，新意迭出，令人目不暇接。依我之见，其最堪注意者，约略说来，盖有二端。

其一是对书道哲学意蕴阐发能够深入堂奥。不可否认，中国古典哲学孕育了中国文化艺术，当然也包含书道。本书更进一步指出，书道与哲学诞生伊始便同源共根。伏羲画卦这个古老传说便是其表现。伏羲画卦既形象又抽象，既是书道又是哲学。这真是石破天惊之论。孙过庭有言："一画之间，变起伏于峰杪；一点之内，殊衄挫于豪芒"，可以说这是世界上"变动犹鬼神"的形象——抽象体系了。中国的书道确实有深厚的辩证法内蕴，是无限的变化之道的宝藏。指出这一点之后作者更就孙过庭所说书道乃"义理之会归"阐释说，书道本来就是哲理的总合。而哲理的总合其最基本的含义就是宇宙变化的根本规律——矛盾律。中国古人认为宇宙根本规律即易道，易道即变易之道。一阴一阳谓之道，故易道即阴阳法，阴阳法即矛盾律。书道充满了矛盾，诸如意与象，神采与形质，疾与涩，虚与实；又如起伏、顿挫、轻重、疾徐、浓淡等等都是矛盾的对立统一。可以说书道就是矛盾运动图，就是自然矛盾运动的线条化、抽象化。但这抽象却是形象的，是富有诗意的，决不如某些论者所说书道是"抽象艺术"。作者认为中国书论中常讲的"笔势"、"书势"、"书状"、"外状其形"等等便是对形象的描述。以最"抽象"的草书为例，其笔势是何等鲜活而又朦胧，泛义而又凝定！你看那一根飞舞的线是何等仪态万方，夭矫奇突，它有多么丰富的形象！而且是能够唤起丰富的想象、"达其性情，形其哀乐"的形象。故曰，书道是形象的抽象，或抽象的形象。在它抽象多变的线条中，积淀着，凝结着，跃动着的是活泼、旺盛的、强烈的、生生不息的生命啊！所以作者说中国的书道是写意的又是哲学的，是诗与哲学的独特结合，是完全正确的、也是非常深刻的。

但“义理之会归”的含义还不止此，作者洞隐发微，指出它还有更深一层的含义，那就是，它体现着作为中国哲学最高范畴的“一”，一分为二是阴阳，合二为一是“一”，一即道，一阴一阳谓之道。书道，尤其是以盛唐为代表的中国书道，其本质可看作是“一”之舞蹈，气之流行。这再次证明书道既是写意的又是哲学的。

其二是作者对中国艺术或中国美学写意这一神髓的把握。作者深刻指出，写意是中国艺术的核心，是中国美学特有的概念。写意是写实的升华。而书道则是写意之尤，书道把写意的特点发挥到极致。作者特别指出，写意不是简单的反映或再现。写意是“情动形言”，是“感于物而动”。对写意来说，客观现实的刺激只作为其契机而存在。如果说是反映，那么这种反映必须达到抒情的高度。这叫以情观物，以情动人，从而达到心物交融、主客一体的境界。这种反映不追求客观的逼真性，而强调“慷慨以使才，磊落以任气”，强调“取会风骚之意”，强调“风力”、“风骨”等等，总之是强调主观、主体。作品的高下，不看其中有多少客观性，而是看有多少主体性，这是浓烈的以人为中心的艺术体系。这个原则，作者认为，在书道中，特别是在盛唐的狂草中，得到了最充分的体现。

这里应该指出，有些论者，常常搬用或套用“唯心”、“唯物”、“第一性”、“第二性”、“表现”、“再现”、“反映论”等概念来解释或“研究”艺术，特别是中国艺术，又特别是中国的书道，其结果，不是削足适履，就是驴唇不对马嘴，肯定是不得其门而入。这是作者一再慨乎言之的，也是特别值得我们注意的带有倾向性的问题。别的且不论，单就人们常说的反映论而言，我以为反映论，特别是经过我们的某些理论家解释过的反映论，是不能解释艺术，尤其是不能解释中国艺术的。我认为某些理论家的反映论，强调的是一分为二或主客分立。而中国艺术的写意则追求合二为一、主客一体。从心理学观点看，一分为二或主客分立是不足以言创作的。这个问题在这里不能多谈，只指出一点就够了：即任何创造性活动，不论是艺术家的创造性活动，还是手工艺人的创造性活动，创造者都要把他自身和他的创造材料或对象融为一体。正如弗洛姆所说：“无论是一位木匠做了一张桌子还是一位金银制造商铸了一块玉宝，无论是农民种植粮食还是画家作了一幅画，在所有各类创造性工作中，工作者和他的对象都成为一体，在创造过程中，人将自身和世界结成一体。”①弗洛姆的这些话有助于我们理解中国艺术精神。

① [美]弗洛姆：《爱的艺术》，上海译文出版社，2008年版。

还需要补充说明的是，本书在阐发书道的过程中，常常涉及到中国美学或中国艺术的一些概念，对这些概念作者都能给予独到的、精辟的解释，非常发人深省。比如最为常见的境界。作者指出，中国艺术，大至建筑，小至篆刻，一切“美的艺术”都以有境界为上，都要用境界说话，但境界究竟何所指？作者明确提出，所谓境界决非某些论者所说的“形象”或“典型”，境界就是诗化，就是指整幅作品所呈现的一种抒情写意的意味或气氛。这真是单刀直入，一语破的之论。又如“风骚”，人们都承认是指周风楚辞的伟大抒情传统，但作者却独具慧眼，认为风骚的重点不在风而在骚，认为中国大艺术家实质上是以屈子为心的。刘勰所说屈赋“衣被词人，非一代也”，洵非虚语。对于文章“气势”，作者也有自己的理解。他以司马迁的《五帝本纪赞》为例，指出那一唱三叹、回肠荡气而演漾为一种劲折之美的就是“气势”的真谛。由此可知，作者对这些概念的诠释是与众不同、独辟蹊径的。

看了这本书，我觉得作者是真正懂得中国艺术和中国书道的，故能入乎其内出乎其外。真可谓是“好学深思，心知其意”了。这种懂得不是停留在理性认识上，而是具有深切的体会和直感的颖悟。这是不容易的，这是一种境界。非经年累月、孜孜以求、生死以之、优游涵咏、沉浸其中、与对象融为一体不为功！鲁迅有言：“无论爱什么，——饭，异性，国，民族，人类等等，——只有纠缠如毒蛇，执着如怨鬼，二六时中，没有已时者有望。”作者对中国艺术和书道的追求和执着实已达到此种境界了。

这本书虽系书论，由于它具有哲理的高度和深度，其意义就远远超出了书论而获得普遍性的品格。对画论、诗论、文论乃至戏曲理论都将有深刻的启发。总起来看，这本书对中国艺术或中国美学的研究无疑是一个可贵的贡献，其功是不可没的，我以为。

谈谈反向努力

一

心理学上有一条规律，叫作反向努力律，这条规律告诉我们，主动追求的目标反而无法达到。因为过分有意识的努力，会压抑和阻塞自发性，强烈的动机或目标的追求会干扰和破坏自动反应机制的作用，过度谨慎或过于担心犯错误会导致过度反馈。老子是反向努力的大师，作为其总体思想的“无为而无不为”，从心理学观点看就是反向努力律。《老子》一书曾反复阐述这一道理。

在日常生活中，反向努力的事是每个人都会经历到的。如晚间失眠，越想入睡则越不能入睡，越想闭起耳朵不听钟声，钟声反而越清晰。同理，一个人越想追求优雅、表现优雅就越优雅不起来；越想树立尊严、表现尊严便越失去尊严。卢梭说过，如果一个“做老师的人，经常在那里装出一副师长尊严的样子，企图让学生把他看作一个十全十美的完人。这个做法的效果适得其反。他们怎么不明白，正是因为他们想树立他们的威信，他们才反而摧毁了他们的威信”。事实证明，越想获得赞扬或好评，越不能赢得赞扬或好评；而从来不寻求赞扬或好评的人，恰恰是获得赞扬或好评最多的人。一个人如果过于有意识地关心别人对自己怎么看，因而过分地取悦别人，总想给人一个好印象，那反而会限制压抑自己的未来的自然表现，从而给人造成一个不好的印象。心理学研究表明，人有意识的努力，是使其不能利用内在力量的一大原因。心理治疗有这样的经验：人越是渴望治愈疾病，就越是长期不愈。精神病医生都必须学会不力求治好，不急于求成。在这里，屈服就是克服，恭顺就是成功。这也可算是“无为而治”吧。精神病学家认为，人在许多情况下产生失调的行为，是由于过分害怕某些令人恐惧的事物，即他老是担心某种可能使他感到焦虑的处境，致使他产生一种预期的或想象的焦虑。这种心态足以使人变得无能为力，发展下去就是病态。针对此种情况，精神病学家提出一种矛盾意向疗法，即要求病人努力去做他在这种情况下最害怕做的事，或盼望同类的事发生，从而使致病的恐惧感为相反的愿望所取代。这是利用反向努力原理以“先发制人”的方式克服预期焦虑而达到心理松弛，以便从容不迫地应付他所面临的局面。有这样一件事，一个很严重的成年结巴，只有一次他没有结巴，那是他 12 岁那年，有次他乘公共汽车没有买票，不料被售票员抓住，当时他暗自思忖：这下愈结巴愈好，让人知道自己不过是个可怜的结巴孩子而原谅了他。谁知事与愿违，他越努力结巴，却越结巴不起来。这就是他生平仅有的一次没有结巴。由此可知，“自动活动机能之有意控制，每成为此机能的束缚及障碍”。有人还注意到，许多结巴当他们发怒的时候，能够顺口骂人而不见有一些期期艾艾的痕迹；有些常结巴的人，在朗诵诗文或谈情说爱之时，也能很流利地发音吐字。“这些事实足以证明，口吃的决定因素存在于口吃者对于他人的关系之中，其决定的时刻则为面面相对的时候。当此之时，他必须于他自己及他人之间成立一种关系，或必须利用语言以表达其中心的要蕴，一种内心的紧张即由之而起；而口吃的习惯则为之抑住，其结果遂有流利的语言之出现。”禅宗思想家有句名言：“有意寻佛则佛不在。”把最终的结果当成目的，是心不诚的表现。这样越寻佛则越寻不到佛。大家知道，虔诚的基督徒，并不以升天堂、得到安慰和幸福作为追求的目标，他只知敬仰上帝，这样他才能获得真正的安慰和幸福。

二

反向努力在很多方面都有表现，在艺术创作中表现更为突出。艺术家越热切地追求什么就越得不到什么是常有的事。他们大概没有不希望自己的作品能够引起强烈反响，产生所谓轰动效应的。但越是热衷于此，越是不能忘情于自己成为什么家，自己的作品如何产生巨大的思想穿透力……带着这样强烈的角色意识来创作，结果首先会束缚住自己的手脚，窒息了创造活力，这如何能创作出好作品？所以，许多作家的所谓力作往往是在最不用力的情况下写出来的，而且压根儿就不觉得那是什么“力作”。反之，多半就不会有什么力作。道理很简单，艺术创作主要是感情活动，而感情是不受个人意志支配和决定的，它不能召之即来，挥之即去。而且人越是命令或企求自己具有某种感情，则越不能产生某种感情。斯坦尼斯拉夫斯基指出：“一个演员越是命令或哀求自己哭，他便越哭不出。”他告诫演员说：“不能只带着不要装假呀这种老是摆脱不开的念头走上舞台去进行创作，也不能带着无论如何都要创作出真实这种唯一的想法走上舞台，怀着这样的念头和想法只能产生更多的虚假。”鲁迅引用一位俄国作家的话说：“安特烈夫竭力要我们恐怖，我们却并不怕，契诃夫不这样，我们倒恐怖了。”我国古代艺术理论有“无意求工而无不工”的说法也暗合这条反向努力律。以作画来说，依这条原理，画什么就不必要先想到自己在画什么，画山不要想到在画山，画树也不要想到在画树，最后连自己作画也不要想到是在作画。例如，有位画家说：“画柳最不易”，“若胸中存一画柳想便不成柳矣，何也？干未上而枝已垂，一病也；满身皆小枝，二病也……，惟胸中先不着画柳想，画成老树，随意勾下数笔便得之矣。”又如戏曲，戏曲中的插科打诨虽不可少，但最忌有意为之。明代戏曲家李笠翁说：“我本无心说笑话，谁知笑话逼人来，斯为科诨之妙境也。”这与萧伯纳所说“真正的笑话就是我并非说笑话”的意思不谋而合。林语堂也谈道，“我们越不模仿古人越与古人相似”。这使人想起美国剧作家阿瑟·米勒在指导中国演员表演他的名作《推销员之死》时对演员们讲的一段话：“我要说的第一件事就是行为举止怎样才能像美国人，回答很简单，根本不要故意装成美国人的模样，要把这出戏演得美国味十足，办法就是把它演得中国味十足。你们真正进入了角色，表面上那点风土人情的难题也就迎刃而解了。”这是深通艺术三昧之言。

三

再以教育而论，反向努力的现象也值得注意。施教者如果施教意识太强，急于以某种方式对人进行某种教育或向被教育者灌输某种思想，就可能引起相反的心理效应，使受教育者产生反感或逆反心理。试想受教育者当在意识到他正被人按照某种目的、被有计划地引到什么地方去并强迫其进入预定的设计时，他自己的意志、感情、独立人格完全被忽略了，他能不感到这是种侮辱和伤害吗？在这种情况下，为了保护自己，被教育者会紧紧地关上自己的心扉，拒绝接受那套所谓的“教育”。因为人的心灵是不愿也不会受人摆布的。真正的教育应是潜移默化的，即使受教育者不意识到自己在受教育：“随风潜入夜，润物细无声”，它使人如坐春风，在不知不觉中自然而然地受到教化。这是潜意识作用，是深层心理的变化。据此，我们可以说，受教育者越少感到落在自己头上的教育设想设计，则其效果越大。要做到这一点，首先就需要教育者忘掉自己是教育者，丢掉角色意识，把学生视为朋友，以人对人的方式与教育对象平等对话。钱穆说过：“理学家教人好像是父亲兄长站在你身旁对你讲，论其效果，有时还不如一个可以同你一路玩耍的要好朋友……因此父兄教子弟，最好能介绍他交一个年龄差不多的好朋友。”须知人格不平等，居高临下，命令姿态，强人从己，单向度说教是最令人生厌的。

在西方，有些社会学家发现，在罪犯中，有相当惊人的比例是出自以压抑犯罪为职业者（如法官、警察、狱吏等）的家族中，而教师的子女也常常特别顽劣难化。这意味着，一再重复某种单调沉重的要求会造成怎样的后果，而任何限制禁止也都会招致相反的结果，因为限制反而刺激了好奇心，引起更大的注意，强化了心理效应。

综上所述可知，要想避免陷入反向努力的误区就必须承认它、认识它并力求顺应它。

“民可使由之，不可使知之”新解

“民可使由之，不可使知之”长期以来被人们望文生义，简单地理解为是孔子的专制政治的愚民政策，因而一直遭到批判，“四人帮”时期，作为孔子的一大罪状，更是大批特批。我以为，这句话其实是具有丰富哲理内涵和心理内涵的。孔子真是主张愚民吗？未必然。现在学术界基本上都承认孔子的核心思想是“仁”，而愚民政策是很难与“仁”挂上钩的，如果不是强行辩解的话。而且，统观《论语》全书，也再找不出类似的话来。所以把这句话从孔子的总体思想和《论语》全书中孤立出来理解为愚民政策，实在没有多少根据。早在宋代，程子就提出：

圣人设教非不欲人家喻而户晓也，然不能使之知，但能使之由尔。若曰圣人不使民知，则是启后世朝三暮四之术也，岂圣人之心乎？

他认为若将这句话理解为愚民那就是一种权术了，而孔子是不讲权术的，他的话虽有道理，但并没有回答为什么“不能使之知，但能使之由”这个关键问题。前人对这句话的解释也多语焉不详，不得要领，唯今人钱穆的《论语新解》选取旧说，融以己意，其解释独得其真：

……《孟子》曰：行之而不著焉，习矣而不察焉，终身由之而不知其道者众也。《中庸》曰：百姓日用而不知，皆与此章义相发。……若在上者每事于使民由之之前，必先家喻户晓，日用力于语言文字，以务使之知，不惟无效，抑且离析其耳目，荡惑其心思，而天下从此多故矣。即论教化，《诗》与礼乐，仍在使由，由名而不知，自然而深入，终可自知。不由而使知，知终不真，而相率为欺伪。《易传》云：通其变，使民不倦，神而化之，使民宜之。亦为民之不可使知，而谋求其所由，乃有此变通神化之用也。……

钱穆指出，“民可使由之，不可使知之”即《孟子》及《中庸》所说“终身由之而不知”，“百姓日用而不知”之义，是正确的。这是一种实际存在的自然或自发状态。在古人看来，这是一种值得肯定的、健康的、正常的美好状态。一位古人说得好：“为政以德，则各得其性，天下日用而不知，故曰民可使由之。”就是说，这种状态的得以出现和保持乃是实行尊重人性的德政的结果。

如果不实行德政，“日用力于语言文字，以务使之知”，则“不推无效”，抑且使人“心思荡惑”，那会干扰或破坏了自然或自发的美好状态，因为“日用力于语言文字，以务使之知”，就是在宣传上狠下功夫，对人强行灌输和注入，进行空洞说教，这就违反了人的自然或自发的本性，必然引起相反的效果。与此相反，“由之而不知，自然而深入，终自可知”，即允许人们通过实践自己去体验，这样得来的知，方是真知。那种“不由而使之，知终不真”，并且还会“相率为欺伪”。强行灌注的结果，必然扼杀和摧残人的自然或自发状态，这样得来的知，不可能是真知；这种做法只能培植虚伪。老子所说“我无为而民自化”讲的也是这个道理。用今天的话说，无为即减少或不加干涉，充分信任和尊重人的内在机制，令其自化，从无序达到有序。古人说，顺物之性以治物，则物无不可用；顺人之性以治人，则人无不可治，确是至理。而试图干预存在物的生长规律，无异揠苗助长，必将损害这些事物，同时也破坏自身的和谐。有修养、有气度的人，不去干扰存在物的生长规律，不迫使它们成长，不把自己的意志强加于存在物。他的任务只是提供条件和可能性，促使存在物自化。并通过自身的和谐引导万物趋于和谐，使它们自由、自发地表现和实现自己的本性；自由、自发地趋向自己的归宿，从而把它们内部固有的力量充分发挥出来。

从心理学观点看，人的真情至性都是自发存在的，是“由之而不知”，即自己不能意识到的。比如真诚，自发的真诚才是真诚。真诚而意识到自己真诚便已不是真诚，正如天真而意识到自己天真，便不再天真了一样。又如谦虚，当你意识到自己是个谦虚的人，你马上就已不是一个谦虚的人了。这时你越努力追求谦虚，装作谦虚，便越远离谦虚。所谓“其美者自美，吾不知其美也”。德行美好的人，常常是那些不知道自己这些美德的人，他们的一切表现如出本能，毫不勉强。这正是古人说的“由仁义行，非行仁义”，“仁义行于其中而民不知”的那种境界。我国明代哲学家吕坤，在他的《呻吟语》一书中以母子之爱为例对这一点做过很好的说明：“亲母之爱子也，无心于用爱，亦不知共为用爱，若渴饮饥食然，何会勉强。子之得爱于亲母也，若谓应得，习于自然，如夏葛冬裘然，何尝归功。至于继母之慈，则有德色，有矜语矣。前子之得慈于继母则有感于心，有颂声矣。”亲母之爱子，纯出自然和自发，“由之而不知”，并不觉得自己在施恩，而亲子也不觉得应该感恩戴德；而继母之爱，却是努力做出来的，因而自觉是在“用爱”，而前子也自然觉得应该感恩。显然，这是两种高低不同的精神境界。我们喜欢这样的人：他们的德行美好，而态度自然，使人不感到他们身怀美德，“不矜其能，羞伐其德”，他们决不夸夸其谈，炫耀自己的稀世优点，因为他们根本不知道这回事。相反，我们厌恶那些对自己的德行似乎不胜惊叹、唯恐人不知的人。荀子说过，“其善者伪也”，伪者，人为也，人为即有意做出来的，有意做出来的善，只能是虚伪，“一切伪善都是思索的产物”(叔本华)，黑格尔对此做过细致的分析，他提出道德是自发地做公正的事，即人们事先并没有考虑到什么是善的，并不觉得善是他的品格，而当人一旦意识到善便产生了选择：我究竟是愿意要善还是不愿。这种道德意识会使人产生一种骄傲。这是从个人意识到这种选择而来的：我是主人，是善的选择者。而这就意味着：我知道我是一个诚实的人，我是通过我的意志而决定行善的，这样我便获得了对于自己的优越性的意识。这样看来，人格的价值并不是有意识地追求就可以得到的，道德的价值，并不在于有意识地追求一个目标，而是在意向行为的背后。什么是意向行为的背后呢？另一位西方哲学家解释说：“譬如某一个人体贴另外一个人，他之所以能够实现这种体贴并不是他追求这种价值——因为如果那样，他实际上只是谋求为自己加上一个‘体贴人’这样一个价值谓词——而是因为他完全献身于这另外一个人，比如最亲近的人的幸福和快乐。”①简单地说，一个人体贴别人并非为了获得一个体贴人的美名，而是为了另外一个值得为之献身的人的幸福，这才是真正的体贴。所以说，决定体贴这人格价值的乃在体贴这意向行为后边的献身精神。在日常生活中，我们常常可以碰到一些追求表面人格价值的人，他们没有真正的善良之心和人情味，他们可能时时刻刻都在衡量他们所处的境地，每遇一事都要考虑：为了不使别人对他们有所非议，他们应该怎样行事才对。根据情况的需要，他们也会“施舍一分善心”，以便使人对他们感恩戴德。这岂不是有心为善，虽善亦恶？比如原谅别人，如果念念不忘自己对别人的原谅，岂不就是“施舍善心”、炫耀自己道德上的优越感？这样一来，所谓原谅就成了没有原谅的原谅了。自己以恩人自居，别人会感到欠你点什么。

这是“民可使由之，不可使知之”的又一层含义。

如果从教育心理学观点看，“民可使由之，不可使知之”则更有深意存焉，那就是它体现了对教育对象的尊重和循循善诱的态度。钱穆引《周易》的话解释说，“神而化之，使民宜之，亦为民之不可使知，而谋求其所由”是很恰切

① [德]施太格缪勒：《当代哲学主流》上册，商务印书馆，1986年版，第146页。

的。古注："民日迁善为化"，即人们每日向好的方面发展；"不知为之者神也"，即不知道谁使他天天向好的方向发展；"使民宜之"即人们乐于为善。这几句话总括起来就是：人们受了教化，乐于为善，不知不觉地天天向善，却并不知道谁使他这样，自然也不知感激什么人。不言而喻，这是在循循善诱中，使人熏陶渐染、潜移默化的结果。明代学者张岱在他的《四书遇》中解释此句说："圣人之治也，令民忘，民忘则惟率，而教益修。""令民忘"，忘什么呢？忘记被教化，即不觉得别人在有意教化自己，自己自然也不觉得被人教化，这样，人们就更加率真，这就是最好的教化。用现代眼光来看，教育对象的健康成长，乃是其内部发展的过程，正如小树一定要长成大树一样。在成长过程中，被教育者越少意识到或不意识到自己被人教育，越有利于他健康成长。如果被教育者经常体验到自己的发展变化是自己努力的结果，而不是别人教育之功，这会激发他的自信心和自尊感。而自尊感乃是道德的基础。要做到这一点，教育者首先必须不以教育者自居，不居高临下地对待被教育的对象，也就是忘掉自己的"身份"，丢掉角色意识，以自己的本来面目与被教育者真诚相见。须知人格不平等，命令的姿态，是最令人厌恶的，必然会遭到抵抗。钱穆在《中国文学讲演集》里曾讲道"理学家教人，好像是父亲、兄长站在你身旁对你讲，论其效果，有时还不如一个可以同你一路玩耍的要好朋友反而对你影响大。因此，父兄教子弟，最好能介绍他交一个年龄差不多的好朋友"，这确是实情。苏联著名教育家苏霍姆林斯基对这一点也特别强调，他告诫说，"不要故意地、人为地做出教育别人的样子"，他说，"最好的教师是在精神交往中忘记自己是教师，而把自己的学生视为朋友、志同道合者的那种教师"。而苏霍姆林斯基自己正是这样的教师，他在学生中间就常常忘记自己是教师，也忘记学生是被教育者。他回忆说："那时我所做的，所追求的一切，都是在进行教育，不过那时我根本没有想到我是在进行教育。"事实上，这种"忘我"的态度正是"能够通向孩子心灵之路的基础"。我们应该懂得：教育者最重要的是不要挫伤孩子们心灵中最敏感的角落那就是人的自尊心。我们不妨想一想，一个人当他意识到，他正被灌注某种思想，正被进行什么教育，正被有目的地引导到什么地方去，并强迫其进入预定的设计，他自己的意志、感性，他的独立人格，完全被忽略了，他能不感到这是一种侮辱吗？这能不伤害他的自尊吗？为了保护自己，在这种情况下，他会紧紧地关上自己的心扉，做出戒备、防范的反应，拒绝接受那套"教育"。苏霍姆林斯基曾严厉批评那种"事先设计、故意生造的一种教育场景"的做法，乃是一种“不道德的行为”。而当受教育者“非常准确地看穿这种矫揉造作的把戏”的时候，“他的心灵，形象地说，便会扣上全部纽扣，整个封闭起来”。所以，受教育者“愈少感到落在自己头上的教育设想”，则其“教育效果愈大”。苏霍姆林斯基的这些话，可作为“民可使由之，不可使知之”最好的注解。

由此可见，“民可使由之，不可使知之”绝不仅仅是一种单纯的教育方法，根本上乃是人格素养、人格水平问题，也是一种人生境界的表现。这种境界是由两个心灵交感互发，共鸣撞击、水乳交融、创造整合而成。

从“他人就是地狱”说开去

“他人就是地狱”是西方一位哲人的名言。但这句名言常常被人望文生义地理解为他人的存在与自我的存在绝对矛盾，互不相容，为了维护和发展自我，就必须排斥他人，甚至损害他人。其实，这完全是一种误解。“他人就是地狱”的本义是，当一个人习惯于从别人的评价中看自我，就无异取消了自我。当一个人取消了自我，仅仅在别人的眼光里识别自己的形象时，他便陷入了这个地狱，因而受着丧失自我的痛苦的折磨。

丧失自我就意味着他的生存意义好像就是为了在他周围的人们中间显露自己，因而一味地在别人眼里估量他们对自己的评价，非常计较别人对他的想法，而不太注意自己的感觉。老觉得别人对他的看法，比他自己对自己的看法更重要。所以，他根本不去考虑他在自己心目中究竟有多大价值，这样他就颠倒了轻重的、自然的次序，把别人的意见当作真实的存在，而把自己的感觉放在次要的位置。

他不懂得，别人对自己的看法，归根结蒂取决于自己对自己的看法，以致把第二等的导出品和派生物当作首要的主体。他当然也不懂得如果一个人极尽所能地想使每个人都对自己满意和喜爱，才能肯定自己的价值的话，那反而会使自己一钱不值。事实恰恰相反，获得最多赞同的人，往往正是从来不去寻求赞同的人。幸福和快乐就是不把寻求赞同当成一种需要。但这只是心理健全者的行为表现，虚荣心旺盛的人不此之图，他们总是追求外在的、表面的东西，两眼紧盯着别人的脸色，靠别人的赞扬来支撑自己。一个人如果不能在自身所具备的属性里发现价值的源泉，却寄希望于他人的赞美，将会造成严重的后果，这无异于把自己的灵魂交给别人去掌握和控制，在心理上成为别人的奴隶而失去自主。“别人会怎么看我呢?”这是最具破坏性的心态。这会使人不能自发地、自然而然地去行动，因而会严重破坏人的创造力和人格。一个人越是追求外在生活，则越远离自我，产生自我疏离，造成精神空虚，导致病态。自我疏远是大多数的心理疾病的根源。

可想而知，追求虚荣，总会感到他是人们注意的中心，他的言行举止都受到他人的“评头论足”，对人对他的反应保持高度戒备，总之是缺乏安全感。如有一病人认为当他的服装样式稍有改变就会引起周围每一个人的注意和非难，就突出表现了这种心态。所以越是渴望赞美或担心非难就越变得多疑，越失去安全感，总觉得别人都在议论他，甚至阴谋陷害他，弄得杯弓蛇影，草木皆兵。这就陷入了迷妄和幻觉之境，具有偏执的人就是这样，他时时事事感到他人的威胁，形成一种“难道不是所有的人都对我怀有恶意吗”的恐惧感。这种人在路上听到未相识的人说了几句话，也怀疑是在说他的坏话而生气；邻居的收音机喇叭声稍大一些也认为那是有意冲他开大的。这时候，他人真真成了他的地狱。

据美国心理学家霍妮研究，我们时代的精神病患者有一种主导倾向，就是对他人之称赞或他人之情爱之过分依赖。人们都希望获得他人的喜爱和赞赏，这是人之常情，但精神病患者对爱和赞扬的依赖，却与爱和赞扬对于他的生活所具有的实际意义极不相称。尽管人们都希望被人喜爱和赞扬，但在精神病患者身上，却有一种对于爱和赞扬的不加分辨的饥渴，以致完全不考虑人家的评价究竟对他有没有意义。精神病患者往往意识不到这种无穷的渴望。当他们得不到他们所希望得到的关心和注意时，他们就会感到受了伤害。霍妮认为，精神病患者这种对爱和赞扬的饥渴必然会导致过高估计被人喜爱和赞扬的实际意义。事实上，让所有的人都喜爱我们，这一点并不像精神病患者所想象的那么重要。但从精神病患者的行为来看，他们的存在，他们的幸福和安全好像完全取决于他们是否被人喜爱似的。

精神病患者所以对爱和赞扬过分渴求，与他们的人格的错误意象有关。他们过分看重自己，他们的自我意象在很大程度上偏离实际，他们把自己看得比实际更优越。这是一种理想化的自我意象，而他们又把理想化的自我意象当成真正的自我意象了。这样，他就不能理解和认识真正的自我。旁观者可以很容易地观察到患者自我夸张的意象，但患者自己却意识不到这一点。

与精神病患者的情况相反，成熟的人有一种健康的自尊。他对自己的形象有着稳定的判断，不会被人的赞扬和非难搞得心神不安，不容易被世俗的品评所干扰。他不会故意为给别人留下什么印象去耗费时间和精力。他们“宠辱不惊”，不看重那未必切合实际的毁誉。他们追求的主要是内在的、终极的东西，“充实之谓美”。他们的人格是独立、坚实的。而独立坚实就是内部有个重心，就是对个人价值有着深刻的信念。“君子坦荡荡，小人常戚戚”，这是孔子的话，正可用以说明人是否有个内部重心。有了内部重心就能够靠内因生活，不以他人的意见和情感为依据。这样他就可以离开赞许，就不必为失去赞许而忧心；他不汲汲于别人对自己是否满意，不为自己给予别人的印象而焦虑、烦恼、内疚、羞愧，他不指望别人会同自己一样对自己那么感兴趣。“足乎己无待于外”，他不想也不屑于在他的身外，在别人的意见里寻找满足。一个具有真正自尊心的人，他在自己心目中的地位，比在别人心目中的地位要重要得多。其实，任何人的真实价值和存在都在“自身的皮肤中”（叔本华语），即在自身的本质中，而不在别人的看法里。个人的幸福和价值，主要依赖个人的本性，依赖个人是什么，而不依赖于别人认为你是什么。具有此种信念的人能够不为环境所左右，而是受自己内心的命令，受自己的本性所左右。作为一个人，他不仅仅是对外部压力的反应的个体，而是具有自己内在本质的精神实体。如果换个说法就是，他的价值观是建立在他认为应是真实的东西的基础上而不是别人告诉他的东西的基础上。根本上他是生活在稳定而坚实的价值体系中，而不是生活在虚假的价值体系中。具有此种稳定坚实价值观念和信念的人，应是不媚世，不盗名，不望报，不患贫、不汲汲于成功，不求合乎时流，不阴险恶毒，不反复无常，拒绝时尚的种种诱惑、野心、贪欲、虚荣和其他许多人类的弱点，在他的性格中是找不到任何位置的。他懂得世俗的成功与精神上的成功必须区别开来。说到最后，他实际上是在维护并深化人类根本的精神价值。

与精神病患者相反的另一点是有健康自尊心的人，他懂得实际的或现实的自我与理想的自我的差异；自我评价和他人评价之间的差异。他能够诚实地对待自己，敢于抛弃一切保护性的掩饰，凭借自己的本来面目生活和面对世界，使自己成为自己。这是心理健康的关键所在。对他来说，与其用虚假的面貌来骗取尊敬，倒不如以真面目被人厌恶，反而感到舒畅。他是一个稳定而连续的整体，不能容忍假装的自我和真实自我的分裂。例如，他不能假装自己读过某些书，损害他性格的统一，毁坏他自己在自己心目中的形象。抛弃假象，他会感到更幸福。因此，他可能很少有时间和精力去寻求别人的赞同，他可能是个实话实说，不顾后果的人。他可能觉得圆滑、世故不如诚实来得重要。相形之下，最不幸的莫过于尽力使自己和别人相信自己本来不是这副样子，这是精神不正常的症象，与健康的自我认同相反，凡精神不正常者就会憎恶和排斥自己。他总想维持一种虚伪和虚构的自我，这无异戴上一副假面具，扮演某种角色，以便使自己不像自己，为了取得别人的支持和赞扬宁愿经常生活在角色之中。在此情况下，个人要承受可怕的心理压力。个人精力如果完全用在扮演角色之中，而不用在自身内在发展之中，个性就渐渐丧失，变成角色的奴隶。这是神经症和不成熟的标志。就这点来说，人的痛苦都是因为隐藏了真我，一味模仿不适合自己个性的行为的模式所致。我们可以说，人生最大的痛苦莫过于不能以真正的自我面对人生，当别人期望你成为某种模式或表现出与自己个性相违背的行为时，会造成压抑的痛苦，这种痛苦远远超过肉体上的折磨。健康的选择是停止为别人扮演角色，按自己内在本性的方式来行动，好好扮演自己原来的角色，不受邪恶的操纵。做自己的主人，这是人格发展的最终目标。

综上所述，我们可以知道，一个人过分地把注意力集中在自我上，反而会削弱自我，歪曲自我，因而不能建立正确的自我观念，妨碍心理健康。在实际生活中，妨碍心理健康的因素很多，可说是障碍重重，但最大的障碍还是自己，自己是自己的地狱，就此而言，我们可以肯定，每个人和他自己之间的距离是最远的。但我们也要看到，自我观念完全正确，心理完全健康的人是不存在的。任何人的自尊之中都有虚荣，而任何人的虚荣之中都有自尊。自尊心与虚荣心之间并没有绝对的界线。人都生活在他人之中，任何人也不可能绝对自信或绝对不自信。从道理上说，有健康自尊心的人，不依靠别人的评价，可实际上没有一个人会完全不考虑别人对自我的印象，而且，果真如此，也不见得就是完全健康。其间的差别不是全有或全无，而是或多或少。所以真正自尊的人看重别人的评价，但也保持自己的思想，有辨别、有选择。在依从和自我独立之间保持适当的平衡或张力。毫不妥协令人生厌，完全依从也不会让人喜欢。

《鲁迅杂文选》序言

鲁迅不仅是伟大的文学家，而且是伟大的思想家和革命家，最足以表现鲁迅这种气质的便是他的杂文。

鲁迅的杂文是文学作品，但不是一般的文学作品，而是饱含着巨大的人生、社会和历史内容的并融汇着深刻的哲理性、丰富的知识性和隽永的审美愉悦的精湛的文学作品。从总体来看，鲁迅的杂文可以说是中国现代文学史上百科全书式的伟大史诗，它的价值是难以估量的。在我们正在从事社会主义物质文明和精神文明建设的今天，联系生活实际，学习鲁迅的杂文，将会有一种特别的现实感、亲切感，从而受到无穷的启发和教益。对于青少年朋友来说，鲁迅的杂文更是一座宝库，他们可以从这座宝库中获取丰富的精神食粮，来促进自己健康成长。事实将会证明：学习鲁迅的杂文，不仅可以提高思想、启发智慧、增加知识，还可以深切受到鲁迅的伟大光辉人格的感染和熏陶从而美化自己的心灵。这本小书，就是基于这种考虑而编选的，共收录鲁迅从 1918 年到 1936 年间的五十七篇杂文。所选的文章主要包含以下几方面的内容。

首先是对旧中国各种反动势力的揭露和抨击，包括他们反人民的罪行，他们的倒行逆施以及他们的种种残酷、狡猾、卑劣的手段等等。读了这些文章，少年朋友们就可以进一步认识和体会，在旧中国，反动势力曾经是何等猖狂和嚣张，而中国人民以及广大的青少年曾经处在一种怎样的水深火热的悲惨境遇中。对少年朋友来说，认识中国的昨天是重要的一课，正确认识昨天，才能正确认识和看待今天。

其次是对旧中国种种落后、丑恶、腐朽现象的剖析和鞭挞以及对各种旧思想、旧习惯的透视和批判。特别值得我们重视的是鲁迅反复告诉人们那些保守落后的东西，那些旧思想、旧习惯是非常顽固有力的，对它们的斗争必须坚决持久，也就是要有韧性。他特别希望中国青年要有恒心和毅力。他讲过这样一段话：“我每看运动会时，常常这样想。优胜者固然可敬，但那虽然落后而仍非跑至终点不止的竞技者，和看见了这样竞技者而肃然不笑的看客，乃正是中国将来的脊梁。”这里赞扬的正是那种坚持到底、不达目的决不休止的韧性。

再有一点是关于改革开放——即向外国学习的思想。鲁迅一生都在致力于社会改革和社会革命。而旧事物是阻挠改革和开放的，要改革和开放，就必须批判旧事物。所以这一点与上面的一点密切相连，是一个问题的两个方面。上面说过，鲁迅清醒地看到旧事物的顽固有力，所以改革必然会遇到种种困难和阻力，他指出，旧势力是决不会妥协的，但它却有使新事物妥协的办法：“谁说中国人不善于改变呢？每一新的事物进来，起初虽然排斥，但看到有些可靠就自然会改变，不过并非将自己变得合于新事物，乃是将新事物变得合于自己而已。”真是切中要害，一针见血之言。

关于向外国学习的问题，鲁迅的态度也非常明确。鲁迅认为敢不敢向外国学习是有无自信心的表示。他曾以进食为喻说：“比如我们吃东西，吃就吃，若是左思右想，吃牛肉怕不消化，喝茶时又要怀疑，那就不行了，——老年人才是如此；有力量，有自信力的人是不至于此的。虽是西洋文明罢，我们能吸收时，就是西洋文明也变成我们自己的了。好像吃牛肉一样，决不会吃了牛肉自己也即变成牛肉的。”但他并不主张不分青红皂白盲目照搬，这在《拿来主义》一文中说得很清楚。选本中有关这方面的内容，对于最少保守思想、最容易接受新事物的青少年朋友可能是最感亲切的部分。学习鲁迅这方面的思想和主张无疑将有助于提高和加深对改革、开放的认识。

鲁迅的杂文一向被认为难读难懂，对青少年尤其知此，为此，我们在编选中特别注意到文章的可读性。选文中的绝大部分篇幅都比较短，文字障碍也较少，而且一般都不涉及具体的人物和事件，以免造成另一层理解上的障碍。但尽管如此，对阅历不深的青少年读者来说，读起来仍然会有困难，怎么办呢？这里谈两点意见供读者参考。一是靠反复阅读，反复揣摸，古人说“读书百遍，其义自见”，这是经验之谈。好的文章必须经过这两个反复才能逐步体会到其中的含义。所谓好学深思才能心知其义。鲁迅的杂文意蕴深厚，尤其需要这种功夫。其次是对鲁迅的杂文要求懂到什么程度，我认为，对少年读者来说不可能也不必要完全读懂。只懂一个部分、一个段落，甚至十句、八句就会受益。鲁迅的杂文高度精炼，字字珠玑，往往短短的几句话就凝聚着丰富深刻的思想和智慧，有如格言和警句，这里不妨举几个例子：

有一回拿破仑过 Alps 山，说，“我比 Alps 山还要高！”这何等英伟，然而不要忘记他后面跟着许多兵；倘没有兵，那只有被山那面的敌人捉住或者赶回，他的举动，言语，都离了英雄的界线，要归入疯子一类了。(《坟·未有

天才之前》)

自由固不是钱所能买到的，但能够为钱而卖掉，人类有一个大缺点，就是常常要饥饿。(《坟·娜拉走后怎样》)

有缺点的战士终究是战士；完美的苍蝇也终究是苍蝇。(《华盖集·战士和苍蝇》)

时间就是性命，无端的空耗别人的时间，其实是无异于谋财害命的。(《且介亭杂文·门外文谈》)

运命并不是中国人的事前的指导，乃是事后的一种不费心思的解释。(《且介亭杂文·运命》)

临下骄者，事上必谄。(《坟·论照相之类》)(在下级面前表示傲慢，对待上级一定巴结讨好)

删夷枝叶的人，决定得不到花果。(《且介亭杂文·"这也是生活"……》)

类似这样含义深永、耐人寻味的文句和警句，在鲁迅的杂文中随处可见。即使一时弄不懂全文，抓不住文章中心，但只要能"断章取义"地理解其中若干片段或文句，同样会有收获。而且，我们可能都有这样的体验：一本书或一篇文章，给我们印象最深、启发最大的往往只是其中的某些部分，某些章节，或某些段落，而不是其全部，甚至也不是它的中心或结论。当然，给论或中心是重要的，它关系着全局，是作者的用心所在。但对读者来说，阐释中心、达到结论的过程也许更重要；他们常常是在这个过程中受到启发和教育的。有这样一句话：充满希望的旅程、胜于抵达目的地。这于读书也同样适用吧！

论鲁迅的民族自尊心

鲁迅是具有崇高民族自尊心的伟大的爱国主义者，作为灾难深重的中华民族在文化战线上对敌人斗争的伟大代表，“鲁迅的骨头是最硬的，他没有丝毫的奴颜面与媚骨，这是殖民地半殖民地人民最宝贵的性格”。这是对鲁迅的民族自尊心的最好概括。在我们为建设社会主义物质文明和精神文明、为振兴中华而奋战的今天，学习研究鲁迅的民族自尊心，继承发扬鲁迅留给我们的这一份珍贵的精神财富，不但具有重大的理论意义，而且具有深远的现实意义。

谈到鲁迅的民族自尊心，我认为我们首先应该明确，鲁迅的民族自尊是以深刻的自知之明为基础的，这是鲁迅的民族自尊的本质属性。事实上，自尊本身就意味着自知，没有自知，也谈不到自尊。鲁迅是具有深刻自知之明的人，鲁迅的民族自尊心也充满了深刻的自知之明的精神，可以说，后者正是前者的必然表现。鲁迅的这种深刻的民族自尊心，早在青年时代赴日去仙台学医时就表现出来了。当时鲁迅以一个弱国的国民，在仙台竟意外地受到优待，但这并未使鲁迅感到兴奋，反而使他感到屈辱，促他反省，他想，这“大概是物以稀为贵的缘故”，就如“北京的白菜运往浙江便用红头绳系住菜根，倒挂在水果店头，尊为‘胶菜’；福建野生的芦荟一到北京就请进温室，且美其名曰‘龙舌兰’一样”，这种屈辱感反映了鲁迅强烈而敏锐的民族自尊心，而这种自尊心又是出于自知和自省的。

还有一件事，1927 年，友人劝他接受诺贝尔奖金时，鲁迅却表示：“我觉得中国实在还没有可得诺贝尔奖金的人，瑞典最好是不要理我们，谁也不给。”“诺贝尔奖金，梁启超自然不配，我也不配要拿这钱，还欠努力，世界上比我好的作家何限，他们得不到，你看我译的那本《小约翰》，我哪里做得出来，然而这作者就没有得到。”鲁迅说：如果靠着“我是中国人，靠着这‘中国’两个字”，那实在是不光彩的，对个人，对中国都没好处。“倘因为黄色脸皮人，格外优待从宽，反足以长中国人的虚荣心，以为真可与别国大作家比肩了，结果将很坏。”(《书信·270925 致台静农》) 鲁迅要求的自尊是名副其实的自尊，鲁迅的这种基于自知之明的自尊表现了我们民族的骨气和志气，充分体现了我们的民族尊严。

与此相反的是自欺欺人的态度，这是鲁迅一贯坚决鄙弃和反对的，因为自欺欺人只能损害民族尊严。被鲁迅所尖锐嘲讽和批评的“以脚报国”的举动就是最有代表性的一例。一位游欧的杨女士曾经以以脚报国引为自豪，她这样写道：“……有一天我们到比利时一个乡村里去。许多女人争着来看我的脚。我伸起脚来给伊们看。才平复伊们好奇的疑窦。一位女人说：‘我们也向来不曾见过中国人。但从小就听说中国人是有尾巴的(即辫发)都要讨姨太太的，女人都是小脚，跑起路来一摇一摆的。如今才明白这话不确实，请原谅我们的错念。’还有一人自以为熟悉东亚情形的，带着讥笑的态度说：‘中国的军阀如何专横。到处闹的是兵匪。人民过着地狱的生活。’这似是而非的话，说了一大堆，我说‘此种传说，全无根据’，同行的某君，也报以很滑稽的话，‘我看你们哪里会知道立国数千年的大中华民国，等我们革命成功之后，简直要把显微镜来照你们比利时呢’。就此一笑而散。”

鲁迅尖锐地指出：“我们的杨女士虽然用她的尊脚征服了比利时女人，为国增光，但也有两点‘错念’。其一，是我们中国人的确有过尾巴(即辫发)的，缠过小脚的，讨过姨太太的，虽现在也在讨。其二，是杨女士的脚不能代表一切中国女人的脚，正如留学的女生不能代表一切中国的女性一般。留学生大多是家里有钱，或由政府派遣，为的是将来给家族或国家增光，贫穷和受不到教育的女人怎么能同日而语。所以，虽在现在，其实是缠着小脚，‘跑起路来一摇一摆的’女人还不少。”

鲁迅继续说：“至于困苦，那是用不着多谈，只要看……《申报》上，记载着多少呼吁和平的文电，多少募集急赈的广告，多少兵变和绑票的记事，留学外国的少爷小姐们虽然相隔太远，可以说不知道，但既然想到用显微镜，难道就不能想到用望远镜吗?”(《书信·270925致台静农》)

这位杨女士，虽本意在维护民族尊严，但爱之不以其道，而是为了虚荣，不惜自欺欺人，却适足以自我贬抑。“假使她们真‘知道立国数千年的大中华民国’的国民往往有自欺欺人的不治之症，那可真是没有面子了。”(《二心集·以脚报国》)

落后是可耻的，但不敢承认落后，掩盖落后，绝不是自尊之道，而是自贬之道。鲁迅很早就指出：“我不以为自承无力是比自夸爱和平更其耻辱。”(《华盖集·补白》)而且，事实上落后是掩盖不了的，鲁迅指出：“外国人知道我们，几常比我们自己知道的更清楚。”(《华盖集·忽然想到(十一)》)落后而敢于承认落后，并进而思所以改变落后才是自救自尊之道。鲁迅的态度正是这样的。他说，即使自己一无是处，“所发现的不过完全黑暗，也可以和黑暗战斗的”。(《二心集·以脚报国》)

但中国人偏多自欺欺人之道，而且根深蒂固，所以鲁迅把它作为民族性的弱点来认识和批判。

根据鲁迅的分析，这种自欺之道最常见的有以下几种：

一种是，“凡中国所有的，外国也都有”。比如“外国人说中国多臭虫，但西洋也有臭虫；日本人笑中国人好弄文字，但日本人也一样的弄文字。不抵抗的有甘地；禁打外人的有希特拉；狄昆希吸鸦片；陀思妥夫斯基赌得发昏；……而裹脚和高跟鞋，相差也不见得有多么远”(《准风月谈·外国也有》)。还有，说中国人贫穷吗？这不足为耻，“外国也有叫花子，——(或云)，也有草舍——娼妓…… ”(《热风·随感录三十八》)这和“偷汉的女人的丈夫总愿意说世人全是忘八和他相同，他心里才觉得舒畅”(《华盖集·并非闲话》)是同样的心理。鲁迅进一步分析说：“假使世界上只有一家有臭虫，而遭别人指责的时候，实在也不太舒服的，但捉起来却也真费事，况且北京有一种学说，说臭虫是捉不得的，越捉越多，即使捉尽了，又有什么价值呢？不过是一种消极的办法。最好还是希望别家也有臭虫。”(《准风月谈·外国也有》)这种心理，简单说就是：“我不行，而他和我一样 ——大家活不成拉倒大吉”(《伪自由书·透底》)以为这样一来，就可以洗雪自己的耻辱而保住尊严。其实正好相反，因为只有丧尽自尊的无赖才可能这样自欺、自慰。而且这样推论下去还会导致非常严重的后果：“即使连中国都不见了，也何必大惊小怪呢，君不闻迦勒底与马其顿乎？——外国也有的。”(《准风月谈·外国也有》)连亡国灭种，都不以为耻，那就不堪救药了。

再一种是妄自尊大，以国粹傲人，第一种是外国也有，这一种却是外国所无了。实际上也是自欺，鲁迅早就指出，“中国既以自尊大昭闻天下”(《坟·文化偏至论》)，他后来又称这种自大为“合群的自大”，或“爱国的自大”，就足“把国里的习惯制度抬得很高，赞美的了不得；他们的国粹既然这样有荣光，他们自然也有荣光了”(《热风·随感录三十八》)什么“中国地大物博，开化最早；道德天下第一”，什么“外国物质文明虽高，中国精神文明更好”；什么“外国的东西，中国都已有过；某种科学，即某子所说的云云”(《热风·随感录三十八》)都属此类。这类国粹主义者，其实是主张尊孔读经，提倡旧礼教旧思想、反对新文化新思想的人们，鲁迅早期对国粹主义，即封建文化的批判是不遗余力的，他曾责问，“什么叫国粹，照字面看来，必是一国独有，他国所无的事物了。换一句话，便是特别的东西，但特别未必定是好的，何以应该保存?”他接着说：“譬如一个人，脸上长了一个瘤，额上肿出一颗疮，的确是与众不同显出他特别的样子，可以算他的‘粹’。然而据我看来，还不如将这‘粹’割去了，同别人一样的好。”(《热风·随感录三十五》)但国粹主义者却不然，在他们眼里，“只要从来如此，便是宝贝。即使无名肿毒，倘若生在中国人身上，也便‘红肿之处，艳若桃花，溃烂之时，美如乳酪’，国粹所有，妙不可言。”(《热风·随感录三十九》)

把“无名肿毒”当宝贝实无异以丑恶骄人。这种外国所无的态度比“外国也有”论还不如，因为前者“还有一点好胜心存在”，“尚觉情有可原”，“譬如衰败人家的子弟，看见别家兴旺，多说大话，摆出大家架子；或寻求人家一点破绽，聊给自己解嘲。这虽然极是可笑，但比那一种掉了鼻子，还说是祖传老病，夸示于众的人，总要算略高一步了。”(《热风·随感录三十八》)前者是败亡之道，后者更是败亡之道，即所谓“抱残守阙，以底于灭亡”这样的先例是不少的。鲁迅后来又说，“国度会亡，国粹家是不会少的”(《坟·说胡须》)。国粹所以会有这样的恶果，是因为它是群众的沉重的精神桎梏，它压制扼杀新生事物，鲁迅指出：“满车‘祖传’，‘老例’，‘国粹’等等，都想来堆在道路上，将所有的人家完全活埋下去。”(《华盖集·通讯一》)又说：社会上多数古人模模糊糊传下来的道理，实在无理可讲，能用历史和数目的力量，挤死不合意的人。”(《坟·我之节烈观》)所以鲁迅明确提出：“要我们保存国粹，也须国粹能保存我们”。而“保存我们，的确是第一义。只要问他有无保存我们的力量，不管他是否国粹”(《热风·随感录三十五》)。他斩钉截铁地表示：“我们目下的当务之急，是：一要生存，二要温饱，三要发展。苟有阻碍这前途者，无论是古是今，是人是鬼，是《三坟》《五典》，百宋千元，天球河图，金人玉佛，祖传丸散，秘制膏丹，全都踏倒他。”(《华盖集·忽然想到五》)

鲁迅从本质上看出，这种国粹是替封建主义和帝国主义服务的，他提醒人们：“我们应该明白，以前的经验，是从皇帝脚上学得”(《热风·随感录三十九》)，“中国的文化，都是侍奉主子的文化，是用很多人的痛苦换来的。”(《集外集拾·老子调子已经唱完》)所以“保存旧的文化，是要中国人永远做侍奉主子的材料，苦下去，苦下去”(《集外集拾·老子调子已经唱完》)，不但侍奉本民族的主子，还要侍奉外国侵略者的主子。他说：“我们的古圣先贤既给与我们保守古旧的格言，但同时也排好了用子女主帛所做的奉献于征服者的大宴。中国人的耐劳，中国人的多子，就都是办酒的材料，到现在还为我们的爱国者所自诩的。西洋人初入中国时被称为蛮夷，自不免个个蹙额，但是，现在则时机已至，到了我们将曾经献于北魏，献于金，献于元，献于清的盛宴来献给他们的时候了。”(《坟·灯下漫笔》)这就难怪“赞颂中国固有文明的人们多起来了，加之以外国人”（《坟·灯下漫笔》)。鲁迅痛心地说，“待到享受盛宴的时候，自然也就是赞颂中国固有文明的时候；但是我们的有些乐观的爱国者，也许反而欣然有喜色”（《坟·灯下漫笔》)。他们赞颂中国文化，但“他们对于中国人，是毫不爱惜的”（《坟·灯下漫笔》)。甚至还“以中国人为劣种”(《集外集拾·老子调子已经唱完》)，可见他们的赞颂并非出于尊重，而是为了利用。鲁迅看穿了他们的用心：“现在听说又很有外国人在尊重中国的文化了，那里是真在尊重呢？不过是利用。”“无论中国人，外国人，凡是称赞中国文化的，都只是以主子自居的一部分。”(《集外集拾·老子调子已经唱完》)所以他们的称赞，正是我们的灾难。鲁迅曾举出事实：“常听到他们说：‘我在中国住得很舒服呵!’这就是中国人已经渐渐把自己的幸福送给外国人享受的证据。所以他们愈赞美，我们中国将来的苦痛要愈深的!（《集外集拾·老子调子已经唱完》）鲁迅由此得出结论：“所以倘有外国的谁，到了已有赴宴的资格的现在，而还替我们诅咒中国的现状者，这才是真有良心的真可佩服的人。”他诚恳地表示：“凡有来到中国的，倘能疾首蹙额而憎恶中国，我敢诚意地捧献我的感谢，因为他一定是不愿意吃中国人的肉的。”(《坟·灯下漫笔》)

帝国主义者赞美中国文化是出于利用，那些国粹主义者称赞中国文化也同样出于利用。鲁迅看出，“凡称赞中国文化的，多是住在租界或安稳地方的富人”(《集外集拾·老子调子已经唱完》)。他们口头上称赞，其实自己并不信。所以鲁迅说：“向来，我总不相信国粹家道德家之类的痛哭流涕是真心，……什么保存国故，什么振兴道德，什么维持公理，什么整顿学风，……心里可真是这样想?”(《华盖集·马上支日记》）尤有甚者，有些国粹主义者，竟是帝国主义的奴才。因为“满口爱国，满身国粹，也于实际上的奴才并无妨碍”(《且介亭杂文·从孩子的照相说起》)。

总上所述，又可知提倡国粹决非民族自救自尊之道，而是适得其反，那些国粹主义者也决非真正的爱国者，而多是伪君子。所以鲁迅对国粹深恶痛绝，对国粹主义者更是深恶而痛击之。鲁迅对国粹和国粹主义者的批判还不止此，他从心理分析中，进一步揭穿他们的卑怯虚弱的本质，看出他们是“没有力量的表示”(《集外集·关于知识阶级》)，所以愈是坚持国粹，就愈是心虚、恐惧，这是史有先例的。鲁迅指出，“宋的文艺，……国粹气味就熏人，……一到衰弊陵夷之际，神经可就衰弱过敏了，每遇外国东西，便觉得仿佛彼来俘我一样，推拒，惶恐，退缩，逃避，抖成一团，又必想一篇道理来掩饰，而国粹遂成为孱王和孱奴的宝贝”(《坟·看镜有感》)。而汉唐时代则不然，那时人们对自己的力量充满信心，对外来事物毫无顾忌，鲁迅不胜向往地说：“遥想汉人多少闳放，新来的动植物，即毫不拘忌，来充装饰的花纹。唐人也还不算弱，例如汉人的墓前石兽，……而长安的昭陵上，却刻着带箭的骏马，还有一匹驼鸟，则办法简直前无古人……”，“汉唐虽然也有边患，但魄力究竟雄大，人民具有不至于为异族奴隶的自信心，或者竟毫未想到，凡取用外来事物的时候，就如将彼俘来一样自由驱使，绝不介怀”(《坟·看镜有感》)，对比之下，更显出国粹主义卑怯、虚弱的本质。鲁迅还以进食为喻说：

无论从那里来的，只要是食物，壮健者大抵就无需思索，承认是吃的东西。惟有衰病的，却总常想到害胃，伤身，特有许多禁条，许多避忌；还有一大套比较利害而终于不得要领的理由，例如吃固无妨，而不吃尤稳，食之或当有益，然究以不吃为宜云云之类。(《坟·看镜有感》)

他后来又进一步发挥这番意思：

比如我们吃东西，吃就吃，若是左思右想，吃牛肉怕不消化，喝茶时又要怀疑，那就不行了，——老年人才是如此；有力量，有自信力的人是不至于此的。虽是西洋文明吧，我们能吸收时，就是西洋文明也变成我们自己的了，好像吃牛肉一样，决不会吃了牛肉自己也变成牛的。(《集外集拾遗·关于知识阶级》)

鲁迅的这些精细的心理分析，揭露出国粹主义者表面上妄自尊大，以国粹自豪，实际上是自卑、心虚。这是一种奴才和奴隶的意识或心理状态，是丧失民族自信和民族自尊的表现。

第三种自欺法可称之为精神胜利，其表现尤多。鲁迅引用过一则笑话来说明：“记得宋人的一部杂记里记有市井间的谐谑，将金人和宋人的事物来比较。譬如金人有箭，宋有什么？则答道，‘有锁子甲’。又问金有四太子，宋有何人？则答道，‘有岳少保’。临末问，金人有狼牙棒(打人脑袋的武器)，宋有什么？却答道，‘有天灵盖’！”鲁迅感叹道：“自宋以来，我们终于只有天灵盖而已”(《华集盖·补白》)。用“天灵盖”对付狼牙棒，实际上是只有招架挨打的份儿，并无还手反击之力，分明是民族耻辱，但在形式上，在精神上却似乎胜利了。鲁迅还举过这样一个例子：“相传前清时候，洋人到总理衙门去要求利益，一通威吓，吓得大官们满口答应，但临走时，却被从边门送出去，不给他们走正门，就是他没有面子；他既然没有面子，自然就是中国有了面子，也就是站了上风了。”(《且介亭杂文·说面子》)虽在实际上吃了亏，受了辱，但在精神上、心理上还是胜利了。

被鲁迅批判过的中国文明对异族的同化论，也属此类，自不待言；比同化论更进一步的说法是夷夏同源论，以其太异乎寻常，过于异想天开，所以鲁迅曾反复谈到，他说："凡有读过一点古书的人都有过这一种老手段：新起的思想，就是'异端'，必须歼灭的，待到它奋斗之后，自己站住了，这才寻出它原来与'圣教同源'；外来的事物，都要'用夷变夏'，必须排除的，但待到这'夷'入主中夏，却考订出来了，原来这'夷'也还是黄帝的子孙"(《华盖集续编·古书与白话》)。依照这种理论，"则应该爱新觉罗氏之先，原是轩辕黄帝第几子之苗裔，豚于朔方，厚泽深仁，遂有天下，总而言之，咱们原是一家子云"(《伪自由书·文章与题目》)。既然是"一家子"，这就难怪"清朝的汉人所做的颂扬武功的文章，开口'大兵'，闭口'我军'，你能料得到被这'大兵''我军'所败的就是汉人的么？你将以为汉人带了兵将别的一种什么野蛮腐败民族歼灭了"(《华盖集·忽然想到》)。明明是被征服了，现在忽然发现征服者是自家人，这样一下子就摆脱了奴才和奴隶的命运，而跻入主子之林了。两个截然不同的境界竟系在一念之间，岂非"境由心造"！既然如此，当时有些人对于"黄祸"也感到是中华民族的光荣，也就不足为奇了。按他们的理解，所谓"黄祸"就是"黄色人种将要席卷欧洲的意思的"(《准风月谈·黄祸》)。鲁迅批评说："有些英雄听到了这句话，恰如听得被白人恭维为'睡狮'一样，得意了好几年，准备着去做欧洲的主子。"(《准风月谈·黄祸》)"他们还想到了成吉思汗，作为理想的标本，描写他的孙子拔都汗，怎样率领了许多黄色的民族，侵入斡罗斯，将他们的文化摧残，贵族和平民都做了奴隶。"(《且介亭杂文·中国文坛上的鬼魅》)而"中国人跟了蒙古的可汗去打仗，其实是不能算中国民族的光荣的。"(《且介亭杂文·中国文坛上的鬼魅》)"因为那时成吉思汗皇帝也像对于'斡罗斯'一样，先使中国人变成奴才，然后赶他打仗，并非用了'友谊'送柬帖来敦请的。"(《而心集·"民族主义文学"的任务和运命》)事实是，"蒙古人的征服'斡罗思'，侵入匈奥，还在征服全中国之前，那时的成吉思汗还不是我们的汗，倒是俄人被奴的资格比我们老，应该他们说'我们的成吉思汗征服中国，是我们最阔气的时代的'"(《且介亭杂文·随便翻翻》)。

鲁迅又说："倘以这为中国的光荣，则现在也可以归降英国，而自以为本国的国旗……'遍于日所出入处'了。"(《集外集·编校后记》)

对于元如此这般，对于清也这般如此。鲁迅指出："中国人是尊家族，尚血统的，但一面又喜欢和不相干的人去攀亲，……什么'乾隆是从我们汉人的陈家悄悄的抱去的'呀，'我们元朝是征服了欧洲的'呀之类，早听得耳朵里起茧了，不料到得现在，……选举中国政界伟人投票，还是列成吉思汗为其中之一人。开发民智的报章，还在讲满洲的乾隆皇帝是陈阁老的儿子"，"这一个满洲'英明之主'，原来竟是中国人掉的包，好不阔气，而且福气，不折一兵，不费一矢，单靠生殖机关便革了命，真是绝顶便宜。"(《花边文学·中秋二愿》)"不折一兵，不费一矢，单靠生殖机关便革了命"，当然是在想象或意念中，总之是在精神世界中完成的，好像事物的性质系于想象意念或精神，想象意念或精神一变，事物的性质也就变了。这不是地地道道的精神胜利吗？

这是精神胜利对征服者所表现的一面，精神胜利还有另一面的表现，就是对忠臣烈女的歌颂，那是随被征服以俱来的。鲁迅说，"亡国一次，即添加几个殉难的忠臣；遭劫一次，即造成一群不辱的烈女，事过之后，也每每不思惩凶，自卫，却只顾歌咏那一群烈女，仿佛亡国遭劫的事，反而给中国人发挥两间正气的机会，增高价值，即在此一举，应该一任其至，不足忧悲似的。自然，此上也无可为，因为我们已经借死人获得最上的光荣了"(《华盖集·忽然想到》)。

那一方，从征服者身上获得了胜利；这一面，又从忠臣烈女身上得到了光荣。真是左右逢源，圆通自如，无往而不胜利了，精神的作用实在奇妙。但这只能证明自己怯弱，不敢正视现实。鲁迅早已看到了这一点，他说："中国人的不敢正视各方面，用瞒和骗，造出奇妙的逃路来，而自以为正路，在这路上，就证明着国民的怯弱懒惰，而又巧滑，一天一天的满足着，即一天一天的堕落着，但却又觉得日渐其光荣。"(《华盖集·忽然想到》)鲁迅所批评的正是自欺欺人的精神胜利法。鲁迅还指出这一类自欺欺人的人"都是伶俐人，也都明白，中国虽完，自己精神是不会苦的，——因为都能变出合适的态度来"(《华盖集·忽然想到》)。这合适的态度即精神胜利的各种表现。所以"这一流人是永远胜利的，大约也将永远存在，在中国，惟他们最适于生存，而他们生存着的时候，中国便永远免不掉反复着先前的运命"(《华盖集·忽然想到》)。所以，自欺还是自知是关系着国家命运民族存亡的大问题。

他断言："多有不自满的人的种族，永远前进，永远有希望。"

"多有只知责人，不知反省的人的种族，祸哉，祸哉"(《热风·随感录六十一不满》)。

他希望人们接受以往失败的教训，"从此有记性，观四向而听八方，将先前一切自欺欺人的希望之谈全部扫除，将无论是谁的自欺欺人的假面全部撕掉，将无论是谁的自欺欺人的手段全部排斥，总而言之，就是将华夏传统的所有小巧的玩艺儿全部放掉，倒去屈尊学枪击我们的洋鬼子，这才可望有新的希望的萌芽”(《华盖集·忽然想到十一》)。这才是真正维护民族生存和民族自尊的态度。1936年，在他逝世前不久写的一篇文章中，他最后一次谈到这个问题。他先是指出，“其实，中国人是并非‘没有自知’之明的，缺点只在有些人安于‘自欺’。譬如病人，患着浮肿，而讳疾忌医，但愿别人糊涂，误认他为肥胖。妄想既久，时而自己也觉得好像肥胖，并非浮肿，即使还是浮肿，也是一种特别的好浮肿，与众不同。如果有人，当面指明：这非肥胖，而是浮肿，且并不‘好’病而已矣。那么，他就失望，含羞，于是成怒，骂指明者，以为昏妄。然而还想吓他、骗他，又希望他畏惧主人(即浮肿的患者，浮肿的主人——引者)的愤怒和骂詈，惴揣的再看一遍，细寻佳处，改口说这的确是肥胖。于是他得到安慰，高高兴兴，放心地浮肿着了”(《且介亭杂文末编·“立此存照”(三)》)。这种自欺欺人的心理是多么愚蠢可笑而又可怕可卑！接着，他谈到对当时的一部“辱华影片”应取何种态度，他认为，“不看‘辱华影片’，于自己是并无益处的，不过自己不看见，闭着眼睛浮肿着而已。但看了而不反省，却也并无益处、我至今还在希望有人翻出斯密斯的《支那人气质》来。看了这些，而自省，分析，明白那几点说得对，变革，挣扎，自做工夫，却不求别人的原谅和称赞，来证明究竟怎样的是中国人”(《且介亭杂文末编·“立此存照”(三)》)。要知道，一个真正的人(或民族)是不会畏惧批评和自我批评的，别人的批评可以促使自己反省，而“我们自己的批评的勇敢，常常可以解除敌人的武装”。鲁迅是多么热切地期望中国人勇于承认自己的缺点和弱点，自省，自知，自救，自强，为自己的民族争气，争光！

鲁迅的以自知之明为基础的民族自尊不仅表现在对自欺欺人的态度的批判上，还进一步具体地表现在对国民性即民族性中的奴性和愚昧的剖析和批判中。他从事创作，主要就是为了这个目的。在《我怎么做起小说来》这篇文章中曾说到他的小说的取材，“多采自病态社会的不幸的人们中，意思是揭出病苦，引起疗救的注意。”而带着奴性和愚昧的人们就是“病态社会的不幸的人们”。所谓奴性就是对强者不敢反抗，却在弱者身上发泄。在小说中，他通过形象的描绘，对人们身上的奴性和愚昧进行了批判，阿Q这个典型就集中而鲜明地体现了这种批判。

在杂文中，鲁迅对此做了更多也更直接的分析和批判，此处略举数例便可见一斑。

假使是怯弱的人民，则即使如何鼓舞，也不会有面临强敌的决心，然而引起的怒火却在，仍不能不寻一个发泄的地方，就是眼见得比他们更弱的人民，无论是同胞或是异族。(《坟·杂记》)

现在的强弱之分固然在有无枪炮，但尤其是在拿枪炮的人。假使这国民是卑怯的，即纵有枪炮，也只能杀戮无枪炮者。(《华盖集·补白》)

我觉得中国人所蕴蓄的怨愤已经够多了，自然是受强者的蹂躏所致的。但他们却不很向强者反抗，而反在弱者身上发泄。(《坟·杂记》)

他们是羊，同时也是凶兽；但遇见比他们更凶的凶兽时便现羊样，遇见比他更弱的羊时便现凶兽样。(《华盖集·忽然想到七》)

但是在黄金世界还未到来之前，人们恐怕总不免同时含有两种性质，只看发现时候的情形怎样，就显出勇敢和卑怯的大区别来。可惜中国人但对于羊显凶兽相，而对于凶兽则显羊相，所以即使显着凶兽相，也还是卑怯的国民。这样下去，一定要完结的。(《华盖集·忽然想到七》)

奴性与愚昧是不可分的，两者互相渗透、因依，并互相强化，都意味着意识不到自己的人的价值和地位，但两者也有区分。阿Q见到当官儿的就"膝关节宽松"，身不由己地下跪；闰土一见到有"身份"的人就赶紧称老爷。这里面有奴性也有愚昧，但主要是愚昧，是愚昧造成的奴性。至于阿Q欺软怕硬，取笑小尼姑，乃是有意为之，透露着几分无赖似的狡猾，则纯是一种奴性了。

人的本质是社会关系的总和，人民的奴性和愚昧并非是天生的，而是长期的阶级压迫造成的，是等级社会的产物。在我国，由于"专制永长"，人民长期处在封建专制政治的、经济的、文化的种种、层层的重压之下，所以"昭苏非易"。黑格尔不明此理，他认为中国人所以有奴性是由于"荣誉感还没有发达"，"大家既然没有荣誉心，人与人之间又没有一种个人的权利，自贬自抑的意识便极通行，这种意识又很容易变为极度的自暴自弃"。还说，"人民……把自己看作是最卑贱的，自信生下来是专给皇帝拉车的"①。黑格尔倒果为因，他不问人民为什么会这样，好像中国人是天生的贱骨头，是劣种，这当然是不值一驳的。鲁迅是深深懂得这个道理的，请看他是怎样说的吧：

暴君的专制，使人们变成冷嘲，愚民的专制，使人们变成死相。(《华盖集·忽然想到》)

专制使人变成冷嘲，但这是英国的事情，古来只能道路以目的人们是不敢的。(《南腔北调集·肖伯纳在上海》)英国的专制不如中国之甚，所以还能冷嘲，在"道路以目"的中国古代封建专制社会，人们只能变成"死相了"。

人们在欺骗和压制之下，失了力量，哑了声音，……"莫谈国事"，是我们做小民的本分。

---

① [德]黑格尔：《黑格尔历史哲学》，九州出版社，2011年版。

中国民族的心，有些是早给我们的圣君贤相武将帮闲之辈征服了的。(《且介亭杂文二集·田军作〈八月的乡村〉序》)

愚民的发生是愚民政策的结果。(《集外集拾遗·上海所感》)

力学上有一种“弹性疲乏”现象，即有弹性的物体，受到超过一定时限的压力就失去弹性不能复原了。心理上似乎也有类似现象，受压过重、过久，也会产生“弹性疲乏”，丧失了反抗意志和能力，变成麻木不仁。这大概也是人类的一种适应本能吧。鲁迅也说过，人在受压迫的情况下，“最初是会愤懑的，后来经验一多，就不大措意也更无愤懑和痛苦。我想，这就是非洲黑奴虽日受鞭挞，还能活下去的原因”(《书信·340515致杨霁云》)。正因为鲁迅看到了人民的奴性和愚昧是长期受压造成的，是被奴役的创伤，所以，他对人民的这种不幸总是充满深切的同情，这就是“哀其不幸”。但与此同时，鲁迅对人民的不愤怒，不抗争也有所批评，这就是“怒其不争”。因为人民身上的奴性、愚昧固然是“事出有因”，但从人民本身看，却并非“理有固然”，而是“自屈于暴久，因成奴子之性。”(《坟·文化偏至论》)就是不敢反抗，甘心屈服的结果，压迫愈重，反抗愈烈才是固然之理，鲁迅正是这样看问题的，所以他说，“斗争呢，我倒以为是对的，人被压迫了，为什么不斗争?”(《三闲集·文艺与革命》)后来又指出，“人能组织，能反抗，能为奴，也能为主。不肯努力，固然可以沦为舆台，自由解放，便能够获得彼此的平等。运命是并不一定终于送进厨房，做成大菜的。”(《花边文学·倒提》)这里说得再明白不过了，就这一点来看，可以说一切人们、一切民族之自救、自尊、全要由自拔于奴隶意识而自做主宰始，因为人有主观能动性，人的本质和命运不完全取决于社会环境，一个人究竟为主为奴，根本上还是操之在我。事实是，人必自轻而后人轻之、人必自侮而后人侮之。“譬如一个人，自己打自己的嘴巴，心平气和，……一个人而至于乏到自己打嘴巴，也就很难免为别人所打。”(《华盖集·忽然想到十》)从对个人的要求来说，鲁迅的意见完全正确。

鲁迅一贯认为，被压迫人面对强敌，只有反抗、斗争才能维护自己的尊严和生存的权利。他从事文艺活动的目的就在于促使人民觉醒，激发人民的斗志，即所谓“启发明白的理性”，“传播被虐杀者的苦痛的呼声和激发国人对于强权者的憎恶和愤怒。”(《坟·杂记》)他介绍外国作品也本此宗旨。这与他要揭示“病态社会”人们的不幸的思想是完全一致的。这个思想，鲁迅以他战斗的一生做了最有力的证明，同时在他的杂文中，也时有阐发。在《文化偏至论》中他就指出：“惟有刚毅不挠，虽遇外物而弗为移，始足作社会桢干，排斥万难，黾勉上征，人类尊严于此攸赖。”在《摩罗诗力说》中，他热烈赞扬拜伦的斗争精神，说他“精神郁勃，莫可抑制，力战而毙，亦必自救其精神；不克厥敌，战则不止”，说他“自尊而怜人之为奴，制人而援人之独立，无惧于狂涛而大儆于乘马；好战崇力，遇敌无所宽假，而于囚累之苦，有同情焉”。他深刻指出：“无流血于千众目之前者，其群祸矣；虽有而众不之视，或且进而杀之，斯其为群，乃愈益祸而不可救也。”历史证明于“不争之民，其遭遇战事，常较好争之民多，而畏死之民，其苓落殇亡，亦视强项敢死之民众。”他从中国历史上得到同样的结论：“苟活就是活不下去的初步，所以到后来，他就活不下去了，意图生存而太卑怯，结果就得死亡。以中国古训中教人苟活的格言如此之多，而中国人偏多死亡，外族偏多侵入。结果适得其反，可见我们蔑弃古训，是刻不容缓的了。”(《华盖集·北京通讯》) 他看到：“先前，也曾有些愿意活在现世而不得的人们，沉默过了，呻吟过了，叹息过了，哭泣过了，哀求过了，但仍然愿意活在现世而不得，因为他们忘却了愤怒”。(《华盖集·杂感》) 鲁迅认为，不觉醒、不反抗的民族是没有前途的，“国民是勇敢的，因为勇敢，这才能勇往直前，肉搏强敌，以报仇雪恨”(《坟·杂忆》)，必如此才有希望之可言。在《革命时代的文学》中，鲁迅指出：“有些民族因为叫苦无用，连苦也不叫了，他们便成为沉默的民族，渐渐更加衰颓下去，……至于富有反抗性，蕴有力量的民族，因为叫苦没用，他们便觉悟起来，由哀音而变为怒吼。”怒吼一出现，反抗就快到了，于是这个民族也就有了希望。他曾针对“罗素在西湖见轿夫含笑，便赞美中国人”说：“轿夫如果能对坐轿的人不含笑，中国也早不是现在似的中国了。”(《坟·灯下漫笔》) 他也曾感叹：“中国一向就少有失败的英雄，少有韧性的反抗，少有敢单身鏖战的武人，少有敢抚哭叛徒的吊客。”(《华盖集·这个与那个》) 他赞扬“因为所信仰的主义，牺牲了别的一切，用骨肉碰钝了锋刃，血液浇灭了烟焰”(《热风·随感录五十九》) 的英勇无畏、义无反顾的精神，因为只有“在刀光火色衰微中”，才能“看出一种薄明的天色”，那便是“新世纪的曙光”(《热风·随感录五十九》)。

在这个问题上，鲁迅的认识和态度完全符合马克思主义，“马克思主义的基本原则就是要使群众认识自己的利益，并且团结起来，为自己的利益而奋斗”①，所以要启发人民的觉悟，激发人民的斗志。马克思主义认为，在剥削制度存在的条件下，被压迫人民和民族的尊严表现在他们对剥削的仇恨和斗争上。马克思指出：“羞耻是一种内向的愤怒”，“羞耻已经是一种革命”，“如果全民族都真正感到了羞耻，那它就会像一头准备向前扑击而往后退缩的

① 毛泽东：《对晋绥日报编辑人员的谈话》，《新闻战线》(创刊号)，1948年5月。

狮子"[①]。被侵略者压迫和宰割便是民族的羞耻。感到了民族的耻辱，才会燃起怒火与敌人斗争。马克思在回答他女儿的问题的信里又说，他认为对人的屈服是不幸，逢迎献媚则是他最厌恶的败行。列宁也不止一次强调这种思想，他说："安慰奴隶是有利于奴隶主的，真正同情奴隶的人要教导他们愤恨、暴动和推翻压迫，而决不是去安慰他们"。[②]

事实证明，被压迫人民和民族只有在对压迫和剥削者的仇恨和斗争中才能认识、保持和提高自己的尊严，愈是进行这种斗争，则愈能认识、保持和提高自己的尊严。反之，丧失反抗意志，甚至甘心屈服，那就贬抑和丧失了自己的尊严。鲁迅站在殖民地半殖民地人民一边，在自己的斗争实践中，达到了和马克思主义一致的认识，他对我们民族性中的奴性和愚昧的分析和批判充分体现了这一点。

与对人民身上的奴性和愚昧进行分析批判的同时，鲁迅还对形形色色帝国主义的奴才进行了坚决的批判和斗争。这可以看作是前者的延伸和发展，因为奴才也是带有奴性的，只是他们的奴性更足也更烈就是了。鲁迅对奴才的批判和斗争是他的民族自尊心的一个更为重要的内容和表现，但鲁迅对两者的态度是截然不同的。因为奴才不同于奴隶，他们是帝国主义的走狗，是民族的败类和耻辱，他们赞美奴役和奴隶生活，甚至"出钱去买做奴才的权利"(《准风月谈·我谈"堕民"》)，对这两种人，鲁迅是做了严格区分的，他这样写道："自己明明知道是奴隶，打熬着，挣扎着，一面'意图'挣脱以至实行挣脱的，即使暂时失败……他却不过是单单的奴隶。如果从奴隶生活中寻出'美'来，赞叹，抚摩，陶醉，那可简直是万劫不复的奴才了。"(《南腔北调集·漫与》)这已经道出了奴才的特点，但最典型的奴才还是鲁迅所指出的这种人："如果有谁看过非洲的黑奴工头，傲然的拿鞭子乱抽着做苦工的黑奴的电影的，……便禁不住会心之笑，那一个和一群，有这么相近，却又这么不同，这一张纸真隔得利害：分清了奴隶和奴才。"(《且介亭杂文二集·"题未定"五》)这段话道出了奴才的本质。鲁迅还曾把奴才比之为率领胡羊(即绵羊)行进的山羊。这山羊"走在一群胡羊的前面"，"胡羊们便成了一长串，挨挨挤挤，浩浩荡荡，凝着柔顺有余的眼色，跟着他匆匆地竞奔它们的前程"(《华盖集续编·一点比喻》)——屠场。奴才就是扮演山羊的角色，起着山羊的作用的。

---

① 转引自《光明日报》，1981年1月27日。

② [苏联]列宁：《列宁全集》第二十九卷，人民出版社，1984年版，第495页。

所以奴才是主子的爪牙和帮凶，他们是专替主子压迫、虐待奴隶的。在半封建半殖民地的旧中国，奴才式的人物，适应帝国主义的需要，生生不已，代代相传，“种子绵绵不绝”，正如鲁迅指出的那样，“殖民政策是一定保护养育流氓的”。帝国主义通过他们奴役中国人民，他们靠着帝国主义势力恣行无忌，出卖灵魂，出卖民族利益和民族尊严。鲁迅对这种奴才充满了神圣的憎恶和切齿的痛恨，他们的种种丑态陋形，几乎引起他人生理上的反应——“催人作呕”。没有人比鲁迅对这种人物看得更透，恨得更厉，揭得更深，战斗得更英勇更坚决的了。他的很大一部分杂文就是这种战斗的记录。

鲁迅深知奴才往往起到主子起不了的作用，他们比主子更凶恶，更卑劣。人民中间的奴性和愚昧主要来自奴才们的宣传和影响。鲁迅曾以明朝开国皇帝朱元璋为例，说朱元璋“做了皇帝以后，称蒙古朝为‘大元’，杀汉人比蒙古人还厉害”(《二心集·上海文艺之一瞥》)。朱元璋虽非奴才，但他的这种行为却很像奴才。还有，“前清末年，满人出死力以镇压革命，有‘宁赠友邦，不给家奴’的口号。汉人一知道更恨得切齿，其实汉人何尝不如此？吴三桂之请清兵入关，便是……实例了”(《伪自由书·文章与题目》)。历史上如此，从军阀到国民党反动派以及买办文人亦莫不如是。鲁迅写道：“中国军阀为什么做了帝国主义的爪牙，来毒害屠杀中国的人民，那是因为他们自己以为是‘法国的客军’的缘故。”(《二心集·“民族主义文学”的任务和运命》)他明确指出：“我敢于说，中国人中，仇视那些真诚青年的眼光，有的比英国或日本人还凶险”(《二心集·“民族主义文学”的任务和运命》)，所以“从帝国主义的眼睛看来，惟有他们是最要紧的奴才，有用的鹰犬，能尽殖民地人民非尽不可的任务：一面靠着帝国主义的暴力，一面利用本国的传统之力，以除去‘害群之马’，不安本分的‘莠民’”，因而他们“是殖民地上的洋大人的宠儿，——不，是宠犬，其地位虽在主人之下，但总在别的被统治者之上的”，甚至“他们自己飘飘然，觉得皮色变白鼻梁加高，成为腊丁民族的战士了”(《华盖集·忽然想到十》)。其崇洋媚外，丧失人格和国格一至于此，鲁迅就这样对帝国主义奴才的丑恶本质做了彻底的揭露。

还应该指出，鲁迅对那些在文化思想领域充当帝国主义奴才角色的资产阶级买办文人，也进行了无情的揭露和批判。胡适就是最有代表性的一个，他曾以臭名远扬的“五鬼闹中华”，污蔑自己的民族，替帝国主义的侵略行为辩护，鲁迅曾揭露他说：“几年前胡适博士曾经玩过一套‘五鬼闹中华’的把戏，那是说：这世界上并无所谓帝国主义之类在侵略中国，倒是中国自己该着‘贫穷’，‘愚昧’……等五个鬼，闹得大家不得安宁。现在，胡适博士又发现了第六个鬼，叫做仇恨。这个鬼不但闹中华，而且祸延友邦，闹到东京去了。因此，胡适博士对症发药，预备向‘日本朋友’上条陈。”其“条陈”的内容是：“日本只有一个方法可以征服中国，即悬崖勒马，彻底停止侵略中国，反过来征服中国民族的心。”

鲁迅说：“胡适博士不愧为日本帝国主义的军师，但是，从中国小百姓方面说来，这却是出卖灵魂的唯一秘诀。”(《伪自由书·出卖灵魂的秘诀》) 鲁迅的话一针见血地指出了胡适的奴才性。

还有一种所谓“西崽”，也是鲁迅所深恶痛绝的洋奴。表面上看来他们有两面性：“西崽之类闲谈起来，他们大抵是憎恶洋鬼子的，他们多是爱国主义者，然而他们也像洋鬼子一样，看不起中国人，棍棒和拳头和轻蔑的眼光，专注在中国人身上。”(《准风月谈·揩油》) 其实，他们爱国是假，轻蔑和仇视自己的同胞是真。他们“觉得洋人势力，高于群华人，自己懂洋话，近洋人，所以也高于华人；但自己又系出黄帝，有古文明，深通华情，胜洋鬼子，所以也胜于势力高于群华人的洋人，因此也更胜于还在洋人之下的群华人”(《且介亭杂文二集·“题未定”草一》)。这是典型的奴才心理。鲁迅由此概括说：“倚徙华洋之间，往来主奴之界，这就是现在洋场上的‘西崽相’”(《且介亭杂文二集·“题未定”草一》)，但他并不是骑墙，而是“圆通自在”；也不是“崇华，抑夷”，而是“事大”而又“自大”。鲁迅指出：“‘事大’，和‘自大’，虽然不相容，但因‘事大’而‘自大’，却又为实际上所常见——他足以傲视一切连‘事大’也不配的人们。”(《且介亭杂文二集·“题未定”草一》) 这真是最道地的奴才了。

国民党反动派更是集帝国主义奴才之大成，鲁迅晚期几乎倾注全方对它进行了全面、彻底的揭露和批判。他后期杂文中很大一部分都是这个内容。这是人们所熟悉的，本文不拟细述，这里只说一点就够了。

如上所述，帝国主义的奴才是帝国主义的政策的产物，鲁迅指出，帝国主义“常常用着‘以华制华’的方法的”，国民党反动派最好地充当了帝国主义以华制华的工具。

请看鲁迅的揭露：

例如罢，他们所深恶的反帝国主义的“犯人”，他们自己倒是不做恶人的，只是松松爽爽的送给华人，叫你自己去杀去。他们所痛恨的腹地的“共匪”，他们自己是并不明白表示意见的，只将飞机炸弹卖给华人，叫你自己去炸去。对付下等华人的有黄帝子孙的巡捕和西崽，对付智识阶级的有高等华人的学者和博士。(《伪自由书·一夷制夷》)

帝国主义是阴险狡猾的，奴才是凶恶残暴的，国民党反动派就正是这样的奴才。“宋曾以道学替金元治心，明曾以党狱替满清箝口”（《且介亭杂文二集·田军作〈八月的乡村〉序》），国民党反动派则两者兼而有之，他们确确实实是替帝国主义治中国老百姓的心，屠杀帝国主义所深恶的“犯人”，而这种“犯人”却正是中华民族的精英。鲁迅在一封致友人的信里，沉痛地写道：“自首之辈，当分别论之（即区别不同情况，区别对待——引者），别国的硬汉比中国多，也因为别国的淫刑不及中国的缘故。我曾查欧洲先前虐杀耶稣教徒的记录，其残虐实不及中国，有至死不屈者，史上在姓名之前就冠一‘圣’字了。中国青年之至死不屈者，亦常有之，但皆秘不发表。不能受刑至死，就非卖友不可，于是坚卓者无不灭亡，游移者愈益堕落，长此以往，将使中国无一好人，倘中国而终亡，操此策者为之也。”（《书信·330618致曹聚仁》）事实是，在帝国主义策动之下，国民党反动派自1927年至1937年这十年之间，对革命人民进行了军事“围剿”和文化“围剿”，“其残酷是举世所未有的，杀戮了几十万共产党员和青年学生，摧残了几百万工农人民”①。“几十万共产党员和青年学生”，“几百万工农人民”，那是中华民族的优秀儿女啊！他们的惨遭杀害和摧残，是中华民族无可弥补和不可估量的损失，国民党反动派实实在在是我们民族的千古罪人。

奴性是中华民族沉重的精神负担和沉重的精神灾难，奴才是中华民族的民族败类和民族耻辱，奴性和奴才都是损害我们民族利益和民族尊严的，有奴性和奴才存在，民族的复兴是无望的。在中国现代史上，没有比鲁迅对这个问题的感受更深切，认识更深刻，批判更彻底的了。在文化战线上，他代表全民族的大多数，向着敌人进行“最正确、最勇敢、最坚决”的斗争的伟大业绩中，对奴性，特别是对奴才的批判，应是最重要和最重大的内容。就某种意义来说，这是鲁迅的以深刻启知之明为基础的民族自尊心的最高表现。鲁迅的这种批判，对我们民族起了振聋发聩的作用，对帝国主义及其走狗则是致命打击，极大地为我们民族争了气，增了光，因而无限地提高了我们民族的尊严。这是举世皆知的，是历史早已证明了的。

鲁迅对民族性弱点的自我批判，不但表现了鲁迅的民族自尊心，也反映了鲁迅的民族自信心。而民族自信心又是民族自尊心的基础，唯其自信，所以自尊；没有自信，当然就没有自尊。所以愈是能进行自我批判便愈能显示自信和自尊。与自欺欺人的缺乏力量和信心的表现相反，自我批判意味着有

① 毛泽东：《新民主主义论》，1940年1月9日。

勇气认识和正视自己的缺点和弱点，并有力量加以克服，也就是能够自己掌握和决定自己的命运，创造自己的未来。这是鲁迅民族自信心的一个重要方面。

鲁迅的民族自信心还表现在他对民族中大多数人民的力量和智慧的信任上。这与他对人民身上消极因素的批判并不矛盾。前面已经说过，他正确地看到了人民身上的消极因素是压迫、奴役制度造成的恶果，鲁迅的批判，是为了使人民摆脱内外反动派的影响和毒害，起来和吃人者进行斗争。从根本上说，这正是相信人民，寄希望于人民的表示。只是这种信心有一个由自发到自觉的发展过程。这个发展过程是在斗争实践中随着他对马克思主义理解逐步深入而完成的。

鲁迅对人民的信任可以概括为以下几点：

首先，鲁迅认识到愚民不愚。这一点，他曾言之再三。

他针对"读书人……常常叹中国人好像一盘散沙，无法可想"的论调说，"将倒霉的责任，归之于大家。其实这是冤枉了大部分中国人的。小民虽然不学，见事也许不明，但知道关于本身利害时，何尝不会团结。先前有跪香，民变，造反；现在也还有请愿之类。他们的像沙，是被统治者'治'成功的。"(《南腔北调集·沙》)

与读书人相比较，鲁迅认为"大众虽然智识没有读书人的高，但他们对于胡说的人们，却有一个谥法：绣花枕头"。(《花边文学·"大雪纷飞"》)更重要的是，"老百姓虽然不读诗书，不明史法，不解瑜中求瑕，屎里觅道，但能从大概上看，明黑白，辨是非，往往有决非清高通达的士大夫所可企及之处的"(《且介亭杂文二集·"题未定"草(六)》)。就是说，老百姓在大是大非问题上比知识分子见识高多了。根据真确的事实，鲁迅肯定说："谁说中国的老百姓是庸愚的呢，被愚弄诓骗压迫到现在，还明白如此。"(《且介亭杂文二集·"题未定"草(六)》)

其次，鲁迅也看到或感到蕴藏在人民倔强、坚韧性格中的斗争和反抗力量。20年代，他已从司徒乔的画中看到这一点。那时司徒乔在北京，"终日画古庙，土山，破屋，穷人，乞丐，……"，鲁迅分析他的画说："在黄埃漫天的人间，一切都成土色，人于是和天然争斗，深红和绀碧的栋宇，白石的栏干，金的佛像，肥厚的棉袄，紫糖色脸，深而多的脸上的皱纹……凡这些，都在表示了中国人的这样的对于天然的倔强的灵魂。"(《三闲集·看司徒乔君的画》)从萧红的《生死场》这部作品中，鲁迅获得了同样的认识，他看出这部小说“力透纸背”地反映了“北方人民对于生的坚强，对于死的挣扎”。(《且介亭杂文二集·萧红作〈生死场〉序》）还有，在祥林嫂和阿Q的形象中也蕴含着鲁迅的这种认识或感受。祥林嫂的求生意志，她痛苦的然而又坚韧的挣扎，阿Q的精神胜利式的反抗(尽管是变态的)不都给人以这种启示吗？尤可注意的是鲁迅从刘和珍等烈士的办事勇毅和牺牲精神中得到更为坚定的信念。他热烈地赞叹说：“我目睹中国女子的办事，是始于去年的，虽然是少数，但看那干练坚决，百折不回的气概，曾经屡次为之感叹。至于这一回在弹雨中互助救助，虽殒身不恤的事实，则更足为中国女子的勇毅，虽遭阴谋秘计，压抑至数千年，而终于没有消亡的明证了。”(《华盖集续编·纪念刘和珍君》）所以，后来鲁迅终于认识到我们这个民族“自古以来就有埋头苦干的人，有拚命硬干的人，有为民请命的人，有舍身求法的人，……虽是等于为帝王将相作家谱的所谓‘正史’，也往往掩不住他们的光耀”。所以“说中国人失掉了自信力，用以指一部分人则可，倘若加于全体，那简直就是诬蔑”(《坟·春末闲谈》《且介亭杂文·中国人失掉自信力了吗》)。

特别值得指出的是，鲁迅从以往的历史事实中得到有压迫就有反抗这样一种规律性的认识，使他的民族自信心更有了坚实的基础。下面的一些论述就表明了这一点。

将来未可知，若已往则治人者虽然尽力施行过各种麻痹术，也不能十分奏效，……即以皇帝一伦而论，便难免时常改姓易代，终没有“万年有道之长”;《二十四史》而多至二十四，就是可悲的铁证。(《且介亭杂文·中国人失掉自信力了吗》)

如果中国还不至于灭亡，则以往的史实示教过我们，将来的事便要大出于屠杀者的意料之外。血债必须用同物偿还。拖欠得愈久，就要付更大的利息！(《华盖集续编·无花的蔷薇之二》)

要防“奴隶造反”，就更加用“酷刑”，而“酷刑”却因此更到了末路。

酷的教育，使人们见酷而不再觉其酷，人们真被治得好像厚皮似的，没有感觉的癞皮一样了，但正因为成了癞皮，所以又会踏着残酷前进，这也是虎吏和暴君所不及料，而即使料及，也还是毫无办法的。(《南腔北调集·偶感》)

俄皇的皮鞭和绞架，拷问和西伯利亚，是不能造出对于怨敌也极仁爱的人民的。(《集外集拾遗·〈争自由的波浪〉小引》)

人们的苦痛是不容易相通的。因为不易相通，杀人者便以杀人为唯一要道，甚至于还当作快乐。然而也因为不易相通，所以杀人者所显示的“死之恐怖”仍然不能够儆戒后来，使人民永远变作牛马。(《华盖集续编·死地》)

如果历史家的话不是诳话，则世界上的事物可还没有因为黑暗而长存的先例。黑暗只能附丽于渐就灭亡的事物，一灭亡，黑暗也就一同灭亡了，它不永久。然而将来是永远要有的，并且总要光明起来，只要不做黑暗的附着物，为光明而灭亡，则我们一定有悠久的将来；而且一定是光明的将来。(《华盖集续编·“记谈话”》)

此外，鲁迅小说中阿Q和祥林嫂的形象也有这种意味，阿Q最后被枪毙喊救命，意味着他终于从精神胜利中走出来，清醒地意识到现实的残酷，他是醒时死，死时醒了。阿Q虽然死了，但未死的阿Q必然会反抗、斗争。祥林嫂一步步被逼向绝境，从而动摇了对神权的信念，开始了理性的觉醒。她也是“绝处逢生”，这表明，吃人的社会必然以它自己的暴行给自己制造掘墓人。这是不可抗拒的规律。鲁迅上面所说和他所创造的阿Q、祥林嫂的形象充分体现了这样一条历史规律。鲁迅的民族自信心就建筑在这规律性认识的基础上。而且就连鲁迅的民族自尊心本身也是这条规律作用的结果。帝国主义的侵略和奴役，给中华民族带来深重的灾难和无尽的屈辱，但同时也不可避免地激发了中国人民的强烈的民族自尊心和爱国主义热情，鲁迅的民族自尊心就是中华民族的这种自尊心的最高表现。

最后还要指出，民族自尊与个人自尊是一致的。没有民族自尊便没有个人自尊，而民族自尊又要靠个人自尊去体现。一个不讲个人人格的人绝不会顾到国格，一个没有个人自尊的人，绝不会想到民族自尊。那些帝国主义奴才和有奴才思想的人，他们既无民族自尊观念，也没有个人自尊观念、“士皆知有耻则国无耻，士不知耻为国之大耻”。这句话很好地说明了个人自尊与民族自尊的关系。要维护民族自尊，必须人人从我做起。从以上的论证可知，鲁迅的民族自尊与个人的自尊是融为一体的。鲁迅始终以民族自尊为重，他一生都为维护民族自尊而奋斗。鲁迅的民族自尊就是他个人的自尊；他个人自尊的具体内容就是民族自尊。对敌人，对恶势力，他的骨头是最硬的，这既是他个人的自尊，也代表了我们民族的自尊；另一方面，他对人民却是无限的同情和忠诚，“横眉冷对千夫指，俯首甘为孺子牛”是他自尊的最好写照，也是被压迫民族和被压迫人民的自尊的最好概括。

尊重人、尊重教育对象

——读苏霍姆林斯基的著作有感

苏联著名教育家苏霍姆林斯基的一些主要著作，《给教师的建议》、《给儿子的信》、《帕夫雷什中学》、《教育的艺术》、《关于人的思考》等已被译成中文出版。这些著作，不仅有丰富的教育理论思想，而且有浓烈的感情色彩，充溢着一种深沉的人性美，所以理所当然地引起我们极大的兴趣。这里，我们不打算对他的著作全面的介绍和评价，只想着重谈谈已出版的这几本书给人感受最深的一点，那就是尊重人，尊重教育对象的问题。

苏霍姆林斯基在他的著作中毫不含糊地提出，真正的共产主义教育首先就要关心人、尊重人。“共产主义思想性必须以对人的尊重为前提”，必须“把尊重人的思想贯彻到学校教育的具体规章和制度中去”，必须“以人对人的方式对待孩子”。他强调“教育者能以人的职责的道德美使孩子心驰神往，精神振奋”。他认为世上“没有比扼杀一个人的自尊感更不道德的了”。显然，苏霍姆林斯基不是把尊重人、尊重教育的对象作为教育手段或方法问题，而是作为一个根本原则问题来看待的。换言之，他不是把人看成是达到某种目的的工具，而是把人看成目的本身。人是最高的、最后的目的，这是一个不容置疑的，没有讨论余地的问题。即不是个为什么的问题，只能是承认和肯定的问题。这是一切活动的出发点和归宿点，当然也是教育的出发点和归宿点。

更重要、更有决定意义的，还不是他提出这样一个根本原则问题，而是给这个根本原则得以体现和贯彻的科学的、具体的内涵，使我们从中懂得，贯彻和体现这个根本原则不仅仅是认识问题，也是一个感情问题，而感情问题更为重要。

尊重人首先就意味着承认并尊重人的个性、人的独立的和独特的人格，承认并尊重每个人的独立意志和独特的感情。这是苏霍姆林斯基反复申述的观点。他热情地赞叹说：“世界上没有什么东西比人的个性更复杂、更丰富的了”，“每一个孩子都是一个世界——完全独特的、独一无二的世界”。他深深地理解，“每个孩子在思想、观点、情感、感受、快乐、不安、悲伤、忧虑方面都是一个独特的世界”。基于这种认识，他提出培养个性问题，他说：“我们每一个人都不应成为教育智慧的抽象化身，而应成为启迪孩子们不仅认识世界而且认识自己的有鲜明个性的人”；“学校的精神生活的意义就在于要在每一个学生身上都唤起他个人的人格独特性”，进而使学生“形成一个人的独一无二的个性——这是人生观的基础和核心”。他认为学校的中心工作就是发现和培养人的个性，即使是知识的传授也要围绕这个中心，以便“使知识智力的丰富性成为学生个性的自我表现”。他把努力培养过程也看成是个性培养过程。在他看来，个性是教育的起点也是教育的终点。所以，如果不能培养出有个性的人，那将是教育的根本失败。“假如孩子离开你时是灰色的，无个性的，那就意味着你没有在他身上留下任何东西。对于一个教师来说，恐怕没有比这种结局更令人痛心的了”。他感到“那种在任何事情上都不显示个性，什么都不感兴趣，谁都不惊扰，既不让人操心、也不惹人愉快的孩子是最棘手的孩子”，他感叹：“在生活中有多少没有个性、平庸无奇的人啊!”他们所以没有个性，就是因为在青少年时代没有得到良好的教育。个性是人的最宝贵、最重要的属性，人之所以为人就是因为他有个性，他是个独立的人格存在。没有个性不仅是个人的不幸，也是社会的不幸。个性意味着创造性，没个性就没创造性。爱因斯坦说过，个人不能“只变成像一只蜜蜂或蚂蚁那样仅仅是社会的一种工具。因为由没有个人独创性和个人志愿的规格统一的个人所组成的社会，将是一个没有发展可能性的不幸的社会”。和苏霍姆林斯基一样，爱因斯坦也主张：“学校的目的应当是培养有独立行动和独立思考的个人。”必须明确，尊重个性是尊重人、尊重教育对象的根本表现；而一切真正懂得人的价值，真正尊重人的人也不可能不这样提出问题和认识问题。

尊重人、尊重教育对象，不仅仅是认识问题，更重要的是感情问题。尊重源于爱，出于爱，也终于爱，尊重本身就是爱。尊重人、尊重教育的对象就是对人对教育对象的爱，没有爱的尊重，所谓尊重就成了空洞的概念。苏霍姆林斯基正是这样看问题的。爱又是什么意思呢？爱就是推己及人，设身处地。真正的爱总是趋向于把自己变成爱的对象。苏霍姆林斯基说，教育孩子就“有必要在某种程度上使自己变成一个孩子”，那就是用孩子的心灵感受世界，用孩子的眼睛去观察世界。“真正的教育者是一种感情丰富的人，他对欢乐、忧愁、激动和愤怒都有同样强烈的感受”，“常有这样的事情：孩子因某种从成年人的角度来看是微不足道的小事而感到难过”，“可是，不要忘记，孩子有自己衡量高兴与忧伤、善与恶的尺度”，教育者“必须设身处地为孩子着想，为他分担忧愁，对他进行帮助”，“孩子最需要的就是理解、怜恤和真诚的同情”，事实上“每个人都需要同情心和温柔的感情”。如果孩子没有机会得到这样的爱护和同情，“他就永远也不可能在自身产生人的感觉，永远也不可能体验到个人尊严的感情(着重号是引者加)。”这样，他便会失去对人的信心、对善良的信心和自尊之心。他深刻指出：“应该确信，教育中富有人性味的开头正是每个教师教育素养中最重要之点。”

需要说明的是，爱不是施恩，施恩也不是爱。有心为善，虽善亦恶，施恩便是有心为善，这种“善”是出于利己考虑。苏霍姆林斯基说：“一个没有真正善良和人情味的人，他总是在衡量他所处的境况，总在考虑，为了不使别人对他有所非议，他应该怎样行事才对。根据情况的需要，他也会‘施舍一份善心’。可是这种善心却是装模作样的，早就希望别人会对他感恩戴德。”他不无遗憾地指出：“在我们当中有多少这样的人啊！这样的人看不到别人的不幸，只知道出于自私的考虑，或只希望他们做的好事，能得到别人的赞扬，才装出同情别人的样子，才给别人‘施舍’同情。”这种“施舍”的同情当然不是爱而是对爱的亵渎；爱是纯洁的，是受良知支配而不是受利害支配的。鲁迅说：“一个村妇哺乳婴儿的时候决不想到自己正在施恩”，“这离绝了交换关系利害关系的爱”，才是真正的爱。

爱人必须要求被爱者去爱别人，这是苏霍姆林斯基特别强调的一点。他说：“人道主义的入门教育就是要让孩子们在精神上给人以温暖的时候，自己也能从中感受快乐。”这样就可“培养热情的，对别人体贴入微的心肠”。从反面说，就是“要使孩子们领悟到：让别人难过，这是极大的犯罪”。苏霍姆林斯基认为，这就是共产主义教育思想的具体内容：“我们的教育理想就是要达到共产主义觉悟，在我看来这就是要有高度的同情心。这种同情心要达到这样的高度：一个人在考虑他应当如何处事为人之前，他的良心就已经使他的行为正确而又高尚了。”苏霍姆林斯基重视的是人的感情，而不是抽象的认识或自觉的意识。抽象的认识或自觉意识也是以感情为动力的。这可以从生理基础上得到证明。苏霍姆林斯基引巴甫洛夫的话说：“大脑皮层活动的主要冲动来自皮层下中枢。如果排除这些情绪，那么大脑皮层就失去了力量来源。”大脑皮层是抽象认识的生理基础，皮层下中枢则是感情的生理基础。

但是，怎样培养人的这种爱人之心呢？苏霍姆林斯基提出一个颇为发人深省的观点：“爱全人类容易，爱一个人难。去帮助一个人比宣称‘我爱人民’要困难得多。”而“如果没有对于人海中每一个具体的人出自内心的、忘我的爱，就不可能成为忠实于全人类的人”。这是事实，是真理。只强调热爱人民、尊重人民，而不强调热爱和尊重一个个具体的人，所谓热爱人民、尊重人民就成了空话，就是有意无意地欺人和自欺。难道这不是事实吗？出于这种认识，苏霍姆林斯基要求学生从“无限尊重他人这一小事开始”做起，逐渐“学会把一个同学的不幸看成是整个集体的不幸”。他是多么重视和尊重个人啊！只有这样重视和尊重个人的人，才谈得到爱人民、尊重人民，尽管他口头上并不那么讲，甚至也没有那样明确的自我意识，唯其如此，他对人民的爱才是真诚可信的。

苏霍姆林斯基还主张爱具体的人要从爱自己的亲人开始。要求孩子“首先是关心母亲、祖母、父亲和祖父”。因为感情是推己及人，由近而远的。真正爱自己的亲人，才可能去爱他人；那种口口声声热爱人民而实际上却六亲不认的人，肯定是冷酷无情、自私自利的伪君子。这就要特别注意防止学生为了受表扬而助人的恶习。他说：“最糟糕的是，只是为了博得荣誉而做好事。如果一个人从小就养成了只是为了表扬才去做点好事的恶习，那么他必将成为一个待人冷漠、计较利害、无情无义的自私的人。我们记得，有一个十二岁的男孩，常常为帮助一位孤寡老太太而受到少先队辅导员的表扬。然而过了一些时候才知道，他常常向辅导员汇报完给老大妈打过水的事之后，回到家里就把沾满污泥的脏鞋和脏外衣扔在地板上，让他有病的奶奶整晚为他洗刷。”孩子是无罪的，这是表扬不当造成的。孩子做了好事是应给予表扬的，但表扬应该成行为的结果而不应是行为的动机和目的。即表扬要达到使爱表扬者不追求表扬才是最好的表扬。

苏霍姆林斯基的深刻处还在于他指出培养人的同情心不仅要从爱具体的人、爱亲人开始，而且还要从爱物开始，从爱大自然、爱花草树木开始，总之要从培养“对一切有生命和美好的事物的怜悯心”开始。这就是培养人具有诗人那样去感受和对待大自然、对待一切美好的事物的心灵。他指出：“为每一个人培养起善良、诚挚、同情心、助人精神及对一切有生之物和美好事物的关切之情等品质——这是学校教育的基本的起码目标。”而“教育的实质正是在于克服自己身上的动物本能和发展人所特有的全部本性——人性的顶峰——是共产主义教养”。又说：“为了防止薄情的滋生，我培养孩子要学会真诚地关怀、惦念、怜惜一切有生之物和美好的东西——树木、花草、禽鸟、动物。如果一个孩子会深切地关心在隆冬严寒中无处栖身的小山雀并设法去保护它免遭灾难，能想到保护小树过冬，那么这个孩子待人也绝不会冷酷无情。相反，假若小小的年纪就毫无怜惜之心地去毁坏和消灭生物和美好的东西，那么，他就可能成为欺侮身边亲人的小霸王。”无数事实证明，这些话是多么正确。他还用诗一般的语言无限深情地写道：“如果儿童亲手培养过，并且用自己呼出的微热温暖过娇嫩的小植物，如果他曾时刻把这棵植物的命运挂在心上，并为它坐立不安、感受过痛苦，如果他为了使那棵孱弱纤细的、毫无抵抗能力的幼苗成长为粗壮挺拔的大树而操过心，那他就会成为善良、真诚、热忱和富于同情心的人”。是的，人们的道德和对人的态度，“往往取决于他们小时候对飞鸟、花草、树木的态度”。

不仅对有生命的花草树木如此，就是对无生命的美好事物也应取这种态度。“当一个孩子认为坏了一个轮子的玩具汽车像受伤的小鸟一样感到痛楚的时候，这不是多愁善感，而是一种同情心，是产生良知和诗意的土壤”。爱到这个程度就无往而不爱、无所而不爱了，这既是善的极致，也是美的高峰。

苏霍姆林斯基这些精辟论述告诉我们，善与美是相通的，爱美必然向善；向善也必然爱美。还有，爱人与爱物也是相通的，有仁爱之心的人，不仅爱人，而且爱物；不但推己及人，而且推己及物。这是爱的泛化和深化。爱只有达到爱物的深度和广度才能真正地、真诚地爱人。中国古代哲人也是这样讲的，所谓“民吾同胞，物吾与也”，正是仁者之心的最好写照。

爱孕育爱、生发爱，爱人与教育人爱人是不可分的，爱人必然教育人爱人。这是爱的延伸和发展，教育孩子爱人正所以爱孩子，使孩子成为真正幸福的人。费尔巴哈指出：“爱就是人们在自身中找到那种幸福，这是一种至高无上的幸福。”苏霍姆林斯基说：“共产主义——这首先是要发扬高度的人性。我们社会最珍贵的东西就是过人性的生活。”而爱人就是过真正“人性的生活”，真正使人成为人。这就要求“投入生活的每一个人，不仅应当是一个出色的劳动能手、巧匠，一个物质财富的生产者，而且也应当是一个真挚热情的、富有同情心的人。一百多年前，别林斯基就说过：‘我们会成为木匠，会成为钳工，会成为工厂主，但会不会成为一个人——这还是一个问题!’这些话永远都不会失去它的意义。要让我们的学生作为一个真正的人生活，这恰恰就是最重要和最困难的问题所在”。他的意思很清楚，只有学会爱人才能成为人。教育学生爱人，这是使学生成为真正的人的唯一途径。

给我们启发、教益最大的是苏霍姆林斯基关于教育学生必须使学生不觉得是受教育这一观点的论述。这是有充分心理学根据的，也是尊重人、尊重教育对象的最重要的表现。在这种思想指导下，必然反对教育中的形式主义做法，如那种热热闹闹、花样繁多的“教育措施”、“示范班会”之类使“全体学生受到一次深刻教育”的种种活动，就是苏霍姆林斯基所说的形式主义表现。还有，人们费了不少脑筋，让青少年们去做一些对人们有益的事，但是，这“往往变成了布置下来的任务”，因而使人感到枯燥乏味。“难道不正是由于这个缘故，许多少年把帮助残废者、帮助老人这一类活动，冷漠地看成是‘索然寡味’的事情吗？不能说他们不愿意去做这些事，但是这种劳动经常收不到使人变得高尚起来的效果”。这是因为“一个人直到十七八岁，还是感到自己是个受教育者”，“感到他是被人有目的地引到什么地方去”执行和完成某种任务、对他进行某种教育、给他灌注某种思想感情。他自己的意志、感情，他的独立人格，完全被忽略了。他的自尊心在无形中、无意间被伤害了。洛克深刻指出，即使“儿童也爱表示自己是自由的，他们喜欢人家知道他们的良好举动，是他们自动做出来的，希望人家知道他们是绝对独立的，在这种地方他们和最自尊的成人没有分别”。（着重号是原有的）所以苏霍姆林斯基说：“孩子愈少感到落在自己头上的教育设想，任何一种教育现象的教育效果便愈大。”洛克也说，儿童应学的事情，决不应该变成儿童的一种负担，也不应该当作一种任务去加在他们身上。否则他们立刻就会讨厌它；那怕他们本来喜爱那种事情，他举例说：“你可以吩咐一个儿童，叫他每天到了一定的时候就去抽陀螺，不管他高兴不高兴；你只要让抽陀螺变成他的一种责任”，这样，没有多久他就会厌倦一切游戏，其实成年人又何尝不一样。

原来感情是不能按一定要求自觉地发生和变化的。感情只能自发地产生，这是感情活动的规律，苏霍姆林斯基是深明此理的。他指出：“不能让人准备好去体验这种或那种感情。”“感情是不能下命令的”，不能召之即来，挥之即去，它的生灭消长是不以人的意志为转移的。不能命令别人或命令自己去爱什么或不爱什么，愈是企图这样做愈将走向反面。认识感情活动的这种非自觉性对教育者至关重要，这首先要求教育者不要“故意地、人为地做出教育别人的样子”，苏霍姆林斯基说：“最好的教师是在精神交往中忘记自己是教师而把自己的学生视为朋友、志同道合者的那种教师。”而苏霍姆林斯基自己正是这样的教师。他在孩子的中间就常常忘记自己是教师，也忘记了学生是被教育者，他回忆说：“那时我所做的、所追求的一切，都是在进行教育，不过那时我根本没有想到我是在进行教育。”苏霍姆林斯基认为这种态度是“能够通向孩子心灵之路的基础”。这是从根本上、从感情上尊重教育对象，或尊重教育对象感情的表现。这意味着对人的尊重、爱护之情达到了不自觉的、忘我的程度。唯其不自觉的，爱才是真挚的；唯其是真挚的，才是不自觉的。苏霍姆林斯基引俄国伟大教育家乌申斯基的话说：“我们可能深深地热爱一个同我们生活在一起的人，但是，在任何不幸使我们看到我们的全部眷恋深情之前，我们不会感觉到这种爱。一个人可能活了一辈子也不知道他是多么地热爱自己的祖国，如果某种机遇（譬如说长期离开祖国）没有向他显示这种挚爱的全部力量的话。"人情如此，人性如此，这是任何人的体验都可以证明的。

由此可见，培养人的感情，对人进行教育，不能用直接的、简单的办法，不能有意地去灌注感情，并要求别人自觉地接受这种灌注。这样做违反感情活动规律，违背人情，其结果只能制造矫情，助长虚伪，破坏和瓦解精神文明。但这样说并不是否定自觉性和意识的控制作用，只是说自觉性不能直接地，只能间接地作用于感情。我们不能按照某种要求引起某种感情，却可以不提出引起某种感情的直接目的，而有意识地安排自己的生活，使之指向完全另外一些客观目的，反而使相应的感情不随意地、自然而然地产生出来，使得这些感情不是行动的目的，而是生活实践的必然结果。这一点，苏霍姆林斯基也提到了，他说，教育技巧的实质"就在善于找出、发现而有时则是造成那种足以唤起对周围现象产生情感态度的心理情境"。这种情境能否丰富多样，则"取决于教育者能够进入儿童精神世界的深度"，也就是取决于教育者对教育对象爱到什么程度。

写到这里，不由得想起孔子的"民可使由之，不可使知之"这句曾被批判了多年的话。从政治观点看，这话或有愚民之嫌，但从教育观点看，从心理学观点看，却是至理名言，"由之"，是不自觉状态；"知之"，是自觉状态，在施教过程中，教育者不应以教育者自居，最好忘掉自己的"身份"，这样，被教育者也才不觉得自己是在被教育，双方都进入忘我之境，这样的教育才是最好的教育。如此说来，这句话的意思竟和我们上面所讲的完全一致。所以，"民可使由之，不可使知之"不但毫无愚弄、侮辱人之意，反倒对人充满尊重、爱护之情哩！

教育的本质是什么？

教育是什么？叶圣陶先生讲过一句话：教育是农业，不是工业。这是叶老从事教育数十年的经验结晶。这话意味着教育是生长生成而不是制造或铸造。人的生长生成是内在的自律的过程。

道理很明显，人是有精神和意志的，人的成长首先是精神和意志的成长，不能像机器那样可以按照某种模式铸出来，并使之毫厘不爽地去做已经给它规定好了的工作。它毋宁像树，小树一定变成大树，是什么树就要长成什么树。而在成长过程中，需要按照使它成为某种树的内在力量的趋向和性向提供条件，以发展那些专属于它的那些东西。康德对这一点深有感悟，他曾说："若想以大自然的机械化原则去认识有机物的本质及其内在的可能性是做不到的，更别谈去解释这些现象了。"《新三字经》劈头就说："人之初，如玉璞，性与情，俱可塑"，这就有问题了，因为人的性与情是遗传与坏境之间相互作用决定的。究竟哪些可塑，哪些不可塑以及如何塑是非常复杂的，不是想怎么塑都行，就像捏泥人似的，想捏成什么样儿就捏成什么样儿。人的大脑并非一生下来就是一块白板，可以由人任意加以填充涂抹塑造。人的许多先天因素不是借教育学习可以随意地无限改变的。如果这样看，那就是把人的心灵等同于意识了。意识可由外面灌输，而心灵却不然。心灵远比意识深广，心灵的内在性、独立性也更大。如果把两者混同起来，那就必然认为人是带着空空如也的心灵来到世上，在以后的岁月中，心灵所含蕴的只不过是通过个人经验所习得和接受的一切。除此之外什么也没有。当然，人是作为生物的人进入社会的，一进入社会便会受到各种作用和影响，但这种作用和影响并非施加在一块什么属性都没有的肉体或神经组织之上，而是施加在一个具有先天生理心理因素的实体之上。而先天后天又是互相作用的，不是一方作用，一方被作用，就像盖图章似的。在这里，先天与后天的关系不是相加而是相乘，而人便是两者的乘积。倘若一个人的绘画遗传天分是零，即使有绘画的环境其绘画才能也是零；相反，虽有绘画天分，如没有绘画环境，其绘画才能仍然是零。

从神经生理学角度看，人不是一部可以规定程序的电子计算机，更不是受刺激—反应图式支配的被动装置，人是一个特殊的具有内在可能性、主动性、没有外部刺激也进行自主活动的系统。人类的特有成就也决不是刺激—反应这个图式所能解释的。对人来说，外部刺激不是强迫其活动，而只是为其活动提供条件和机遇而已。世界著名的瑞士心理学家皮亚杰的研究认为，当我们说一个机体或一个主体对某一刺激感受到了，并能对其产生反应，我们是指它已具有让这个刺激被同化进去的一种格式或结构，而这一格式或结构正好具有对之做出反应的能力。这就是说，大脑神经中枢有其与生俱来的“初始结构”。而且，经过心理学家最近十年的研究，现在人们已逐渐了解到，中枢神经系统在反应前并不需要等待刺激，就像按电钮后电铃才响，相反，它自己可以产生刺激，这就是主动激活①。其实，一切有机体都是这样，人类当然更是等而上之了。

这样，在人与环境的关系的问题上，我们就可以有根据地说，人应是主体而环境是客体。“重要的不在于人是世界的一个什么，重要的首先在于人对世界是一个什么，他对他自己是一个什么。”②这几句话很可以说明人与世界的主客关系。这表明，人的心理世界或精神世界在相对意义上可以脱离现实世界而独立，它与现实的关系不是线性的因果关系。只有物质世界的因果关系是明显的。高等复杂的生命体因果关系常常是不规则的。比如，同样被病菌感染，不一定人人都发病，人各有不同程度的免疫能力，生理病理现象如此，心理现象尤然，同样的社会环境，同样的社会影响，人的发展可以完全不同，人不一定“染于苍则苍，染于黄则黄”，人是有一定选择自由的，人的心理是自我定向的。人的发展一定程度上靠内力。而且反过来，人还可以影响环境。人的个性与其说是环境影响的产物，不如说是二者互相作用的结果。

基于对人的这种认识，教育的任务就应是唤醒人的潜力或潜在本质，促使其从内部产生一种自动力，最大限度地使其内部灵性与可能性得到最佳发展。教育实质上是人的灵魂的教育而不仅仅是知识和认识的积累，而灵魂的成长成熟是没人可以代劳的。按本性说，人都希望成为真正的人，而不是异化的人。我们是什么样的人和别人要求我们成为什么样的人之间是有冲突的，人应按自身本性去发展，自己决定自己成为什么样人，并靠自身改变自身进而把握自己安身立命之根。人要能健康成长必须经过这样一个内部发展过程。

① [奥]康罗·洛伦兹：《攻击与人性》，作家出版社，1987年版，第60—63页。

② [苏联]科恩：《自我论》，三联书店，1986年版，第206页。

古人说，顺物之性以治物则物无不可用；顺人之性以治人则人无不可治。这与老子所说“我无为而民自化”的意思相通。用今天的话说，就是减少不必要的干涉和管束，充分信任尊重人的内在机制，使人渐习而日趋之，从无序达到有序。而试图过多干预存在物的生长规律必将损害这些事物，同时也破坏自身的和谐。

从心理上分析，人的这种生成是在不知不觉的无意识中达到的，而“那种最高最好的东西不是根据意识的规定制作的，而是一种自发的或无意识的成长的结果”。① 所谓“徙善远罪而不自知”也。自己有了好的品质自己却不觉得。这是在循循善诱中，潜移默化，熏陶渐染有以致之。但人们却常常忽视甚至无视这种无意识的作用，只把注意力放在提高自觉性上。因而习惯于单向灌输，把自己当作主体，把教育对象视为客体，视为活的接受器，唯恐受教育者意识不到自己在被施教。这实在是教育的一大误区。苏联著名教育家苏霍姆林斯基对这个问题有过深刻的论述。他从自己长期的教育实践中认识到，一味强调自觉，必然“会在人身上培植虚伪的性格”，他严厉指责这样做是一种“不道德的行为”，而“这种不道德的行为还有更巧妙、更隐蔽的表现——事先设计故意生造一种教育场景”。而当受教育者“非常准确地看穿这种矫揉造作的把戏”时，“他的心灵”便会做出防御戒备的反应；“形象地说，便会扣上全部纽扣，整个封闭起来”。②所以，他“不得不花费巨大的努力使青少年不致感到他是被人有目的地引导到什么地方去”。③ 事实证明：受教育者越少感到落在自己头上的教育设想，其教育效果便越大。杜甫的两句诗：“随风潜入夜，润物细无声”，可作这种教化的形象说明。教育有如雨露之于草木，受教育者如坐春风，如沐化雨，在潜意识、半潜意识中，导致深层心理结构的变化。孟子说“民日迁善而不知为之者”人们受了教化，每日向好的方面发展，却不知道谁使他们这样。施教者似乎退到暗示地位，而不故意人为地做出教育别人的样子。这是在精神交往中忘记自己是施教者，丢掉了自己角色意识而以自己的本来面目与被教者真诚相见。须知施教者与被教者之间本没有屈从和依赖关系，人与人之间的平等交流对话乃是塑造健康人格最有利的形式。

---

① 包尔生：《伦理学体系》，中国社会科学出版社，1988年版，第303页。

② ［苏联］苏霍姆林斯基著，肖勇译：《教育的艺术》，湖南教育出版社，1983年版，第31页。

③ ［苏联］苏霍姆林斯基：《给教师的建议》下册，教育科学出版社，1984年版，第214—215页。